AQUEL VERANO
QUE ACABÓ EN LÁGRIMAS

AQUEL VERANO QUE ACABÓ EN LÁGRIMAS

Liza Klaussmann

Traducción de Icíar Bédmar

Ǫ Plata

Argentina – Chile – Colombia – España
Estados Unidos – México – Perú – Uruguay

Título original: *This is Gonna end in Tears*
Editor original: John Murray (Publishers), an Hachette UK company
Traducción: Icíar Bédmar

1.ª edición: julio 2024

ISBN: 978-84-92919-65-9
E-ISBN: 978-84-10159-57-0
Depósito legal: M-12.107-2024

Fotocomposición: Urano World Spain, S.A.U.
Impreso por: Rodesa, S.A. – Polígono Industrial San Miguel
Parcelas E7-E8 – 31132 Villatuerta (Navarra)

Impreso en España – *Printed in Spain*

Los sitios de verdad no se encuentran en ningún mapa.

Herman Melville, *Moby Dick.*

PARTE I

SURCANDO LA TARDE DORADA

AGOSTO, 1952.

1952

El verano que cumplieron nueve años fue uno especialmente caluroso; el tipo de calor que hace que, de noche, se te peguen las sábanas a la piel, y de día, se te pegue la ropa.

Un domingo de agosto estaban todos sentados en la pequeña casa de reuniones de Wonderland. Estaban sofocados por el calor: las mujeres se abanicaban; los hombres sufrían, pero no movían ni un músculo; y Miller, Ash y Olly trataban de no golpear los bancos de madera de pino con los talones.

En algunas ocasiones, las reuniones sucedían en completo silencio. Pero aquel día varios miembros habían ofrecido ministerio vocal, quizás animados a hacer absolutamente lo que fuera para no pensar en el calor.

Cuando se terminó, les dieron permiso a los tres para ir a nadar. Había una pequeña cala en el trozo de playa de las Dunas, entre la casa de reuniones y el instituto, así que recogieron sus bañadores, las cañas de pescar y el cebo de los chicos, y se encaminaron por la carretera circular.

El implacable sol brillaba sobre ellos mientras paseaban entre las casas de Wonderland, las cuales estaban pintadas en tonos verdes, rosas y amarillos empalagosos, como si fuesen una ristra de caramelos. Cuando llegaron a la cala, se quitaron la ropa hasta quedarse en bañador y se tumbaron bajo la sombra de una gran roca.

Después de un rato, Ash y Olly pusieron los cebos en los anzuelos y se subieron a la roca para lanzar el sedal con los ojos entrecerrados ante el brillo del sol, y las espaldas morenas erguidas. A Miller no le interesaba la pesca, así que en su lugar buscó almejas, cangrejos ermitaños y caracoles de mar entre las rocas del fondo. De vez en cuando, se sumergía en el agua poco profunda para luchar contra el calor, y emergía con la cabeza mojada y resbaladiza. Desde donde estaban sentados, los chicos alcanzaban a distinguir las palabras que Miller había cosido en su bañador rojo entrecruzado. Eran frases de uno de los libros de poesía de su padre, cosidas con hilo blanco, y desaparecían y reaparecían mientras se movía por el agua. «Tejidas con luz dorada y plateada/ Todo lo que un sol cantará siempre eres tú/ ¿Tú tampoco eres nadie?».

Al final, los chicos dejaron la pesca y se unieron a ella.

Flotaron sobre el agua cristalina como si de tres trozos de madera a la deriva se tratase. Cada poco tiempo, se plegaban bajo la superficie antes de volver a salir y adoptar de nuevo sus posturas casi inmóviles.

Cuando les entró hambre, se comieron los bocadillos que la madre de Miller les había preparado (de ensalada de huevo, y envueltos en un papel marrón), y se bebieron los refrescos de cola que habían comprado en la calle Principal.

La tierra rotó, y el sol se movió por el cielo. La marea bajó y reveló el banco de arena que conectaba la isla de mareas con el continente, y después volvió a subir. Comenzaron a tener hambre a la hora de cenar, pero aún estaban aletargados por el incesante calor, así que, en lugar de irse, se quedaron allí contando historias de fantasmas. Para cuando atardeció, se les había olvidado ya la cena.

—Deberíamos irnos —dijo por fin Ash.

—Sí, es cierto. —Miller estuvo de acuerdo.

Sabían que sus padres les regañarían por quedarse fuera hasta tan tarde.

—Vamos a darnos un último baño —sugirió Olly.

En aquella época, la tía Tassie le permitía casi cualquier cosa.

Cuando entraron en el agua, comenzó a brillar con un millón de diminutas estrellas de color azul verdoso. Se sumergieron en el agua y volvieron a salir, y se encontraron rodeados de aquellas luces. Se miraron y los tres rieron fascinados, con los puntitos brillantes de luces verdes goteándoles por la piel, como si estuviesen hechos de luz y se hubiesen convertido en las constelaciones del cielo.

Más adelante, en el colegio, aprenderían que se trataba de la luminiscencia, el brillo producido por una mezcla particular de sustancias químicas cuando estas chocan y actúan las unas contra las otras: cuando el fitoplancton se interrumpe por unas vibraciones o por ciertos movimientos repentinos e inesperados. Eran más comunes en un clima caliente.

PARTE II

TAMBIÉN EL TIMÓN NOS GUÍA DE VUELTA AL HOGAR, ALEGRE TRIPULACIÓN

FINALES DE MAYO, 1984.

EL DÍA

Era el día perfecto. El sonido de los aspersores que rotaban y el trino de los pinzones mexicanos se colaba de forma perezosa por la ventana de guillotina. En el exterior, se observaba una escena tecnicolor que parecía estar congelada en el tiempo, como si esperase a ponerse en movimiento en cuanto un director gritase: «¡acción!». Había un pequeño camino rodeado de césped bien recortado, el cielo estaba cristalino, y en el centro de todo, un retorcido jacarandá que comenzaba a echar sus concupiscentes flores. El aire era ligero y fresco, con solo un poco de humedad, como si fuese una colada ligeramente mojada pero muy limpia.

Era un día brillante, resplandeciente. El tipo de día que hace que des las gracias por estar vivo.

Y también era el día en que Olly Lane iba a suicidarse.

Olly estaba sentado ante su escritorio, en su oficina de Obscura Pictures en Los Ángeles, rodeado de muebles de Philippe Starck y con un gigantesco póster enmarcado de *El tercer hombre* a su espalda. Olly sabía que necesitaba ponerse en marcha, levantarse, irse de allí y conducir hasta su casa. Pero las vistas que había fuera de su oficina, en el aparcamiento, lo tenían cautivado. Qué extraño que pudiera ser tan bonito, tan deslumbrante, era realmente la palabra: el día, las vistas, las flores del jacarandá... Y que, aun así, no tuvieran absolutamente ninguna conexión con él. Parecía una castigo, como si, con su increíble cualidad gloriosa, el día estuviese diciéndole: «Sí, exacto, tienes razón: ERES insignificante. Yo soy una maravilla, soy inmutable, y eternamente presente. Pero tú, Olly Lane, eres prescindible, y estás a punto de salir de esta historia».

Como si ya se hubiese ido.

Aunque bueno, aquello era precisamente de lo que se había percatado recientemente: nada importaba. Todo el mundo piensa que es el héroe de su propia historia, pero, de hecho, no hay historia alguna. Solo hay un boceto que se llena de tonterías, accidentes, casualidades y suerte. Y después… Bueno, después ya no hay nada.

El día siguió brillando, los pinzones continuaron piando, y las flores del jacarandá flotaban en el aire como si fuesen confeti. Al final, Olly se levantó.

Ignoró las cajas de cartón que con tanto tacto había apilado alguien en la esquina (probablemente Gloria), y salió de su oficina por última vez, llevándose solo las llaves de su coche y la chaqueta.

En la sala de espera y vestíbulo, Gloria, que tenía el pelo cortado por encima de los hombros y de color gris, y unas gafas enormes de color lavanda, estaba notablemente ausente. Era la primera vez en los dos años que llevaba trabajando allí que su secretaria no estaba en su escritorio mientras Olly seguía en el set.

Se alegraba de dejar aquel lugar. Los últimos dos años, en su mayoría, habían sido una serie de proyectos sin sentido que preferiría olvidar.

Afuera, Olly se puso sus Wayfarer y miró el edificio principal al otro lado, donde Seymour Geist, su jefe, estaba sentado. No había necesidad de más despedidas, ya se habían dicho todo lo que tenían que decirse.

Cuando Olly accedió a vender las acciones de Lay Down Records como parte del trato para conseguir el trabajo en Obscura, Geist le preguntó de dónde había salido el nombre del sello discográfico.

—Es un término cuáquero —le había dicho Olly—. Es lo que decimos cuando vamos a dejar de hacer algo, o cuando algo llega a su fin.

—Putos cuáqueros de mierda —le respondió Geist.

Aquello había establecido el tono de su futura relación, y el día anterior no había sido la excepción. Las cosas llevaban intensificándose algún tiempo, pero cuando Olly se negó a unirse al proyecto de *Doctor Zhivago II: Doctores Zhivago*, aquello había sido la gota que había colmado el vaso para Geist. El jefe del estudio lo había llamado a su oficina, y le comunicó las noticias con su habitual estilo: «Te contraté porque necesitaba a un cabrón. Y tú, Olly Lane, eres un cabrón. Jodiste a tus propios amigos, todo el mundo lo sabe. Y es lo que me gustaba de ti, Olly, cabronazo cuáquero. Es la razón por la que te contraté, para que jodieras a tus mejores amigos, a los otros estudios, a los guionistas, a los actores, a los asistentes, a los iluminadores y jodieras al público. Si no vas a hacerme una puta película de *Doctor Zhivago II* con un puto piloto de combate y algo de sexo en un granero, y un final americano de sangre caliente que joda a esos hijos de puta rusos, amantes del gulag y follalibertades, entonces, querido amigo, estás despedido».

Así que eso había sido todo.

Olly se dirigió a su descapotable Porsche Cabriolet blanco con las llaves tintineando en la mano. Resplandecía bajo el glorioso sol de la tarde. Se sentó en su coche y le apeteció fumar, pero entonces se rio un poco, ya que, por todos los santos, no había razón alguna para no poder fumar ya.

Junto a él, en el asiento del pasajero, estaba el guion para *Moby Dick*, listo para su aprobación final. Si había una sola cosa de la que se arrepentía ligeramente de dejar a medias en Obscura, era *Moby Dick*. Y la razón no era otra que Rodrigo, el director al que había contratado y que había terminado convirtiéndose en un amigo para él.

Olly bajó la ventanilla y tiró el guion a la calle. Después arrancó el coche y se dirigió hacia el Bower.

Olly siempre había creído que, si había una sola cosa que había hecho bien al cien por cien en la última década, era comprar su casa de Beverly Hills. Los espacios eran importantes para él: creía que debían de ser una expresión de la persona que querías ser, o la que imaginabas que podías llegar a ser. Albergaban su propia magia, lanzaban un hechizo propio en tu destino: si el espacio era el correcto, la localización se establecía de forma correcta, con la atmósfera y los detalles... Si todo ello se establecía inequívocamente, aumentaban las posibilidades de ser alguien mejor, alguien que ya eras en tu interior, pero que quizá no lo eras aún en el exterior. Alguien en quien esperabas convertirte. O, al menos, eso era lo que solía pensar.

Cuando Miller, Ash y él se mudaron por primera vez a L.A. (antes de que todo se fuera al traste), habían vivido en Malibú. Primero, en un cuchitril junto a la playa, los tres compartiendo una casa con la pintura desconchada, con los platos rajados que Miller había encontrado en el baratillo, y el viejo sofá que Olly rescató del arcén de la carretera. A ellos les encantaba: el caftán, los bungalós desgastados, arenosos y sexis, la fruta que se ponía madura sobre el mostrador, las cacerolas abarrotadas de langostinos... Todo había sido el telón de fondo más perfecto para su vida en ese momento.

Más adelante, cuando tuvieron algo de dinero, Ash se lo quedó, y Olly y Miller se mudaron a su propia casa, al final de la calle. Ninguno de los tres había querido estar demasiado alejado de los demás. Pensaba que jamás se irían, que él jamás se iría. Y, de hecho, él se había quedado en la casa de Malibú, incluso después de que las cosas se estropeasen con Miller.

Pero, para cuando el Bower entró en el mercado en el 74, las cosas habían cambiado; Olly había cambiado. Y necesitaba un nuevo escenario en el que representar su siguiente transformación.

Le había pasado por encima a demasiada gente para conseguir la ansiada casa de la Regencia de Hollywood de la década de los cuarenta, la cual había pertenecido en una ocasión a un famoso y degenerado actor. Era básicamente un rancho gigantesco con un dormitorio, con piscina y casa de invitados. Pero, como tantas otras cosas, era la escala perfecta del Bower lo que lo hacía único.

Recordaba la primera vez que había atravesado sus puertas Pullman de color negro lacado, cómo la casa se había desvelado ante él: el vestíbulo octagonal, los suelos pulidos, la antesala circular, las galerías perfectamente proporcionadas... Una maravilla tras otra.

Pero la joya de la corona era el salón: unas grandiosas puertas dobles que se abrían para dar a una habitación ovalada, con balcones recubiertos de ventanas que iban del suelo al techo y daban al jardín. En el cristal del centro, y con columnas a ambos lados, había una chimenea cuya repisa de mármol parecía flotar en el cristal, sin chimenea ni conducto. Las ventanas francesas daban a una terraza, y debajo había una piscina elíptica, con pequeñas cascadas que rociaban de forma despreocupada la superficie. La casa de invitados estaba recubierta de trepadoras, y todo ello rodeado de una arboleda de eucaliptos, ahuehuetes y sauces de color cereza.

Olly lo había mirado tan solo una vez y había pensado: *Esto es lo que soy.* Así que había llamado a su banquero y había hecho las maletas. Había visto el futuro, su futuro. Tenía entonces tan solo treinta años, y estaba en la cima del mundo, era el rey de su increíble castillo.

Girando en North Beverly Drive, Olly pasó junto a un bosquecillo antes de llegar a las puertas de hierro forjado. Cuando se bajó del coche, lo invadió el olor de las rosas que había plantadas alrededor de la entrada circular, y su dulzor lo abrumó. En un momento dado, pensó que aquellas flores le darían al lugar un aire de villa del Mediterráneo, quizá como en el sur de Francia. Olly se encogió al recordar tal vanidad, y en cómo solía decirles aquellas cosas a las mujeres que se llevaba a casa. Ellas le decían cosas como: «Ay, qué bonito». Y entonces él les decía: «Siempre me hace sentir como si estuviese de vacaciones, como en el sur de Francia, quizá. ¿No te lo parece?». Pero lo decía de forma despreocupada, como un comentario de pasada, como si acabara de ocurrírsele justo en ese momento. Y ellas respondían emocionadas: «Uy, sí, cierto». Quizá todas ellas habían sabido la verdad y él no lo había notado. Blue ciertamente lo había sabido. «Yo no siento como si estuviese de vacaciones», le había dicho. «Lo que pienso al verlo es que tienes un jardinero muy caro». Aunque no era como si importase ya. Blue ya no estaba y, como siempre, su capacidad para elegir el momento oportuno había sido impecable.

Las cristaleras cerradas por delante de la casa le guiñaron un ojo. Olly cerró la puerta del coche con sumo cuidado mientras se tapaba el sol con las manos, y miró el techo de buhardilla, específicamente el sitio donde le había salido una gotera. Recordaba cuando había contratado a un manitas para que fuera a repararlo, y lo invadió el terrible pensamiento de que quizás aquel manitas sería el que acabaría encontrándolo sin querer.

Pero no podía pensar en ello. No había ninguna buena persona que pudiera encontrarlo. Tan solo había gente mucho peor.

Olly caminó de forma deliberada hacia la entrada, sacó la llave de su casa, la encajó en la cerradura, y entró en su silenciosa y fría casa.

Era la hora dorada, y el cielo de Los Ángeles estaba bañado de un tono rojo brillante. Olly estaba sentado junto a la piscina, con un vaso de chupito junto a él, una botella de Smirnoff, y otra de Seconal. Las dos últimas pertenecían a Blue.

Blue… No podía pensar en ella en ese momento. Pero entonces se percató de que, si no pensaba en ella ahora, no lo haría nunca jamás. En la lista de cosas en las que no quería pensar se encontraban: Miller y Ash, y el nudo gordiano que los unía; Lay Down Records; la tía Tassie; la música. En especial, la música. Porque de todas las cosas que lo habían conducido hasta ese momento, perder la música era lo único que no podía arreglar. Un día se había despertado, y su don simplemente se había desvanecido. Los colores que veía, los sabores que percibía. Todo se había esfumado. Y, con ello, la persona que él sabía que era.

Olly había decidido ponerse un bañador de Ralph Lauren de color salmón, un concepto ridículamente poco práctico, pero que, a su parecer, era mucho mejor que la idea de que lo encontraran totalmente desnudo. Aquello le parecía indecente, impertinente de alguna manera.

Ya se había tomado diez pastillas con unos cinco dedos de vodka, el cual estaba bebiendo solo. En un momento se tomaría las siguiente veinte pastillas, todas de una vez, se metería en la piscina para flotar en ella y esperaría a dormirse.

Sabía que la forma en que había elegido acabar con su vida confundiría a algunas de las personas que lo conocían. Especialmente a la gente del mundillo de la música y el cine. Olly destacaba por ser, probablemente, el único abstemio de ambas industrias. Jamás le habían gustado demasiado el alcohol ni las drogas, pero, además, en un momento dado se dio cuenta de la increíble ventaja que le suponía su sobriedad. Mientras todos los demás perdían la cabeza, él mantenía el control, lo cual era como tener poderes mágicos. Además, le asustaba morir de una sobredosis.

Era algo horrible darse cuenta de que aquello que más te asustaba (algo que te aterraba de verdad, que hasta te causaba náuseas y escalofríos) se convertía en la segunda cosa que más miedo te daba, solo por detrás de la posibilidad de que no ocurriera.

Aun así, había sido testigo de los efectos que aquella mezcla en particular tenía, así que estaba seguro de que funcionaría, y eso era lo que importaba. Otra cosa en la que no quería pensar era en su madre.

Olly reclinó la tumbona hasta ponerla horizontal y observó el cielo, el cual, tenía que admitir, tenía un aspecto increíble. Estaba iluminado por una especie de luz bíblica, como si hubiesen pintado las nubes usando todos los colores de una caja de ceras de las grandes, esas que tenían sesenta y cuatro colores y que eran muy caras. Olly volvió a recordar la casa de reuniones en Wonderland, los testimonios de los amigos de su juventud, el brillo de su luz interior, cómo Dios estaba en todos nosotros, y también en Olly.

Allí tumbado, con la luz intensificándose, oyó un zumbido que cada vez se escuchaba más y que le retumbaba en el cuerpo. Cerró los ojos y apretó los párpados hasta que en la oscuridad se formó un caleidoscopio de verde, azul y amarillo que se arremolinaba. En el centro apareció un agujero negro que se hizo más y más grande. Y, de repente, vio el rostro increíblemente pálido de un chico, como si estuviese viéndolo fijamente, presionado contra un cristal. Abrió los ojos repentinamente.

Así que esto es lo que se siente cuando te drogas, pensó Olly, y se preguntó si el Seconal estaría haciendo efecto más rápido de lo que había esperado. Tal vez había llegado el momento de meterse en la piscina.

Olly estaba considerando aquello y observando el increíble cielo, cuando de repente ocurrieron varias cosas a la vez: primero escuchó un sonido, que era como el salpicar y golpear del agua, y que aumentó de ritmo. Miró la piscina, y vio que en ella había algo flotando, unos insectos alados grandes y gordos, que luchaban por salir mientras se ahogaban. También había alrededor de la tumbona, y en el césped. Al mismo tiempo, pudo sentirlos: se le caían encima desde los eucaliptos, mojados y golpeteando contra su piel, contra su cara y su boca.

Cigarras caniculares, cientos de ellas que caían del cielo.

La mente comenzó a funcionarle de forma arrítmica: ¿sería una alucinación? ¿O quizás una señal de Dios? Trató de recordar lo que significaban las plagas: eran langostas, ¿no era cierto? Pero ¿las langostas eran lo mismo que las cigarras? Ay, madre, deseó poder pensar con claridad. Pero aquellas cosas continuaron cayendo y cayendo...

¿A quién cojones le importa?, le gritó su cerebro. *Esto va mal, muy pero que muy mal. ¡Aborta, aborta!*

Olly dio un salto, pero dado que estaba borracho y drogado, se cayó de inmediato y se rasguñó las manos y las rodillas contra el pavimento de caliza, además de caer sobre una capa de insectos. Se levantó de un salto, y cruzó el patio tambaleándose, aplastando las mojadas y frágiles alas de los insectos.

Se apoyó contra el seto con una mano, y subió las escaleras a cuatro patas hasta que llegó a la terraza y a las cristaleras que conducían a la seguridad del interior. Una vez adentro, cerró las puertas y echó el pestillo.

Tan solo había dado un par de pasos hacia el salón cuando comenzó: al principio tan solo era un poco de tambaleo, un pequeño temblor bajo sus pies. Y entonces, fue como si el suelo dejase de ser suelo para transformarse en algo en movimiento, algo que se deslizaba, como si tratara de andar sobre una cama de agua. Olly consiguió agarrarse al respaldo de uno de sus impecables sofás de color crema para evitar caerse por completo. El aire que había a su alrededor vibraba.

Se sintió enfermo de forma violenta, y entonces la sacudida de verdad por fin llegó, golpeando la casa como si se tratase de una ola. Observó horrorizado cómo los tablones del suelo del salón se alzaban y caían como si fuesen las teclas de un piano.

Sobre su cabeza, la lámpara de araña se meció y se balanceó, y en el techo aparecieron fisuras que se extendieron como si fuesen dedos en una mano que perdía la sujeción. Y entonces todo, con el yeso y todo, se desmoronó, con las gotas de cristal desparramándose por el suelo roto.

Olly comenzó a dirigirse de forma instintiva hacia la puerta, pero se escuchó algo resquebrajándose, y se giró para ver cómo una de las columnas decorativas de yeso junto a las ventanas se desgarraba y separaba de la pared, la cual cayó hacia él. Tuvo un momento que quizá no fue del todo claridad, pero sí entendimiento, en el que supo que iba a morir allí, y que tal vez se habían apiadado de él y le habían quitado de las manos la elección. Quizá Dios se había compadecido de él. Tal vez, después de todo, sí que estaba con él.

Antes de que pudiera pensar más en ello su perfecta casa comenzó a derrumbarse, y la columna cayó sobre su cabeza, aplastando una multitud de huesos de su cráneo y su cara, y cayendo sobre él como un árbol podrido.

EL PUTO OLLY LANE

Miller Everly estaba de pie en la cocina de su casa naranja en Wonderland, en ropa interior y mirando fijamente el teléfono de color guisante que había en la pared mientras reunía las fuerzas para descolgarlo. La habitación estaba bañada en una especie de luz musgosa e iridiscente que, al principio, había pensado que venía provocada por la lluvia de las primeras horas del día contra las hojas y el césped del exterior. Pero entonces recordó que era simplemente el tono que tenían sus gafas de Ted Lapidus, un regalo que le había hecho Ash por su cuarenta cumpleaños ese mismo año. Las llevaba puestas tan a menudo, que a veces olvidaba que el mundo no era realmente de color verde.

Miller se mordisqueó de forma delicada las cutículas y sopesó sus opciones. Al final, se acercó al frigo, que era del color de las caléndulas y con detalles de madera falsa en el tirador. Cuando lo compraron hacía doce años, el vendedor le dijo que era el color de moda. Se había arrepentido de ello casi de inmediato.

Sacó un refresco de cola y le dio un sorbo apoyada contra la puerta abierta del frigorífico para dejar que el aire frío saliera y le refrescara la piel desnuda. Después, escogió una de las más de veinte latas individuales de almendras Blue Diamond que había en los estantes de la alacena. Se sentó a la mesa y enroscó el dedo en la anilla de la lata para poder abrir la tapa. El vacío de la lata hizo un *pop*, un diminuto ruido de liberación eufórica.

Se comió las almendras de manera deliberada, una a una, con el pie apoyado sobre el borde de la desgastada mesa de madera mientras pensaba (pero se negaba a mirar en su dirección) en el teléfono. Sabía que una vez que lo descolgara, se pondría en funcionamiento una serie de acontecimientos. Si estos serían grandes o insignificantes, no lo sabía, pero, al fin y al cabo, serían acontecimientos. Y en los últimos tiempos trataba de evitar a toda costa los acontecimientos.

De ellos tres, Olly había sido el único que había crecido sin teléfono. «Los teléfonos solo traen malas noticias», siempre decía la tía Tassie, como si transmitieran virus o algo que fuese peligroso.

Sabía que no podía dejar pasar más tiempo: tenía que llamar a su marido. Tenía que ser él el que le diese la noticia a Olly. Tenía ante sí dos males: llamar a Olly o llamar a Ash. Y llamar a Ash era definitivamente el menor de los dos males.

Pero lo cierto era que no tenía ni idea de si Ash estaría en el apartamento. Y, realmente, no quería averiguarlo. Así que esperaría. Normalmente estaba en el trabajo a las ocho, y ya eran las nueve. Pero hoy era sábado, así que quizás entraría más tarde. Esperaría un poco más.

No, en realidad, no podía alargarlo más.

En un acto de gran fuerza de voluntad, descolgó el teléfono y marcó el número. No estaba segura de si quería que respondiese a la llamada, por razones obvias, o si prefería que no estuviese, para así poder seguir enfadada con él, o quizás enfadarse aún más.

Mientras sonaba, Miller estiró el alargado cable del teléfono con el pie, metió el dedo gordo entre los bucles y lo llevó hacia el suelo de linóleo de color terroso.

A la cuarta señal, Ash respondió con voz adormilada.

—¿Sí?

La voz de su marido sonaba igual que siempre, y aquello sorprendió un poco a Miller, como si se hubiese imaginado que, de alguna forma, sonaría diferente.

—Soy yo —le dijo—. Miller —añadió, de forma innecesaria.

Se produjo una pausa, y después:

—Hola. Me… ¿Qué hora es?

—Ha pasado algo —le dijo rápidamente, para no tener que pensar en el hecho de que Ash estaba allí, pero que quizá no estaba solo. Lo cual ni siquiera se le había ocurrido.

Miller escuchó un ruido como de sábanas moviéndose.

—Espera, voy a encender la luz —le dijo Ash.

No quería analizar el ruido.

—¿Qué me decías?

Podía imaginar perfectamente la habitación de su segunda vivienda en Nueva York, la que habían comprado después de haber dejado Nueva York hacía ya doce años: la gran cama matrimonial contra las estanterías empotradas en las cuales estaban sus libros y sus fotos familiares, el rodapié blanco de la cama, la acolchada alfombra gris. Las cortinas estarían cerradas, ya que él siempre dormía con las cortinas cerradas, lo cual la había molestado durante toda su vida matrimonial. Aunque quizás ahora dormiría con ellas abiertas. Llevaba sin verlo tres meses, cualquier cosa podía haber cambiado en ese tiempo.

—He recibido una llamada de la residencia Entre Estrellas —le dijo.

—La... ¿Cómo dices? ¿Qué?

—La residencia Entre Estrellas —repitió Miller—. Ya sabes, la residencia de ancianos donde está la tía Tassie. Al otro lado del puente.

Ash jamás había visitado a la tía Tassie allí, pero Miller sí que lo había hecho. De hecho, un par de veces. Su intención había sido ir más veces, y ahora se arrepentía de no haber hecho un mayor esfuerzo.

—Vale...

—Al parecer atacó a otro residente. O, bueno, eso es lo que dicen, aunque sinceramente no puedo ni imaginármelo. Pero bueno, la cosa es que no han sido capaces de ponerse en contacto con Olly. Van a entregársela a los servicios sociales si no va nadie a recogerla. —Hizo una pausa para ver si Ash respondía, pero no lo hizo—. Voy a tener que ir a recogerla. —Miller suspiró—. Y traerla aquí. Al menos, hasta que se nos ocurra algo.

—Ah, claro —dijo Ash—. Pensé que… Bueno, da igual. Haz lo que creas que es mejor, claro.

Miller se apretó el cable alrededor del dedo del pie con más fuerza.

—La cosa es que…

Ash suspiró.

—¿Cuál es la cosa, Miller?

El recelo, la irritación y el puto sufrimiento en el tono de voz de Ash hicieron que Miller quisiera ponerse a gritar.

—Pues, Ash, la cosa es que alguien tiene que ponerse en contacto con Olly. Y yo no tengo su número. —Aquella era una excusa muy pobre, y lo sabía—. Sé que tú sí lo tienes de la última vez, cuando tuvimos que firmar los papeles…

Hacía ya cuatro años desde la última vez que alguno de ellos había hablado con Olly, y mucho más tiempo desde que habían dejado de ser amigos.

—Espera un momento —dijo Ash, en un tono de voz mucho más serio, el cual Miller siempre había odiado. Apretó los dientes—. ¿Por qué tenemos que ponernos en contacto con él? Quiero decir, que lo jodan a Olly.

—Sí, que lo jodan a Olly. Pero, a no ser que quieras que la tía Tassie se venga a vivir con nosotros… Bueno, de hecho, conmigo, y de forma permanente…

—Mira, sobre eso —le dijo, esta vez en un tono más suave—. Quiero volver a casa. Nate volverá pronto…

Su hijo volvía del internado para pasar con ellos su último verano antes de la universidad, donde iría a estudiar cine. La vida de Nate se desplegaba ante sí, una posibilidad que la inquietaba. No podía imaginar a su hijo en su lugar, o en el lugar de Ash, cuando habían tenido su edad.

—Bueno, eso depende —le dijo—. ¿Vendrías solo?

—Miller, no hagas eso —dijo Ash.

Ya se había arrepentido de decirlo, de dar su brazo a torcer. Miller alzó las manos, accediendo.

—Vale.

Se produjo una pausa, y entonces Ash dijo:

—Deja que lo haga yo. Iré yo, recogeré a la tía Tassie y lo solucionaré. Y entonces, me quedaré. Solo unos días, para ver a Nate.

Miller tiró tanto del cable del teléfono que vio cómo se le ponía el pie morado.

—¿Hola?

—Estoy pensando.

—Nos vendrá bien.

Cuando no respondió, Ash añadió:

—Voy a tomármelo como un «sí». Puedo estar allí mañana, el resto lo hablaremos cuando llegue.

Miller asintió.

—¿Miller?

—Estoy asintiendo con la cabeza. —Se mordisqueó la cutícula.

—Tengo muchas ganas de verte —le dijo suavemente su marido.

Cuando decía aquello, de alguna forma, se sentía mal por odiarlo. Y entonces lo odiaba por hacerle sentir mal. Así que, para castigarlo, colgó el teléfono sin despedirse.

Miller fue arriba a su dormitorio, se quitó el sujetador y la ropa interior. Vio su reflejo en el espejo de cuerpo entero que había dentro de la puerta del armario. Bajo la luz mañanera de mayo, su cuerpo parecía alargado y pálido, como un cigarrillo. Por alguna razón, le dolió ver aquel cuerpo, así que apartó la mirada.

Últimamente, había descubierto que las cosas que parecían más simples, como vestirse, se le antojaban algo escurridizo. Así que, poco a poco, había dejado de molestarse en ponerse ropa, y había adoptado la costumbre de llevar solo la ropa interior y las gafas de sol dentro de la casa. Conforme había ido abandonando primero los calcetines, después los zapatos, los pantalones y finalmente las camisetas, había tenido la sensación de que cada vez estaba más elegante, más simple, que era algo nuevo, como una serpiente mudando de piel.

Miller se puso su bañador negro (con la espalda cruzada y el elástico que bajaba por los costados), recogió una toalla del sótano, un par de latas de almendras, otra de soda, y salió por la puerta de la cocina.

Se subió a su ranchera Volvo.

—Vale... —se dijo a sí misma, ya que aquella era la parte difícil de su peregrinación diaria: ponerse en marcha. Así que necesitaba los ánimos—. Venga, vámonos.

Arrancó el coche y echó marcha atrás lentamente, con las ruedas haciendo crujir la entrada hecha de caracolas.

Miller atravesó la calle de la Iglesia lentamente. Incluso a esa hora tan temprana, había niños que jugaban, adolescentes que echaban carreras con sus bicicletas, perros que se paseaban por la acera... Wonderland no era un sitio en el que pudieras conducir a toda velocidad.

El sonido de un pueblo despertándose en una mañana de finales de primavera flotaba en el aire: el zumbido de un cortacésped, el ruido estático de las estaciones de radio AM, el tintineo de alguien que levantaba pesas, el rumor bajo de alguien que cocinaba en la distancia... Todo ello entraba por sus ventanas y se colaba en el coche, así como el dulce olor de la hierba recién cortada.

Pasó junto a unas casas de brillantes colores, con pequeños cuadrados de un verde esmeralda que refulgían en la entrada, las preciosas y ornamentadas verjas que servían de frontera entre los márgenes de las casas.

Cuando era muy joven, antes de que tuviera uso de razón, el pueblo había tenido el aspecto de cualquier otro asentamiento cuáquero. Pero un plan de embellecimiento en la posguerra había dado lugar a una gran explosión de color. Las casas que en un tiempo habían sido de simple pizarra, se disfrazaron entonces de lila, amarillo verdoso, el amarillo de los girasoles o azul turquesa, como si de un grupo de señoritas se tratase.

Pasó junto a la Primera Iglesia Presbiteriana, y Miller vio a Dick Cross y a su hijo Cam, que barrían la entrada al templo. A pesar de que Ash y ella no habían estado particularmente unidos al pastor (la mujer de Dick los había abandonado cuando Cam aún era un bebé), Cam y Nate habían sido inseparables de niños. Y suponía que aún lo eran. Cam había sido un niño precioso, con el pelo de un rubio dorado y con una preciosa boca roja, pero Miller siempre se había sentido incómoda. O, bueno, no exactamente incómoda: triste. Tenía una afección muy extraña: no podía llorar. O lo que era más preciso, no podía producir lágrimas. Recordaba que, en una ocasión, cuando el chico había tenido unos cinco o seis años, se había rasguñado la rodilla en la acera y, mientras Miller lo sostenía, había arrugado su preciosa cara y había empezado a sollozar. Se había quedado estupefacta y confusa, y se preguntó si estaría fingiendo. Por supuesto, cuando su padre le explicó la situación, lo había entendido. Pero jamás olvidaría el hecho de que, sin las lágrimas, llorar parecía una pantomima del dolor, un acto en el que desconfiar.

En ese momento los saludó con la mano, y Dick le devolvió el saludo. Su cuerpo contrastaba con el blanco neoclásico de la iglesia. Recordó en ese momento a la tía Tassie en la casa de reuniones, engalanada con uno de sus complejos vestidos de encaje de domingo, así como un corsé de ballena de a saber qué siglo, y sosteniendo la mano de Olly.

Pensar en la tía Tassie enfadó a Miller. De hecho, se sentía homicida. Podría matar a Olly, realmente sería capaz. Había tomado a la mujer que lo había criado, que lo había querido, que siempre le había sostenido la mano, quien literalmente le había salvado su estúpida vida, y la había abandonado a casi cinco mil kilómetros de donde él vivía.

Miller paró el coche.

—Respira —se dijo a sí misma—. Respira…

Así que respiró. Y volvió a ponerse en movimiento.

El puto Olly Lane. El puto Olly. Puto Olly.

Trataba con todas sus fuerzas de no pensar jamás en el puto Olly, en cómo había sido estar con él, en que conocía su sabor, el tacto de su piel bajo sus dedos, bajo su mano entera. Sobre cómo era antes de Ash, antes de que se marcharan a L.A., antes de Lay Down Records. Cuando eran jóvenes, estaban en Wonderland y su vida no había hecho más que comenzar.

Había ocurrido la noche después de que todos fueran al carnaval, después de que casi se ahogara. Tenían diecisiete años, era tarde, y ella estaba dormida. Olly había escalado el enrejado que había en la casa de sus padres, y tocó en su ventana. Fuera hacía una noche sin luna, oscura, y sus padres dormían al otro lado del pasillo.

Se acercó a la ventana medio abierta y lo miró a través del cristal. Incluso ahora, aquel momento en suspensión tenía un peso real, una densidad que incluso podía sentir y tocar. Recordaba que la había sorprendido, pero a la vez no. Durante muchísimo tiempo, había querido no solo que le pasara alguna cosa a ella, sino que fuera con él. Casi parecía que, aquella noche, lo había hecho aparecer.

—Hola —le había dicho Olly, y el aliento se le condensó contra el cristal.

En silencio, empujó la ventana para abrirla, la alzó y lo agarró de la mano. Lo siguió enredadera abajo, y el rocío del cinamomo se le pegó en el fino camisón, el que tenía fresas, y este se le adhirió a las piernas con la humedad.

Él la guio hasta su coche, y lo siguió como si caminase sonámbula, como si estuviese bajo un hechizo. Mientras conducía, Miller observó el perfil de su rostro: una nariz recta, unos labios finos pero curvos, el pelo oscuro peinado hacia atrás.

Aparcaron en la playa de las Dunas, y él le quitó el camisón por la cabeza y le metió la mano dentro de sus bragas de algodón. Vio su nombre escrito en el interior del muslo de Miller. Así que ella le quitó la camiseta blanca y sintió cómo se rozaban los cuerpos, con la piel caliente y después mojada, sin ningún espacio entre ellos y resbalándose como si fuesen aceite. Como si fuesen un maldito fuego. Había sabido entonces que su futuro estaba decidido: lo seguiría a cualquier parte.

Pero, por supuesto, las cosas habían terminado siendo muy distintas. Así que trataba de no pensar jamás en el puto Olly Lane.

Cuando Miller llegó a la alargada y plana carretera circular que rodeaba Wonderland, se estiró y abrió la guantera. Rebuscó entre los casetes sueltos y terminó pasándolos todos al asiento del pasajero. Alzó la mirada y tuvo que dar un ligero volantazo para mantenerse dentro de la carretera. Echó de nuevo un vistazo hacia el lateral, escogió la cinta de Talking Heads y la introdujo en la casetera. Se escuchó algo de ruido blanco y el casete hizo un chasquido al llegar al final, así que Miller tuvo que sacarlo, girarlo y volver a introducirlo.

El sonido del sintetizador salió por los altavoces. Miller subió el volumen a tope y bajó las ventanillas para dejar que el neblinoso aire entrara por ellas.

—*You may find yourself living in a shotgun shack* —gritó Miller por encima de la música, y se dio cuenta solo entonces de que llevaba horas queriendo gritar. Años, en realidad—. *And you may find yourself in a beautiful house, with a beautiful wife, and you may ask yourself «Well... how did I get here?»*. —Miller se encogió de hombros.

Marcó el compás con la mano sobre el volante, y con el pie descalzo pisó el acelerador mientras sentía que el pueblo quedaba a su espalda, se desvanecía y daba lugar a un sentimiento de ligereza.

El brillo de después de la lluvia hacía que las formas y los colores del exterior estuviesen ligeramente borrosos, como una pintura poco definida. Además, las gafas de sol no ayudaban, e interferían con su percepción de la profundidad. Pero había conducido por aquella carretera tantas veces que habría podido hacerlo con los ojos vendados.

—*Letting the days go by, let the water hold me down...* —Sacó la mano izquierda por fuera de la ventanilla, y dibujó olas contra el aire.

Cuando llegó al puente de madera que conectaba Wonderland con el continente, pasó junto a una caravana que iba en la dirección contraria, y que viraba a ambos lados de su carril. Aquello obligó a Miller a dar un volantazo para evitar que chocaran.

—Joder, cálmate —gritó por encima de la música.

A través del espejo retrovisor, vio que la caravana tenía escrito en la parte trasera: SERVICIO DE ESCENARIOS SUPERESTRELLAS. Debía de tener algo que ver con la película que estaban a punto de rodar en Wonderland. Alguien había dicho algo sobre *Moby Dick*, pero Miller no podía imaginar que aquello fuese cierto. ¿Quién querría ver eso?

En la playa de Longwell, el agua estaba fría y gris por la lluvia que había caído. Se metió en el agua, y se zambulló mientras la orilla se alejaba rápidamente. Volvió a la superficie y se mantuvo a flote durante un momento, con su destino a la vista: la boya azul y blanca que flotaba en la distancia. Así que bajó la cabeza y se puso en movimiento: brazos como guadañas, el agua que le cubría los músculos y le daba a su piel un aspecto mojado y plateado, la sal que le escocía en los ojos.

Pensó que quizás hoy sería el día en que lograría llegar hasta allí.

LA ISLA INVISIBLE DE CROOKED BAY

Ash Everley entró al edificio en East 88th, saludó a Bobby cuando pasó, y se sintió extrañamente orgulloso de que el portero de Candice Cressman supiese quién era. Pero a aquello enseguida lo sustituyó una reflexión: *¿A cuántos otros hombres conocía el portero de la estrella de televisión?*

Ash apartó aquella idea de su cabeza. ¿Qué más le daba? Estaba casado, no necesitaba esos estúpidos celos.

Tomó el ascensor hasta su piso. Era el tipo de edificio en el que el ascensor se abría directamente en el apartamento. Si alguna vez conseguía tener otro sitio en la ciudad (bueno, un sitio de verdad, no la segunda vivienda del Upper East Side), querría algo así. Pero apartó también aquella idea de la cabeza. Estaba casado y, además, Candice jamás le había dicho que quisiera estar con él. Jamás hablaban de Miller, o del divorcio. Vivían en el presente. Y, si Ash tenía que apostar algo, apostaría a que estaría (como mínimo) indecisa si aparecía un día con una maleta en su lujoso apartamento del centro.

—Ah, hola —le dijo Candice cuando entró en el salón, como si le sorprendiera verlo allí. Le dio entonces la espalda.

—¿Esperabas a alguien diferente? —En cuanto lo dijo, Ash se odió a sí mismo. Sonaba desesperado, patético y débil.

—No, es solo que estoy algo distraída.

Le dio un gran sorbo a una copa gigantesca de lo que supuso que era *chardonnay*. Era su bebida por excelencia, a no ser que estuviese a dieta, ya que entonces bebía vino blanco con soda.

—No puedo quedarme mucho —comenzó a decir Ash—, tengo que ir a Wonderland...

—Puto Clark Dennis, cabrón pervertido... —murmuró ella, y entonces se giró para mirar a Ash—. Está intentando apartarme, lo sé. Pero no voy a rendirme así como así, no como la pobre estúpida de Susan. —Candice se paseó por el salón chintz con sus aparatos de aeróbic de un azul eléctrico, y parecía un animal exótico y peligroso.

—¿Cómo dices? —preguntó Ash, que apartó la mirada de la escurridiza licra y trató de centrarse—. ¿Está intentando apartarte? ¿Ya? Pero si acabas de conseguir el trabajo. ¿Estás segura de que no estás siendo paranoica?

Candice le dirigió una dura mirada con sus ojos azules.

Ash alzó las manos.

—Perdón.

—No, no estoy siendo paranoica, Ash. ¿Cómo crees que conseguí el trabajo? ¿Por qué te crees que despidieron a Susan? No accedió a hacerle una mamada con un gorro de ducha mientras sostenía un pastelito con el coño, o lo que sea que le ponga a ese imbécil. Así que la apartó del proyecto. Quiero decir, bien por ella y sus valores y todo eso, pero no voy a dejarme atropellar por un pichacorta. Maldita sea.

Ash se acercó y la envolvió con los brazos. El pelo áspero le dio contra la mejilla, aquella familiar textura crujiente que provenía de la enorme cantidad de laca con que la productora insistía en recubrirla.

Dejó que la sostuviera con el vaso de *chardonnay* contra el pecho.

—Necesito pensar en un plan de ataque —le dijo entonces, y trató de apartarse.

—Oye, oye. Ya se te ocurrirá algo. Eres Candice Cressman, acabas de obtener uno de los puestos más deseados de las noticias de la mañana. Eres preciosa, tienes talento... —Se quedó, de forma estúpida, un poco sin aliento—. Yo, por lo menos, no me canso de ti.

Le apretó los brazos alrededor.

—Ay, no sé. —Inclinó la cabeza hacia un lado y lo miró, pensativa—. ¿Ayudaría el sexo? —Era una pregunta retórica o, al menos, no dirigida a él, así que Ash mantuvo la boca cerrada—. Supongo que podríamos intentarlo —le dijo con un suspiro.

Lo guio hasta su habitación, que estaba bañada en esa luz azul de mayo en Nueva York. Lo hizo sentarse en la cama mientras tiraba de cada prenda y la deslizaba por su cuerpo. Después, se acercó con su suave piel, sus largas piernas, y su pelo rubio y abombado, el olor a Opium, dinero y ambición. Después, abrió las piernas y se sentó sobre su cara.

Ash no llegó a Wonderland hasta el día siguiente. Pero, claro está, él no compartía el sentimiento de urgencia que parecía tener Miller. En su experiencia, los sitios como Entre Estrellas rara vez querían llamar a las autoridades e involucrarlas en sus asuntos.

Así que no fue hasta casi las tres de la tarde cuando ya estaba llegando a casa, con la tía Tassie sujeta de forma segura en el Volvo. El coche olía a aquel familiar perfume de los polvos capilares que eran responsables de la alarmante nube blanca que salía de su cabeza.

La tía Tassie no había dicho mucho desde el momento en que la había recogido, y tan solo había susurrado una vez que «estaba ocurriendo algo», lo cual a Ash le parecía algo muy sensato que decir, ya que, ciertamente, algo estaba ocurriendo. Durante el resto del viaje, tan solo se había estado observando las manos como si fuese la primera vez que las veía, o había mirado a través de la ventana.

No era el momento más adecuado para estar llevando a cabo esta misión: estaba muy ocupado con el trabajo, y también estaba Candice. Pero se había ofrecido a hacerlo por unas cuantas razones, y todas ellas eran egoístas: pensar en Olly acechando alrededor de sus vidas, aunque fuera desde una distancia prudencial de más de cuatro mil kilómetros, lo inquietaba. Y también quería ver a Nate. Y, en realidad, también había querido volver a casa; no le gustaba sentir que estaba desterrado.

Pero tras su visita a Entre Estrellas, veía que aquella intervención se había transformado en un rescate de emergencia, así que se felicitó a sí mismo por haberlo realizado de manera tan efectiva. Después de todo, la tía Tassie le había salvado a él la vida en una ocasión, así que lo correcto era devolverle el favor.

La primera sensación que tuvo Ash al llegar a Entre Estrellas fue de sorpresa. El estado de alarma de Miller había hecho que se imaginara un lugar al estilo de *Alguien voló sobre el nido del cuco*, pero la residencia parecía más bien una comunidad de vacaciones en Cabo Cod: edificios de pizarra al estilo de bungalós, los típicos setos de boj, matorrales de hortensias y caminos de gravilla. Aunque se había reído al ver los nombres que les habían dado a los bungalós residenciales: La cabaña de Shangri-La, El rincón de Nirvana, Un lugar en el paraíso, La esquinita de Canaán, La escapada elísea... Todo ello sugería que la inminente muerte de los residentes llegaría pronto, y que lo seguiría una acogedora y casi cursi vida en el más allá. Realmente era una idea ingeniosa, la idea de que todos aquellos misterios que todo el mundo debía sortear, meditar y temer pudieran resumirse en una estrategia de marketing.

En el interior, se vio envuelto en una aburrida discusión con una mujer que parecía una Debbie Harry de las afueras, una tal Carol Dinkus, a juzgar por la placa de identificación de latón que había sobre el escritorio de la recepción, sobre si tenía derecho o no a sacar a la tía Tassie.

—Aquí dice que la señora Shaw solo puede salir de aquí con el señor Lane.

—Ya. Pero creo que me dijo por teléfono...

—Yo no le dije nada.

—De acuerdo. Bueno, pues alguien, la persona que llamó a mi esposa, nos dijo que iban a entregar a la señora Shaw a los servicios sociales a no ser que alguien viniese a recogerla.

—Ajá.

—Bueno, como puede ver, aquí estoy. Soy alguien, y vengo a recogerla.

Le había sonreído. A los cuarenta y dos años de edad, Ash se había convertido en lo que la gente se refería cuando decía que alguien era distinguido: su pelo marrón se estaba volviendo gris de forma prematura a la altura de las sienes, su complexión delgada se había rellenado un poco pero no demasiado, y tenía una postura perfectamente erguida. Había descubierto en los últimos años que producía un efecto sobre las mujeres con el que solo podría haber soñado ejercer cuando tenía unos veinte años.

Sin embargo, Carol Dinkus ni siquiera se había inmutado.

Lo que sí hizo fue llamar a la directora, la cual no compartía las mismas preocupaciones que Carol Dinkus. Enseguida le entregó a la tía Tassie, y una solitaria y triste maleta a cambio de su firma y de parte de su resentimiento.

—Sabe —le dijo—, es usted afortunado de que el otro residente y su familia no quieran presentar cargos.

Cuando Ash se rio ante eso, ella le respondió:

—Bueno, de hecho, señor Everley, este asunto no tiene nada de gracia. Fue un ataque bastante violento. Claggart Morris es un hombre muy agradable, y no consentimos la violencia de ningún tipo en Entre Estrellas. La señora Shaw no ha sido una residente muy fácil que digamos, a pesar de las apariencias.

Ash simplemente había negado con la cabeza con incredulidad, y guio a la tía Tassie hasta el coche.

—Te diré una cosa, tía Tassie —le había dicho mientras la ayudaba a sentarse en el asiento del pasajero—, creo que te has librado de una buena con esto.

Cuando se acercaron al puente de Wonderland, Ash apretó la tecla de reproducir en la casetera. Talking Heads comenzó a sonar, así que inmediatamente lo apagó. Nunca le habían gustado demasiado. Su gusto musical era más vulgar, y lo sabía. No se avergonzaba de ello. Toqueteó la radio hasta que encontró una melodía alegre, y se puso a tararearla. No distinguió toda la letra, pero entendió que nadie iba a parar a aquel tipo.

La hierba estaba verde y frondosa alrededor del pueblo, con los árboles llenos de nuevas hojas. Pero, en contraste con aquella vitalidad, el cielo era de un color gris plomizo, el tipo de gris que las ciudades costeras siempre parecen tener fuera de temporada.

Para ser una isla de mareas, Wonderland era gigantesca, pero en realidad era un pueblo diminuto. Llevaban conectados al continente desde los años treinta, gracias a la construcción de un puente con el dinero federal. Antes de eso, sin embargo, la única forma de cruzar había sido en barco o a través del banco de arena que solo aparecía cuando la marea estaba muy baja, aunque desaparecía a las pocas horas.

Cuando eran jóvenes, la tía Tassie les había contado historias sobre la gente que había conocido en los viejos tiempos, en general algunos jóvenes malintencionados, bribones que calculaban mal las mareas y se quedaban atrapados en el paso cuando el agua volvía a toda velocidad, los arrastraba y se los llevaba al mar para no regresar jamás. Aquellas historias los habían aterrorizado. Aunque no los habían frenado de intentar cruzar una vez por ellos mismos.

La ciudad había recibido su inusual nombre de los colonos ingleses, que tradujeron mal el nombre *wampanoag* para aquel lugar, el cual al parecer significaba «la isla invisible de Crooked Bay», o algo parecido. Así que lo habían declarado Wonderland. El cual, por supuesto, fue el nombre que quedó.

Ahora, en el glorioso futuro del 1984, tenían un instituto e incluso un aeropuerto (o bueno, más bien una pista de aterrizaje), un supermercado, una oficina de correos, un par de iglesias, tres restaurantes, un hotel, dos bares y un cine, por no mencionar las típicas tiendas como ferreterías, zapaterías, tiendas de segunda mano, biblioteca, etc. Y, durante el verano, incluso tenían una estación de radio local.

Pasó junto al instituto Annie Oakley, que aún estaba igual que siempre: un edificio de ladrillo rojo con una gran ventana central de dos pisos de alto, por la que se veía la escalera donde Olly y él solían perder el tiempo mirando las piernas de las chicas mientras ascendían, con los calcetines desapareciendo en sus zapatos Oxford de dos tonalidades. Y los jerséis, madre mía, esos jerséis...

Cuando tenía unos catorce o quince años, había tenido una foto promocional de Janet Leigh en *Amor a reacción*, que había conservado como si fuese un tesoro. En ella, posaba con los brazos por encima de la cabeza, lo cual hacía que el apretado jersey blanco que llevaba se elevara, revelando piel y un poco de su sujetador. Había guardado la foto en uno de sus libros de Hardy Boys, y por la noche la sacaba y se masturbaba con suavidad. A Ash aún le encantaban las mujeres con jerséis apretados, no podía negarlo.

La casa estaba vacía cuando llegaron. Había una nota sobre el mostrador de la cocina: «He ido a nadar —M». Llevaba sin ver a Miller desde febrero, y la última vez había sido un encuentro incómodo en el piso de la ciudad, donde ella le había hecho frente acerca de lo de Candice, y le dijo que no podía volver a casa. Pero recordaba lo guapa que había estado: una camiseta de tirantes blanca, vaqueros, el pelo ondulado y rubio suelto, las gafas de sol puestas, lo cual había sido un poco extraño ya que no hacía sol, pero bueno. De todas formas, Miller siempre tenía buen aspecto. Pero últimamente era más bien como si fuese un cuadro en un museo: podía apreciar su belleza, pero no tenía mucho que ver con él.

Ash guio a la tía Tassie arriba, a uno de los dormitorios en la parte de atrás del piso superior, el que tenía la gran cama de latón y el papel pintado con capullos de rosa en el que Miller había insistido cuando se mudaron por primera vez a Wonderland desde la ciudad en el 72. Recordaba lo felices que habían sido al comprar la casa y remodelarla. Nate tenía cinco años por aquel entonces, y correteaba por todas partes, asombrado al tener escaleras en su propia casa después de haber vivido en el apartamento de Nueva York. Aquel niño podía pasarse horas tan solo corriendo de arriba abajo, contando los escalones, sentado en ellos y jugando a la gallinita ciega en lo alto de las escaleras, lo cual hacía que a su madre le diese un infarto siempre.

Ash abrió la ventana y la habitación se llenó del olor a hierba que provenía del patio trasero. Por encima del aligustre vio a la hija de los vecinos, Suki, que estaba junto a la piscina de los Pfeiffer ataviada para jugar al tenis, con su pelo pelirrojo recogido en una coleta, los brazos alzados y los músculos tensos bajo la piel.

Se giró de nuevo hacia la tía Tassie.

—¿Qué te parece?

La tía Tassie estaba de pie, totalmente inmóvil junto a la puerta con su maleta, y observaba a Ash con sus impresionantes ojos de un azul pálido. Aparentemente, había sido una de las bellezas de Wonderland en su día. Tras un momento, se acercó y se sentó sobre la cama. Se quitó los zapatos, se tumbó y cerró los ojos. En unos segundos, parecía haberse quedado dormida.

—Ya. Vale… —dijo Ash—. Bueno, pues ponte cómoda. Yo estaré… Estaré abajo si necesitas algo.

En la cocina, Ash se percató de que tenía hambre, ya que se había saltado el almuerzo. Abrió el frigo, y vio que estaba lleno de latas de refresco, un pomelo, un par de tomates y algunos restos. Cuando miró en la alacena, encontró solamente almendras en todas partes, intercaladas con un par de latas de sopa.

—Joder, Miller —le dijo en voz alta a la cocina vacía.

Consiguió encontrar unos Pop-Tart antiguos, probablemente de Nate. Metió uno en la tostadora y se hizo un café instantáneo. Comenzó a tatarear una canción publicitaria de aquella marca de café mientras el agua hervía. «¡La mejor parte de despertarse, es hacerlo con una buena taza de café!».

Tenía que admitir que era bastante pegadiza. En los últimos años no podía escuchar ningún anuncio sin analizarlo, juzgarlo por sus méritos, y preguntarse si él podría haberlo hecho mejor. Aquel era un efecto secundario de trabajar casi quince años en el negocio. Después de que Miller y él dejaran L.A. y Lay Down, Ash simplemente se había encontrado haciendo aquello, valiéndose de su «experiencia» en producción musical para la publicidad. Ahora trabajaba en una empresa que se encargaba de las campañas políticas. No los habían contratado para la reelección de Reagan, pero hacía poco que habían conseguido a Walter Mondale, así que estaban inquietos mientras esperaban la convención demócrata que habría en un par de meses. Aun así, estaba decepcionado por la campaña de Reagan, aunque probablemente era mejor no haberla conseguido. Miller le había dicho que nunca lo perdonaría si contribuía a que Reagan fuese reelegido. Habían discutido sobre ello, aunque nunca demasiado en serio. Él le había dicho que ella no entendía que era un negocio, y ella le había dicho que él no entendía nada en absoluto.

Con su Pop-Tart y su café en mano, fue hasta la mesa y se sentó mientras pensaba en su mujer, y no por primera vez desde aquella llamada tan temprana, Ash se preguntó qué se traería entre manos. No necesitaba su permiso para traer a la tía Tassie a la casa, así que ¿por qué llamarlo? ¿Acaso lo echaba de menos? ¿Quería divorciarse? Si sabía con certeza una sola cosa sobre su mujer, era que podía ser muy escurridiza. Podía ser increíblemente indecisa, y entonces, un día cualquiera, tomaba una alocada decisión de forma repentina.

Ash le dio otro bocado al Pop-Tart: era de fresa, definitivamente el mejor sabor. No se arrepentía de la aventura que había tenido, pero sí que lo entristecía el pensar que aquello le había hecho daño a Miller. Aun así, las cosas cambiaban, y si Miller fuera sincera consigo misma, habría tenido que admitir que todo aquello no lo había empezado él.

Pensó en la tía Tassie, escaleras arriba, y se preguntó qué habría ocurrido con su antigua casa en la calle Foster, donde había crecido Olly. La última vez que había pasado por allí, estaba cerrada. ¿La habría vendido Olly? ¿O aún se aferraba a ella por alguna razón inexplicable?

Ash sonrió entonces, ya que recordó que después de las prácticas de fútbol americano, Olly y él solían volver a aquella casa, donde la tía Tassie les daba bocadillos de mortadela, uno tras otro. Le habían encantado aquellos bocadillos con mayonesa, mostaza y lechuga iceberg. La tía Tassie formaba una cadena de producción en el viejo mostrador de piedra.

—Debería de haber comprado acciones en la productora de pan —decía siempre—. Ahora estaría forrada.

Por las ventanas de la cocina habían visto las hojas que cambiaban de color hasta ponerse naranjas y rojas, contrastando contra el cielo gris. El equipo se les congelaba por el sudor, las taquillas apestaban, ellos apestaban. Incluso después de haberse dado una ducha, de alguna forma la ropa aún seguía oliendo ligeramente a humedad.

Aquellos eran los momentos en los que Ash había sido capaz de querer a Olly sin ninguna duda, sin sentir que, de algún modo, Olly siempre tenía más, que siempre se quedaba con la mejor parte de todo.

Cuando algo ocurrió y cambió entre Olly y Miller el verano en que tenían diecisiete años, Ash lo supo de inmediato. De un día para otro, habían pasado de ser los tres, a ser Olly y Miller, y además, Ash. Lo único que podía hacer él era seguir cerca de ellos para no perderlos a ambos. Pero aquello le había ocasionado un sentimiento de ansiedad y desesperación, como si siempre estuviese hambriento; daba igual cuánto comiese, jamás se sentía saciado.

Recordaba haber bebido cerveza con Olly y Miller en el campo de fútbol de Annie Oakley, antes de que todos se marcharan a L.A., después de que la tía Tassie hiciese su funesto viaje al centro de reclutamiento local, cuando Olly se convenció de que el único sitio que estaba lo suficientemente lejos de ella era California.

Miller había estado tumbada boca arriba con el botellín de cerveza en mano, y recordaba cómo Olly se había inclinado sobre ella y (casi de forma casual, pero no del todo) la había besado. Vio a Olly deslizar un poco la mano bajo el dobladillo de la blusa de Miller, tocar lo que probablemente era piel caliente. Y recordaba que el sentimiento de deseo y envidia fue tan fuerte en su interior que tuvo que apartar la mirada para no odiar a sus amigos.

Ash exhaló. Necesitaba tomar el aire, ya que no quería recordar aquello. Tan solo quería vivir en el presente. El presente era lo único que importaba. Dejó su plato y su taza en el fregadero, y salió al tibio día de primavera a través de la ventana de la cocina.

Respiró hondo con los ojos cerrados, como Candice le había enseñado a hacer, y trató de respirar con el diafragma. A la tercera respiración honda, sintió algo, aquella sensación de la que el cuerpo te avisaba, no tu cerebro, de que alguien te estaba observando. Así que abrió los ojos para ver a la vecina, Cricket Pfeiffer, que recortaba las rosas subida a la valla que dividía las propiedades, la cual le llegaba a la cintura.

A través de los años, su nombre (que le recordaba a algo animado y ágil) se había convertido en algo más y más incongruente con la mujer que había frente a él. Era más bien grande, callada, y bajo unas pantorrillas musculadas, siempre llevaba unos zapatos que parecían de enfermera. Cricket siempre parecía querer ser invisible, como si estuvieras cruzándote con un fantasma. Su marido era un abusón con ella; escuchaban los gritos y las peleas en la casa de al lado. Quizás incluso le pegara. Esa era la situación.

Miller y él habían llamado a la policía un par de veces en los primeros días, por supuesto de forma anónima (aunque en aquel pueblo, con una fuerza policial de solo cuatro personas, nada era del todo anónimo), pero la policía siempre se marchaba de la casa de los Pfeiffer, y hacían que pareciese que el problema eran Ash y Miller. Así que, en un momento dado, simplemente dejaron de hacerlo y subían el volumen de la radio cada vez que escuchaban algo inquietante. No ocurría muy a menudo... pero ocurría.

No había forma de negar que Dutch Pfeiffer era un cabrón de mucho cuidado. Un cabrón, pero además rico, al parecer, aunque sus negocios siempre habían sido algo turbios. Ash había hecho algunos negocios de forma informal con él cuando Dutch estaba comenzando con Wonder Air, la pequeña aerolínea cuya ruta ahora pasaba por Wonderland, Boston y Nueva York, y la firma de Ash había pujado por conseguir la cuenta. El negocio no había salido adelante, principalmente porque, por supuesto, Dutch era un cabrón de mucho cuidado.

Los Pfeiffer habían comprado la casa de al lado y la de detrás en el 75, cuando Dutch aún trabajaba en los bonos basura, en Wall Street. Había derribado ambas casas, instalado una piscina y construido una casa más grande «a la moda», que había terminado pareciendo vieja y nueva al mismo tiempo.

—¿Qué tal, Cricket? —la saludó Ash, acercándose a la verja.

—Ah, hola, Ash —dijo Cricket mientras lo miraba con los ojos entrecerrados, fingiendo que no lo había visto respirar como un loco. Tenía un pelo que parecía una especie de gorra oscura de seda sobre su cabeza, con la raya en medio. Un estilo sin estilo—. Me alegro de verte.

—Igualmente. ¿Estás haciendo algo de jardinería?

Ella le sonrió.

—He visto a Suki preparándose para jugar al tenis. Tiene un aspecto muy profesional.

A Cricket se le iluminó el rostro ante la mención de su hija.

—Ah, es buenísima, me deja sin respiración. —Hizo una pausa y se puso la mano sobre el pecho, como para escenificarlo. Después, alzó la mano y se la pasó por el pelo corto y oscuro, como para comprobar si lo tenía bien peinado.

Había algo tan increíblemente atractivo en ese gesto inconsciente, que durante un momento pudo imaginarse lo que sería desear a aquella mujer, como abrir una bolsa de papel marrón suave y familiar para encontrar en su interior un melocotón.

—He oído que Nate vuelve a casa para el verano. Suki está deseando verlo. Es maravilloso que aún sigan en contacto.

Aquello lo tomó por sorpresa. Ash no tenía ni idea de que su hijo y la hija de Cricket fueran amigos.

—Y me dijo Suki que Nate va a ir a la escuela de cine, en Los Ángeles. Cielos, qué emocionante. Debes de estar muy orgulloso.

—Sí que lo estoy. Lo estamos. Aunque no me habría importado que hubiese hecho algo más aburrido, como contabilidad. Por el bien de su pobre y viejo padre. —Aquello era completamente mentira. A Ash le encantaba que Nate estuviese haciendo algo tan guay. Solo decía aquello de la contabilidad para que la gente siguiese alabando a su hijo. Era una tontería, pero no podía evitarlo.

—Ay, no —dijo Cricket—, es maravilloso, y muy creativo.

—Ja. Bueno, si tú lo dices, tendré que ser más valiente —le dijo Ash, que se inclinó hacia ella y le tocó el brazo.

Cricket ladeó de forma casi imperceptible la cara para alejarse de Ash, así que él apartó rápidamente la mano. Ambos compartieron un momento incómodo.

—Creo que me está sonando el teléfono —dijo Cricket mientras se alejaba hacia la puerta de entrada, disipándose por los bordes, desvaneciéndose en la parte delantera de su jardín, hasta entrar en su casa azul.

Ash se quedó allí, mirando la calle, las casas, cada una con sus angustiosamente perfectos jardines, donde ondeaba la bandera estadounidense. Wonderland había sido un lugar maravilloso donde crecer, y un lugar maravilloso donde criar a Nate, pero siempre habría algo extraño en el hecho de volver a casa, como intentar ponerse unos zapatos de una talla demasiado pequeña.

Muchos de los cuáqueros habían abandonado ya Wonderland; sus propios padres vivían en Boca en ese momento, y los padres de Miller se habían marchado a París como protesta después de que escogieran a Reagan. Al padre de Miller, que era profesor de poesía, al final le habían ofrecido un puesto de verdad allí, pero Ash siempre había pensado que los Fairline habían sido bastante dramáticos toda la vida, y que se tenían a sí mismos en demasiada alta estima. De todas formas, el pueblo se había transformado por completo desde que era un niño.

Ahora, había gente como Dutch y Cricket Pfeiffer, con todo su dinero, sus piscinas, y en busca de la fantasía de una vida en un pequeño pueblo; estaban también los veraniegos, con todo su dinero pero sin piscinas; estaba la gente que siempre había estado allí, y que no tenía mucho de nada, que eran los que servían las mesas, quitaban la nieve, cortaban el césped del campo de fútbol, limpiaban los baños del hotel, trabajaban en la feria y, en muchas ocasiones, tenían que irse al otro lado del puente para ganarse algo. Y después estaban las personas como Ash y Miller, que siempre habían estado allí pero que ahora tenían algo de dinero, eran veraniegos pero vivían todo el año, tenían una historia allí, pero no necesitaban limpiarle el baño a nadie. A veces, ni siquiera el suyo propio.

Joder. Ash apenas llevaba allí dos horas y sus pensamientos ya se estaban volviendo deprimentes. Tenía que hablar con Candice y centrarse de nuevo. Volver a lo que de verdad importaba. Como la forma en que olía, o ese punto tan suave que tenía en el interior de los muslos.

Sin embargo, cuando entró a la casa se dio cuenta casi de forma inmediata de que no iba a poder centrarse en un buen tiempo.

De pie en medio de la cocina, vestida con un uniforme de marinero que Nate había usado en un concurso de disfraces hacía ya unos años, estaba la tía Tassie.

Estaba sonriendo, una preciosa y beatífica sonrisa. La sonrisa de un santo, la de un inocente.

—¿Tía Tassie?

—Ay, qué maravilla —le dijo a Ash. Se acercó a él con las manos extendidas y el gorro de marinero mal colocado—. He tenido un sueño, un sueño maravilloso. Y ahora… Ay, no puedo creérmelo.

—¿El qué? ¿Qué es lo que no te puedes creer? —Ash sentía la alegría de la tía en su interior.

—Mi queridísimo Ash, me he transformado.

—¿En quién te has transformado? —le preguntó con una sonrisa, agarrándole las pequeñas manos.

Tuvo un pensamiento fugaz de que quizás fuera como en el anuncio del café, y todos iban a despertarse renovados, felices y diferentes. Que ella sabía algo que los demás no.

Pero entonces, dijo:

—¿Es que no lo ves? Ay, es un milagro. Ahora lo veo todo clarísimo. Ahora todo tiene sentido. ¿De verdad que no lo ves? No soy la tía Tassie. Ay, Ash, soy Billy Budd.

1952

El verano en el que tenían dieciséis años llegó tras un duro y largo invierno en Wonderland, donde la nieve se había acumulado en montículos tan altos que los niños podían saltar desde las ventanas de los primeros pisos y aterrizar por completo en un colchón de polvo blanco y frío. La escarcha, la helada blanca y el hielo negro cubrieron el pueblo, las ramas de los árboles crujían y se rompían bajo el peso de la capa invernal.

Así que, cuando los días se volvieron más largos, las noches más cálidas, y el carnaval ambulante apareció en Longwell, Olly, Miller y Ash estaban más que dispuestos a ignorar las advertencias de los adultos de Wonderland sobre mantenerse alejados de la feria. De hecho, los rumores de los cuáqueros adultos sobre que aquel lugar era un hervidero para pervertidos y enfermedades tan solo alimentaba su curiosidad.

Olly tomó prestado el Oldsmobile de la tía Tassie y Miller sacó a hurtadillas del frigorífico que había en el garaje las cervezas de su padre, y los tres se embarcaron en un viaje a través del puente. Olly y Ash iban al frente, Miller estirada en el asiento trasero y con los pies puestos sobre el tirador de la puerta. Llevaban toda la tarde debatiendo sobre a quién escogería Kennedy como compañero de elecciones: Symington o Scoop Jackson. Miller había apostado por Symington, mientras que los chicos se decantaban por Scoop. Cuando agotaron por completo sus hipótesis, comenzaron a hablar sobre el chico que había sobrevivido al tirarse de las Cataratas del Niágara, y finalmente, hablaron sobre lo que podían ver en la feria, sobre si verían mujeres barbudas, hombres forzudos o cualquiera de los espectáculos de fenómenos de los que habían escuchado hablar, pero que jamás habían visto.

Miller enroscó los dedos de los pies hacia arriba y recitó:

—«En la carpa de circo de un huracán, diseñada por un dios ebrio, mi extravagante corazón se acelera de nuevo con una embestida de lluvia de color champán...».

—Nooooo —se quejó Ash—. Ya basta de poesía.

—Piedad —dijo Olly.

Miller se rio.

—Ay, pero si antes os gustaba cuando os leía poesía.

—Eso era cuando éramos jóvenes e influenciables —dijo Olly—. No sabíamos lo que queríamos.

—Probablemente tiene todo el poema cosido en la ropa interior —comentó Ash.

—No es cierto —contestó Miller, a la defensiva.

Cuando las luces de la feria aparecieron sobre el horizonte, se quedaron en silencio.

Al llegar, se quedaron en mitad del camino, estupefactos ante las luces de neón, el sonido del tiovivo al pasar, la curva de la noria. Había una banda tocando canciones eróticas, una mujer de dos cabezas, una «chica eléctrica», y una anaconda. Había tiro al plato, un carrusel con caballos pintados, el túnel del amor y algodón de azúcar.

Había chicas preciosas con el pelo planchado y pendientes de aro dorados en las orejas, muy cerca de hombres grandes con tatuajes. Había hombres mayores y pequeños que se colaban de manera furtiva en tiendas con carteles en los que se leía: «¡SOLO PARA MAYORES DE 18 AÑOS!». Había grupos ambulantes de chicos con su misma edad, quienes fumaban cigarrillos y se reían disimuladamente.

—El ruido y la furia —dijo Miller.

—Lo cual significa: S, E, X, O —dijo Ash mientras se reía.

Y tenía razón: aquello era sexo. Sexo que se manifestaba en las luces, los sonidos y los olores. Si aquello era enfermedad y perversión, ellos estaban encantados.

Desde donde se encontraba tras el mostrador de algodón de azúcar, Matt McCauliff vio que sus tres compañeros de clase estaban plantados en mitad de la carretera. Les había dicho a sus padres que iba a aceptar un trabajo en la cafetería de Longwell, porque ni de broma lo habrían dejado trabajar en la feria.

Por supuesto, había asumido que nadie de Wonderland iría a la feria; todos habían sido advertidos sobre ella. Así que le sorprendió ver aparecer por allí a Miller, Ash y Olly, pero sabía que no se chivarían de él.

Los Tres Mosqueteros, como se los conocía en el pueblo. Eran bastante queridos en el colegio: eran amables, atractivos, los chicos jugaban a los deportes adecuados, y Miller era una buena estudiante, muy buena escribiendo historias. Se sobreentendía que estaban destinados a algo especial, que iban a conseguir hacer algo realmente por sí mismos. No sabía por qué, pero todo el mundo en la escuela lo presentía.

Aun así, no eran exactamente populares. Había algo en ellos que molestaba a la gente; siempre estaban demasiado juntos, como si estuviesen guardando un secreto que se negaban a compartir.

Pero Matt se alegró cuando lo vieron y lo saludaron con la mano antes de acercarse adonde estaba él; los dos chicos con Miller en el centro.

—¿Sabe tu madre que estás aquí? —le preguntó Miller con una sonrisa.

Él sonrió también de forma involuntaria, como si fuese una reacción química. La chica era guapa: pálida como una bola de helado de vainilla, el pelo a la altura de los hombros y rubio sujeto a un lado con un pasador, y con sus pantalones pirata blancos y ajustados.

—¿Y la tuya?

—Espero que no —le respondió ella.

Le pidieron tres colas y un algodón de azúcar, y los cuatro hablaron un rato. Después, Matt los observó mientras se marchaban por la carretera, moviéndose al unísono, doblándose los unos hacia los otros como árboles que crecen en busca de la luz.

En la cola de la noria, Miller sentía la atracción del cuerpo de Olly, como si fuese un imán. Estaba experimentando aquel peculiar y cortante tipo de placer, ese deseo de que todo y nada cambiase a la vez. El sentimiento de que todo era perfecto en ese momento, y el sentimiento de que quería más, más y más.

Cuando llegó su turno, los tres se apretujaron en un solo asiento. Conforme se elevaban hacia el cielo oscuro, Ash miró a Miller. Su pelo rubio parecía formar un halo iluminado por las luces de neón. Quería estirar la mano y pasarle los dedos por el pelo, rozarle la aterciopelada piel del cuello con la yema de los dedos, enterrar la cara en ese punto y quedarse allí. Quería tocarle los pechos y saber cómo sería esa sensación, si serían tan suaves como imaginaba.

Cuando llegaron a lo más alto, Olly observó la feria, que brillaba a sus pies. Se sentía mareado ante las posibilidades. Aquello era solo una pequeña esquina del mundo que los esperaba ahí fuera. Avanzaron por la cima de la noria, y Olly vio a Miller alzar los brazos hacia el cielo, sus largos y blancos brazos por encima de la cabeza, como dos lunas crecientes. No estaba seguro de cuándo había comenzado exactamente, pero muy lentamente, empezó a sentir como si ellos pudieran ser los únicos dos miembros de una especie, y que estaban destinados a estar juntos. Mientras pensaba aquello, sin embargo, se dio cuenta de que en su interior también había un nudo de tristeza. No tenía ni idea de dónde había salido, solo que le asustaba que aquello no fuese más que un espejismo. La promesa, el deseo, y que jamás tuvieran la oportunidad de verlo todo.

En el viaje de vuelta estaban demasiado emocionados para irse a casa, así que decidieron ir a la playa de las Caracolas a beber la cerveza que Miller había llevado, la cual se había calentado en la furgoneta. Podían ver el trozo de arena que conectaba la playa con el continente.

—¿Lo hacemos? —preguntó Olly tras un par de cervezas.

—Tendríamos que ir caminando a casa por el puente —le dijo Ash.

Miller se encogió de hombros.

—No hace tanto frío.

Se miraron los unos a los otros, y se decidió de manera tácita.

Se pusieron a caminar por el banco de arena, pero enseguida Miller echó a correr por la orilla y desapareció en la oscuridad.

No llevaban mucho rato andando cuando la marea comenzó a subir con rapidez.

Olly y Ash vieron cómo primero desaparecían sus pies bajo el agua, después los tobillos, y por último las pantorrillas, y la arena se convirtió en unas arenas movedizas que los arrastraban hacia abajo. Llamaron a Miller, pero tan solo les respondió el silencio.

—Vuelve —le dijo Olly—, por si acaso necesitamos ayuda. Yo iré a buscarla.

Miller iba mucho más adelantada que los chicos, así que supo antes que tenían problemas. Pero la suave inclinación de la arena hacía que fuese muy difícil caminar deprisa. Tras unos momentos de dificultad, consiguió tumbarse boca abajo con el rostro hacia arriba, por encima del agua que se avecinaba. Con una patada, se alejó del cieno y entonces empezó a nadar, primero sobre el agua superficial, y después sobre el agua profunda conforme la marea subía y la alzaba hasta que no fue capaz de sentir la tierra bajo ella. Sabía más o menos en qué dirección estaba la orilla, pero la oscuridad era total, así que no tenía ni idea de a qué distancia estaba en realidad. Llamó a los chicos, pero no obtuvo respuesta alguna. Consideró quedarse a flote, pero le preocupaba que la corriente pudiera arrastrarla aún más hacia la oscuridad.

Nadó y nadó sin parar, hasta que los músculos le dolieron; se quedó sin aliento y con la garganta en carne viva. Y entonces, de repente, pudo sentir cómo alguien la agarraba y la giraba mientras gritaba: «¡Está aquí, está aquí!». Estaba segura de que era Olly, y él tiró de ella hacia la orilla. Pero cuando alzó la mirada, vio el rostro de Ash. Le rodeó el cuello con los brazos, y le susurró: «Gracias, gracias». Y, por encima de su hombro, vio que Olly salía del agua con el rostro pálido y desencajado.

—No te encontraba. Te busqué por todas partes, sin parar. No te encontraba.

LA CARGA DE LA ESPOSA

Miller aparcó el Volvo en la entrada con el bañador mojado pegado al cuero de los asientos, y apagó el motor.

A través de las ventanas abiertas de la casa escuchó a Crosby, Stills & Nash cantar *Southern Cross*. Se quedó allí sentada un momento, escuchando la música. Su último álbum era muy del estilo de Ash. Una canción acerca de un hombre cuyos sueños no se han cumplido, así que sale en barco a buscar a una mujer (¿o era una chica?, ¿o una mujer-chica? La letra no lo dejaba claro del todo) que crea en el amor verdadero.

Se preguntó si acaso eso era lo que pensaba sobre Candice, pero entonces se odió a sí misma por pensar en ello. Odiaba que todo se hubiese convertido en eso, en cómo Ash se sentía sobre Candice. ¿Qué pasaba con ella misma? ¿Cómo se sentía ella? ¿Por qué se preocupaba tan poco de ella misma?

Ni siquiera le gustaba esa estúpida canción. Salió del coche y dio un portazo.

Al abrir la puerta corredera de la cocina, vio que el mostrador estaba lleno de las pruebas de que algo había sido cortado y cocinado. Las velas que había en la barra estaban encendidas, y alguien había cortado flores del jardín (peonías y perifollos verdes) y las había metido en el florero de color mostaza que había en el centro de la mesa. Estaban algo pasadas y había pétalos caídos de un rosa pálido, y polen amarillo y blanco recubría la mesa.

La tía Tassie, que estaba vestida con un traje de marinero que le resultaba ligeramente familiar, estaba sentada en uno de los dos sillones que Miller había rescatado de un mercadillo unos años atrás, y después los había recubierto de un patrón de Laura Ashley azul y blanco. Movía la cabeza al ritmo de la música, mientras Ash estaba junto al fuego de la cocina, removiendo las ollas y las cacerolas.

Mientras los miraba fijamente primero a uno y después al otro, Miller se sintió totalmente descolocada, como si acabara de entrar en un sueño.

—Hola, Miller, querida —le dijo la tía Tassie.

—Hola —dijo Ash, que no se giró, como si aquello fuese la cosa más normal del mundo: él allí en la cocina, después de todo aquel tiempo—. Sí que has pasado rato nadando. Debe de hacer frío afuera.

Miller le dio un beso a la tía Tassie en la frente.

—Hola —le dijo. Después, se acercó a donde estaba Ash.

—Estoy preparando mi famosa salsa boloñesa —dijo Ash. La «famosa» salsa boloñesa de Ash solo era famosa porque era lo único que sabía hacer.

—Hola —susurró—. ¿Me puedes explicar qué está pasando aquí?

Alzó la mirada.

—¿El qué?

Miller inclinó la cabeza hacia la tía Tassie.

—Ah, claro, eso —dijo con una mueca en un tono bajo de voz—. Bueno, pues que… ¿piensa que es Billy Budd? —se encogió de hombros.

—Perdona, ¿cómo dices?

—No sé. Me dijo que había tenido un sueño, y que se despertó y se dio cuenta de que era Billy Budd.

—¿El Billy Budd del libro?

Ash asintió.

—¿Y qué pasa con el traje de marinero?

—Supongo que se lo ha encontrado. Creo que era de Nate.

—Ya —dijo Miller, que miró de nuevo a la tía Tassie—. Bueno, pues vaya faena.

Cuando miró otra vez a Ash, le estaba sonriendo.

—Me alegro mucho de verte.

Se inclinó hacia ella, como para darle un abrazo.

—Joder, Ash. —Miller le dio la espalda y se acercó al frigorífico amarillo.

Sacó un refresco del frigorífico, una lata de almendras de la alacena, y se sentó en una de las sillas pintadas de amarillo que había alrededor de la mesa de la cocina.

Ash la observó.

—Por Dios, Miller. —Dejó la cuchara de remover de madera junto a la olla, y apareció una mancha roja que manchó el metal blanco—. No te puedes alimentar de refrescos y almendras. En serio, no es sano.

—Ash tiene razón, querida —añadió la tía Tassie—. Necesitas sustento. Nunca sabes cuándo puede llegar una mala época tras un tiempo desagradable.

—Bueno —dijo Miller, que dejó las almendras con un cuidado exagerado—. Si me lo pones así.

—Buena chica —dijo la tía Tassie—. Siempre has sido una buena chica. Y tan inteligente…

Ash había vuelto a centrarse en remover la salsa. Miller lo miró mientras la probaba y movía la cabeza de un lado al otro, tratando de decidir. Miller quería estrellarle la sartén contra la cabeza.

No había sabido exactamente cómo se sentiría al verlo de nuevo, pero no había esperado sentir aquella sensación extracorporal. Pero, claro estaba, cuando se lo había imaginado en los últimos tres meses, no había imaginado a la tía Tassie allí, y menos aún, que la tía Tassie pensara que era un personaje de una novela de Herman Melville.

Miller estaba acostumbrada a estar sola en su propia casa, así que ver tanto movimiento de repente era confuso. Todos los objeto comunes y cotidianos que había sobre las paredes, o que ocupaban los estantes de la cocina (como los dibujos enmarcados a lápiz de familiares olvidados, fotografías de ella y Ash de tiempos pasados y más glamurosos, luces de cristal rescatadas del sótano de sus padres, los platos pintados holandeses de algún viaje lejano en familia que hicieron a Europa, caracolas y piedras rayadas que habían coleccionado de forma indiscriminada a lo largo de los años). Todas aquellas cosas de repente parecían destacar, como si estuviese viéndolas por primera vez.

No mucho tiempo atrás, aquella casa había sido el escenario de fiestas de cumpleaños de niños, barbacoas con hamburguesas quemadas y cenas en las que se bebía demasiado vino y se leía en voz alta una poesía muy mala. Había sido un ambiente relajado, donde todo ocurría demasiado tarde, los niños se amontonaban sin bañar en la cama encima de una montaña de abrigos, y allí se quedaban dormidos mientras los adultos cotilleaban y se cortaban con el cuchillo del queso, rayaban los discos de música y se bañaban desnudos en la playa de los Guijarros.

Pero en ese momento pensó que, tal vez, no había sido tan relajado como pensaba. Quizás así era como habían sobrevivido, con sus propios secretos, y albergando sus propios deseos.

Sabía que no había sido solo Candice. Aquel obstáculo en su matrimonio había existido durante mucho tiempo. No era exactamente un deterioro, sino una desaparición. Cuando había decidido estar con Ash, tener una familia con él, ser una familia, había sido una decisión consciente para tratar de alcanzar un tipo de felicidad fácil, la que había estado tratando de alcanzar sin conseguirlo. Y le había gustado estar casada en los primeros años: había sido una protección, aunque no contra la soledad, sino contra el aislamiento. Pero en algún momento, la novedad se había disipado, o quizá ya no quería llevar más aquella armadura.

O quizá nada de aquello fuera cierto. Suponía que lo había querido, ¿no era así? Era difícil recordar con exactitud, ya que era como tratar de identificar un sabor concreto de un plato elaborado. De todas formas, sin duda él había estado insatisfecho, aquello estaba claro.

Su aventura con Candice había sido un acto concreto, como si una tabla podrida de repente se hubiese desplomado sin advertencia alguna, y se hubiese encontrado a sí misma en una vida sin apoyos. Y, de repente, allí estaba, de vuelta tras tres meses, cocinando y fingiendo que no había pasado nada. Y era eso último lo que la hacía sentir impotente y llena de ira.

—La cena está lista —anunció Ash en voz alta. Miró a Miller—. A no ser que quieras cambiarte el bañador antes.

Miller comenzó a sacar la vajilla del cajón para tener algo que hacer.

—O al menos quítate las gafas de sol.

—Nop —le dijo mientras sacaba los platos.

Sentada a la mesa, la tía Tassie preguntó:

—¿Quién va a bendecir la mesa?

—Por favor, adelante —le dijo Ash, haciéndole un gesto a la tía Tassie.

Ella cerró los ojos y se puso la mano sobre el corazón.

—Dios salve a la reina. Bendice nuestras provisiones, y permítenos estar agradecidos. Amén.

Miller recordaba, cuando era niña, el pequeño silencio que se producía antes del comienzo de cada comida, la bendición cuáquera. En su cabeza, durante ese momento de silencio, siempre pensaba: *En sus puestos, preparados, ¡ya!*

—Amén —dijo Ash, y comenzaron a comer.

—Delicioso, delicioso —dijo la tía Tassie, que probó la comida con una especie de delicada veneración.

Miller la miró. Tenía una complexión diminuta, casi de pajarillo; el pelo empolvado, y unas muñecas minúsculas que le sobresalían de los puños del traje de poliéster de marinero. Recordó las miles de maneras en las que la tía Tassie se había portado bien con ellos cuando habían sido jóvenes, y a cambio la habían descuidado.

Cuando volvieron a Wonderland y Nate era pequeño, la habían visitado, y la habían invitado a cenar. Pero conforme pasaron los años, la vida parecía haberse interpuesto, e incluso aquellos pequeños actos de bondad habían quedado atrás. No era solo culpa de Olly que la tía Tassie estuviese en aquel estado; todos eran responsables de haberla abandonado a su suerte.

Miller estiró el brazo y le dio un apretón a la tía Tassie en la mano.

—Estamos muy contentos de tenerte aquí —le dijo.

La tía Tassie la miró a los ojos y le puso la mano sobre la mejilla a Miller.

—Qué carita tan triste —dijo la tía Tassie, y entonces le dio unos golpecitos suaves—. No te preocupes, al final todo saldrá bien. —Volvió a centrarse en su comida.

—Sí, por supuesto —le dijo Miller, aunque sintió que algo se le rompía en el corazón.

Después de ducharse, Miller se puso la camiseta de Violent Femmes que había encontrado abandonada en la lavadora luego de la última visita de Nate. Se cepilló los dientes, y se peinó el pelo sin demasiado entusiasmo ante el espejo del baño antes de salir al dormitorio.

El dormitorio de ambos, como casi toda la casa, estaba lleno de muebles de mercadillos o tiendas de tonterías que Miller había acumulado durante sus primeros años de vuelta en Wonderland, y que después había restaurado con cariño. La compleja estructura de la cama de bambú que había laqueado, la alfombra azul que había remendado, la cómoda victoriana con el espejo de nube. Comprar antigüedades, como sus padres lo habían llamado. «Más bien es como recoger perros callejeros», había dicho Ash. Pero, de hecho, era más trivial que todo eso: había necesitado hacer algo con su tiempo libre, aparte de cuidar de su hijo y esperar a que Ash volviese de la ciudad.

Allí de pie, en ese momento, supo de inmediato que algo había cambiado en el aire, algo se había distorsionado, como entrar en una casa donde habían robado. Miró a su alrededor y vio el libro perfectamente colocado que había en la mesita de noche que había en el lado opuesto a la suya, como una imagen reflejada.

En su mesita de noche: *La insoportable levedad del ser*, de Kundera. En la de él: *Los Kennedy: un drama americano*.

Abrió el armario, y vio que su ropa estaba allí colgada, como unos intrusos silenciosos. En el cajón superior del escritorio, había ropa interior que antes no había estado allí. Nueva para ella, al menos.

Miller se metió en la cama y agarró su libro. Escaleras abajo, escuchó cómo el zumbido de la televisión se apagaba, y después los pasos de Ash subiendo las escaleras.

Por encima de su libro, Miller vio a Ash desvestirse, y después vestirse con un pijama limpio a rayas. Tenía el mismo cuerpo que recordaba: una buena postura, nada de barriga, los músculos de un hombre que trabajaba en una oficina. Era atractivo, aún podía verlo. Pero no estaba segura de que le importasen nada los cuerpos, incluido el suyo. ¿Qué más daban la forma, la suavidad, la rugosidad, los músculos, o los pechos? Al fin y al cabo, solo eran lo que había dentro de sus cabezas.

Vio cómo Ash se estudiaba a sí mismo en el espejo, se echaba hacia atrás un mechón suelto, y procedía a meterse en la cama junto a ella.

No sabía por qué no protestaba ante su suposición de que iba a dormir en su cama. Quizá no tenía energía para protestar, o a lo mejor quería saber cómo sería dormir junto a él de nuevo. Pero, al verlo allí tumbado ahora, admitió que no sentía nada en especial. No sentía deseo alguno por él. Y, aun así, de forma extraña, tumbada tan cerca de él que sus cuerpos casi se tocaban, una parte de ella aún quería que él la deseara.

—Bueno... Lo de la tía Tassie... —comenzó a decir.

—Uhmm. —Ash encendió la lámpara y empezó a toquetear las almohadas y ajustar la sábana.

—Bueno, ¿qué piensas?

—Sinceramente, no tengo ni idea —le dijo Ash mientras se reclinaba hacia atrás—. ¿Quizás una enfermera privada? Podríamos encontrarle algún sitio.

—Y ¿quién va a pagar eso?

—Pues… —se encogió de hombros—. Podemos empezar a pagarlo nosotros, y después… No sé, le enviaremos la factura a Olly.

—¿Todo esto para evitar llamarlo?

La miró a la cara.

—¿Qué quieres que te diga? Sabes cómo se usa el directorio telefónico, ¿por qué no lo llamas tú?

—Ya lo he hecho —le dijo, permitiéndose esbozar una sonrisa diminuta.

—¿Cómo?

—Bueno —volvió a alzar su libro—, estaba claro que tú no ibas a hacerlo.

—¿Y qué te ha dicho?

Miller guardó silencio y fingió leer. Tenía que admitir que estaba disfrutando de aquel momento. Llevaba todo el día esperando.

—¿Miller?

—No he hablado con él —le contestó por fin, dejando el libro encima de su pecho—. Llamé al estudio, y resulta que ya no trabaja allí. —Se mordió una cutícula—. Creo que lo han despedido.

—Ya. —Miller notó el tono de alivio en su voz—. Bueno, pues ahí lo tienes. —Ash abrió su libro.

—¿Has escuchado que ha habido un terremoto en L.A.? Justo en el vecindario de Olly.

—Olly está bien. Sobreviviría a un ataque nuclear.

—Eso es cierto.

—Y, si no lo estuviera, sería un alivio.

—Ash…

Ash dejó su libro.

—Bueno, es que no quiero que vuelva a nuestras vidas. ¿Es que tú sí? —No era una pregunta, sino una acusación. Y lo sabía—. Porque ¿sabes qué, Miller? Empiezo a pensar que tú sí que quieres.

—No digas tonterías —le dijo—. Estuvo años en nuestras vidas, incluso trabajamos juntos. Nunca intentó interferir.

—¿En serio acabas de decir eso?

—Quiero decir después.

Ash suspiró.

—Mira, Olly es la última persona en el mundo que va a aceptar cualquier responsabilidad, lo sé —dijo Ash—. Pero no sé por qué tenemos que tentar a la suerte. Las cosas van bien, todo va sobre ruedas. No necesitamos enturbiar las cosas.

—Claro —Miller volvió a alzar su libro—. Todo va de fábula.

—Vamos a ver cómo sigue todo, ¿vale? Nate vuelve a casa, y será algo bueno. Para ambos. No vayamos a tomar decisiones precipitadas. Podemos lidiar con la situación de la tía Tassie por nuestra cuenta. O, por lo menos, durante un tiempo. Cuando Nate vuelva a la universidad, bueno, ya veremos lo de Olly.

Miller no dijo nada, porque aún no sabía lo que quería decir, o cómo decirlo. Así que, en lugar de decir algo, cerró los ojos y se quedó muy quieta. Calmó la mente hasta que se engañó lo suficiente como para quedarse dormida, y no soñó en absoluto.

1980

Olly esperaba sentado ante una refinada mesa baja cerca del escenario del Eidolon Lounge. El espectáculo aún no había comenzado, y en el pequeño y lujoso club rebosaba la emoción por la hora de los cócteles. Había hombres fumando cigarrillos y dándole sorbitos a su whisky, y mujeres muy elegantes, con sus pulseras de diamantes colgadas de forma desenfadada en las muñecas, echadas contra sus parejas para poder hablar por encima del ruido.

Olly sentía un zumbido en la cabeza mientras esperaba. Miller y Ash habían volado desde la costa este para finalizar la venta de Lay Down Records. Bueno, o eso era lo que ellos creían, que se dirigían allí para tener una reunión de negocios de última hora. Lo cual era cierto, tenían negocios que finalizar. De hecho, los había invitado aquella noche para anunciar que habían perdido. Los había invitado para ver cómo se hundían.

Olly se había colocado con vistas a la entrada, y tras diez minutos, vio cómo entraba Miller con unos pantalones de traje de seda blanca, con sus largas, preciosas y delgadas piernas paseándose por el suelo de Eidolon Lounge. El pelo rubio rizado le enmarcaba el rostro. Y, por mucho que le doliera admitirlo, Olly lo sintió de nuevo. Algo muy lejano, algo que jamás se había marchado, y que tal vez jamás lo haría. Apenas se fijó en Ash.

De repente estaban junto a él, sentándose alrededor de la mesa baja, con el rostro expectante e interesado. No los había visto en unos años, no desde la reunión de Nueva York en el 77. Ash y Miller habían volado a L.A. hacía ya diez años, y en todo ese tiempo, el contacto entre ellos tres había estado limitado a llamadas de teléfono y a unas cuantas reuniones, todas acerca de Lay Down.

Había tratado de comprar su parte varias veces en los últimos años, pero ellos se habían negado. ¿Por qué iban a hacerlo? Estaban ganando dinero. Pero era algo que Olly no había podido superar, algo que lo carcomía por dentro. Se habían ido con todo: un matrimonio, un hijo, su parte del negocio, el negocio que él había creado... Y sin un rasguño. Y él se había quedado hecho añicos, había tenido que recoger todos los pedazos. Ahora era su turno de infligir algo de daño.

—Vaya —dijo Ash—. Aquí estamos, ¿no? El fin de una era. Pero lo hemos conseguido, hemos construido un negocio y se lo hemos vendido a los peces gordos. Nunca pensé que pudiéramos ganar tantísimo dinero.

Olly tan solo lo miró fijamente.

—Bueno —dijo Ash—, ¿qué hace falta firmar para poder finalizar la venta e irnos a celebrarlo?

—Nada —dijo Olly, dándole un sorbo a su agua—. Habéis firmado todo lo necesario. Los papeles que os mandó vuestro abogado eran suficientes.

Ash parecía desconcertado.

—No lo entiendo. Nos dijiste que teníamos que venir aquí para aprobar un papeleo de última hora.

Miller estaba callada, ya que quizás había notado que algo iba a salir muy mal.

—Sí, sí que lo dije —dijo Olly, y asintió con la cabeza—. Pero resulta que no era cierto. Veréis, es solo que quería veros las caras cuando os lo dijera.

—¿De qué cojones hablas?

Miller le puso la mano a Ash en el brazo, como para frenarlo. Olly vio el anillo de casada de diamantes, que brilló bajo la poca luz que había. Aquello lo animó.

—Bueno, la venta se ha concretado. A Seymour Geist, como queríamos. —Olly estiró las piernas—. Y entonces me dio un treinta por ciento de interés. Llamémoslo una comisión. Y la opción de comprar más aún, por supuesto según el desempeño que logre.

—¿Cómo? —Ash tenía la cara cada vez más sonrojada.

—Sé que es complicado —Olly le dio unos golpecitos a Ash en la mano. Ash parecía a punto de golpearlo—. Así que me he quedado el dinero de la compra, y el interés. Seymour y yo vamos a hacer negocios juntos. Y voy a trabajar para él, haciendo películas.

Olly miró a uno y después al otro, sin molestarse en ocultar su sonrisa. Cuando ninguno de los dos dijo nada, Olly dejó escapar un suspiro exagerado.

—Mirad —extendió ambas manos—, por decirlo de forma simple: yo me quedo, y vosotros os vais.

—¿Qué cojones…? —Ash se giró hacia Miller—. ¿Tú entiendes qué está pasando aquí? Porque yo te juro que no.

Miller miró a Olly, y después a Ash.

—Nos ha timado. Ese tal Geist y él estaban juntos en esto. Toda esa mierda sobre que tenía información de dentro, que la industria estaba cayendo, que debíamos adelantarnos… Todo eso era para asustarnos y que vendiéramos, ¿no es así?

—Bueno, es que no ibais a venderlo si pensabais que iba a quedármelo yo, ¿no? Todo por maldad, o codicia, o lo que sea. Así que tuve que ponerme creativo —le dijo Olly en un tono uniforme de voz.

—No era tu negocio, Olly. Era nuestro negocio. El de los tres. Lo construimos todos juntos. —Ash miró hacia el techo y exhaló. Al fin, negó con la cabeza y miró a Olly—. ¿Por qué? ¿Por qué nos has hecho esto?

Olly alzó las cejas.

—¿En serio?

—Da igual, cariño —le dijo Miller—. Nos ha hecho un favor, ahora somos libres.

Se levantó, y lo miró como si fuese un ángel vengador que había llegado para anunciar una oscura profecía.

—Felicidades, Olly. Ahora estás completamente solo, ese es tu premio. Y estarás solo toda tu vida. Disfrútalo.

Olly, sin embargo, no se sentía maldito sino triunfante, justificado y vengado. Todo ello lo sentía en las venas, como si fuese un sirope caliente.

LEVANTAOS, DORMILONES

Cuando Olly se despertó en Cedars-Sinai, fue como despertarse muy lentamente después de un baño caliente. Fueron muy cuidadosos y amables con él: le cambiaron las vendas, le trajeron bebidas dulces y frías, hablaban en un tono de voz bajo y reconfortante. Y él se despertaba y volvía a dormirse, una y otra vez.

Cuando soñaba, lo hacía en trozos y fragmentos que le costaba seguir, y desaparecían en cuanto se despertaba. Recordaba colores, como si fuesen los de unas ceras para pintar, unas formas con estampados de cachemir, el rostro suave de un chico joven mirándolo fijamente, su boca moviéndose sin que saliera ningún sonido, como si estuviese tras una ventana, o dentro del agua. Aquellos sueños no le molestaban, tan solo flotaban a su alrededor como si se tratase de una nube, o de un perfume.

El segundo día conoció a su médico («llámeme Dr. Frank»), quien le explicó que había tenido muchísima suerte, ya que sus heridas (contusión, la nariz rota, fracturas en la mejilla) eran básicamente superficiales y se curarían sin dejar daños permanentes.

—Nos ha dado un buen susto, señor Lane. Pensábamos que sería mucho, mucho peor cuando nos lo trajeron. Sus constantes vitales eran muy bajas, y el análisis de sangre reveló el porqué.

Miró a Olly por el rabillo del ojo.

Al tercer día, estaba lo suficientemente recuperado como para ver la televisión (vio las noticias, *Hospital general*, *Los Jefferson*, *El equipo A*) y comer tres comidas al día sorprendentemente decentes.

Al cuarto día, el Dr. Frank, que era muy joven, tenía una sonrisa tan blanca que casi parecía azul y una buena mata de pelo negro sobre la cabeza, apareció con el psiquiatra del hospital, el Dr. Bob.

—El Dr. Bob y yo hemos pensado que sería una buena idea que ambos tuvieran una charla —le dijo el Dr. Frank.

Habían abierto las cortinas azules plisadas, y la luz del sur californiano de la tarde entraba por las ventanas, y se reflejaba en el suelo de linóleo y en la estructura de metal donde Olly estaba tumbado.

—Estoy bien —les dijo Olly—. Me siento bien.

—Definitivamente está usted mejorando —comentó el Dr. Frank—. Y nos encantaría que pudiera irse a casa.

—Genial —dijo Olly.

—Pero antes tiene que tener una charla con el Dr. Bob.

—No, estoy bien —insistió Olly, que paseó la mirada de un hombre a otro—. Estoy bien.

—Bueno, verá, señor Lane, está el tema del secobarbital. —El Dr. Frank arrugó su perfecta nariz—. Y eso no lo podemos ignorar, ¿no cree?

Olly sentía que había algo incongruente acerca del hecho de que alguien que parecía haberse escapado de las páginas de una revista para adolescentes estuviera hablándole con condescendencia.

—¿Cómo? ¿A qué se refiere?

—¿A los altos niveles de barbitúricos en su sistema? Seconal, tiene pinta.

—Ah —dijo Olly—. Ah… —Se pasó las manos por los ojos, como si estuviese tratando de recordarlo—. No lo sé, me dan unas migrañas terribles… ¿Quizá me tomé el Seconal de mi novia en lugar de las aspirinas? Sabe, ahora que lo pienso, creo que probablemente fue eso.

—Vale, lo entiendo —dijo el Dr. Frank—. Aun así, eso sería una grandísima cantidad de aspirina. —Inclinó la cabeza.

El primer pensamiento claro de Olly al despertar había sido que era un milagro que estuviese vivo. El segundo había sido: *Y ahora ¿qué?* Se encontraba en un extraño estado, en un punto entre el hombre que se había tomado el Seconal, y que había estado segurísimo de lo que hacía, y el hombre que veía las posibilidades de la ingravidez.

Pero aquello no pensaba discutirlo con el Dr. Bob, ni ahora, ni nunca.

—Estoy bastante cansado —le dijo, abriendo y cerrando los ojos como si apenas pudiera mantenerse despierto—. ¿Quizá mañana?

Los dos hombres compartieron una mirada.

—Señor Lane... —comenzó a decirle el Dr. Frank.

—No importa —dijo el Dr. Bob—, puedo volver mañana.

El Dr. Frank pareció pensárselo durante un momento, y entonces sonrió.

—Es usted libre. Por ahora. Descanse un poco, señor Lane. —Fue a marcharse, pero entonces se giró de nuevo—. Sabe, señor Lane, todos aquí somos grandes admiradores de usted.

—Vaya... Gracias, Dr. Frank. —Hizo una pausa—. Perdone, ¿es Dr. Frank, o Dr. Frank y algo más? ¿O Frank es su apellido?

—Tiene usted un excepcional talento, y todos pensamos que es muy especial. Así que es nuestro deber cuidar de usted lo mejor que podamos.

—Sí, no, claro. Genial. Gracias.

—Además, mi mujer es una gran admiradora de Blue, y jamás me lo perdonaría si la defraudase. —El Dr. Frank guiñó un ojo.

Olly le devolvió el gesto, por alguna razón que no alcanzaba a comprender. Probablemente porque nadie le había llamado «especial» en mucho tiempo, no desde que había dejado el negocio de la música por su aparentemente desastrosa carrera actual en el cine. Realmente era patético.

Cuando aún controlaba Lay Down Records, la gente solía tratarlo así, todos corrían a responder su llamada. En una ocasión, escuchó decir a alguien en los baños de caballeros de unos premios: «Joder, Olly Lane. Si le gustas, es el mejor amigo que podrás tener jamás. Pero si no le caes bien, bueno… Ya puedes ir suicidándote». Y le había gustado aquello. Le gustaba que pensaran en él como en alguien despiadado, alguien poderoso.

Durante esos días, escuchaba música todo el tiempo. La mayoría era buena, no toda era comercial, pero también gran parte era música horrible, por supuesto. A Olly se le daba bien diferenciarla. Aquel había sido su don. Tenía un oído de oro, como alguien lo había llamado en una ocasión. Y aquel talento hizo que ellos (Miller, Ash y él, los tres en Lay Down Records) ganaran una gran cantidad de dinero.

Durante toda su vida, Olly había tenido una reacción extraña y extrasensorial ante la música. Cada una de las notas tenía un color diferente para él; cada palabra cantada, un sabor diferente: beicon, goma, merengue. Cuando Olly escuchaba una canción, entraba en un paisaje específico, caminaba por él, sentía su contorno, su estado de ánimo. A veces era brillante y nítido, otras algo suave y pálido, como una ciudad tras la lluvia. Podía ser doloroso, o precioso. O dolorosamente feo. Experimentaba la armonía y la disonancia de una forma diferente al resto de la gente. Cuando se trataba de la música, para Olly la diferencia entre algo bueno y algo malo era como estar enfermo, o estar sano.

Pero era muy rara la vez que escuchaba algo que realmente lo conmoviera de verdad. No solamente algo que supiera que era bueno, y que funcionaría y podría triunfar en el ranking. Sino algo más profundo, que evocase un sentimiento casi religioso. La música de Blue tenía ese efecto.

Conocía a Blue de antes de conocerla en persona. Era difícil no conocerla; el mundo entero sabía quién era. Y cuando por fin la vio realmente, en un pequeño espectáculo en un lujoso club cuatro años atrás, la misma noche en que asestó el golpe de gracia a Miller y a Ash, justo antes de comenzar a resquebrajarse, fue cuando se dio cuenta de por qué era una superestrella.

Aquella noche en el Eidolon Lounge, salió al escenario con un vestido cosido con miles de cuentas, o diamantes falsos, o algo que brillaba bajo la luz. Una apertura en el vestido le recorría el costado izquierdo, sobre el lugar donde su prótesis parecía juntarse de forma perfecta con su rodilla. Era de color hueso y en forma de espiral, y también tenía incrustada algún tipo de decoración parecida a los diamantes. Su pelo, negro y lacio como el de un nativo americano, le caía como si fuese agua negra recorriéndole la espalda. Había solo un foco apuntándola, lo cual dejaba al resto de la habitación y del escenario sumido en la oscuridad.

Miraba hacia abajo, y tenía el rostro ensombrecido. Todo el mundo se quedó en completo silencio, y entonces, inhaló de repente, lo cual se escuchó a través del micrófono, como si fuese un súbito sonido de dolor. Alzó la cabeza hacia todos ellos, y comenzó a cantar. Una nota clara, pura. Y, madre mía, esa voz, esa cara… Olly sintió que se le ponía el vello de punta. El aura era dorada, y el sabor era a fruta fresca y luminosa, pero también salado, como si fuesen cerezas rebozadas en sal, quizá.

Después de aquello, el marido y agente de Blue, Slade Winters, había estado encantado de organizar un encuentro al notar que podría sacar algo de Olly. A Olly le había dado igual la razón. Se sentía poderoso tras su reunión con Ash y con Miller, impulsado por su traición justificada. Cuando entró en el camerino, se giró hacia Slade y le dijo: «Cierra la puerta». Tras obedecer, Slade se apoyó contra el marco de la puerta. Olly sonrió y añadió:

—Me refería contigo al otro lado.

Blue estaba sentada ante su tocador, con la deslumbrante prótesis de pie junto a ella. Llevaba puesto un kimono de seda marfil, ligeramente abierto por el pecho. La bata le caía por todo el cuerpo, amontonada en su regazo y abierta de nuevo a la altura de su pierna izquierda. Estaba alzando el muñón (el cual en ese momento vio que estaba en su pantorrilla, no en la rodilla) arriba y abajo con la mano a la altura de la rodilla, como una especie de ejercicio. Al mismo tiempo se cepillaba el pelo. Solo podía verla de perfil, y no se giró para mirarlo.

—Olly Lane —dijo ella.

—¿Puedo? —le preguntó, señalando con un gesto una silla abandonada en una esquina, donde también había un perchero lleno de trajes brillantes y coloridos.

Blue tan solo continuó cepillándose el pelo.

—Estoy casada —explicó ella.

—Lo sé —dijo él con una sonrisa—. Mis condolencias.

Ella se rio, y entre sus labios curvados pudo ver una fila de dientes perfectamente arreglados con carillas.

—¿Cómo sabes que no estoy aquí para ofrecerte un contrato?

Blue se encogió de hombros.

—Porque conozco tu sello discográfico, sé lo que te gusta. Y lo que yo hago no entra dentro de esa categoría.

—Mira —le dijo Olly, y se inclinó hacia delante, lo cual forzó una especie de intimidad con ella—. No sé qué es lo que haces exactamente, porque solo te he visto una vez. Pero sé que eres increíblemente emotiva, eso te lo puedo asegurar. Te daría un contrato mañana mismo si es lo que quieres. Pero esa no es la razón por la que estoy aquí ahora mismo, en tu camerino, hablándole a tu mejilla. Quiero conocerte, y quiero que tú me conozcas. Sé que estás casada, pero me da igual. Es un gilipollas, todo el mundo lo sabe, y asumo que tú también, porque me pareces una persona extremadamente inteligente. Quizá necesites algo de ayuda, o tal vez no. Pero, sea como fuere, aquí tienes mi número de teléfono. Llámame cuando quieras, cuando el espíritu te inspire.

Para ese entonces ya sí estaba mirando a Olly, así que él le dedicó una sonrisa. Se percató de que sus ojos eran del color de los dátiles negros, tan oscuros que no tenían profundidad, tan solo una superficie brillante. Inclinó la cara y lo miró durante un momento. Después, se giró hacia el espejo y continuó peinándose el pelo.

—Ya veo por qué les gustas tanto a tus artistas —le dijo de perfil—. Eres simplemente encantador, ¿no es así, Olly Lane?

—Solo estoy siendo sincero —dijo.

—Lo sé —le dijo ella con una sonrisa—. Por eso es atractivo. Mira, en serio, Olly. Gracias. Ha sido fascinante, pero de verdad que necesito cambiarme.

Un mes más tarde, había conseguido sacarla del contrato que tenía con Slade, se mudó a The Bower, le consiguió un contrato en su discográfica, y estaba en proceso de divorcio.

Y ese era exactamente el tipo de hombre que Olly Lane había sido.

Pero lo que ese hombre no sabía era que, aquella noche, había recibido una maldición. La profecía de Miller se había hecho realidad; no mucho después, uno o dos meses después, había ocurrido. Comenzó de forma gradual: canciones que pensaba que funcionarían, fracasaban, una o dos, aquí y allá. Una mala racha. Después, álbumes enteros. Después, el color y el sabor desaparecieron: todo parecía gris, todo sabía gris, como agua estancada. Una mañana se despertó tumbado junto a Blue, en su preciosa casa, en su ciudad, y se dio cuenta entonces: lo había perdido. Había perdido su único don. Estaba realmente solo.

Lo único que le quedaba era el espacio donde había estado en una ocasión. Y, lo peor de todo, el recuerdo de su don. Y el recuerdo engullía todo lo bueno.

¿Y Blue? Bueno, suponía que era una maravilla que hubiese durado tanto como lo había hecho, teniendo en cuenta el agujero que tenía donde su corazón había estado en una ocasión.

Conforme la mañana se transformó en la tarde, las enfermeras no dejaron de ir y venir, de abrir y cerrar las cortinas cuando le traían analgésicos (aunque, tristemente, nada de prescripción). Mientras tanto, Olly consideró su dilema.

Hasta donde él sabía, la situación era la siguiente: había tratado de suicidarse, y lo había frenado una maldita intervención bíblica. Eso debía de significar algo. Por supuesto, en el proceso, lo había perdido todo. Pero no tener nada significaba que era libre. Ahora no tenía ninguna obligación de seguir siendo el hombre que había sido, no tenía los problemas ni la carga que había tenido anteriormente. Podía reinventarse. Pero reinventarse ¿cómo, exactamente?

Una enfermera entró y encendió la televisión. La pantalla parpadeó hasta dar lugar a un anuncio de reelección de Reagan, uno que parecía estar en bucle desde que Olly había llegado. El embustero ciertamente aguantaba en su tercer acto: de artista de Hollywood de poca monta, a informante del FBI, a presidente de los Estados Unidos.

Olly recorrió con la mirada las imágenes del anuncio: la niña pequeña que corría a los brazos de su padre, una mujer mayor con una tarta en la mano. La voz que narraba de forma suave y varonil sobre la economía y la familia.

Pensó en la tía Tassie. Había recibido un par de llamadas después del terremoto de la residencia Entre Estrellas, un sinsentido sobre que la tía había atacado a otro residente, y sobre que alguien necesitaba ir a recogerla.

¿Cuánto tiempo había pasado desde entonces? ¿Una semana? ¿Más? Tenía que solucionar aquello.

Apartó la mirada de la televisión y miró a la enfermera:

—Necesito hacer una llamada de larga distancia —le dijo.

Tras colgar con Entre Estrellas, Olly se echó hacia atrás en su cama. La conversación con una mujer llamada Carol Dinkus había sido sorprendente, como poco.

El anuncio de Reagan volvió a instalarse en su mente: una mujer anciana sosteniendo una tarta, una niña que corría a los brazos de su padre. Algo vetusto que buscaba algo olvidado, perdido.

En su mente apareció un pensamiento de repente, algo que no había buscado, que no podía creerse. Al principio tan solo fue la forma de un pensamiento, algo que no alcanzaba a ver del todo, lo cual lo obligó a seguirlo, encontrarlo, atraparlo y sostenerlo entre sus manos. ¿Acaso era posible...?

No.

Sí.

Sí, era posible. Más que posible. Si lo pensaba, en realidad, era tan simple, tan obvio, que podría haberse echado a llorar. ¿Cómo podía haberse olvidado de aquella regla dramática tan básica? La redención siempre era posible en el tercer acto. Había sido salvado por una razón, y ahora lo entendía.

Olly le dijo al Dr. Frank que iba a pedir el alta voluntaria. El Dr. Frank era escéptico, pero, al final, accedió a su petición después de que Olly le prometiera que volvería en dos días para un chequeo riguroso, y que iría al menos a cuatro citas con el Dr. Bob como paciente externo.

—También se da por sentado que alguien estará cuidando de usted —le dijo el Dr. Frank mientras escribía algo en el historial de Olly—. ¿Blue, supongo?

—Está de gira.

—Qué pena —dijo el Dr. Frank—. Pero bueno, podemos ponerle en contacto con una enfermera privada. ¿Sabe a dónde estará?

—En casa —dijo Olly—. Me voy a casa.

CAM

Estaba tumbado sobre el pasto alto, con los brazos en los costados, las palmas de las manos contra la tierra húmeda, las piernas estiradas y sus Adidas apuntando hacia arriba. Encima de su cabeza solo se veía el cielo azul, rodeado de los tallos que se mecían. Las semillas parecían conjuntos de estrellas diminutas, del color de bebés alienígenas. Entrecerró los ojos una y otra vez para hacer que el cielo y la hierba se movieran de un lado al otro de forma mínima, como si fuesen diapositivas. Entonces, cerró los ojos y se quedó muy, muy quieto, fingiendo estar muerto. O tratando de ver qué se sentiría al estarlo. Pero no se sentía nada al estar muerto, ¿no era así? Aunque ¿qué sabía él de estar muerto? Quizá sí que se sentía algo. Quizás el estado de la muerte dolía. Bueno, fuese como fuere, trató de serlo, de sentirlo.

Estaba en el viejo cementerio, el que el pueblo había dejado de usar porque se habían quedado sin espacio. Supuso que, al final, toda la gente que conocía a alguien en el viejo cementerio, y que tenía alguna razón para visitar las tumbas, también estaría muerta. Se preguntó qué pasaría con los fantasmas cuando nadie viniera, ¿a quién acecharían entonces?

Habían construido un cementerio nuevo junto al puente. No tenía vistas al océano, y técnicamente no estaba en Wonderland, pero aun así tenía un resplandeciente letrero en el que se leía: CEMENTERIO DE WONDERLAND. Bueno, en realidad ya no. El año pasado alguien había pintado un grafiti encima, tachó «Wonderland» y escribió «mascotas» en pintura roja. Por el libro de Stephen King. Todos pensaron que era gracioso.

Cam se puso los auriculares de su walkman y pulsó el botón de reproducir. A través de la gomaespuma naranja de los auriculares se escucharon las notas del *Canon* de Pachelbel. Lo había grabado de la radio después de haber visto *Gente corriente*. Cuando su padre escuchó la canción que estaba reproduciendo, se había reído y le había dicho que últimamente era la canción favorita de entrada de todas las novias que iban a casarse, y que probablemente había escuchado más veces aquella maldita canción de las que había escuchado la oración del Señor.

Pero le daba igual. Escucharla hacía que todo (la hierba, el cielo, las palmas de sus manos contra el suelo, el olor del mar) pareciesen parte de un todo.

Conforme el tercer violín comenzó a sonar, sintió la tierra vibrando ligeramente, y de repente un par de ruedas de bicicleta pasaron lentamente junto a él.

La chica no había visto a quien estaba tumbado junto a ella, escondido entre la hierba alta. Él lo veía todo: las ruedas de banda blanca que atravesaban la hierba; los zapatos azules con las que empujaba los pedales, y un destello de sus uñas pintadas de rosa; su vestido de algodón amarillo, en abanico alrededor de sus preciosas y morenas piernas; y arriba, más arriba, hasta llegar a sus braguitas blancas.

No le sorprendía verla allí; recorría aquel camino cada jueves, desde el instituto hasta la tienda de segunda mano donde trabajaba su madre como voluntaria. Y cada jueves, él se tumbaba allí para observarla.

Aquella chica era lo único que sentía que era verdadero, honesto y real. Era la única cosa en todo el pueblo que no le hacía querer morirse.

Y verla le dio exactamente las fuerzas que esperaba. Pero enseguida fueron reemplazadas por aquel sentimiento de vacío y náuseas que siempre sentía, esa sensación como cuando te da hambre pero tienes un virus estomacal. Esperó y trató de controlar su respiración hasta que estuvo seguro de que ella se había marchado del campo. Entonces, se quitó los auriculares y se incorporó.

Una parte de él creía que era posible tener una vida más allá de aquel lugar; y otra creía que quizá no lo fuera. Y, si no era posible, ¿qué pasaría con él?

Bueno. Supuso que, de una forma o de otra, no iba a llorar por las esquinas por ello.

NUESTRA HISTORIA

Olly estaba sentado en la silla de ruedas de cortesía, ante una mesa en la sala de espera de primera clase de Pan Am en el aeropuerto de Los Ángeles. Bebía *whisky* con cola, y se estaba preguntando por qué había abandonado las drogas y el alcohol. La televisión estaba llena de reportajes sobre el terremoto, al que habían bautizado en las noticias como el terremoto de Newport-Inglewood, por la falla geológica que atravesaba aquella área hasta Beverly Hills.

Pensó en su preciosa casa, que ahora estaba en ruinas, y dio otro sorbo a la bebida. Ya no importaba. No podía importar.

Una de las camareras, joven y guapa, le trajo sobre una bandeja la selección de periódicos del día. Junto a los nacionales, en los que los titulares hablaban sobre Reagan conociendo al papa y sobre Siria capturando a tres oficiales israelís en el Líbano, estaba *Variety*, cuyo titular estaba redactado con su habitual inteligibilidad: Lane despedido de su puesto de presi en Obscura; *Moby Dick* sigue a flote.

Encima del artículo había una foto de estudio de Olly, con una chaqueta azul, una camisa blanca abierta al cuello, y el pelo negro peinado hacia atrás. Parecía extrañamente siniestro, y demasiado emperifollado.

Definitivamente ahora tenía una apariencia nueva (le había sorprendido cuando lo habían dejado pasar en primera clase). Había visto su reflejo en el espejo del hospital al salir: tenía la cabeza vendada, el pelo despeinado que le sobresalía por la venda, la nariz rota, el ojo tapado con gasas y un recubrimiento blanco… Bajo el otro ojo tenía la piel hinchada y amoratada, como si fuese una cadena montañosa del color del atardecer. Y para vestir: unos chinos y una camiseta de Splash con una foto de Daryl Hannah, que había comprado en la tienda de regalos del hospital. Nueva apariencia para una nueva vida.

Agarró la revista y le echó un vistazo a la historia. El artículo sugería de forma vehemente que Olly había sido despedido, aunque no lo decía directamente. Sí que mencionaba que Obscura iba a seguir adelante con el proyecto de *Doctor Zhivago II: Doctores Zhivago* (aunque era un título provisional). Se rio. De todas formas, en Hollywood no se despedía a nadie: continuaban con otras cosas, o se tomaban un descanso para estar con su familia, etc., etc. También decía que Geist continuaría teniendo la mayor parte de las participaciones de Lay Down Records, como parte de su trato original.

—Se la puede llevar, no la quiero —le dijo Olly, devolviéndole la revista.

—Sí, claro —dijo ella.

—¿Me puede traer otro de estos? —Alzó el vaso.

Vio a la camarera abrirse camino entre butacones de felpa de color rojo y azul klein, hasta llegar a la barra. Sus bailarinas bajas se hundían en la alfombra, y los tobillos se le torcían ligeramente al andar.

Volver a Wonderland era un viaje totalmente diferente del que había emprendido unos años atrás. Cuando habían llegado a L.A. por primera vez en el 63, no habían tenido dinero para un vuelo, y menos aún para uno en primera clase. Habían atravesado el país en el coche del padre de Miller, un Mercury Comet blanco con el interior en rojo. El señor Fairline no había querido que su hija se marchase por nada, pero había dicho que, si tenía que hacerlo, entonces iría en un coche que supiera que no iba a quedarse parado. Dios, se habían sentido como si hubiesen ganado la lotería con el coche.

Habían conducido a través de Pennsylvania, Ohio, Indiana, Iowa. La guerra de Vietnam acababa de empezar a ser parte de la mente colectiva de la sociedad, pero por algún tipo de acuerdo tácito, no hablaban jamás de ella, no después de lo que la tía Tassie había hecho, ni siquiera después de haber visto la fotografía del monje budista que se había prendido fuego en protesta, la cual estaba en cada periódico de cada ciudad por la que pasaban. Se dirigieron al norte de las Dakotas, ya que los padres de Ash tenían amigos allí, cuáqueros que les ofrecieron alojamiento, pero también porque querían ver aquella región del país. Después atravesaron Wyoming y Colorado, y cruzaron el suroeste. Cuando ya no les quedaban amigos con los que hospedarse, acamparon, y en ocasiones se alojaron en pequeños hoteles.

El abrumador recuerdo que tenía de Miller en ese viaje era de su vestido azul a cuadros y sin mangas, entallado por arriba y con la falda de campana. Lo lavaba cada dos días, y lo colgaba en el capó del coche para que se secara. Y también recordaba que siempre parecía tener el pelo mojado, ya que se metía a nadar cada vez que veía agua.

Desde aquella noche en la que casi se había ahogado, Miller había trabajado sin descanso para convertirse en una fiera y capaz nadadora.

Otra obsesión que se había originado en su experiencia cercana a la muerte era la repentina y extraña afición por escribirse en el cuerpo. Tanto Ash como él se habían dado cuenta; dibujaba palabras, frases, lemas publicitarios, casi cualquier cosa sobre su piel, y a menudo, en lugares donde los escritos estarían ocultos bajo la ropa. Pero, para cuando se marcharon hacia California, parecía haber parado casi por completo.

En su lugar, le dio por sacar *polaroids* de ellos: Ash, con sus vaqueros azules con los bajos enrollados y la camiseta blanca metida por dentro; Olly en pantalones cortos y una camisa blanca de botones, deshilachada por abajo; con los brazos el uno alrededor del otro, y los ojos entrecerrados ante el sol. Fotografías de burros y osos negros junto a la carretera, lagos y géiseres, nieve, campos amarillos llenos de flores blancas, coches increíbles que se cruzaban en la carretera, ranchos para turistas, Bethlehem Steel, nativos americanos que vendían plumas y abalorios en Cuatro Esquinas.

Pegaba las fotos en un diario que llevaba consigo, y debajo escribía notas en el papel, en lugar de en su piel. En una ocasión, Olly se había quejado y le había dicho que estaba harto de que hiciese fotos, y ella le había respondido:

—Bueno, pues no puedes hartarte. Es nuestra historia.

Cuando al fin consiguieron llegar a L.A., les pareció haberse topado con un sueño de neón: la luz del sol, las palmeras, los colores en Venice Pier, las luces en Sunset Boulevard, la gente joven, los cientos de coches y letreros fluorescentes, el ruido, el viento, el océano. Y, para Olly, toda la música que se encendía ante sus mismísimos ojos y explotaba en su lengua.

Habían fundado Lay Down Records en la habitación del motel donde vivían, un cuchitril barato en West Hollywood llamado El Coco. Se reunían en la piscina, sentados en unas tumbonas azules de plástico, hablando en voz muy alta para escucharse por encima del sonido de los niños que se lanzaban a bomba en aquella agua con demasiado cloro. De noche, mientras Miller dormía, Ash y Olly se quedaban despiertos hasta muy tarde, hablando y haciendo planes. Ash quería ser rico, Olly quería ser poderoso. En ese momento, les había parecido lo mismo.

Durante el día, Olly y Miller trataban de inventarse recados para que Ash fuera a hacerlos y así tener la habitación para ellos solos durante una hora o así. Se tumbaban sobre la cama, con la colcha barata que se volvía resbaladiza, el sonido de los toldos a rayas que crujían con el viento en el exterior.

El motel no había sido nada cuando se mudaron, pero para finales de los sesenta, Lay Down (y los tratos que se habían llevado a cabo allí, los músicos que habían pasado por allí) hizo que se convirtiera en un lugar famoso, a pesar de que no se quedaron demasiado tiempo. Seis meses después de llegar a L.A., fueron capaces de permitirse un alojamiento de verdad: una casa compartida en Malibú, y la oficina en Sunset, donde las cosas realmente comenzaron a ocurrir. Habían tenido suerte, se tenían los unos a los otros, y contaban con el tiempo de su parte. Les llevó tres años destruirlo todo.

La camarera regresó con su bebida, le limpió la mesa y la depositó junto con un posavasos nuevo.

—Tiene suerte de haber conseguido un vuelo esta noche —le dijo la camarera, que señaló con un gesto la televisión—. Debe ser usted alguien importante.

Olly miró la televisión que había encima de la barra: fisuras que parecían el cauce de un río sobre el asfalto atravesaban la autovía; las aceras estaban completamente desaparecidas; los carteles de las casas de empeño o de préstamos, de los salones recreativos o de las tiendas de muebles sobrantes estaban esparcidos, retorcidos y hechos un amasijo, como si fueran confeti. Había edificios a los que les faltaba alguna parte (el tejado, la entrada, el lateral), como cuerpos mutilados.

—No —le dijo él—. Ya no lo soy.

BILLY BUDD, EL GUAPO MARINERO

Billy decidió ir a darse un paseo. No había nadie en casa cuando bajó las escaleras tras su siesta de media tarde, y el exterior la llamaba. Así que se marchó sin un plan, pero descubrió que el camino la había llevado a su antigua casa en la calle Foster.

Desde la entrada, no parecía que hubiese nadie viviendo allí, así que Billy usó la llave de repuesto que siempre había tenido escondida bajo la maceta, y entró.

Dentro sintió una especie de sensación fría y blanca; los muebles estaban cubiertos con sábanas, las cortinas de muselina estaban echadas y no dejaban pasar el sol. Pero el olor... El olor era exactamente igual a como lo recordaba. En el salón principal, sobre los estantes, estaban los mismos libros que tanto le habían gustado, y el retrato del padre de Tassie colgado sobre la repisa de la chimenea. En ese momento, observaba a Billy con la mirada.

Los libros, siendo rigurosos, eran del padre de Tassie. Por supuesto, a lo largo de los años la colección se había ampliado, pero la mayor parte de ellos provenían de él. Había amado esos libros, y también Tassie, así que ahora también lo hacía Billy, a pesar de que no tenía una educación formal. Se sentó en el sofá, se quitó su gorro de marinero y dejó escapar un suspiro de alivio. Se alegraba del cambio. Las cosas habían ido mal cuando Tassie había sido simplemente Tassie. Las cosas habían ido mal en Entre Estrellas.

Todo había empezado cuando la habían acusado de numerosas infracciones que sabía que no había cometido. Pero, de alguna manera, siempre había pruebas contra ella. Solo recientemente se había percatado de por qué, y entonces... Bueno, había tenido que hacer algo acerca de ello. Aún recordaba cuando había sentido la mano de Claggart sobre la boca de Tassie, en la oscuridad de su dormitorio, en el Rincón del Nirvana.

Pero aquello ya se había acabado.

No sabía cómo había ocurrido el cambio, exactamente. No habría sido capaz de decir cuáles de las moléculas de Tassie habían mutado en Billy Budd, y cuáles se habían quedado tal y como estaban. Era como las imágenes de la doble hélice que había visto en televisión en una ocasión: dos hilos de diferente color, enroscados el uno alrededor del otro, conectados por una serie de elaborados caminos. En su nuevo estado, ella era Billy, pero, de algún modo, también era Tassie. Billy aún tenía los recuerdos de Tassie, sin alterar. Así que no tenía miedo alguno a desaparecer, a ser silenciada o borrada.

Había sentido el cambio avecinarse; había tratado de decírselo a Ash cuando la había rescatado de Entre Estrellas, pero no había comprendido lo que le decía. Y Billy suponía que ella misma tampoco lo había entendido. Pero entonces se despertó, y fue plenamente consciente de la situación. Se dio cuenta enseguida de que sería muy difícil de explicar; era más fácil decir simplemente que ahora era Billy Budd. A la gente no le solían gustar las cosas grises.

Conocía muy bien la historia de Billy; Melville había sido el favorito del padre de Tassie, y habían discutido su trabajo en muchas ocasiones. Billy Budd era un señorito; era joven, inocente, guapo y fuerte. Pero también había sido señalado como objetivo y martirizado. Lo habían matado para servir a un bien mayor. Y albergaba un error trágico, un germen silencioso que lo había llevado a la destrucción.

Lo que no se explicaba aún era cómo estaban conectadas la historia de Billy y la de Tassie. Tendría que prestar especial atención para ver los signos. Aunque muy posiblemente ya estaban ahí, visibles de alguna forma. Por ejemplo, la inesperada reaparición de Ash en su vida. Ash, que mucho tiempo atrás había formado parte, de forma inconsciente, de su intento de salvar a Olly.

Billy suspiró. Los recordaba a todos ellos de forma tan diferente... Los Tres Mosqueteros. Con un futuro tan prometedor. Y luego estaba ese chico tan encantador que Miller y Ash habían traído con ellos en su vuelta a Wonderland. Por sus propias razones, Tassie había seguido de cerca su progreso, y estaba muy orgullosa de sus logros, aunque no lo expresara.

Se levantó, y miró su reflejo en el espejo que había sobre el sofá. La cara que había allí era la de Billy. Billy sabía que tendría que pagar por ello al final, por lo que Tassie había hecho. Tendría que enfrentarse a su sentencia. Pero, por ahora, no tenía que preocuparse por ello. Le habían concedido un indulto, aunque ciertamente temporal. Pero sabía que tenía un propósito, y muy pronto se le revelaría.

Mientras tanto, allí estaba, en la luz: libre, joven, guapa e inocente. Todo ante ella, y pensaba vivir su vida durante un tiempo.

DIME «HOLA», DESPÍDETE DE MÍ

Tras un largo viaje, Olly se encontraba frente a la casa en la que había crecido. Sonrió al ver la gran «casita» victoriana amarilla, con sus torres y el tejado en pico, las persianas verdes y la antigua verja de hierro forjado, cuyo cerrojo aún estaba roto. Las cortinas estaban echadas para no dejar pasar el sol, y llevaban así, supuso, desde que había llevado a la tía Tassie a la residencia para mayores.

Haberla enviado allí no había sido un acto tan cruel como algunos pensaban. Había comenzado muy lentamente cuando la tía Tassie se había olvidado de pagar las facturas, y había ido aumentando hasta el punto en el que accidentalmente dejó el gas encendido en la cocina, y casi había muerto por intoxicación por monóxido de carbono. Fue entonces cuando Olly había tomado la decisión de mandarla a Entre Estrellas. Y ella no había puesto ninguna pega.

—Lo que tú creas que es mejor, Olly, querido —le había dicho por teléfono. Aunque Olly no podía negar la tristeza que había escuchado en su voz. Su secretaria había encontrado el sitio, y le había prometido que era uno de los buenos. Además, estaba cerca de Wonderland, así que sería fácil que sus amigos la visitaran.

Olly atravesó el camino de entrada hasta el porche, pasó por el césped sin cortar y por los canteros que, en una ocasión, habían estado tan bien cuidados. La puerta principal estaba ligeramente entreabierta, así que entró directamente.

Aún estaba igual que siempre, aunque algo polvorienta: el viejo y estropeado camino oriental en el pasillo; la mesita para plantas de mármol, donde en ese momento había un helecho muerto; el retrato de Olly y su madre, que habían pintado cuando él tenía unos tres años. En el cuadro, su madre posaba con su pelo negro como el carbón y un lazo rosa; él con su pijama azul, y un osito de peluche que en una ocasión había adorado colgando de su mano izquierda. Como en todas las casas había un olor particular: a alfombras de lana, papel antiguo, aire caliente, y el ligero y dulce olor de las sobras después de hornear. Olly tuvo la sensación de que el aroma lo envolvía, casi de forma asfixiante.

Recordaba la época en la que la casa lo había aterrado. Se quedaba fuera de ella todo el tiempo que podía, jugando con Ash o en la casa de Miller, y trataba de evitar la mirada de pena de los padres de ambos.

Echó un vistazo al salón principal, y allí estaba el sofá Sheraton, las altas e incómodas sillas de Paul Revere, los estantes llenos de viejos libros, incluyendo dos filas enteras de una rara colección de la *Enciclopedia Británica*. La edición de 1911 era la más larga que se había publicado jamás, y aquella había sido su herencia por parte de padre, que era un vendedor ambulante que vendía las enciclopedias de puerta en puerta. Olly jamás había llegado a conocer a su padre: murió en un accidente de tráfico cuando él era un bebé.

—No lo conocí mucho, pero era un buen hombre —le había dicho su madre.

—Todos pensaban que su relación no duraría, pero parecían felices —le había dicho la tía Tassie.

Aquel tipo de comentarios difusos y simples habían sido una ventaja para él: Olly nunca había fantaseado sobre su padre, y jamás era particularmente curioso sobre cómo habría sido su vida si él hubiese estado presente. Su padre no era más que una nota al pie de página de la existencia de Olly, como un antepasado muy pasado.

Su madre, sin embargo, era otra historia.

Aún podía recordar su precioso rostro, destruido por el cáncer. Podía escuchar su voz cuando se lo había explicado, cuando le había dicho lo mucho que lo quería, y que quería escoger la manera de marcharse por sí misma. Le explicó que lo que él veía en ese momento, aquel cuerpo extraño, tan solo iría a peor, y no quería que él la viera así ni la recordara de aquella manera. Así que poder escoger por uno mismo era el mayor regalo que Dios les había concedido.

Recordaba cómo había asentido, y le había dicho que lo entendía, porque su mirada parecía rogarle que dijera aquello. Pero en su interior, Olly gritaba: *Por favor, por favor, por favor, no me dejes. No lo sabes todo, no sabes si mejorarás. No me dejes.*

Olly abrió las cortinas que tapaban la ventana-mirador para dejar pasar la luz. Sobre la mesa en la que la tía Tassie jugaba al bridge había una capa de polvo. Había sido una excepcional jugadora de bridge en su día. También lo había sido su hermana (la abuela de Olly) antes de morir de cáncer (al parecer, morir por cáncer era una costumbre familiar).

El bisabuelo de Olly, un hombre que había practicado el habla cuáquera tradicional, llena de peculiaridades, había prohibido a sus chicas que practicaran cualquier juego de azar. Les había dicho que aquello era inmoral. Pero, de alguna forma, no solo consiguieron aprender a jugar al bridge, sino que eran sobresalientes.

—Si Dios no quisiera que jugáramos, no nos habría dado unas mentes matemáticas —decía siempre la tía Tassie, aunque jamás apostaba dinero.

Al final, supuso que le había salvado la vida: había sido un miembro del club de bridge el que la había encontrado justo a tiempo en aquel fatídico día.

Al final del pasillo, la casa se abría a una amplia y luminosa cocina con paredes esmaltadas. El viejo mostrador de piedra. Recordaba lo frío que había estado aquel mostrador al tacto. Un recuerdo lo asaltó, una mezcla de imágenes. Primavera del 63, la guerra de Vietnam invadiendo las noticias, su traición. Allí de pie, en ese momento, recordó exactamente cómo se había sentido en aquel momento, años atrás.

«Jamás te perdonaré».

Olly sintió un nudo en el pecho; se percató entonces de que, quizás, al llevar a cabo aquel tercer acto había puesto demasiada fe en lo que probablemente sería un viaje más peligroso de lo que había imaginado. Al igual que en aquellas misiones de héroes, en la que multitud de inesperados peligros acechaban en cada esquina. Y no era el menor de los peligros que el héroe, demasiado débil y frágil, no estuviese a la altura de la misión. Aquí hay dragones.

—Hola, Olly, querido.

Se giró y vio a la tía Tassie en el umbral de la puerta, vestida con un traje de marinero. De alguna forma, aquello no lo sorprendió. Había cierta lógica en todo ello, una especie de simetría. Porque, por supuesto, en aquellos viajes también había ayudantes, portadores de dones mágicos. Tan solo tenías que ser capaz de diferenciar a amigo de enemigo.

—Hola —le dijo Olly—. He vuelto a casa.

1952

Olly sostuvo la mano de la tía Tassie en la quietud de la casa de reuniones, con la palma de la mano sudorosa. A Olly no le importaba demasiado el calor, ya que eso evitaba que pensara en cualquier otra cosa. Principalmente, en su madre.

A su lado, sentía a Miller retorciéndose y tirándose del vestido. Escuchó su risa cuando Ash le dio una patada al respaldo del asiento que había tras ellos.

Olly cerró los ojos y trató de llenar su mente de silencio. Pero entonces el padre de Miller comenzó a hablar, y le rompió la concentración. El señor Fairline habló sobre Walt Whitman. Olly había escuchado al padre de Miller hablar sobre Walt Whitman antes, y lo había llamado «el poeta cuasicuáquero», de una forma que hacía que Olly creyese que estaba de acuerdo con él, aunque no supiese lo que eso significaba.

El señor Fairline habló sobre una gran ciudad, algo sobre el amor y dudar de los hombres. Pero no estaba dando testimonio: no tenía ningún mensaje para la congregación, y Olly sentía el cambio en el aire de la casa de reuniones, dado que así no era como se hacía. Dios no estaba hablando a través del padre de Miller. Aquel era el señor Fairline, preocupado por sí mismo, y no por ellos.

Olly se inquietó por el padre de Miller. Pero entonces sintió que la tía Tassie le soltaba la mano. Se levantó, y comenzó a hablar para tratar de hacer que todo estuviese bien, para tratar de arreglarlo y suavizar el enfado. Olly pensó que siempre andaba haciendo aquello, tratando de salvar a la gente.

Tras la reunión, todos se fueron a la cala. Olly se tumbó boca abajo sin camiseta, sobre las calientes tablas del muelle, y con el hombro contra el de Ash mientras bajaban los anzuelos y el sedal hasta el agua. Podía ver los piscardos justo bajo la superficie del agua, del color del musgo. Eran como flechas negras que atravesaban el agua en una dirección, y de repente giraban en otro sentido cuando algún movimiento indetectable los molestaba. Ash se giró hacia él y le sonrió. Le dio una palmada en la espalda, como si hubiese hecho algo genial, cuando en realidad no había hecho absolutamente nada.

Cuando estaba con Ash y con Miller, Olly era alguien diferente. Era un mosquetero, no un chico sin padre y cuya madre estaba muriéndose en una oscura habitación.

Trató de no pensar en su madre. Estaba asustado por ella, y también por estar alejado de ella. En los días buenos, cuando tenía suficientes fuerzas, escuchaban la radio. En esos momentos, en su mente escapaban a tierras remotas, con colores y sabores tan frescos y brillantes, tan alejados de aquella habitación que parecía estar siempre sumida en las sombras... En los días malos, su madre hablaba de cosas que él no quería escuchar.

Cuando comenzó a oscurecer, Olly hizo todo lo que se le ocurrió para que sus amigos se quedaran allí con él durante un poco más de tiempo, para no tener que marcharse a casa. Cuando accedieron a darse un último chapuzón, entraron en el agua y esta se iluminó. Podría haberse reído de la alegría.

—Es como la música —susurró, pero sus amigos no lo escucharon.

De regreso a casa, caminaron juntos hasta el final de la calle Vere; Miller en el centro, Ash y él a cada lado. En la esquina con la calle Foster, Olly se giró y miró a Miller y a Ash, y supo que lo que había pasado aquella noche en la cala los uniría para siempre por su misterio. Después, corrió a casa porque aquello era algo que podía contarle a su madre para que se pusiera contenta, y así seguiría pensando en el mundo.

Cuando llegó a la casa, la tía Tassie estaba escuchando su programa de radio en el salón, y él subió sigilosamente las escaleras. Pero, en cuanto abrió la puerta de la habitación de su madre, supo de inmediato que algo no andaba bien.

Estaba tumbada de costado, de espaldas a él. No era inusual que durmiera así, pero había algo en todo aquello, en la postura de su cuerpo, que no parecía del todo normal. Rodeó la cama y la miró a la cara. La tenía arrugada, como una planta que alguien se hubiera olvidado de regar, o un viejo melocotón. Tenía la boca abierta, y había un rastro de vómito sobre la almohada. Sobre la mesita de noche había un decantador abierto, y una nota con su nombre escrito en ella. En la mano sostenía un bote de pastillas, agarrado con fuerza como si así le diera suerte. Lo más extraño de todo era su pelo: siempre había pensado que lo tenía precioso, pero de repente parecía tener demasiado pelo, como si fuese demasiado grande para su cabeza.

Olly retrocedió lentamente, ya que temía que aquel monstruo que en una ocasión había sido su madre pudiera abalanzarse sobre él en cualquier momento. Entonces, echó a correr escaleras abajo y salió por la puerta principal. Mientras atravesaba la calle Foster a toda velocidad, escuchó que la tía Tassie lo llamaba.

Corrió y corrió hasta la casa de Miller. No sabía por qué escogió a Miller en ese momento en lugar de a Ash, pero cuando llegó a la casa de los Fairline, vio a través de las ventanas que las luces del salón estaban encendidas, y le recordó a un faro en mitad de un oscuro océano. Se movió hacia la casa, hacia la luz, y pegó la cara contra el cristal. Pudo verlos allí, acurrucados en el sofá: el señor y la señora Fairline, y Miller. El señor Fairline leía un libro.

Sintió un dolor muy profundo al mirarlos, un sentimiento nauseabundo, vacío y gris, como cuando se caía de la bicicleta y se quedaba sin aliento. La forma en que estaban sentados tan cerca, tanto que se tocaban los unos a los otros, tan completos, sin partes rotas, vacías ni extrañas, ni madres muertas que parecían monstruos, que se habían marchado y jamás volverían para besarlo, abrazarlo ni tocarlo.

Olly trató de llamar a Miller y abrió la boca en un círculo perfecto, pero no le salió ningún sonido. Estaba a punto de empezar a golpear el cristal para decirles que se estaba ahogando, muriendo, asfixiándose, pero entonces sintió una mano en el hombro y se giró. Allí estaba la tía Tassie.

Lo rodeó con el brazo, con la palma de la mano en el pecho, y tiró de él con cuidado.

—Venga, ven aquí, Olly. Ven conmigo, cariño mío —le dijo.

Durante todo el camino a casa, la tía Tassie lo agarró con fuerza, como si jamás fuera a soltarlo.

HAS VENIDO DE MUY LEJOS, CARIÑO

Para cuando Nate Everley llegó al puente de Wonderland, la radio se había cortado, silenciando a medias *Karma Chameleon* de Culture Club. Pero se alegró de que su viejo VW Bug lo hubiese logrado y hubiese sobrevivido el viaje de cinco horas entre Leighton Hall y Wonderland sin pararse ni romperse por completo. Le encantaba su coche, pero jamás estaba muy claro si realmente conseguiría llegar a su destino.

Escuchaba sus cosas traqueteando en la parte de atrás mientras cruzaba el puente. Cuatro años de pertenencias acumuladas: su tapiz indio, algunos libros, su radiocasete portátil, la cachimba con una foto de Reagan pegada con cinta adhesiva al mástil, su colección de camisetas, unos cuantos pares de vaqueros, un montón de calcetines, su nueva videograbadora de JVC todo-en-uno, y su preciada biblioteca de contrabando. Había metido también un montón de basura antes de marcharse: pósteres, ropa interior vieja, lápices y libretas a medio usar, algunos libros de texto (introducción al cálculo, y un enorme tomo sobre la historia de los impuestos).

Al cruzar aquel puente, se sintió bien.

Mientras que el resto de su clase estaría jugando a darle golpecitos a una pelota, o bebiendo cerveza en el bosque y preparándose para su graduación, Nate iba a comenzar el resto de su vida. Cuando les dijo a sus padres que no iría a su graduación, no habían parecido demasiado sorprendidos. Al menos, su madre no lo había parecido: había crecido en una casa «artística», y le gustaba que todos hicieran lo que quisieran, que tomaran sus propias decisiones y forjaran sus propios caminos y todo eso. Su padre, por su parte, había estado algo decepcionado. Pero su padre era un tipo más normal: él solo quería saber que Nate estaba bien, que no le faltaba de nada, y que tenía suficientes monedas para hacer la colada.

No era que tuviese nada en contra de su escuela, o que no tuviese grandes recuerdos allí, pero tenía cosas más importantes que hacer. Cuando se enteró de que iban a grabar *Moby Dick* en su pueblo, sabía que era una oportunidad que no podía dejar escapar. Si podía conseguir un trabajo en el set de rodaje, iría a la escuela de cine con una experiencia real, algo que pudiese distinguirlo de sus compañeros. Además, cuando algo está hecho, hecho está: el futuro era mucho más interesante que el pasado.

Aún estaba jugueteando con el cortometraje en el que había trabajado durante su último año, el que le había conseguido un puesto en UCS, y esperaba que el cambio de ambiente pudiese ayudarle a acabarlo por fin.

La noche anterior lo había visto de nuevo después de despertarse en su habitación de la residencia tras un extraño sueño, con la boca seca y una extraña sensación de agitación. El sueño había sido una especie de efecto secundario luego de fumar en la cachimba con sus compañeros de habitación y además ver una rarísima película mexicana sobre una cámara de vídeo que se enamora de una mujer. Al no poder volver a dormirse, había encendido su televisión de contrabando y el reproductor de vídeo que tenía escondido en el armario. Le dio al botón de reproducir a la cinta que había dentro de la máquina, la edición más reciente de su proyecto. Adelantó la cinta unos cuantos minutos, hasta que empezó su entrevista con Cam, o una de ellas: *Cam, 18.*

—Voy a reproducir una canción que conoces —sonó la voz de Nate.

—De acuerdo —Cam miraba directamente al espectador sin expresión alguna en el rostro.

De repente, la canción de *Star Wars* sonó a todo volumen, y el rostro de Cam se transformó de inmediato con una amplia sonrisa y aspecto de sorpresa. Giró la cabeza hacia el lugar del que salía la música con una sonrisa, y después miró de nuevo a la cámara.

—¿Puedes ver algo en particular cuando escuchas esto? —le preguntó Nate cuando la música terminó.

—No. —Cam negó con la cabeza.

—¿Cómo dirías que te hace sentir?

En el primer plano, el espectador podía ver que a Cam le costaba encontrar las palabras adecuadas.

—Bien. Fuerte —dijo él.

—¿Tienes algún recuerdo unido a esa canción?

—Sí, ir a verla contigo —dijo Cam—. En verano. Recuerdo solamente... ir a verla con mi mejor amigo.

Había llamado a Cam desde un teléfono público en la carretera aquella mañana, haciéndole saber la hora a la que llegaría. La conversación, como siempre, había sido corta. Cam no era muy hablador, pero eso no importaba. Cada vez que Nate iba a Wonderland, veía a Cam. Y, si no lo hacía, no habría sido lo mismo, no se habría sentido como en casa.

La última vez que había llevado a unos amigos de Leighton Hall para pasar un fin de semana, en su segundo año, Nate había invitado a Cam para que compartiera un rato con ellos. Pero enseguida se dio cuenta de que no funcionaría. Aquellos chicos tenían cierta manera de ser, hablaban de forma mordaz y sarcástica, y escuchaban determinado tipo de música. Eran gente agradable cuando estaban todos en Leighton Hall juntos, pero no entendían a Cam, se reían un poco de él en voz baja, y se giraban para reírse. Se habían burlado de las canciones de las que Cam hablaba, y a Nate le había dolido verlo. Fue entonces cuando decidió no volver a llevar a nadie más a casa. Wonderland era para Cam y para él, y Leighton Hall era Leighton Hall. Y punto.

Cuando eran jóvenes había sido diferente: Cam siempre había sido más grande y apuesto que Nate, y los demás chicos de su colegio habían respetado aquello: su fuerza, y su aspecto.

Cam había evitado que a Nate le pegaran más veces de las que le gustaría admitir.

—No te hagas el listillo y el pedante —le decía siempre su profesora de quinto, la señora C.—. Por ser un sabelotodo te metes siempre en problemas.

Cam no era un sabelotodo, y no se metía en problemas. Pero las cosas cambiaron conforme creció. Algunas de las cosas sobre Cam que simplemente había aceptado cuando eran niños se convirtieron en un lastre, un punto de diferencia que apareció en secundaria. La condición de su amigo pasó a ser vista como algo raro y extraño por parte de los chicos del pueblo. Y, para colmo, los chicos comenzaron a inventarse historias sobre la madre de Cam, sobre lo que le había pasado y demás. Y no eran historias precisamente agradables.

Aquellos pequeños actos de crueldad probablemente eran incluso más duros para Cam porque, por supuesto, ni siquiera podía llorar al contárselo a nadie. No podía liberarse. Podía poner una expresión triste, pero Nate sabía que le avergonzaba hacerlo, ya que hacían que pareciese un bicho raro. Así que había dejado de hacerlo cuando tenía unos doce años.

Aun así, el estoicismo forzado de Cam significaba que nunca pareciese débil. Irónicamente, esa era la razón por la que se había salvado de ser una total y completa bomba social.

Para cuando llegó al instituto, no era exactamente un marginado. Jugaba en el equipo de fútbol americano por su tamaño y su fuerza, y lo incluían en algunas cosas. A los demás chicos en Annie Oakley no les molestaba demasiado. Pero eso sería lo máximo que obtendría; que a la gente no le molestara su presencia. Nate no estaba seguro exactamente de cómo las cosas habían ocurrido en el instituto Annie Oakley, pero lo que sí sabía era que, conforme el tiempo había pasado, Nate había acabado dentro de la vida, y Cam… Bueno, Cam estaba en la periferia.

Conforme Nate dejó atrás el puente, pasó un camión en el que se leía Servicio de escenarios Superestrellas. Pensó de nuevo en la película que había visto la noche anterior, *Lente del amor*, que se había conseguido colar en sus sueños. La dirigía Rodrigo Rodrigo, el mismo que ahora estaba a cargo de *Moby Dick*. Y eso, por supuesto, había sido la razón por la que había decidido ver aquella película.

En la película, la cámara tan solo funcionaba correctamente cuando filmaba al objeto de deseo, una mujer apocada que se abría bajo su mirada. Después, la cámara la convertía en una gran actriz. Pero el precio a pagar era tratar de mantener el secreto de por qué solo podía usarse esa cámara para grabarla. Al final, se volvía loca y la película acababa con la cámara grabándola en un psiquiátrico.

Le había gustado, y le gustaba lo que decía sobre el amor: cómo el amor estaba en todas partes, cómo tocaba y alteraba todo en el universo. Incluso los objetos inanimados cambiaban con amor.

Nate toqueteó el dial de la radio para buscar la WNDR, pero tan solo se escuchaba la estática. Supuso que era una fecha demasiado temprana para la estación local de radio de Wonderland; ni siquiera había llegado el Día de los Caídos. Giró el dial y a través de los altavoces se escucharon trozos de canciones que pasaban rápidamente de una a otra, lo cual ocasionó un sincopado y brusco sonido, hasta que captó algo familiar y paró. Steely Dan, *My Old School*.

Nate sonrió, y aceleró de camino a casa.

La casa parecía exactamente igual que siempre: naranja, con las persianas blancas. Había hortensias plantadas a cada lado de la puerta principal, que nadie usaba jamás (usaban la puerta de la cocina para salir y entrar, en la extensión lateral de un piso).

Dentro sabía que también estaría todo tal cual: la gran cocina, con todos sus cacharros, la vieja mesa de madera y las sillas pintadas de amarillo; la salita de estar roja y verde donde veían la televisión, y donde había cuadros con imágenes de cacería colgadas en la pared; el comedor que nadie usaba jamás; su habitación en la planta superior y bajo el techo inclinado, con las ventanas que daban a la calle, y a los Pfeiffer, que vivían al otro lado.

Así era un hogar: inmutable, al igual que sus padres. Si Nate era sincero consigo mismo, admitiría que habían abandonado una vida muy interesante por una bastante aburrida. Podría haber crecido en L.A., rodeado de artistas y músicos. A veces le resultaba increíble lo que sus padres habían dejado atrás. Pero quizá no estuvieran hechos para ello.

Tras aparcar detrás del Volvo, Nate dejó las cajas en el maletero de su Bug y se bajó tan solo con su bolso de lona lleno de ropa sucia. Entró a la casa. La puerta mosquitera golpeó el marco a su espalda.

Le sorprendió encontrarla vacía: sus padres sabían que llegaba a casa. Dejó la bolsa junto a la mesa de la cocina y abrió el frigorífico. Refrescos hasta donde le alcanzaba la vista, unas sobras de espaguetis y una hoja podrida de lechuga. Se preguntó momentáneamente si acababa de interrumpir una situación con rehenes.

Agarró un refresco y salió de la cocina en dirección al salón principal.

—¿Hola? —gritó escaleras arriba, pero no obtuvo respuesta alguna.

Miró el cuadro colgado en la pared junto a las escaleras, en el que ponía «Follar», y sonrió. Solía darle vergüenza que sus amigos lo vieran y pensaran que sus padres eran raros o unos pervertidos. Pero ahora era reconfortante. Sus padres sí que eran raros, pero todos los padres eran raros, solo que cada uno lo era de una forma particular.

Sabía que su casa se consideraba bohemia, o hippie, o lo que fuera, comparada con algunas de las familias de sus amigos de Leighton Hall. Sus padres eran guais. No del tipo de guay de comprar un barril de cerveza y dejarte a solas con él, pero del tipo de guay que ofrecía vino a sus amigos en la cena.

La vez o el par de veces que había traído a chicos de Leighton Hall a casa para pasar un fin de semana, habían estado tanto impresionados como despectivos. Sus miradas (que prácticamente estudiaban la riqueza y la jerarquía) pasaban por las grandes fotografías enmarcadas en blanco y negro de su madre de joven, preciosa y apoyada contra Joni Mitchell; de su padre, vestido de esmoquin en los premios Grammy; se fijaban especialmente en el grandísimo cuadro de un pene y una vagina («Un cuadro titulado "Follar", hecho por una artista llamada Betty Tompkins», se había aficionado a decirles de forma casual); pasaban las páginas sin cuidado alguno de la copia de *Poemas de almuerzo* de Frank O'Hara, con la dedicatoria personal al abuelo de Nate.

Esos chicos sabían lo que era tener dinero. Sabían para qué se suponía que debía usarse: coches, piscinas, vacaciones para esquiar, trajes de Brooks Brothers... Pero también hablaban con soltura el idioma del poder; era, por así decirlo, su lengua materna. Y, en lo que respectaba a eso, Nate aprobaba con nota.

—¿Hola? —escuchó a su padre decir desde la cocina—. ¿Nate?

Nate atravesó la puerta que llevaba a la cocina.

—Hola, tú —le dijo su padre. Alzó las cejas y le sonrió—. He visto tu coche aparcado fuera. Estaba en el supermercado, perdona por no haber estado aquí para recibirte como es debido.

—Hola, papá —dijo Nate, que enseguida se acercó para darle un abrazo.

Su padre lo miró, y le estrujó los hombros.

—¿Te apetece una cerveza? He comprado unas Heineken en el súper.

—Heineken. —Nate le sonrió a su padre—. Qué lujoso.

—¿Qué? ¿Qué les pasa a las Heineken?

—Nada, papá, solo te tomo el pelo. Me parece genial, gracias.

Se sentaron en la mesa de la cocina para beberse la fría cerveza. Nate le quitó el papel de aluminio al cuello de la botella.

—Bueno, ¿dónde está mamá?

Su padre lo miró con los ojos entrecerrados, y entonces le señaló la camiseta.

—Air Supply. Me encantan.

Nate tan solo lo miró.

—En serio, los vi en el programa *Solid Gold*.

—¿*Solid Gold*, papá? —Nate le dio otro trago a la cerveza, observando a su padre más de cerca—. Entonces qué, ¿no me vas a decir dónde está mamá? ¿Vais a divorciaros, o algo así?

—¿Qué? No... —Su padre parecía muy nervioso—. ¿Por qué dices eso?

—La gente lo hace. —Nate se encogió de hombros—. Vale, perdona. Es que te comportas un poco raro y has cambiado de tema.

—No, no. No pasa nada raro. —Su padre dejó de hablar—. Bueno... Sí que tenemos una invitada en casa. ¿Te acuerdas de la tía Tassie?

—¿La tía Tassie?

—La tía abuela de Olly Lane.

—Ah, sí. —Nate la recordaba vagamente. Le había dado regalos en su cumpleaños, en una ocasión un balón de baloncesto. Pero no recordaba cuándo había sido la última vez que la había visto.

Sí que sabía quién era Olly Lane. Había escuchado las historias sobre ellos tres, aunque suponía que habían sido maquilladas por su bien. Sabía que habían crecido juntos, y que habían fundado una discográfica, Lay Down Records, la cual al final se había vendido. También sabía que Olly había sido el novio de su madre antes de que escogiese a su padre, y que se habían peleado por una o varias cosas. La típica locura de los sesenta.

También conocía a Olly Lane porque todo el que estuviese interesado en Hollywood, donde era considerado un hombre de mundo del Renacimiento, sabía quién era Olly. Nate había leído más de un artículo sobre él en *Variety*, revista a la cual se había suscrito en su segundo año: Olly tenía un oído de oro para los éxitos, había descubierto a una gran cantidad de bandas exitosas, y en los últimos años, había hecho la transición al mundo del cine. También era el motivo por el que sabía que Olly Lane iba a producir *Moby Dick*.

—Bueno, el caso —continuó su padre— es que tu madre y yo crecimos con ella, cerca de ella. Olly vivía con ella, y era... una especie de madre para él, ya sabes. Después de que su madre muriese.

—Vale —dijo Nate.

—Estaba pasándolo mal en la residencia para mayores, así que... —Su padre se encogió de hombros—. Así que la hemos traído aquí.

Nate asintió.

—Es un encanto, Nate. No tienes nada de lo que preocuparte.

—¿Por qué iba a estar preocupado, papá?

—Es que creo que debe de estar en shock o algo así, porque ahora... Bueno, al parecer piensa que es Billy Budd —dijo su padre, como si aquello fuese, de algún modo, buenas noticias.

—¿En serio?

—Y le ha dado por ponerse tu traje de marinero.

—¿El del baile de Pearl Harbor?

—Supongo... Quiero decir, no sé qué es ese baile.

—Entonces... Espera —dijo Nate—. De nuevo, ¿dónde está mamá?

—¿Cómo? Ah, tu madre está fuera. Creo que se ha ido a nadar.

—Escucha, papá. Todo esto es muy interesante —Nate se terminó su cerveza de un trago—, y no es por ser guasón...

—¿Guasón?

—Sí, que no me burlo de ti.

—Sí, ya sé lo que significa ser un guasón, Nate.

—Ah, vale. Me has preocupado durante un segundo... —Dejó de hablar—. Porque, ya sabes, papá... Estás muy raro, sobre lo de mamá, y *Solid Gold*, y no sé… Pero, en serio, tengo que ir a ver a alguna gente ahora mismo.

—¿A qué te refieres con que estoy raro? ¿Qué gente? Acabas de llegar.

—Papá…

—¡Estás en casa! —Les llegó hasta la cocina la voz de su madre. Estaba medio fuera, medio dentro de la puerta, con las gafas de sol puestas, el pelo mojado, un viejo bañador y la camiseta de Nate de Violent Femmes.

Se había preguntado qué habría pasado con esa camiseta.

Su madre cruzó la habitación y envolvió a Nate en un abrazo. Las gafas de sol se le clavaron un poco en la sien.

—Ay, qué guapo estás, cariño. ¿Cuándo has llegado?

—Acaba de llegar —dijo su padre—. Le estaba contando lo de la tía Tassie.

—Claro —dijo su madre, y se sentó—. Te has perdido algunos dramitas.

—Ya lo veo.

—Bueno. —Su madre se encogió de hombros.

—De hecho, lo hemos estudiado en la escuela —dijo Nate—. A Billy Budd. Hicieron una ópera gay sobre él.

—Cariño, no creo que fuese exactamente una ópera gay… —dijo su madre, arrugando las cejas por encima de las gafas de sol.

—No, definitivamente era una ópera gay —les dijo—. Benjamin Britten. Sabéis, Billy Budd es muy guapo, y la razón por la que ese tipo, Claggart, lo odia, es porque quiere acostarse con él. Pero Billy tiene un trastorno del lenguaje, así que cuando se enfrenta a él, mata a Claggart y después lo cuelgan por ello. —Nate miró a sus padres, uno por uno, para ver si había algún signo de reconocimiento—. Es un comentario sobre la persecución homosexual.

—Uhmm —dijo su madre.

—Era el libro favorito de su padre.

Los tres se giraron al mismo tiempo al escuchar la voz.

Si Nate hubiese estado escribiendo aquella escena, habría usado un retrozoom con el que la cámara se moviese lentamente hacia atrás, para revelar al hombre que había a su espalda con la cara destrozada y la cabeza vendada, con una camiseta de Splash y fumándose un largo cigarro blanco mientras abría la puerta mosquitera.

—Billy Budd —repitió el hombre—. Era el libro favorito del padre de la tía Tassie.

—Por Dios bendito —dijo Ash tras un momento.

Nate lo observó más detenidamente. Aunque no se parecía al tipo de las fotos de *Variety*, Nate supo que era él: mayor, con un aspecto de mierda, pero definitivamente era Olly Lane.

El padre de Nate miró a su madre.

—¿Miller?

—Yo no he sido —dijo su madre, alzando ambas manos—. No lo sabía.

Olly exhaló y esbozó lentamente una sonrisa, una especie de sonrisa rota.

—Veo que la panda está al completo.

Cuando nadie dijo nada más, Olly cruzó la cocina.

—Tú debes de ser Nate —le dijo, extendiendo la mano—. Soy Olly.

—Sí. —Nate le estrechó la mano, sonrió, y dijo, señalando el cigarrillo de Olly—: Virginia Slims. Buena elección.

Olly miró el cigarro que tenía en la mano.

—Eran lo único que tenían en el avión, y era un vuelo muy largo, no te voy a mentir.

—¿Qué haces aquí, Olly? —Su padre se cruzó de brazos.

—He venido a ocuparme del tema de la tía Tassie —le dijo—. O Billy Budd, como se hace llamar últimamente.

—No está bien —le dijo Miller, mirándolo directamente a los ojos—. Es algo que quizá sabrías si hubieses estado cuidándola. Según se dice es un lugar la mar de encantador donde la dejaste.

—Bueno, ella y yo hemos estado hablando, y ahora lo que quiere es irse a casa. Así que he venido a recoger sus cosas. —Olly miró a Nate—: Bueno, ¿qué edad tienes ya? ¿Dieciséis? ¿Diecisiete?

—Diecisiete, acabo de graduarme.

—¿No eres un poco joven?

—Me he saltado un curso. Cuando tenía doce años, aunque no es que sea nada increíble.

—La última vez que te vi, debías de tener unos dos o tres años.

Nate podía sentir a sus padres intercambiando miradas, como si estuviesen viendo un partido de tenis. Pero no iba a dejar que la incomodidad de aquel encuentro le estropease una oportunidad perfecta.

—Voy a la escuela de cine en otoño —le dijo.

—Qué bien.

—Vas a producir *Moby Dick*, ¿no es así?

—Ya no —anunció Olly—. Pero el director es un amigo mío.

—¿Crees que querrán contratar gente? Puedo hacer cualquier cosa.

Olly sonrió.

—Es posible. —Miró a los padres de Nate—. Bueno, ¿las cosas de la tía Tassie?

—Pues no están preparadas —le dijo Miller de forma delicada.

—Puedo esperar.

—Yo podría prepararlas —le dijo Nate—, y te las puedo llevar si quieres.

—Perfecto —dijo Olly—. Tráemelas mañana, y tendremos una charla sobre ese trabajo.

ENTERTAINMENT TONIGHT

Después de que Nate se marchara a ver a sus amigos, Miller y Ash se sentaron a la mesa de la cocina.

—Tiene que irse —dijo Ash.

Miller se mordió la cutícula mientras meditaba. Al parecer, los eventos estaban ocurriendo, sin importar lo mucho que hubiese tratado de evitarlos.

—Miller.

Por las ventanas francesas se veían las flores de la primavera que estaba llegando a su fin. En junio habría rosas, espuelas de caballero y guisantes de olor.

—¿Hola? ¿Me estás escuchando? —Ash movió una mano a un lado y a otro frente a su cara.

Miller se levantó y salió de la cocina. Atravesó el recibidor y se dirigió escaleras arriba.

Ash la siguió, y la observó desde abajo.

—Miller, este no es momento de ser indecisa.

En lo alto de las escaleras, Miller dudó, pero entonces se dirigió hacia el baño. Se plantó delante del lavabo y se miró al espejo, como para comprobar si era la misma persona que había sido hacía una hora.

Ash apareció en el umbral de la puerta con el ceño fruncido.

—¿Me estás escuchando?

Se obligó a sí misma a dejar de mirar su reflejo.

—Mira —le dijo, al fin—. No sabemos qué es lo que tiene pensado hacer. Quizá solo va a ayudar a la tía Tassie a asentarse, y a asegurarse de que esté bien cuidada, y después volverá a su vida en L.A.

Lo que pasaba con Ash, y ella lo sabía bien, era que no tenía ningún deseo de agitar las aguas. Ningunas aguas. No le gustaban los enfrentamientos, y prefería convencerse a sí mismo del resultado más ventajoso. Así que le dijo:

—Iré a hablar con él.

Ash la estudió durante un momento.

—Vale —le dijo en un tono de voz precavido—. Pero necesito saber que estamos en la misma onda. Déjale claro que no se puede quedar mucho aquí. Esto no es bueno, Miller.

Ella volvió a mirarse en el espejo y asintió.

—Puto Olly —declaró Ash.

—Hablaré con él —le aseguró ella.

—Tal vez deberías ponerte algo de ropa antes.

Ella miró el bañador y la camiseta que llevaba puestos.

—Solo como sugerencia.

Miller se acercó a donde estaba él y lo miró durante un momento.

—Mmm.

Después, le cerró la puerta en la cara.

En la ducha, observó cómo el agua le recorría el cuerpo y las gotas se aferraban a los finos y claros pelos de sus antebrazos. Las apartó con los dedos. El aire fresco hizo que se le pusiera la piel de gallina, con el vello erizado como si fuesen diminutas antenas.

Supuso que siempre había sabido que, en algún momento, aparecería. Pero lo que no había sabido era cómo se sentiría cuando ocurriera: como si el filamento de una bombilla de repente chisporroteara.

Una vez en su dormitorio, se sentó sobre la cama, se quitó la toalla y miró la amplitud de piel blanca que recubría su cuerpo. Era suave, vacía y vulnerable. Un deseo (demandante, ansioso e insistente) le reptó por la sangre, por todo su sistema circulatorio, hasta llegar a la punta de sus dedos. Agarró un bolígrafo de su mesita de noche y apretó la punta contra la carne, justo bajo el hueso de la cadera. «Arañas, Billy Budd, ópera gay, cigarrillos, marido», escribió, y se quedó sin aliento conforme las palabras salían de ella a borbotones. «Candice, sexo, hogar, prisión, cuerpo. Nada. Olly. Nada».

Se frenó, y se obligó a sí misma a dejar el bolígrafo. Miró lo que había escrito, la pequeña y rizada letra que parecía como una caracola marina, y la tinta negra que se expandía en los bordes donde se fundía contra su piel mojada. Entonces, se lamió la punta de los dedos y los restregó contra las letras, dejando un manchurrón negro que bajaba por su muslo.

Después de haberse vestido se dirigió a la antigua casa de la tía Tassie en la calle Foster; sobre su cabeza, el cielo de la tarde parecía una cúpula de color violeta, que marcaba la hora en aquel momento del año. Las habitaciones delanteras de las casas por las que iba pasando estaban iluminadas por el brillo dorado y rosáceo de las farolas, y el aire olía a humedad, a sal, a la tierra y a la vida de las plantas que se aferraban a ella, el olor tan familiar que siempre le dejaba un sentimiento vacío y dolorido.

Cuando llegó a la casa de la tía Tassie, abrió la verja y subió los escalones del porche. No recordaba la última vez que había subido aquellos escalones. De todas formas, ya hacía años. A través de la ventana, vio que la televisión del salón estaba encendida, y arrojaba una luz parpadeante y azul sobre la tía Tassie y Olly, que estaban sentados en el sofá Sheraton, y bebían algo de unas tazas plateadas.

No se molestó en tocar el timbre, y en su lugar optó por simplemente entrar. Se quedó parada bajo el umbral de la puerta del salón. Olly alzó la mirada brevemente, y la saludó con la cabeza antes de volver a centrarse en la televisión.

Incluso con lo destrozado que estaba, Olly seguía siendo muy atractivo. Todas las partes de su cuerpo que ella tan bien conocía: la ligera pendiente de su labio superior, la forma de su mano, el giro de su antebrazo. Todos ellos le habían pertenecido, en una ocasión. Todo ello, todo él.

La familiar música de *Entertainment Tonight* llenó la habitación, así que Miller se apoyó contra la puerta y esperó.

—«Dicen que el amor todo lo puede, y a pesar de que esto no siempre es verdad, especialmente en Hollywood, al parecer sí que es el caso de dos músicos muy diferentes, ya que recientemente Blue y Felix Farrow se han fugado y se han casado. Nuestra mismísima Mary Hart se sentó a charlar con la estrella pop, y con su marido, la estrella del rock, para discutir el torbellino que ha sido su romance, y su increíblemente privada boda».

Miller miró repentinamente a Olly, pero él parecía estar viendo la televisión con total tranquilidad.

—«Lo primero de todo, felicidades...».

Blue estaba guapísima, como siempre. Su largo pelo oscuro, con unos lustrosos bucles y peinado hacia un lado. Llevaba una blusa con lentejuelas que brillaba bajo las luces de la cámara. El plano se mantuvo, de forma decorosa, por encima de su cintura, y evitó la prótesis de la pierna. Miller se preguntó cómo se sentiría sobre esas cosas. Felix Farrow tenía un aspecto de mierda, pero al estilo de un chico malo sexi, «es malo, pero quieres hacerlo», y todo eso. Era rubio, áspero, sin afeitar y fumaba.

—«Gracias, Mary» —le dijo Blue en un tono de voz firme—. «Ha sido, bueno...». —Entonces se rio, y miró a Felix con una sonrisa—. «Ha sido algo increíble...».

Miller miró de nuevo al destrozado Olly, a su destrozada cara, y por un momento pudo imaginar que su corazón tendría tal vez el mismo aspecto, y sintió algo que se asemejaba a la empatía.

Él la miró entonces con su ojo bueno, y vio que el azul de sus ojos se oscurecía ligeramente, o se replegaba por el dolor.

—Lo siento —le dijo ella—. No lo sabía.

—Sí —fue todo lo que dijo.

La tía Tassie, al escuchar la voz de Miller, alzó la mirada.

—Hola, Miller, querida. Entra, siéntate con nosotros. ¿Quieres un ponche calentito?

—Claro —le dijo—. Gracias. —Miró a Olly; así que ahora bebía.

La tía Tassie se levantó y los dejó a solas en la habitación. Miller se sentó en una silla que había junto al sofá.

—«¿Cuándo supiste que Felix era el hombre elegido?». —Mary Hart esbozó su amplia sonrisa, muy de presentadora de televisión, y a Miller le recordó a Candice Cressman, lo cual hizo que Miller odiara a Mary Hart incluso más de lo que creía posible—. «Porque ambos habéis estado casados antes...».

—¿Quién crees que fue el publicista que insistió en esta entrevista? ¿El de ella, o el de él?

—El de ella, segurísimo —dijo Olly—. Es su reputación la que está en juego.

—Ciertamente, incluso una mala reputación necesita algo de apoyo —comentó Miller.

Olly inclinó la cabeza.

—Sí, pero lo único que tiene que hacer él para recuperarla es romperle el corazón. Y eso es fácil. Ella necesita mantenerlo por el buen camino para conservar la suya. Y la heroína es un tema muy serio para él, es un prodigio de verdad.

—Quizás a ella le dé igual su reputación. Alguna gente es así. —Miller se fijó en que Olly no había tocado su bebida.

—Ese tipo de gente no sale en *Entertainment Tonight*.

—Todo el mundo tiene a alguien que es el elegido.

Olly la miró.

—¿Qué?

—Estás muy guapa —le dijo, con una expresión en el rostro que conocía desde hacía mucho: una mezcla de anhelo y tristeza—. Mucho.

—No hagas eso —le pidió.

—¿El qué? —Él se giró de nuevo hacia la televisión.

—No hagas eso, no flirtees conmigo. No flirtees conmigo y encima finjas que no estás flirteando. No me jodas, Olly.

—¿Sabes qué, Miller? Es muy difícil acercarse a ti. —Negó con la cabeza—. De hecho, es muy triste.

—Ay, por favor...

—A ver, es que después de toda esa terapia...

—¿Qué, aún te duele eso?

La tía Tassie volvió en ese momento, y le dio a Miller una bebida calentita y bien fuerte.

—¿Te gustaría quedarte a cenar?

—No. —Le dedicó una sonrisa—. Tengo que irme a casa. —Le dio un trago a la bebida, y luego otro. Después, se levantó—. Pero muchas gracias.

—Te acompañaré a la salida —le dijo Olly.

—No es necesario —dijo Miller.

—Insisto.

—Bueno, ¿entonces qué? —le dijo Miller una vez que estuvieron solos en el porche—. ¿Ahora vas a cuidar de ella?

—Ese es el plan. —Estaba de pie, delante de los escalones, de frente a ella y con los brazos cruzados.

—¿Lo es?

Se miraron fijamente.

—¿No tienes otros planes?

—Nop.

—Porque... —le dijo Miller—. Llevamos con ella ya días. Y no hemos tenido noticia alguna de ti.

—¿Qué puedo decirte? Estaba un pelín ocupado, Miller. —Se le quebró la voz—. De todas formas, ella está bien, nada de daños irreparables.

—Joder, Olly. —Miller lo miró, y una sensación como de vértigo la invadió—. ¿Cuándo fue el momento en que te convertiste en un cabrón? Quiero decir, sé que me culpabas a mí y a Ash por... No sé, ¿lo que nos pasó? Pero ¿la tía Tassie? No puedes ser tan crío como para culparla aún. ¿Qué te pasó?

—Retiro lo dicho —le dijo—. No tienes tan buen aspecto, de hecho, pareces jodidamente triste. Así que, dime una cosa: ¿qué te ha pasado?

—Vete al puto infierno —le dijo Miller, bajando los escalones y atravesando el enmarañado y salvaje jardín delantero.

—No te preocupes —le gritó a su espalda—, eso ya lo he intentado.

Después de que se marchara, Olly se quedó de pie en el porche durante unos minutos, hasta que una fuerza oculta lo incitó a seguirla. No había esperado sentir tal rabia contra ella, contra ellos. Lo había sorprendido.

Cuando llegó a la calle de la Iglesia, se quedó de pie al otro lado, frente a su casa, bajo la sombra de un aligustre. Supuso que para aquello se habían inventado los aligustres. Se fumó un cigarrillo, y se sorprendió de lo rápido que se había adaptado a ellos. Tras un momento, en la cocina se encendió una luz, así que Olly se acercó para ver mejor.

Miller estaba enmarcada por la ventana. Tenía el pelo recogido, y veía la línea de su mandíbula y sus pómulos. Observó cómo se llenaba un vaso de agua del grifo, se lo llevaba a la boca y pegaba el cristal a los labios. Su pálida garganta estaba extendida, palpitando ligeramente mientras bebía.

Tras un momento, Ash apareció por encima del hombro de Miller. Ella dejó el vaso y se giró hacia él.

Olly apagó su cigarro, se metió las manos en los bolsillos y se alejó rápidamente. No podía soportar ver aquella escena de matrimonio, de complicidad, alegría y facilidad entre ellos dos.

Mientras volvía a casa, como consuelo, pensó en Nate. Parecía feliz, inteligente y ambicioso, y a Olly le había caído muy bien, aunque jamás se le había ocurrido pensar que no lo haría. Al principio, le había sorprendido lo mucho que el chico se parecía a Miller; había pensado que sería más oscuro. Pero la mayor sorpresa había sido lo fácil que Nate se lo había puesto. Todo empezaría al día siguiente, pensó para sus adentros. Y, por primera vez en mucho tiempo, sintió una diminuta mota de felicidad asentándose en su corazón.

Para cuando Miller volvió a casa, Ash se había bebido más de unas cuantas cervezas, y ya se había pasado al *whisky*. Casi nunca se emborrachaba ya, pero ahora parecía un buen momento para retomar el hábito.

—Ha venido solo para cuidar de la tía Tassie. No se va a quedar mucho tiempo —le dijo Miller cuando entró por la puerta. Parecía cansada y triste.

Se dirigió al fregadero y se llenó un vaso de agua del grifo. Ash la siguió.

—¿Estás segura? —No estaba del todo convencido—. ¿Qué te ha dicho, exactamente?

—Ha dejado claro que no tiene ningún interés en nosotros. Me ha dicho que me fuera al infierno.

—Típico de Olly. —Ash se sintió ligeramente aliviado.

—Pero bueno —le dijo ella, quitándose los zapatos—, creo que simplemente está perdido... y es patético.

Ash la observó, y se preguntó qué estaría pensando de verdad.

—Bueno, lo que sea —le dijo—. Mientras no se meta en nuestros asuntos...

—Estoy cansada, me voy a la cama.

Después de que ella se fuera escaleras arriba, Ash se rellenó el vaso y se lo llevó afuera, al jardín. Podía escuchar a Cricket Pfeiffer y a su hija Suki al otro lado de la valla, como un zumbido tenue, tan solo reconocible por el tono. Oyó el sonido de la puerta corredera de su casa al abrirse, y las voces se marcharon hacia dentro, y desaparecieron tras la puerta.

Se quedó allí mirando las estrellas, frías y duras contra el cielo nocturno. Era raro cómo las estrellas siempre parecían más brillantes y malvadas cuanto más cortante era el aire. Tenía los pies fríos, y sus mocasines de ante se estaban oscureciendo en los bordes por la condensación.

Ash se recostó sobre una de las tumbonas de plástico, y cerró los ojos. Las cosas definitivamente se estaban saliendo de madre. Candice y Miller, Nate, y ahora el puto Olly. La pregunta, por supuesto, era: ¿qué haría de verdad si Olly había vuelto para dar guerra?

Aquello no era su punto fuerte. No era el típico caballero andante que se dedicaba a salvar a damiselas en apuros y a vencer al mal. No, él esperaba a que las oportunidades se le presentaran, no hacía que sucedieran. Supuso que siempre había sido así. No recordaba un momento de su vida en el que hubiese sido diferente. Así que su situación actual era un problema. Supuso que tendría que ver lo que ocurriría. Suspiró. Decidió que, al fin y al cabo, esperar siempre le había salido bien. Además, ¿qué otra elección tenía?

Se terminó su *whisky* y se marchó adentro para servirse otro.

TRAS LA FIESTA, TOCA LIMPIAR

A la mañana siguiente, Miller llegó temprano a la playa de Longwell, y atravesó el agua fría de mayo. Nadó, y mantuvo la respiración perfectamente en sincronía con sus brazadas. Llegó a medio camino de la boya antes de cansarse. Se quedó un rato allí, flotando mientras recobraba el aliento, y después se volvió y comenzó a nadar de regreso a la orilla. El cielo estaba de un color gris, como el metal de un arma, y el agua reflejaba el mismo tono. Un cambio en la marea había traído consigo una espuma amarillenta por encima de las olas. En la playa había nidos de finas algas marrones y secas que se habían amontonado cerca de la orilla. Agarró la toalla y se envolvió con ella mientras tiritaba.

En el aparcamiento, se dio cuenta de que había pisado algo de alquitrán en la playa. Se sentó en el coche y rebuscó en la guantera hasta encontrar un bolígrafo. Con el pie apoyado sobre la rodilla, comenzó a quitarse el alquitrán con la punta del bolígrafo, hincándolo en el suave y negro petróleo que tenía en el pie.

Cuando se hubo quitado la mayor parte, limpió el bolígrafo en la toalla. Después, cerró la puerta del coche y arrancó para activar el calor. La radio se encendió: Simon y Garfunkel cantaban la canción más triste del mundo, *The Sound of Silence*. Aquella canción los había perseguido a los tres en aquel primer año de locura en L.A.

Miller miró fijamente el bolígrafo que tenía en la mano. Lo giró para abrirlo, y después lo cerró. Lo abrió de nuevo. Entonces, sacó una pequeña libreta de la guantera y comenzó a escribir.

La punta dejaba insignificantes trazas de alquitrán sobre el papel a rayas.

Tras llegar a California en el 63, se habían dedicado al completo a conocer gente e integrarse en el estilo de vida de allí: aparecer en fiestas en Laurel Canyon, que duraban desde el atardecer hasta el amanecer, momento en el que volvían a Malibú para dormir unas cuantas horas, levantarse, y repetirlo todo.

Al principio habían sido una novedad en el lugar, tres chicos de un pequeño pueblo de la costa este, chicos cuáqueros. Pero cuando la gente conocía a Olly, cuando realmente llegaban a conocerlo, cambiaban de idea.

Recordaba la primera gran fiesta a la que habían ido. Una chica que habían conocido en el Whisky, con una cortina de pelo con la raya en medio, los había invitado a cambio de una vuelta por Laurel Canyon.

Jamás habían visto una cosa parecida: beatniks, cantantes de folk y drogatas. Una capa de humo de marihuana y humo de cigarrillos. Habían quitado los cojines de los sofás y los habían tirado por el suelo, donde los chicos y las chicas se amontonaban juntos. Había gente por todas partes: en el salón, en la cocina, en los baños. Y la música… Había una radio en una habitación, un tocadiscos en otra, y también gente cantando y tocando la guitarra.

Miller, Olly y Ash se habían mantenido algo alejados al principio, observando. Pero entonces, alguien, un músico con un ancho sombrero y una capa, le ofreció a Olly una calada de su porro. Olly había negado con la cabeza, y el tipo se había reído y burlado de él.

—Eres un artista —le había dicho Olly—. Tienes que expandir tu mente. La mía está bien para lo que quiero hacer.

Así que el hombre se había quedado prendado de él tras aquel halago, como les pasaba a todos. Después, se habían acomodado en una esquina, donde se quedaron toda la noche. Y así fue como comenzó.

Primero, en El Coco, después en su casa de Malibú, que enseguida se convirtió en un punto de encuentro, con una oficina en el dormitorio de sobra, en lugar de una casa de verdad. Y, conforme el tiempo transcurría, más tiempo parecía pasar Olly en la oficina. Estaba fascinado y obsesionado con la música, con la relación con los artistas que lo rodeaban, con lo que podía hacer por ellos.

El don de Olly había sido fundamental para su éxito. Había tenido aquella habilidad desde que eran niños: algo ocurría en su cerebro cuando escuchaba música, y sabía simplemente lo que funcionaría y lo que no.

Eso, unido a su encanto, su convicción en el don intrínseco de los músicos, y la sensación que irradiaba de ser brutal, había sido el factor fundamental de su éxito.

Ash lo seguía a la retaguardia: era el tipo al que acudir cuando se trataba de conseguir drogas y lugares donde quedarse para la gente a su alrededor. Resolvía los problemas con los estudios de grabación, los agentes y los dueños de clubes nocturnos.

Y Miller... ¿qué había hecho ella? Realmente no sabría decirlo. Durante ese tiempo aún pensaba que escribiría una novela. En lugar de ello, había sonreído, había servido las bebidas, había escuchado las historias de desamores, había encendido los cigarros, y había limpiado cuando las fiestas acababan. (Siempre había sabido que ser una mujer era un impedimento, pero de lo que no se había percatado aún entonces era de que sería una cadena perpetua).

Y, de alguna manera, como por arte de magia, antes de que se dieran cuenta tenían unas cuantas voces nuevas, de moda y rentables. Tenían Lay Down.

Cuando supieron que iban a ir a los Grammy en el 65, Miller entró en pánico. Quizás eran jóvenes rebeldes, pero eran jóvenes rebeldes sin dinero. Así que Miller había comprado un rollo de una tela blanca y suave en una tiendecita de Venice donde el aire olía a porro, y les pagó a los trabajadores de la tintorería para que le hicieran un vestido mientras rezaba porque nadie se enterase. Podía verlo con claridad en su mente: un diseño blanco, de un solo hombro, que acababa en una larga y recta columna.

Recordaba cómo Olly le había puesto la boca sobre su único hombro desnudo antes de salir de su casa de Malibú, y le había dicho: «Este hombro es la cosa más sexi que he visto en mi vida. Como una dama victoriana, enseñando un poco de tobillo».

Y había agradecido aquel beso, y aquella frase viniendo de él, porque, para entonces, las cosas ya habían empezado a cambiar. Era un sentimiento muy extraño el hecho de sentirse comprendida, como tener un foco de una blanca y abrasadora luz apuntándola directamente, y que de repente comenzase a atenuarse hasta que le daba la impresión de que nadie la estaba apuntando con nada de luz. Porque, al final, que la mirase había sido lo único que le había importado.

Miró la libreta, las páginas que había llenado con una letra ordenada y pequeña. Miller se sobresaltó, casi estaba asustada. Aquello era algo muy peligroso, recordar todo aquello y plasmarlo sobre el papel. Pero quizá, y solo quizá, fuera la forma de escapar del desastre que habían montado. Volvió a meter la libreta en la guantera y la cerró de un golpe.

Echó el coche marcha atrás, y emprendió el viaje de vuelta a casa.

Siempre había sido impulsiva. Y se percató demasiado tarde de que era un rasgo que había determinado gran parte de su vida. No había sido un plan bien formado, o un patrón lógico, ni siquiera una filosofía constante. Tan solo la inacción, y de repente, un acto sin preparar en el ardor del momento. Y ¡pum! Todo desaparecía.

Pero, en ese momento, mientras conducía a casa, se preguntó si podría funcionar al contrario. A lo mejor podría hacer ¡pum!, y recuperar algo.

PARTE III

ASÍ QUE CREES QUE HAS CAMBIADO, ¿NO?

MEDIADOS DE JUNIO, 1984.

DOMINGO

—Gin —dijo Rodrigo Rodrigo mientras daba un manotazo sobre su pila de cartas.

—Joder, ¿otra vez? —Olly había enseñado a Rodrigo a jugar al gin rummy hacía una semana, y su amigo ya estaba obsesionado, y en el cómputo de partidas, le estaba dando una paliza.

—¿Qué le voy a hacer? He nacido para esto.

Olly negó con la cabeza y estiró las piernas contra los tablones de la casa del árbol. Fuera, el cielo morado se estaba convirtiendo en azul derretido por los bordes. Por primera vez desde hacía más tiempo del que podía recordar, admiraba cosas como aquella: el cielo, o el olor del aire. O sus conversaciones con Nate; aquellos signos del mundo natural removían algo en él, una parte de su estúpido corazón que le recordaba para qué existían aquellas cosas.

Olly se había mudado a su escondite de la infancia más o menos una semana después de llegar a Wonderland, cuando fue capaz físicamente de subir las escaleras y montarse en el catre.

Su dormitorio en la casa comenzó a parecerle algo opresivo, lleno de todas las posesiones que en una ocasión habían sido tan preciadas para él. Pero la casa del árbol, sin embargo, parecía un mundo propio. Una de las ventanas daba a la casa, y la otra le otorgaba una vista hacia el descuidado jardín trasero. Más allá: los setos, la carretera circular, la playa de las Dunas, y por fin, el océano. El agua que alcanzaba a ver, que era una fina sección cerca del horizonte, cambiaba de color dependiendo del día: alternaba entre tonos de un gris sin pulir, un verde lechoso, o un azul intenso y brillante.

Cuando llegó a la casa, al principio había estado sucia y polvorienta, raída y verdosa de los años de desgaste. Pero había pagado a un par de chicas para que limpiaran a fondo la casa de la tía Tassie y también la casita del árbol. Después, se había equipado con mantas, una almohada, una manta militar de lana del armario de la ropa de cama, una lámpara de queroseno, una mesita, un espejo, un cenicero, y un pequeño baúl donde guardaba la ropa y sus objetos personales. Tenía un aspecto vacío y limpio, a pesar de sus reducidas dimensiones, y le gustaba.

—¿Otra partida?

—Repartes tú —dijo Olly.

Una de las primeras cosas que Olly había hecho al volver a Wonderland, había sido hacerle una visita a Rodrigo en el set de rodaje. Había escuchado que su antiguo compañero de clase, Matt McCauliff, se había quedado con el viejo bar en la carretera Cutter, el que frecuentaban los pescadores de langostas y los ancianos que buscaban almejas cuando bajaba la marea. Y ahora, dejaba que el equipo de rodaje usara el bar para los planos de interiores. (Le había alegrado, aunque también sorprendido, enterarse de que Matt seguía vivo. Mientras que Ash, Miller y él se habían marchado a California, Matt había ido a Vietnam, y lo último que Olly había escuchado sobre él era que se estaba preparando para ir por segunda vez).

Sin embargo, cuando fue al bar de Matt, en lugar del edificio de tablillas simple que había esperado, se encontró con una estructura extraña y ruinosa, con una linterna a la antigua que se balanceaba de un lado a otro de la puerta, y con un chirriante letrero por encima en el que se leía: «La Posada del Surtidero: Peter Coffin».

Examinándolo más de cerca, vio que los tablones desgastados habían sido instalados de forma apresurada, y la rotura del cartel era ligeramente demasiado perfecta. La magia del cine. Sonrió, ya que lo había echado un poco de menos.

Al entrar, tuvo que echarse a reír; esparcidos por las paredes, que ahora estaban oscurecidas por el hollín, había varias cabezas marchitas, garrotes con dientes y matas de pelo despeinado que apuntaba a todas las direcciones, lanzas, jabalinas y arpones. El suelo estaba cubierto de caracolas, y en el rincón más alejado de la puerta habían hecho una barra con la mandíbula gigantesca de una ballena. Casi podía oler el aceite quemado, el enfermizo olor a sopa de marisco y el discurso sencillo de los cuáqueros. Recordó en ese momento una frase de *Moby Dick*, que de niños los había emocionado en secreto: «Pues algunos de estos mismos cuáqueros son los más sanguinarios de todos los marineros y cazadores de ballenas. Son cuáqueros combatientes; cuáqueros rabiosos». Les había encantado esa cita.

Piano Man de Billy Joel, sonaba por el altavoz, y era muy obvio que el equipo de *Moby Dick* había terminado la jornada de trabajo, y estaban en proceso de emborracharse en su propio set. Aquellos chicos delgaduchos y jóvenes eran inconfundibles, con sus hombros anchos, el pelo desaliñado, las camisetas desgastadas y una sensación de privilegio y diversión.

Olly se quedó cerca de la boca de la ballena y los observó, y entonces sintió una mano sobre su hombro. Cuando se giró, vio a un hombre alto y misterioso a su espalda.

—Olly —le había dicho Rodrigo, y lo envolvió en un poderoso abrazo—. Amigo mío.

Olly se había sentido extrañamente emocionado, y entonces se percató de que la última vez que alguien lo había tocado probablemente había sido en el hospital. Y, quizá, la última vez que alguien realmente se había alegrado de verlo.

—Me encanta cómo has decorado el sitio —le dijo Olly.

—Vaya pueblo tan jodidamente raro en el que te criaste, amigo. —Rodrigo sacudió la cabeza.

Olly se rio.

—Donde lo extraño es lo normal, y lo normal es lo extraño.

—Me alegro muchísimo de verte. No estaba seguro de si aún estabas vivo, entre Geist y el terremoto…

—Me alegro de que te alegres, porque tengo que pedirte un favor. Hay un chico al que quiero que contrates.

Y, así como así, Nate había conseguido el trabajo, y Olly estaba un paso más cerca del viaje que era su nueva vida.

—Oye —le dijo Rodrigo en ese momento, mientras escogía una carta que Olly había descartado—. Voy a dar una pequeña fiesta para el equipo mañana, en el sitio donde me hospedo. Ya sabes, unas gorditas, unos tacos al pastor, unas cervezas… ¿Te apuntas?

—No puedo. —Olly escogió una carta de la pila—. Va a venir Nate. —Olly sonrió—. Gin.

—Mierda —dijo Rodrigo, y silbó suavemente—. Estaba muy cerca, joder. Otra ronda.

Olly sonrió de nuevo.

—¿Seguro que podrás soportarlo?

—Repartes tú —le dijo Rodrigo.

Olly barajó las cartas.

—Bueno, y este chico… ¿de qué hablas con él? Siempre te veo trayendo los bocadillos al set, hablando con él.

Hablaban de cosas importantes, de la música que les gustaba, sobre las películas que consideraban icónicas… Sobre quién era influencia de quién, quién estaba infravalorado, quién estaba sobrevalorado. A veces estaban de acuerdo, otras no. Hablaban sobre la composición del rostro de Ingrid Bergman, sobre el de Eli Wallach. Sobre Monroe cantando *Kiss* en *Niágara*, De Niro practicando su discurso frente al espejo en *Toro salvaje*, Diana Sands bailando en *Un lunar en el sol*. Sobre la bragueta de la portada de Sticky Fingers, y las gafas de sol de Janis Joplin. A Nate le encantaba la *nouvelle vague*, Frederick Wiseman, Scorsese, Jack Hazan, Sergio Leone, Billy Wilder y Fellini. Le encantaban Violent Femmes, Talking Heads, The Police, Patti Smith, Cyndi Lauper, los Rolling Stones, Curtis Mayfield, Joan Jett, Roberta Flack y Fleetwood Mac. De hecho, parecía que no había mucha música que no le gustara. Y a Olly… bueno, a Olly le encantaba escucharlo hablar.

—De cosillas —le dijo Olly.

—De cosillas, ¿eh? —Rodrigo descartó un ocho de tréboles y escogió otra carta de la pila—. No me mees en la cara y me digas que es lluvia.

—No sé… Hablamos sobre trabajar en la industria y lo duro que es, que tienes que ser un genio para llegar lejos.

Rodrigo se rio.

—Está trabajando en un corto. —Olly descartó la sota de corazones a su pesar—. Me ha pedido que le echase un vistazo.

Rodrigo se frotó la mano contra la gruesa capa de pelo que le cubría la cabeza. Tenía una sonrisilla en el rostro cuando escogió la sota que Olly había descartado.

—Gin —le dijo, dejando sobre la mesa un nueve, un diez, una sota, la reina y el rey. Todos corazones. Y, además, cuatro seis—. Cómete esa, cabrón.

—Joder, eres una bestia. —Olly se echó hacia atrás y observó a su amigo—. Y tú ¿qué? ¿Cómo te va en Wonderland?

—Bueno, he estado recibiendo muchas invitaciones, eso te lo aseguro, amigo mío. Y algunas de ellas huelen pero que muy bien.

Olly se rio. Rodrigo siempre había sido muy abierto y natural sobre sus apetitos, algo que Olly envidiaba.

Rodrigo alzó una ceja y se encogió de hombros.

—¿Otra?

—Me rindo —le dijo Olly, alzando las manos—. Tengo un límite de las derrotas que puedo soportar en una noche.

Conforme caminaban por el jardín hasta la verja que llevaba a la calle, vieron que las estrellas estaban comenzando a salir.

—Bueno —le dijo Olly mientras abría la verja para que Rodrigo pudiese pasar—, ¿has escuchado algo sobre nuestra ballena?

—Ah, bueno, ya sabes, amigo. Cosillas. —Rodrigo se frenó un momento—. Me gusta esa expresión tuya. —Cuando atravesó la verja, se metió las manos en los bolsillos—. Putas cosillas —le dijo al cielo mientras se alejaba.

Después de que se marchara, Olly entró en la casa grande, como había comenzado a llamarla en su cabeza. La mayoría de las noches, cuando se sentía solo o estaba aburrido, buscaba a la tía Tassie, o Billy Budd, como había pedido de forma delicada que la llamara. La encontró donde solía estar: sentada en el sofá del salón, viendo su programa favorito, *El precio justo*.

En la televisión, los concursantes trataban de adivinar el precio de un sofisticado acuario. Venía incluso con un pequeño pedestal.

Olly tenía que admitir que Billy era de hecho una compañera de casa estupenda: siempre estaba contenta, nunca se quejaba cuando él dejaba los platos sucios en el fregadero o fumaba dentro de la casa, y no le ponía problemas con lo de vivir en el jardín. Y, además, al parecer, el cambio no había borrado los recuerdos de la tía Tassie sobre el siglo veinte, lo cual hacía las cosas muchísimo más fáciles.

Billy sí que tenía la costumbre de deambular por ahí a veces, lo cual, al principio, había preocupado a Olly. La había seguido para ver si se metía en problemas, pero lo único que hacía era dar una vuelta alrededor de la isla de mareas (al parecer le encantaba visitar el set de rodaje) y después regresaba a casa. Así que, tras las primeras veces, Olly dejó de preocuparse.

Cuando todos los concursantes terminaron de hacer sus apuestas, el presentador reveló que el precio actual de venta era de seiscientos veinticinco dólares.

Y vale, su transformación (como ella lo llamaba) era algo rara, pero, bueno, ¿por qué no? Si no quería seguir siendo la tía Tassie, ¿quién era él para juzgarla? De hecho, se identificaba bastante con eso de querer ser alguien totalmente diferente. Había comenzado a pensar que quizás ella fuera la persona más cuerda que conocía.

Una chica llamada Wendy había ganado en el programa, y estaba contentísima. El público enloqueció con ella.

Pero, algunas veces, como esa noche al sentarse junto a su tía, ella le ponía una cálida mano sobre la espalda, y Olly deseaba que, solo durante un momento, o durante unos minutos, pudiese ser su tía Tassie de nuevo. Había pasado muchísimo tiempo desde que ella había sido esa persona para él en su mente. Muchísimo tiempo desde que él la había dejado atrás, a ella y a Wonderland. Ahora le parecía extraño que se hubiese aferrado a esa ira durante tantísimo tiempo.

—Seiscientos veinticinco dólares por una pecera —dijo Olly—. Vaya locura. Quizá si eres Phil Spector o algo así…

—Todo tiene un precio —dijo Billy.

Olly pensó en aquello, y entonces paró, porque no quería pensar en lo que él debía, ni en lo que se debían los unos a los otros.

1963

Olly estaba en la luminosa cocina, donde la luz del sol rebotaba contra las blancas paredes esmaltadas y calentaba las macetas con hierbas que había sobre el alféizar de la ventana. Las ventanas estaban abiertas, y lo rodeaba el olor de la primavera: tierra húmeda, pequeñas cosas que crecían mezcladas con el aire salado. Miraba el rostro de la tía Tassie, que tenía una expresión dura.

—No me creo que me hayas hecho esto —le dijo él. En la mano tenía una carta del centro de reclutamiento, que lo había declarado «no apto para servir» debido a su «perversión sexual».

—Tenía que hacerlo —le dijo ella—, ya que no me hacías caso.

Ella había estado secando los platos en el viejo fregadero victoriano (un fregadero independiente, de porcelana y voluminoso) cuando Olly entró en la habitación hecho una furia a pedirle explicaciones. La tía aún tenía un plato en la mano, uno amarillo con pajarillos pintados.

—¿Hacerte caso en qué? Crees que has alcanzado la claridad, que estás en el lado correcto, pero no es así. Mira lo que has hecho, me has mentido, has hecho esto a mis espaldas. ¿Es esa la voluntad de Dios?

Le estaba costando muchísimo quedarse quieto y no tirar por los aires las sillas o estrellar todos y cada uno de los vasos que había en el armario.

—No lo sé —le dijo ella, en voz baja—. No pudieron hacer nada por sus propios prejuicios. Algo del plan de Dios veo en ello.

Olly negó con la cabeza mientras la miraba fijamente.

—Increíble.

—Somos objetores de conciencia, Olly. No enviamos a nuestros hijos a matar a otros hijos. Trabajamos por la paz. —Hizo una pausa para soltar con cuidado el plato—. Podrías haber sido médico —le dijo, y su expresión se suavizó—. O trabajar en un hospital. Pero no me escuchabas. Eres joven, esto tan solo irá a peor. No lo entiendes; puede que sobrevivas el primer año, incluso el segundo, pero no sobrevivirás todo el tiempo. Morirías allí.

—Eso no es relevante —le dijo él, dando un golpe con la mano sobre el viejo mostrador de piedra—. Era elección mía. No puedo ser la persona que se esconde y espera a que me llegue la hora. La persona que finge que no hay otras personas exactamente iguales que yo, que están allí, muriendo. No puedo fingir que no me atañe.

—Sí que es relevante. Para mí lo es. Que estés vivo es relevante. —Lo miró con lágrimas en los ojos, pero pudo ver que ella también estaba obligándose a quedarse quieta.

Él negó con la cabeza.

—Jamás te lo perdonaré —le dijo.

—No tienes que hacerlo. Puedes odiarme el resto de tu vida, pero tendrás una vida, Olly. Y eso es lo único que me importa. —Le dio la espalda—. Tengo que acabar de fregar esto, querido.

Trató de explicarle al jefe del centro de reclutamiento local que todos ellos estaban mintiendo: la tía Tassie, y los ancianos del ministerio. Le explicó que todos estaban conspirando para hacer que no se alistara. Que los cuáqueros eran pacifistas, y que no entendían lo que estaba pasando. Pero el hombre no le había creído. Le había lanzado una mirada ponzoñosa, y le dijo que los ho-mo-se-xua-les no eran bienvenidos en el ejército de los

Estados Unidos. Y que también podía informar a ese novio suyo.

Encontró a Ash jugueteando con su coche en el garaje de sus padres, y cuando se lo contó, Ash parecía encantado por su nuevo estatus, y encantado de librarse del reclutamiento. Ash estaba acabando de preparar su último semestre en el centro de estudios superiores de Longwell, y estaba considerando solicitar plaza en las escuelas de negocios.

—Una cosa menos de la que preocuparme —le dijo—. Aunque nos va a complicar la vida amorosa.

Olly se quedó mirándolo fijamente. ¿Se había vuelto loco todo el mundo?

—Venga ya —le dijo Ash—. Sé que te importaba mucho, pero en serio, Ol. No creo que te hubiese gustado mucho que te disparasen. Y, de todas formas, estoy seguro de que Brooks te dejará inscribirte de nuevo.

Olly se había salido de una pequeña universidad privada donde habían ido Miller y él, todo para alistarse.

Tuvo que dejar a su amigo allí, ya que temía acabar propinándole un puñetazo en la boca. Así que fue a buscar a la persona que siempre iba. Fue a buscar a Miller.

Miller, que tenía la piel dorada, las piernas muy largas, y que olía al mismísimo cielo. Quien era una parte de él mismo tanto como lo era su sangre, sus huesos o sus dientes. Miller, que, cuando la tocaba, era como rozar una estufa ardiente. Siempre era igual para ambos, siempre lo mejor que podría habérseles ocurrido.

Cuando se lo contó («Convocaron a un puto comité de claridad a mis espaldas»), ella le dijo: «Ay, Olly». Y tan solo lo abrazó, hasta que los labios de él encontraron los suyos, y de repente tenían demasiadas capas de ropa entre ellos, y después ninguna, y allí estaban, tumbados y enredados el uno alrededor del otro en la pequeña cama del dormitorio de la casa de los padres de Miller.

Pero más tarde, le dijo en voz baja:

—No siento que no vayas a ir allí. No siento que no vayas a ir a morir y que me vayas a dejar. Podría haberlo soportado, pero me alegro de no tener que hacerlo.

Olly se quedó en silencio un rato, y entonces dijo:

—Me lo han arrebatado.

Ella le tocó la cara.

—Se suponía que la tía Tassie tenía que quererme y protegerme.

Miller se incorporó.

—Olly, eso es exactamente lo que está haciendo.

—No digas eso. —No podía soportar que nadie estuviese de acuerdo con él. Ni siquiera Miller.

Y jamás olvidaría que había dicho eso, jamás olvidaría que, a la hora de la verdad, no se había puesto de su parte.

Más tarde, observó las cortinas rosas y azules con volantes de Miller ondulando hacia dentro y hacia fuera con la brisa fresca. Miller había encendido la radio, y fuese lo que fuere lo que estuviese sonando, era una música fúnebre, oscura, nublada e hinchada, y le dieron ganas de llorar. Y entonces, la música cambió, y se escuchó música surf, música de playa, la música de los rayos de sol. Era amarilla, sabía a sal y a crema de bronceado, y a palomitas.

Por fin, se giró para mirarla.

—No voy a volver a Brooks.

—¿Qué vas a hacer? —No parecía sorprendida para nada.

—Creo… —le dijo—. Creo que me voy a ir a California. Siempre he querido ir. Pero tengo clara una cosa: abandono Wonderland.

LUNES

Ash aparcó en el puerto deportivo y abrió el maletero. Miller se bajó y rodeó el coche. Al alzar la bandeja, le sorprendió de lo mucho que pesaba.

—Joder, Ash —le dijo—. ¿Qué has metido aquí?

—Salsa de siete capas —le dijo, quitándoselo de las manos.

Ash llevaba cocinando de forma muy activa desde que había regresado, y se había vuelto especialmente loco con la olla de cocción lenta. Había llenado el frigorífico con varios envases llenos de pastel de carne, strogonoff, y algo a lo que había llamado "estofado de cordero de vida fácil", el cual Miller sospechaba que provenía del folleto de recetas que venía con la olla.

Así que no le había sorprendido del todo cuando le comunicó que se había ofrecido para preparar algo para la pequeña fiesta que los Guntherson habían organizado para alardear de su velero nuevo.

—Estoy harto de intentar comerme un plato de pasta tricolor en una embarcación mientras se menea —le dijo.

—Te doy la razón ahí —le dijo Miller, que recogió la bolsa de nachos y la puso encima de la bandeja con la que cargaba Ash—. ¿Cuál es el suyo?

—Aquel de nueve metros —dijo, y señaló con el mentón el pequeño velero que había anclado en el muelle—. *El Sombrerero Loco*.

—Qué original —comentó Miller.

Ash no respondió, tan solo se adelantó y echó a andar hacia Kip Guntherson, que esperaba en la Zodiac para llevarlos hasta el velero.

—Sois los últimos —les dijo Kip, que le quitó la bandeja a Ash de las manos—. No puedo esperar a enseñaros esa belleza.

—Ten cuidado —le advirtió Miller—, que creo que se puede usar la salsa de Ash para echar el ancla.

—Qué ganas de verlo —le dijo Ash.

Mary Guntherson ya estaba allí para recibirlos cuando llegaron, y le agarró la mano a Miller para ayudarla a embarcar y enseñarle el velero. Había dos parejas que Miller no conocía, huéspedes de Mary, y los Pfeiffer, todos ellos apiñados sobre la cubierta.

—Ya conoces a Cricket y Dutch, por supuesto —le dijo Mary—. Sois vecinos.

No era común ver a Dutch Pfeiffer por allí: o bien estaba trabajando en la ciudad, o «descansando», como Cricket lo llamaba, fuera lo que fuere eso.

—Toma —le dijo Mary—. Una copa de vino.

La cubierta estaba ya bastante abarrotada, así que algunos de los invitados se acercaron a la proa, y se sentaron sobre el tejado de la cabina.

—Es un Nonsuch 30 Ultra —le decía Kip a Ash—. Tienes que ver la cabina, es una maravilla de la ingeniería. No te vas ni a creer lo que cabe dentro de ese espacio…

Mary negó con la cabeza, y comentó sin dirigirse a nadie en particular:

—Debí de haber insistido en tener niños. Les tendría menos cariño a los niños que al barco.

Ash desveló su salsa de siete capas, que parecía estar en el lugar adecuado junto a la salsa de espinacas y alcachofas, y la ensalada de fruta que habían preparado en pequeños vasos de plástico.

—No dejo de decirle a Mary que deberíamos vender la casa y mudarnos aquí.

—Y yo no dejo de decirle a Kip que, a no ser que vaya a encargarse él de cocinar, prefiero mi cocina de tamaño humano, muchísimas gracias.

—No puedo imaginarme hacer nada con la olla de cocción lenta aquí —dijo Ash, de acuerdo con ella, mientras le echaba un vistazo a los fogones a través de la escotilla.

Miller se quedó mirándolo fijamente, a aquel hombre que era su marido, aunque de repente le parecía algo tan difícil de creer. Después, alzó su copa en silencio y se dirigió a la proa. El sol se estaba poniendo en el continente, y arrojaba líneas resplandecientes de color naranja sobre el agua. No había querido ir esa noche, y estaba ya cansada de aquella actuación. Pero sabía que si Ash y ella seguían rechazando invitaciones sociales, los demás hablarían.

Se sentó sobre el tejado de la cabina junto a una de las parejas cuyos nombres ya había olvidado: una rubia de cabellera sedosa que se asemejaba a una cortina, unos grandísimos pendientes de aro, y una camiseta con una rana, junto a su insulso marido.

—¿Qué opinas de la película? —le preguntó la rubia.

—¿Cuál, *Moby Dick*? Es muy emocionante —le dijo Miller—. De hecho, mi hijo está trabajando en el set.

—Mary dice que Kip y ella se llevan el almuerzo al set todos los días para verlos grabar.

Miller se rio.

—Es raro, ¿no? Lo mucho que nos fascina cómo se hacen. Como un truco de magia: siempre queremos saber cómo nos están engañando. Pero saberlo lo arruinaría, ¿no es así?

—Bueno —comentó el marido—, yo, desde luego, lo que quiero ver es a la bestia en sí misma. Debe de ser todo un espectáculo.

—Ah, sí, la ballena —dijo la mujer—. Mary dice que le hará fotos para enseñárnosla.

—Es todo trucos y espejismos.

Los tres se volvieron ante el sonido de la voz de Dutch Pfeiffer; Cricket y él estaban sentados a su espalda, sobre la cabina, pero mirando en la dirección contraria. Dutch tuvo que volver el cuello para informarles de aquello, y mientras, Cricket tan solo miró su bebida.

—Bueno —dijo la mujer rubia—. Creo...

—Croac —dijo Dutch, y le sonrió a la mujer.

—¿Perdona?

—La camiseta —le dijo.

—¡Ah!

El marido no parecía estar muy seguro de si debía reírse o defender a su esposa.

—Al menos es mejor que esta —le dijo Dutch, y señaló con un gesto a Cricket—. ¿Cómo llamas a eso, cariño?

—Un muumuu —dijo Cricket.

—Parece algo que te habrías puesto para ir de acampada el año pasado.

—Yo creo que es bonito —dijo la rubia.

—Yo también —dijo Miller.

—Bueno, qué voy a saber yo de moda, ¿eh? —Dutch le dijo aquello al marido, quien se encogió de hombros con cautela—. ¿Sabéis cuál es una muy buena película? *Deliverance*. Esa sí que es una película sobre la vida real.

—Disculpadme —dijo Miller, y se levantó.

Se dirigió de vuelta a la cabina, pasando junto a los demás para bajar a la habitación que, afortunadamente, estaba vacía. Abajo, el espacio era compacto, había un lugar para todo. Hacia la proa, había tres estrechas puertas. Una de ellas asumió que debía de ser el baño. Escogió la del centro, y se encontró con una ducha, con una cortina de plástico a un lado y la pared al otro. Dentro de la ducha se estaba tranquilo, así que se sentó en el pequeño banquillo de madera que había frente a ella, y apoyó la cabeza contra la pared.

Tras un rato, se miró las pálidas piernas, que salían de su falda de algodón de color azul pálido, y comenzó a subírsela por los muslos. Cerró los ojos y, de repente, se le apareció una imagen del cuello rosáceo de Olly. No pudo evitarlo: sacó un bolígrafo de su bolso y escribió: «Aún puedo olerlo, algo dulce, caliente, cerca de mí, como el interior de mi casco de equitación».

Había escrito esa frase acerca del interior de su casco de equitación en un poema para la universidad, que su profesor había leído en voz alta en clase y lo había alabado. Aún recordaba lo contenta que había estado, lo especial que se había sentido. Aquella era la época en la que creía que escribiría poemas y novelas, dejaría de escribirse en el cuerpo, y comenzaría a escribir de forma más seria en papel: escribía sin parar sobre el anhelo, el deseo, sobre escapar de la vida de pueblo, sobre la libertad y el peligro. Todas las cosas que le habían parecido importantes en ese momento, antes de seguir a los chicos a Los Ángeles, perder el rumbo y volver de nuevo a casa.

Aún recordaba aquella noche en L.A., cuando se había dado cuenta de que habían pasado tres años desde la última vez que había escrito algo que no fuese la lista de la compra. Se había quedado petrificada y aterrada al ver lo lejos que había terminado del centro de su vida. Se había ido a la habitación de invitados en la casa de Malibú, la oficina de Olly, y tocó a la puerta. Pero él había estado demasiado ocupado para atenderla; algo sobre un trato o algo así. Así que, justo en ese momento, decidió que las cosas iban a tener que cambiar. Agarró las llaves del coche y condujo hasta la casa de Ash. El resto, ya era historia.

Desde la cubierta del barco le llegaba el sonido de la música de la fiesta hasta la cabina: las voces amortiguadas que subían y bajaban, alteradas por las explosiones de risas y las interrupciones, el sonido del hielo contra el cristal... Miller escuchó una puerta abrirse y cerrarse, y luego dos voces de mujer junto a ella: Mary, y otra mujer a la que no conocía, seguramente la otra invitada. Se dio cuenta en ese momento de que la cortina de plástico que había junto a ella debía de separar la ducha del inodoro, con una puerta cada uno.

Miller contuvo la respiración.

Se escucharon unos ligeros golpecitos, y después una sonora aspiración. Miller tuvo que contener la risa, ya que no tenía ni idea de que Mary fuera tan granuja.

—Llevo años sin hacer esto —dijo Mary—. Me corrompes con tus cosas de ciudad.

—¿Te refieres a la nieve? —preguntó la otra voz, y se oyó una risita—. Pensaba que con todos estos tipos de Hollywood pululando por aquí, esto estaría a la orden del día, querida.

—Pues sí que se ha llenado de estrellas esto últimamente —comentó Mary—. Hay muchísimos hombres guapos por la calle.

—Sí —dijo la otra mujer—, creo que los he visto. —Inhaló—. Ese magnate de la música. ¿Nathan Lane? No, no era así...

—¿Olly Lane?

—Olly Lane, eso era.

—¿Sabes? —le dijo Mary, y se escuchó el agua del grifo corriendo—. Creció aquí en Wonderland, y antes salía con Miller Everley. La rubia alta que te presenté arriba.

—¿De verdad? Bueno, su marido no está tampoco nada mal.

—¿Ash? Sí, supongo. Aunque se comenta que tiene una aventura con la presentadora del programa mañanero, esa con aspecto de muñeca de plástico. Candice Cressman.

—Puf —dijo la otra mujer.

—Hombres —declaró Mary.

Olly estaba en el porche con una cerveza en la mano cuando llegó Nate con un reproductor de vídeo bajo el brazo. Olly bajó los escalones, le quitó la máquina de los brazos, y la llevó adentro.

—Gracias por hacerme el favor —le dijo Nate.

—No hay de qué —dijo Olly—, lo hago encantado. Y, de todas formas, siento curiosidad por este gran proyecto tuyo.

—No, no, solo es una especie de primer intento. —Se quitó el pelo de la cara y lo peinó hacia atrás, un gesto que Olly ahora reconocía como algo muy de Nate—. Solo quiero ver si... No sé, si crees que tiene algo. O quizá... no.

—Bueno, pues vamos a echarle un vistazo.

Tras trastearlo un poco, consiguieron conectar el reproductor a la televisión de la tía Tassie. Nate metió la cinta, y se sentaron: Olly en el sofá; Nate, al filo del sillón, moviendo la rodilla arriba y abajo sin parar.

Olly observó mientras comenzaba la película: una serie de entrevistas cortas, con quienes parecían ser personas aleatorias, tan solo identificadas con el nombre y la edad. A cada una se le reprodujo una canción, y la cámara grabó su reacción física. Después, respondieron a un par de preguntas sobre la música. No era particularmente complicado, ni ostentoso, pero las respuestas a las canciones eran fascinantes: se veía claramente cómo la música los cambiaba, cómo alteraba y transfiguraba físicamente a aquella gente. Las expresiones de dolor, alegría y miedo, todo expuesto ante la cámara.

Conforme Olly vio sus rostros expectantes justo antes y justo después de que la música comenzara a sonar, sintió un nudo en el pecho, como si alguien hubiese metido una fornida mano en esa cavidad y estuviese apretándole el corazón, bombeándole la sangre de forma manual. Sintió una oleada de envidia. Después, sintió pena por lo que había perdido al dejar de tener su oído. Su resplandeciente y preciado don.

De alguna forma, lo más doloroso de todo ello había sido ser consciente de lo que la vida había sido antes de perderlo. Era como haber perdido el sentido del gusto y el olfato; era mejor no haberlos tenido jamás. Aquel día en el Bower, con el cielo asemejándose a un cuadro enloquecido, el agujero en el techo, el vodka, las pastillas, la piscina... Todo había sido porque había sabido cómo era la vida antes de volverse gris, monótona y convertida en la nada. Había sabido cómo era la vida en tecnicolor.

La cinta acabó.

Olly miró a Nate, quien lo observaba atentamente.

—Me gusta —le dijo.

—Vale...

—No, es muy original. —Se peinó el pelo hacia atrás mientras se recomponía—. ¿De dónde sacaste esta idea?

—Supongo que es solo algo que me rondaba la cabeza —comentó Nate.

—Pues es bueno. Me gustan los planos de cerca de sus caras. Es muy conmovedor.

—Ay, es… Vaya alivio. —Nate sonrió ampliamente—. Durante un momento me había parecido que estabas muy serio, creía que lo odiabas.

—No, claro que no —le dijo Olly—. Entonces, ¿por qué documentales? ¿Por qué no películas?

Nate se encogió de hombros.

—Me gusta el elemento de sorpresa que tienen.

Y, entonces, Olly sintió la oscuridad elevándose. *Sí,* pensó. *Sí, por supuesto, el elemento de sorpresa.* Y le dieron ganas de reírse. ¿Cuándo había sido la última vez que había pensado en ello? ¿Tan solo en deleitarse por lo inesperado, en el hecho de que, quizá, lo que te esperaba al torcer la esquina era mejor que lo que habías visto anteriormente?

—¿Quieres una cerveza? —le ofreció.

—Gracias, pero no puedo. Voy a reunirme con alguna gente. —Se peinó el pelo hacia atrás de nuevo.

Olly sonrió y se echó hacia atrás.

—Una chica.

—Sí, eso creo. Eso espero. No sé. —Nate pareció considerar si decir algo más o no. Entonces, añadió—: Creo que va a ocurrir, pero cada vez que lo pienso, ella parece… No lo sé… —Nate guardó silencio durante un momento antes de volver a hablar—. ¿Te puedo hacer una pregunta?

—Adelante.

—¿Qué pasó entre mi madre, mi padre y tú?

Olly lo observó.

—Éramos muy buenos amigos —le dijo al final—. Cuando eres tan amigo de alguien, pasan cosas.

—¿Cosas como qué?

—Cosas. Quizá… Simplemente esperábamos demasiado de ello. Ya sabes, los unos de los otros.

—Pero ¿en qué sentido?

—No lo sé. —Olly negó con la cabeza—. La verdad más absoluta es que… No lo sé —mintió.

—Creo que esto es lo más emocionante que ha pasado jamás en este pueblo —dijo Suki.

Nate, Cam y Suki estaban sentados en el jardín de Cam, en la penumbra, bebiendo cerveza que Nate había robado de la reserva de su padre. Los tres estaban reunidos alrededor de una mesa de pícnic, bajo el manzano silvestre. En un par de meses, comenzaría a soltar aquella fruta ácida y dura. Pero, por ahora, tan solo los rociaba con los últimos pétalos que le quedaban.

—Por supuesto que lo es —dijo Nate—. Lo último emocionante que pasó aquí fue lo del puente. ¿Hace cuánto? ¿Cincuenta años?

El rodaje se había adueñado del pueblo. Las playas estaban llenas de luces brillantes para cuando grababan de noche, y en el lado este de la isla, donde la arena elevada de Wonderland se conectaba con el continente, había un barco de vela cuadrada anclado.

Había un sentimiento en el aire, de que algo importante estaba ocurriendo. Que ellos eran importantes. Los escaparates estaban más limpios, la gente barría las aceras con más esmero. Incluso hablaban sobre ello como si les perteneciese, y cada frase comenzaba con: «Bueno, es que dado que estamos rodando…».

Y después estaba la ballena. Una bestia que, por definición, sería más grande y feroz que cualquier criatura de *Tiburón*. En un lugar donde los primeros y últimos golpes de imaginación se habían producido en el nombre del pueblo, y donde todo tenía un nombre que describía a la perfección cada sitio (playa de las Dunas, playa de las Caracolas, playa de los Guijarros, la carretera circular…), la idea de que ellos, la gente de Wonderland, de repente podían haberse convertido en algo interesante, ser conocidos por algo más grande que ellos, algo peligroso y maravilloso, se estaba convirtiendo en una obsesión colectiva.

Por no mencionar el dinero que el turismo traería consigo.

El rodaje además necesitaba a la gente local. Necesitaban extras, información sobre los movimientos de la marea, necesitaban ayuda para construir partes del set, para mantener a la gente en silencio mientras rodaban, etc. Todo lo que la hermandad de camioneros accediese a hacer. Incluso el nuevo trabajo de Cam (socorrista en la playa de las Dunas) era por la película; el pueblo se había visto obligado a lidiar con el aumento de visitantes, ya que se veían atraídos por la promesa de codearse con estrellas de cine.

—Dicen que Patty Tithe está en el pueblo. —Suki le dio un pequeño sorbo a su cerveza.

Suki. Mirarla llenaba a Nate de una ya familiar sensación de anhelo. Tenía el pelo del color de un atardecer, o de un helado, y la piel morena y dorada, con pecas por el sol. No era una de esas pelirrojas que se quemaba al más mínimo indicio de luz solar. Llevaba puesta una especie de blusa de color melocotón con cordones en los hombros, y una falda vaquera que se le subía ligeramente por los muslos cuando movía las piernas. Quería tocar aquellas suaves piernas, hasta alcanzar la falda.

—Patty Tithe —dijo Nate—. Casi todos los chicos de Leighton Hall tenían un póster de ella encima de la cama.

El más popular había sido el de *Slick Bodies*, donde estaba en la playa, con un bañador de una pieza de lamé azul, echándose hacia atrás su pelo rubio y mojado. Patty Tithe era de lo que estaban hechos los sueños húmedos en Leighton Hall.

Nate estaba a punto de mencionar que Olly había producido *Slick Bodies*, pero se frenó. Suki y Cam ya se habían burlado de él por su «obsesión» con Olly Lane. Era cierto que había pasado mucho tiempo con él últimamente. Después de todo, Olly le había conseguido el trabajo de recadero de Rodrigo. Pero era más que eso: Olly hablaba sobre las cosas de una forma que, para Nate, era como una revelación. Sobre cómo era la gente, sobre el trabajo de Nate, como si fuese algo importante, como si él fuese alguien importante.

—Imagínate quedarse inmóvil así —dijo Suki—. Para siempre en una pose, y pegada a la pared de alguien. —En la penumbra, parecía estar sonrojada, casi encendida—. Y ya está, ahí te quedas para siempre.

—Como las moscas que se quedan atrapadas en el ámbar —dijo Cam—. Como el purgatorio.

Cam estiró las piernas y echó su silla de plástico hacia atrás para mirar al cielo, el cual tenía una especie de tono morado, y las estrellas comenzaban a asomarse. Era una suave tarde de junio, y el aire tan solo tenía un ligero toque de frío.

—Pero así son las películas —dijo Nate, que miró a uno y luego al otro—. Esa es la belleza de las películas: son permanentes.

—No —le dijo Suki, que miró bruscamente a Nate—. No, Cam tiene razón. Es una especie de infierno no poder cambiar jamás.

Los labios de Cam se transformaron con el contorno de una sonrisa.

Nate miró fijamente a Suki; era incapaz de entenderla.

Había comenzado en las vacaciones de invierno. Estaban en la nieve, cerca del árbol de Navidad de Wonderland, después de que todos los demás se marcharan. Ella llevaba un abrigo azul, de un azul intenso, casi morado, y se había pintado los labios de rojo. Él la había besado por primera vez bajo la nieve que caía. Y no había sido capaz de dejar de pensar en aquello desde entonces.

Así que empezó a llamarla cada semana desde el teléfono que había en la sala de su residencia. Hablaban sobre sus vidas, sus amigos, sus padres, lo que estaban estudiando, y él la escuchaba y trataba de leer entre líneas cada respuesta que le daba. Buscaba pistas sobre quién era, lo que pensaba, y lo que sentía por él.

Y, a pesar de que siempre colgaba sintiéndose bien, unas horas más tarde lo invadía una sensación de inquietud. No había sido capaz de entender exactamente por qué. Solo que, en el pasado, no había tenido que hacer tanto esfuerzo por algo así.

Y lo raro era que le gustaba. Le gustaba el anhelo que sentía, la especie de sensación de vacío que era en parte miedo, y en parte, posibilidad. Conforme la primavera llegó, las clases en Leighton Hall se llenaron de una sensación ligera y vacía, y el cielo oscurecía cada vez más tarde. Así que pasaba el tiempo fumando maría en la escalera de incendios de la residencia con sus amigos, o se saltaba las clases para ir a nadar en los estanques, o se escabullía fuera del campus para ir a la cafetería y se gastaba las monedas para la lavandería en la gramola, para escuchar de nuevo a Duran Duran. Y, durante todo ese tiempo, lo sentía: el anhelo. Como una palpitación que lo acompañaba en cada cosa que hacía.

Ella era diferente a todas las chicas a las que había conocido. No porque fuera más guapa, o más inteligente, o más guay. Sino porque era indefinible. Era muy seria, y tenía una forma extraña de pensar en las cosas. Era como una boxeadora profesional, siempre moviéndose de arriba abajo y a los lados. Era imposible saber por dónde saldría. Y no podía dejar de mirarla.

Había tenido momentos desde que había vuelto en que parecía que estaba al borde de algo, como si estuviese a punto de caerse. Entonces, al momento siguiente, se retiraba, echaba el cierre y se alejaba lo suficiente para que no pudiese alcanzarla. Como si fuesen extraños. O, peor aún, como ahora mismo, cuando parecía estar enfadada, casi furiosa con él.

—Bueno, al menos sabes lo que quieres, supongo —dijo ella, y exhaló de forma suave. La dureza de su voz había desaparecido—. Yo no tengo ni idea de lo que voy a hacer con mi vida. —Miró a Cam mientras se metía el pelo por detrás de las orejas—. ¿Y tú?

Cam dejó su lata de cerveza con cuidado en la mesa de pícnic, y se levantó.

—¿Alguien quiere otra?

Entonces, recorrió el jardín hacia la casa sin esperar la respuesta.

Nate miró a Suki.

—¿De verdad que no sabes lo que quieres hacer?

Ella se rio.

—Eres igualito que Jess.

—¿Cómo?

Suki se recogió el pelo con las manos y se lo echó por encima de los hombros.

—No sé, tú tienes tus películas, Jess lo de la actuación, y ambos estáis tan seguros de todo, de dónde encajáis. Para mí, es como... —Dejó la frase a medias.

Dímelo. Cuéntame algo.

—La vida —Alzó las manos, como si quisiera agarrar el espacio entre ellos—. Hay tanta cantidad de cosas... ¿Qué se supone que tengo de hacer con todo esto?

Cam volvió con las cervezas, y con Jess James a su espalda.

—Anda, éramos pocos y parió la abuela —dijo Jess al ver a Nate.

—¿Quién? ¿Tú, o yo? —dijo Nate.

—Ja, ja. No. —Jess se sentó en una de las sillas y aceptó la cerveza que Cam le ofreció—. Yo siempre soy la abuela, no el recién nacido. Bueno, Nate, felicidades por haber entrado en la Universidad del Sur de California.

—Felicidades por la Academia de Arte Dramático.

—Míranos —dijo ella al brindar con su cerveza—. Aunque... ¿Documentales? ¿En serio? Son un poco aburridos, y no te vas a hacer rico con eso.

Alzó una ceja peinada a lo Brooke Shields y le dio un trago largo a la bebida. Después, miró a Cam.

—¿Está todo listo para la hoguera de la semana que viene?

—Tenemos los barriles de cerveza, al menos —dijo Cam.

—Cam tiene el mejor carné falso —le dijo Jess—. Probablemente porque lo hizo él mismo.

La hoguera era una tradición: cada año, después de la graduación, los estudiantes de último curso de Annie Oakley organizaban una fiesta en la playa de los Guijarros. Toda la escuela asistía, o, al menos, los estudiantes de bachiller, y los de instituto que consiguieran escaparse. A través de los años, aquello había adquirido una especie de mala fama entre los lugareños, y muchos chicos del otro lado del puente, en Longwell, asistían también. Aunque eso significaba que a veces había peleas, y los policías tenían que ir a separarlos, lo cual añadía incluso más jugo a todo el asunto.

El pueblo había hecho todo lo posible por disuadirlos de seguir adelante con la borrachera de fin de semana, incluyendo trasladar la graduación a un día entre semana. Pero los chicos simplemente esperaban un par de días y lo celebraban el viernes de todas formas. Como no quería llamar la atención prohibiéndola del todo, el alcalde finalmente había ordenado a las cuatro personas que integraban la fuerza policial del pueblo que los vigilaran, y que, al más mínimo indicio de problemas, la disolvieran.

—¿Tú vas a ir? —Nate miró a Suki.

—No lo sé —le dijo—. Ya sabes cómo es mi madre…

La madre de Suki se preocupaba a niveles olímpicos. Parecía que todo le preocupaba: sus rosales, la piscina, los ladrones, la vajilla, los gatos callejeros, el calor, el frío, y, sobre todo, Suki.

—Sí que va a ir —dijo Jess de forma rotunda.

—Podría recogerte… —dijo Nate.

Jess puso los ojos en blanco.

—¿Qué, de la casa de al lado?

—Pues sí. —Miró a Suki—. De cualquier lado, de donde tú me digas.

Suki no dijo nada, tan solo se mordió el interior del labio.

—Cam, ¿crees que podríamos poner algo de música? —preguntó Jess—. ¿Y quizás otra cervecita? —Hizo girar la botella para ilustrarlo.

Nate se levantó.

—Yo voy a por las cosas —les dijo—. Tengo que ir al baño de todas formas.

—El estéreo está en mi habitación —le dijo Cam a su espalda.

La casa del párroco no era gran cosa; era anticuada, y de muchas maneras. El congelador gigantesco, que tenía pestillos en lugar de tiradores; los candelabros de latón; el papel pintado de color turbio... Pero era una casa grande y cómoda. Era como la segunda casa de Nate: Cam y él habían crecido a una manzana de distancia el uno del otro, en la calle de la Iglesia, así que de niños prácticamente alternaban entre las dos casas.

Subió las escaleras hasta el piso superior, donde encendió la luz del baño. El baño de los Cross era un recordatorio de que aquella era la casa de un soltero: había una cuchilla de afeitar en el lavabo con pelos diminutos aún atascados, dos latas de crema de afeitado, pasta de dientes seca en el borde del grifo, y la alfombrilla de baño estaba húmeda y aún en el suelo.

Tras tirar de la cisterna, Nate se dirigió al cuarto de Cam, que estaba bastante ordenado en comparación. Su manta de cuadros marrón estaba doblada de forma pulcra a los pies de la cama, y había dos libros perfectamente colocados en la mesita de noche, junto a la lámpara de cristal marrón: *The Plot to Kill the President* y *Las aventuras de Huckleberry Finn*.

Nate hojeó la copia de *Huckleberry Finn*. Cam había subrayado algunos párrafos:

«Y decidí ponerme a rezar y ver si podía dejar de ser tan mal chico y ser mejor. Así que me arrodillé. Pero no me salían las palabras. ¿Por qué no? No valía de nada tratar de disimulárselo a Él. Ni a mí tampoco. Sabía muy bien por qué no salían de mí. Era porque mi alma no estaba limpia...».

Sobre el escritorio de Cam había unos libros de texto, apilados con esmero junto a la composición de libros en blanco y negro. Había una carta escrita a máquina y abierta junto a los libros. Era del colegio universitario de Longwell. Nate había asumido que conseguiría una beca de fútbol americano en algún sitio, aunque, ahora que lo pensaba, no sabía muy bien por qué había creído eso. Ni siquiera sabía si a Cam se le daba tan bien.

Había un tablón encima del escritorio de su amigo con un montón de cosas sujetas con chinchetas: una trozo de una entrada roja para Ordinary People, en el ayuntamiento de Wonderland; un folleto de la fiesta de comienzo de curso en Annie Oakley de ese año (el tema: autoservicio); una selección de fotos (Nate y Cam en tercero de primaria con los brazos por el hombro del otro y el pelo mojado, supuso que en la playa; Cam y su padre en el exterior, tras la misa del domingo; una foto de Cam en su uniforme de fútbol americano).

Tras todas esas había otra, de la cual solo se veía una esquina. Nate la sacó. Era una instantánea de Suki, tomada desde fuera de la tienda de segunda mano en la calle principal donde trabajaba su madre de voluntaria. Suki estaba junto a la ventana, mirando a través del cristal, y obviamente no era consciente de que estaba siendo fotografiada. Tenía una expresión ilegible, pero neutral. Como si le hubiese llamado la atención algo, y estuviese pensando en ello. O quizá no estaba mirando nada, y simplemente pensaba en algo que no tenía absolutamente nada que ver con el sitio donde estaba. Con cuidado, Nate volvió a colocarla en su lugar.

Pensó en su amigo, y en las cosas que no sabía de él: las fotos secretas, el carné falso, el colegio universitario... Parecía que Cam de repente se había hecho adulto, y él ni siquiera se había dado cuenta. Aquello lo inquietaba ligeramente.

El estéreo de Cam estaba junto al armario que había en la esquina, en el suelo. Nate lo recogió y bajó de nuevo las escaleras, donde lo posicionó de cara a las ventanas de la cocina, hacia el jardín. Lo enchufó en la toma de corriente que había junto al fregadero.

Encendió la radio y movió un poco el dial. *(Don't Fear) The Reaper* de Blue Öyster Cult comenzó a sonar por los altavoces. Nate agarró algunas cervezas del frigorífico y volvió a salir.

Había anochecido por completo, y había luciérnagas parpadeando de manera intermitente, como si de diminutos semáforos se tratase. Distinguía las siluetas de sus amigos alrededor de la mesa, y la música les llegaba a través de las ventanas.

Jess y Cam se reían de algo que Suki acababa de decir, y a Nate lo invadió una sensación de bienestar al verlos así, en aquella noche de principios de verano. Conforme recorría el jardín lentamente, los observó, y se imaginó un plano con *travelling* en la película que era su vida: el suave zumbido de las voces, el sonido de la música de los setenta abriéndose camino por el jardín húmedo, la condensación que se formaba en las botellas de cerveza allí tiradas, la luna que asomaba baja.

—«Acabáis de escuchar a Blue Öyster Club, con su *(Don't Fear) The Reaper*. Estáis escuchando los clásicos atemporales de Johnny Appleseed, en la WLBO, Longwell. No toquéis ese dial, porque tenemos una hora entera de clásicos atemporales para vosotros».

Nate los miró.

—¿Qué significa eso? —Se rio—. ¿Qué cojones son los «clásicos atemporales»?

—Ah, es genial —dijo Jess—. Pone una mezcla de las mejores canciones, ya sabes: las antiguas, las nuevas. Como el top 40 y esas cosas.

—«Ahora, un poco de Bob Seger para todos los que estéis practicando vuestros mejores *night moves...*».

Se escuchó el suave y bajo rasgar de la guitarra.

—Me encanta esta canción —dijo Suki.

—A mí también —le dijo Cam con una sonrisa.

—Ah, ¿sí? —Parecía sorprendida.

—Sí. —Se encogió de hombros—. Es muy emotiva.

Hubo algo en la forma en que lo dijo que no resultó cómica para ninguno de ellos. Aquello significaba algo. Así que se quedaron en silencio mientras la áspera voz de Bob Seger comenzaba a sonar en el patio. Conforme la canción seguía y aumentaba el ritmo, todos empezaron a menearse un poco con la música. Y entonces, se pusieron a tararearla. Las voces de fondo hicieron que fuese algo más profundo, más intenso, y todos se dejaron llevar.

—*We weren't in love, oh no, far from it... We weren't searching for some pie in the sky summit* —cantó Jess a toda voz y de forma gutural.

Suki la siguió, con una voz más fina, ligeramente más dulce y aguda.

—*We were just young and restless and bored...* —Echó la cabeza hacia atrás un poco, y le vibró la pálida garganta.

Nate quería alargar el brazo y tocar ese punto, pegarse a él, sentir la vibración bajo la yema de sus dedos... Podía imaginarse a sí mismo haciendo justo eso, como si estuviese tomándole el pulso de forma suave. En lugar de eso, marcó el ritmo con la mano sobre la mesa, y se unió a las voces:

—*Working on our night moves. Tryin' to lose those awkward teenage blues...*

Cam irrumpió con un falsete, y tocando una guitarra imaginaria.

Todos se rieron, y se miraron los unos a los otros.

—*We felt the lightning... And we waited on the thunder...* —gritaron todos al unísono—. *WAITED ON THE THUNDER!*

En ese momento fue como si todos estuviesen juntos en algo, como si fuesen inalcanzables, como si volaran sobre todos los demás, sobre Wonderland, sobre la noche, y sobre todas las formas en las que podían ser diferentes.

—¿Se han juntado los Beatles otra vez?

El padre de Cam acababa de entrar al jardín, y su voz rompió la ilusión tan rápido como si fuese un cristal resquebrajándose.

—Hola, papá —le dijo Cam, casi de forma hastiada.

—¿Qué hacéis ahí en la oscuridad, chicos? —Vio las botellas de cerveza sobre la mesa, pero no dijo nada. En su lugar, miró a Nate y lo despeinó un poco—. Te ha crecido el pelo.

Me recuerdas a mí en mi juventud. Robert Plant y esos chicos. ¿Es eso lo que se lleva ahora?

—Ah, pues no lo sé. Quizá —le respondió Nate, que trató (sin éxito) de imaginarse al reverendo Cross con el pelo largo en algún momento de su vida, y dándolo todo con Led Zeppelin.

El padre de Cam miró entonces a Suki.

—¿Cómo están tus padres, Suki?

—Están bien, reverendo Cross. Ya sabe, igual que siempre.

—¿Igual? —Parecía algo sorprendido.

Suki se rio.

—Exactamente igual.

—Ah, por supuesto —dijo él—. ¿Le dirías a tu madre...? ¿Podrías decirle que espero que tenga algunas ideas para el rastrillo de la iglesia? Tal vez podría pasarse por mi oficina. —Entonces, dio una palmada con ambas manos—. Bueno, chicas, creo que se está haciendo un poco tarde. Estoy seguro de que estos señoritos estarán encantados de acompañaros a vuestra casa.

Todos asintieron, y no dijeron nada.

—De acuerdo. —El reverendo Cross le puso a Cam la mano sobre el hombro, y le sonrió—. Buenas noches, chicos —les dijo. Caminó de vuelta a la casa mientras silbaba la canción de Bob Seger por el camino.

A través de la ventana de la cocina, Nate lo vio apagar la radio y desconectar el estéreo. Después, desapareció de la vista de Nate.

—Puedo acompañarte a casa —le dijo Cam a Suki.

—Probablemente debería irme yo también —dijo Nate—. Yo te acompaño.

—Calma, Romeo —dijo Jess—. La acompaño yo, me voy a quedar en su casa. Además —le dio un puñetazo en el brazo primero a Cam, y después a Nate—, ¿qué pasa, que yo no existo?

—Jess, sabes que sería un honor acompañarte a casa, cuando quieras —le dijo Nate con la mano sobre el corazón.

—Te perdono —le dijo, y se terminó su botella de cerveza—. Venga, Sukes. —Jess entrelazó el brazo con el de Suki, y

Nate y Cam vieron cómo las chicas se dirigían a la casa con las cabezas muy juntas, compartiendo secretos que nunca llegarían a saber.

Nate suspiró.

—¿La última?

—Dentro —dijo Cam.

Después de haber pasado tanto rato en la oscuridad, la cocina estaba calentita y muy brillante. Nate pensó en su madre, y en su nuevo y extraño hábito de llevar puestas sus gafas de sol todo el tiempo. Se preguntó durante un segundo si así era como ella vería el mundo.

Nate se sentó en la mesa de la cocina de fórmica mientras Cam abría el frigorífico.

—Así que… —dijo Nate—. El colegio universitario de Longwell, ¿eh?

Cam lo miró por encima del hombro.

—Sabía que mirarías entre mis cosas.

—Lo siento. —No lo sentía, no de verdad—. Aunque, no sé… Pensaba que harías algo relacionado con el fútbol americano.

—No —dijo Cam mientras traía las cervezas—. Eso ya se ha acabado.

—Ah.

—No es nada del otro mundo… Es por mi vista. Se me resecan los ojos, y mi visión… simplemente no es muy fiable, así que…

Cuando eran mucho más pequeños, Nate siempre había tenido la extraña idea de que, si le ponía a Cam la canción más triste del mundo, sería capaz de hacerlo llorar. Daba igual que su condición hubiera sido diagnosticada por los médicos, con un nombre prestado de un tipo sueco, y que tuviera un problema con los conductos lagrimales y estuviera constantemente usando gotas para los ojos. Nate había estado convencido de que la música lo curaría. Y Cam había estado de acuerdo en que era algo posible.

Se habían pasado horas y horas en la rectoría, o en el dormitorio de Nate, reproduciendo música en el tocadiscos o escuchando la radio. Nate escogía la canción, y después la reproducía y observaba a Cam, tomando notas de forma metódica sobre sus respuestas, en un libro de redacciones blanco y negro. Jamás ocurrió nada. O, bueno, jamás llegó a llorar. Por supuesto, a veces Cam parecía triste, pero claro, eran canciones bastante tristes.

—Joder —le dijo Nate—. Lo siento.

—No pasa nada. El entrenador es guay, así que me ha dejado jugar un poco este último otoño, ya sabes. Pero no aportaba mucho, así que…

—Bueno, Longwell es guay —dijo Nate—. Mi padre fue allí —añadió de forma lamentable.

Cam lo observó.

—No, no lo es. No hace falta que me mientas.

—Vale, es cierto —admitió Nate—. Supongo que no es nada guay.

—No, básicamente es un muermo.

Se rieron, y ambos sabían que, de hecho, no era gracioso. Al final, las risas se apagaron.

—No voy a ir, ¿sabes? —dijo al fin Cam.

Nate lo miró. Su amigo tenía la mirada puesta en el fondo de la botella de cerveza.

—¿Qué vas a hacer?

Cam extendió las manos delante de él, como si estuviese viéndolas por primera vez.

—Otra cosa.

Suki y Jess estaban en pijama sobre la cama de Jess mientras escuchaban a Madonna.

—¿Cuál es tu favorita? —le preguntó Jess mientras rodaba hasta tumbarse boca abajo. Aquello movió las sábanas Laura Ashley de Suki.

—*Borderline*, cien por cien —dijo Suki.

—La mía creo que es *Holiday*. *Borderline* es un poco… desesperada. *Holiday* es mucho más… No sé, animada, divertida.

—Ah, ¿como tú? —dijo Suki, riéndose.

—Exactamente como yo —dijo Jess—. Dios, no estoy nada cansada. Vamos a fumarnos un porro y a ver *Late Night*.

—Si nos descubre mi madre, me mata.

—Dices siempre lo mismo.

—Y nunca lo hace.

—Y nunca lo hace.

Suki paró la cinta y se levantó. Mientras Jess enrollaba el porro, sacó una toalla del armario y la puso contra el bajo de la puerta de su habitación, antes de accionar el ventilador para que el aire se marchase hacia la ventana. Después, encendió la televisión que había sobre la cómoda, y cambió de canal hasta que apareció David Letterman.

—«Mi próxima invitada sacará un disco muy pronto… y además tiene un nuevo marido al que dar la patada. Una estrella de verdad, en todos los sentidos de la palabra. ¡Por favor, dad la bienvenida a Blue!».

—Dios, me encanta —dijo Jess mientras encendía el porro.

—Sí, es tan guay… —dijo Suki. Le encantaba lo guapa que era, y que siempre estuviese enseñando la prótesis de su pierna. Blue tenía una confianza en sí misma por la que Suki habría matado. Pensó que debía de ser increíble sentirse tan una misma.

—Al parecer perdió la pierna cuando era adolescente. ¿Te imaginas? —Jess hablaba al mismo tiempo que inhalaba, así que las palabras le vibraban de forma grave y baja en la garganta.

—Ya me parece suficiente sobrevivir al instituto con dos piernas enteras —le dijo Suki mientras se hacía con el porro.

—El instituto es lo peor —estuvo de acuerdo Jess.

—¿Qué voy a hacer el año que viene sin ti? —El hecho de que Jess estuviese ya en su último curso le había causado a Suki muchísima ansiedad. Iba a marcharse a la escuela de arte dramático en Nueva York, y Suki tenía que quedarse allí, en Wonderland.

—Bueno, es verdad, estarás aburrida, pero puedes salir con el grupo de las Barbies. Y después, el año que viene, cuando vengas a clase en Nueva York, compartiremos un piso, beberemos vino tinto y haremos que los chicos nos lleven a restaurantes caros.

—Todas esas cosas me dan igual —le dijo Suki mientras sentía que la marihuana hacía su efecto. La sintió en la sangre, dulce y delicada.

—Estás colocada.

—Pues sí, estoy colocada. Es solo que... Hablando con Nate esta noche... Realmente no sé qué quiero hacer con mi vida, lo cual significa... —Le dio un empujón a Jess para llamarle la atención—. Lo cual significa, J., que no sé quién soy, no realmente. Y, a ver, no puedo ir por la vida sin saber quién soy.

—Joder, siempre se me olvida lo parlanchina que te pones cuando estás colocada. ¿Cómo es que siempre se me olvida?

—Ni idea, pero es la mejor parte. La de hablar.

—Sí que es la mejor parte —estuvo de acuerdo Jess—. Bueno, hablemos de Nate. ¿Quieres tener sus hijos?

—¿Estabas escuchándome, acaso? No puedo tener los bebés de nadie si ni siquiera sé quién soy.

—Claro que puedes. La gente hace eso constantemente. De todas formas, ya sabes lo que quiero decir. ¿Estás totalmente coladita por él?

—No sé qué pienso sobre nada —dijo Suki.

—Uhmm, Nate —dijo Jess, echándose hacia atrás—. Creo que tiene algo, con lo alto, delgado y rubio que es. Unos buenos labios. Es sexi. Y tiene un montón de energía sexual —Jess subió y bajó las cejas mientras miraba a Suki—. ¿Sabes quién creo yo que está bueno? Cam.

—¿En serio? Quiero decir... ¿en serio?

—Sí. Es tan callado, misterioso y guapo.

—¿En serio?

—Dios, Suki, se parece a Marlon Brando. Ya sabes, antes de que engordara, se pusiera todo hinchado y se le fuera la cabeza.

—Vaya. Vale. Nunca lo he visto de esa forma. Siempre me ha parecido callado, callado y callado.

—No, no. Te estás perdiendo su interior ardiente... bueno, lo que sea. Las apariencias engañan. Además, tiene unos buenos genes. El reverendo Cross no está nada mal.

—Si tú lo dices. —Suki se echó hacia atrás.

—Para una aventura de verano, sí. Ya sabes, ahora que no tendremos que vernos en el instituto todos los días, y morirnos de la vergüenza después.

—«Bueno, Blue, ¿qué le dirías a las chicas jóvenes que nos ven, que quieren hacer lo que tú haces? Quiero decir, es un negocio muy duro, ¿no es así?».

—«Bueno, David... No lo sé. ¿Escuchad a vuestros padres y comeos las verduras?».

—«No, lo digo en serio. Tú tuviste que trabajar muy duro».

—«Mira, sí, es duro. La vida es dura. ¿Qué puedo decir? Vale: mientras no sepáis lo que queréis ser, sed reinas».

—Jess...

—¿Qué? —Jess miró a Suki.

—Jess, ¿qué crees que pasará con nosotras? No el año que viene, sino el siguiente, y el de después. ¿Cómo será la historia de nuestra vida?

—Dios, Suki, yo qué sé. —Jess se giró y tiró la colilla en una lata de refresco que había en la mesita de noche—. ¿Por qué? ¿Qué crees que pasará?

—Yo tampoco lo sé. —Suki se metió las manos por detrás de la cabeza y suspiró—. Es que no quiero que sea siempre así. Aquí tiradas, esperando a que pase algo. Siento como si siempre estuviese tirada en la cama, esperando que pasase algo, o esperando a alguien. No quiero que sea siempre así. Quiero que pase algo por fin.

Cam estaba tumbado en la cama, con la luz apagada. A través de la ventana veía el brillo de la farola. Escuchaba los grillos y los ocasionales pasos de uno de sus vecinos, que se dirigía a su casa.

Pensó que, si se quedaba allí quieto durante el tiempo suficiente, quizás escucharía a Suki. Quizás escucharía la música que estaba oyendo, o lo que le decía a Jess. Pero estaba demasiado lejos.

A veces, si pasaba junto a su casa, escuchaba a Madonna, o Men at Work reproduciéndose en su casetera. Le gustaba imaginársela haciendo cosas cuando estaba tumbado en la cama, de noche. Quizá cepillándose el pelo, o hablando por teléfono. Se preguntaba a veces qué ocurriría si saliera de la cama, fuera hasta su casa al final de la calle, tocara a su puerta, y le pidiera que huyera de allí con él. Se preguntó si lo haría. Era una locura. Una locura de idea. Y lo sabía.

Pero, realmente, ¿por qué era tan locura? Eran iguales: ninguno de los dos tenía un plan, ninguno sabía lo que pasaría a continuación. Podían hacerlo juntos, podían simplemente marcharse y ver qué ocurría. Serían libres.

En una ocasión, una chica de su instituto que era unos años mayor que ellos, Danielle, había decidido irse hasta California haciendo autoestop. Quizá para convertirse en una estrella. Eso era lo que les había dicho a sus amigas. Había hecho una maleta, había dejado una nota, y se marchó. Así como así.

Sabía que mucha gente pensaba que alguien la había recogido y matado, o que la habían secuestrado y metido en una secta, o algo así. Nadie había vuelto a saber nada de ella, y sus padres se habían mudado. Pero ¿y si simplemente había llegado a California y lo estaba consiguiendo? ¿Y si simplemente había querido empezar de cero, y convertirse en alguien nuevo? ¿Acaso era una locura eso? Tal vez para la gente de allí sí que lo era, pero Cam lo entendía. Y lo entendía muy bien.

Miller estaba en la cama, leyendo *Heartburn*; Ash estaba junto a ella y también leía: *Vivir, amar y aprender*.

Las lamparitas de las mesitas de noche (unos tarros transparentes enormes que, hacía ya años, había llenado con vidrio marino y le había puesto unas pantallas a medida de lino color crema) estaban encendidas, y arrojaban sobre la habitación un brillo acogedor, que a Miller le parecía, al mismo tiempo, confuso y exasperante.

Escuchó el chasquido de la puerta mosquitera cerrándose abajo, y el sonido de las pisadas: Nate estaba volviendo de donde fuera que hubiera estado. Viendo a sus amigos, besando a chicas, fumando maría... Lo que fuera que hiciera cuando salía. Era curioso cómo los hijos comenzaban a escabullirse, muy poco a poco. Incluso sus cuerpos (o, quizás, especialmente sus cuerpos), una vez que el dominio privado de una madre se convertía en algo oculto, desconocido e impensable.

Desde que Ash había llegado, habían tenido un acuerdo tácito de mantener sus problemas en privado. Bueno, por lo menos, de no compartirlos con Nate. Pero Miller no había esperado que Ash se quedase tanto tiempo en Wonderland. Realmente no sabía por qué seguía allí.

Estaba leyendo una y otra vez una frase de la novela, pero su cabeza no dejaba de volver sin cesar a lo que había pasado en el barco de los Guntherson. Aún le ardían las mejillas de la vergüenza al descubrir que todos sabían lo de Ash, lo suyo. Todas aquellas semanas yendo a fiestas, sonriendo y fingiendo que todo estaba bien, como una idiota.

Cerró el libro de un golpe, y miró a Ash. Él no alzó la mirada, así que suspiró de forma sonora.

—Ash —le dijo por fin.

—¿Sí...? —Ni siquiera apartó la mirada de las páginas de su libro.

—Ash, tenemos que hablar.

En ese momento, fue él quien suspiró.

—De acuerdo.

Cerró lentamente el libro.

—Bueno, ¿acaso tú no piensas que tenemos que hablar?

—Supongo que sí —le dijo, sin mucha convicción.

—Creo que, por lo menos, tenemos que trazar un plan. Quiero decir, ¿cómo ves tú que va a ir la cosa?

—Sinceramente, no lo sé.

Él la miró; Miller apartó la mirada.

—¿Sigues viéndote con ella?

Se quedó en silencio, jugueteando con el borde de la sábana.

—Ash.

—Sí, aún sigo viéndome con ella.

Miller tenía ganas de llorar, pero también quería que aquello desapareciese, y también quería matarlo. Y también, con todas sus fuerzas, quería que no estuviese en su cama.

—Y ¿vas a seguir viéndola? —Ash no le respondió—. Joder, Ash, no me hagas hacer todo el trabajo.

Ash se echó hacia atrás, contra las almohadas, y miró el techo.

—¿De verdad quieres divorciarte? —le preguntó.

Ella alzó las manos.

—No lo sé... No. Pero no voy a seguir casada contigo si sigues viéndote con ella.

—No, lo sé, tienes razón.

Ella asintió.

Él también asintió.

—Entonces, ¿qué pasa? —Quería agarrarlo de los hombros y sacudirlo.

—No lo sé.

—Entonces, básicamente quieres seguir casado, pero también quieres seguir viéndote con ella. —No era capaz de decir su nombre en voz alta.

—Mira, sé que no es justo. Pero sí... Quiero decir, sí, eso es lo que quiero.

—¿Hasta cuándo? ¿Para siempre? ¿Hasta que te dé la patada? Ash, en serio, que te follen.

—Baja la voz —le dijo.

No dejes que nuestro hijo sepa que me estoy follando a otra persona.

—Quizá... —dijo Ash lentamente, con cuidado—. Quizá deberíamos volver a ver a Ron y Judy. Ver lo que dicen ellos.

Miller sabía que simplemente estaba ganando tiempo.

—¿Ver lo que dicen Ron y Judy? ¿Sobre qué? ¿Sobre el hecho de que seas un cobarde y que seas infiel?

—Anda, no te hagas la digna, Miller. Fue lo que tú me sugeriste cuando me engañaste.

—Aquello fue muy diferente. —Se cubrió los ojos con las manos. No podía soportar ver a Ron y Judy de nuevo... Toda esa terapia, todas esas conversaciones... Dios, y aquella carta que le habían hecho escribir. Olly había tenido razón sobre aquello; había sido algo jodido y horrible, algo de lo que aún se avergonzaba profundamente.

—¿Por qué fue diferente? —Ash se cruzó de brazos.

Miller se incorporó y se giró hacia su marido.

—Porque todo era muy complicado entre nosotros tres. Y, vamos a admitirlo, Ash. Tú le robaste la chica a Olly, así que no era exactamente ponerte los cuernos cuando me acosté con él.

—¿Que yo te robé? Vaya, pues sí que tiene gracia eso. Tú huiste hacia mí. Me hiciste creer que me querías, y yo te quería tantísimo que traicioné a mi mejor amigo por ti.

—Vale, ¿quién está reescribiendo la historia ahora? Estabas encantado de colársela a Olly. —De repente se sentía profundamente cansada—. De todas formas, pensaba que estábamos de acuerdo en no volver a ver a Ron y Judy. Nos lavaron el cerebro.

—Bueno, no sé. Probablemente estábamos exagerando. Todos nuestros amigos van a verlos.

—Precisamente por eso —dijo Miller, dándole un golpe al libro—. Era una secta, querían que todos pensáramos igual.

Nos hicieron terapia dos personas iguales. ¿No te parece una mierda eso?

—Olvídalo —dijo Ash—. Solo era una sugerencia.

Miller negó con la cabeza.

—En serio, Ash, ¿cómo puedes? ¿Cómo puedes querer seguir casado conmigo, y follarte a otra persona?

—Porque no es lo mismo.

—¿Qué, es que acaso tienes una especie de complejo de virgen-prostituta?

—Supongo que tienes razón, ¿para qué vamos a ir a ver a Ron y Judy, si ya me puedes analizar tú en nuestro dormitorio?

—Bueno, es que ¿qué significa eso? ¿«Porque no es lo mismo»?

—Significa... Joder, yo qué sé. Significa que estar casado contigo es una cosa, y es algo bueno, y estar con Candice es otra cosa, y también es algo bueno.

—Te odio.

Se quedaron allí sentados, en silencio, durante un rato. Miller escuchaba las polillas estrellarse contra las mosquiteras de la habitación, tratando de abrirse paso para acercarse a la luz.

—¿Quieres seguir hablando? —le preguntó por fin Ash.

—No mucho —dijo Miller. Volvió a abrir su libro, pero entonces cambió de idea y lo cerró de nuevo—. ¿Sabes algo de Olly?

—No. —Ash la miró con cautela—. ¿Y tú?

—No. Pero es raro, no sé. —Casi que esperaba que entrase por la puerta en cualquier momento—. Me pregunto de qué hablarán —dijo Miller.

—¿Quiénes?

—La tía Tassie y Olly.

—Quién sabe. ¿De las maravillas de la literatura de Melville?

—No, en serio. ¿Crees que hablarán sobre eso?

—¿Eso?

—Sí, eso. La guerra, el reclutamiento...

Ash se encogió de hombros.

—No sé. No, lo dudo. No todo el mundo tiene que hablarlo todo.

Miller puso los ojos en blanco.

—¿Sabes lo que creo? Creo que la razón por la que Olly la metió en ese sitio fue para castigarla.

—Quizá. Pero ella solo hacía lo que creía que era correcto.

—Por supuesto que lo hizo, Ash, a mí no tienes que explicármelo.

—Bueno, solo digo, Miller, que Olly probablemente también lo sepa.

—A Olly no se le da muy bien lo de perdonar.

—Dios, yo qué sé. De todas formas, fue hace tanto tiempo…

—Claro, y está claro que a ti las cosas que pasaron hace mucho tiempo no te molestan, para nada.

—Vale, Miller, tú ganas. Lo que tú quieras.

De repente estaba tan cansada de seguir las normas… Normas que había cumplido durante los últimos dieciocho años y en las que jamás había creído.

—Voy a organizar una cena. —Acababa de decidirlo en ese mismo instante, en ese preciso segundo—. Y voy a invitar a Olly.

—¿Cómo dices?

Recogió su libro de forma tranquila.

—Han pasado semanas, no podemos seguir esperando a que dé el primer paso.

—¿Qué ha pasado con eso de «no te preocupes, Ash, solo está aquí para ayudar a la tía Tassie a instalarse»?

Se encogió de hombros.

—Supongo que ya veremos. De todas formas, no tienes que venir.

—Sí, bueno, pero vivo aquí.

—Lo que tú quieras —le dijo de forma despreocupada.

—Jesús. —Ash dejó su libro en la mesita de noche y apagó la lámpara.

Tras leer y releer un párrafo tres veces, Miller hizo lo mismo. Se quedó allí, tendida en la oscuridad. Pensó en Olly, en Ash, y en sí misma. Pensó en la carta que le había escrito a Olly, la que Ron y Judy (y Ash) la habían obligado a escribir. Frente a ellos, como si fuese una niña de la que no podían fiarse.

Y, después, la habían leído y le habían sugerido algunos cambios: esto es engañoso, esto otro demasiado amable. Tenía que pensar en Ash, lo único que él trataba de hacer era superarlo, por su bien. Y ¿qué pasaba con el bebé? No era responsabilidad de ella hacer que Olly se sintiese mejor. Bla, bla, bla.

Y lo había hecho. No podía negar que lo había hecho. Había mandado la carta.

Recordaba haber escuchado las llantas de las ruedas chirriando en el exterior del chalé de Malibú que compartía con Ash, y cómo había dejado el motor encendido, y había entrado hecho una furia, blandiendo la carta en el aire.

—¿En serio? —había gritado—. ¿Esto? ¿Esto es lo que tienes que decirme, después de meses de silencio? ¿Después de decirme que me quieres más de lo que has querido jamás a nadie y que estábamos destinados a estar juntos? ¿Y ahora me dices que era el camino incorrecto? ¿Que traicionaste a Ash de una forma que no podías comprender? ¿Qué cojones significa eso, siquiera? Sí que lo comprendías, Miller. No me digas que no comprendías lo que era que estuviésemos juntos.

—Olly… —La anterior vez que lo había visto, le había dicho que necesitaba tiempo para aclararse las ideas, para pensar en cómo dejar a Ash poco a poco. Le había dicho que estaba confundida, y necesitaba dejar de estarlo. Y, después, bueno… Había tenido demasiado miedo de decirle nada.

—Entonces, ¿qué? ¿Esto es una explicación? ¿Toda esa mierda sobre tratar de que Ash te perdonara y confiase en ti? ¿Sobre que tu «incapacidad para comprenderlo te había llevado a hacer ciertas promesas»? Miller, tú ni siquiera has escrito esta carta. Sé cómo escribes tú; tu forma de escribir está en todo tu cuerpo. Has dejado que la escribieran por ti. Ni siquiera te importo lo suficiente como para decirme la verdad, como para decirme lo que de verdad sientes. Por todos los santos, ¿quién cojones eres?

—Olly...

—¿Sabes qué? A la mierda. Me da igual quién eres. Eres una desconocida para mí. No eres nada.

Y entonces, se había marchado. Miller agradeció en ese momento no estar aún vestida, ya que, con el albornoz ancho que llevaba puesto, Olly no había podido ver el bulto de su vientre.

Dieciocho años después de aquello, en la oscuridad de su habitación, Miller rodó sobre la cama y miró a Ash. Tenía los ojos cerrados, y la volvía loca que se hubiese quedado dormido.

—¿Por qué sigues aquí? —le preguntó.

Pero no obtuvo respuesta alguna.

MARTES

Eran las once de la noche. Olly llevaba horas despierto. Se había despertado temprano ese día, se había duchado en la casa grande, había desayunado con la tía Tassie, y después se sintió perdido. Así que había agarrado uno de los volúmenes de la *Enciclopedia Británica* (volumen 1: A hasta Andrófagos), y lo leyó hasta que fue el momento de llenar el termo de café solo caliente, recoger la nevera, y dirigirse a la playa de las Caracolas.

El día era sofocante, y el sol era una esfera neblinosa. Podría haber silbado una canción mientras caminaba. No lo hizo, pero era el tipo de día que se prestaba a ello.

Cuando llegó al pequeño puerto, la grabación ya hacía rato que había empezado. El puerto había sido construido en algún momento de la década de los setenta usando un solo espigón en forma de ele, para adaptarse a la creciente demanda de los residentes del pueblo de navegar por placer. Después habían instalado una pequeña pasarela y una hilera de dársenas, y el resultado fue un pequeño puerto deportivo.

En ese momento, se había erigido el lateral de un barco (o el cascarón, al menos) para que pareciese el *Pequod*, el barco que trataba de dar caza a Moby Dick, y estaba atracado en la pasarela. Había una caravana aparcada en la playa, lejos de allí, donde los actores estaban en peluquería y maquillaje. El arte de hacer películas era un tema aburrido, tal y como Olly había aprendido. La acción de verdad tan solo ocupaba una parte muy pequeña del tiempo que pasaban allí.

Se sentó en una de las dársenas, y observó la escena desde cerca. Los asistentes y los asistentes adjuntos corrían de un lado a otro mientras comprobaban las marcas, la iluminación, retocaban la pintura, organizaban los variados y diversos artefactos necesarios para hacer que la magia ocurriese. Estaba buscando a Nate, pero no veía ni rastro de él. Olly abrió su termo y se echó el café en la taza. Se quitó los zapatos, se remangó los pantalones y colgó los pies por encima del agua.

Para el mediodía, la dársena estaba llena de los pobladores locales, que iban cada día a almorzar y ver la grabación. Tenían curiosidad por ver cómo funcionaba todo, cómo, lo que tenían enfrente en ese momento (un montón de gente harapienta con cámaras en un puerto sofocante) se transformaba en las historias que después veían en la gran pantalla. Porque aquellas eran las historias que los habían emocionado, que los habían definido, que les habían enseñado a besar, a amar, a romper relaciones. Eran las historias que veían en la oscuridad, con unas palomitas, un chocolate con menta, unos Lacasitos, o unas chucherías.

Y también les interesaba la ballena. Los cuentos sobre el tiburón mecánico de *Tiburón* eran historias bien conocidas en la cultura popular: cómo había sido imposible construirlo, que no dejaba de romperse, que el reparto y el equipo trabajaban de forma heroica para encontrar formas inteligentes de grabar a pesar de los fallos... Los vecinos de Wonderland querían sus propias historias populares para contarlas más tarde. Querían su propio Moby Dick mecánico. Y, sin embargo, no se dejaba ver por ningún lado. Era lo único sobre lo que Olly escuchaba hablar.

Cada vez que uno de los camiones llegaba rugiendo por el puente, la gente se congregaba para observar el contenido que descargaban, y pensaban que quizá la ballena al fin había llegado. Pero, una vez tras otra, se quedaban decepcionados. Y había llegado a ser el tema de conversación favorito en la farmacia, en el supermercado, en la cafetería...

A la una en punto, el reparto y el equipo de grabación pararon para ir a comer, así que Olly se dirigió a la pasarela, donde se encontró a Rodrigo sentado en el borde, con una cesta de plástico roja en el regazo, llena de almejas rebozadas.

—¿Qué tal? —le dijo.

Rodrigo asintió y agarró una de las almejas de la pila.

—Sabes que va a producirse un motín en el pueblo si no le das a la gente su ballena, ¿no? —Cuando Rodrigo no contestó, Olly añadió:—. Busco a Nate, ¿sabes dónde está?

Rodrigo se comió otra almeja, y dejó que se macerara entre los dientes.

—Se ha ido pronto para recoger un equipo de grabación para mí, y le he dado la tarde libre. ¿Qué hay ahí dentro? —le preguntó, señalando con la barbilla la nevera de Olly.

Olly bajó la mirada.

—Unos bocadillos y unos refrescos.

Rodrigo sonrió.

—Eres una mamá pato maravillosa.

—Qué gracioso. —Olly miró a su alrededor—. Bueno, supongo que no los necesitaré entonces. Te los puedes quedar si quieres —le dijo, y dejó la nevera junto a Rodrigo.

Rodrigo la miró y se encogió de hombros.

—Gracias.

Olly echó a andar por la pasarela y se dirigió a la calle principal, y se sintió extrañamente abatido. No era como si hubieran quedado ni nada de eso. Y Nate, después de todo, era un adolescente; probablemente tendría mejores cosas que hacer que quedar con él. Olly deambuló un rato mientras miraba los escaparates de las tiendas sin mucha convicción. Después se paró en la tienda de la esquina para comprar el periódico. Dentro, la chica que había tras el mostrador estaba debatiendo con el repartidor las diferentes razones a las que se debía la ausencia de la ballena blanca.

—Probablemente la traen de noche para que la gente no moleste —le dijo el tipo.

La chica negó con la cabeza.

—Nada de eso. Leí que gran parte de ello, los efectos especiales, los hacen en los estudios. Ya sabes, en California.

Olly escaneó el periódico mientras escuchaba solo a medias: el senador Ted Kennedy había apoyado a Mondale como candidato presidencial demócrata, el Senado había cortado las ayudas para los rebeldes nicaragüenses, y se iban a producir algunos cambios en los vuelos transatlánticos. Una pequeña nota en el lateral en el artículo mencionaba que Wonder Air estaba siendo investigada por la Comisión de Bolsa y Valores.

—¿Es usted uno de los tipos de la grabación? —le preguntó la chica a Olly cuando llevó el periódico hasta el mostrador para pagar.

—Nop —dijo Olly, aunque sabía que la ballena debía de haber llegado ya. Al menos, si Rodrigo planeaba adherirse al plan de grabación.

Olly acababa de dejar las monedas sobre el mostrador y se había girado para marcharse cuando vio a Miller caminando en su dirección desde la parte trasera de la tienda, con un sándwich helado en la mano. Tenía la mirada agachada, y no lo había visto. Salió de la tienda rápidamente.

A través del cristal, la vio pagar el sándwich, y después lo sacó con cuidado del envoltorio y lamió el helado por el lateral, entre las dos piezas de galleta de chocolate. Después le dio un pequeño mordisco al borde y se limpió la boca con el dorso de la mano.

Al hacerlo, se le vio la muñeca, y él pudo advertir que había palabras escritas en su piel, en una letra negra y cursiva que le llegaba hasta el codo. Como si fuese un manuscrito antiguo, o un intricado tatuaje.

Así que había comenzado a hacer eso de nuevo.

Cuando eran niños, le había encantado coser palabras en su ropa, las bordaba en los cojines, y las escribía en su diario. Tras casi ahogarse en el mar, sin embargo, fue como si se hubiese activado un interruptor en su cerebro, y había comenzado a escribirlas en su cuerpo. Lo había visto por primera vez la noche en que fue a por ella a su dormitorio, cuando vio las palabras que tenía escritas en la parte superior de su muslo.

Lentamente pareció convertirse en una obsesión, una de la que tanto Ash como él se dieron cuenta, pero ella tan solo se reía cuando le preguntaban. Después, empezó a ser más cuidadosa al escoger el lugar donde las escribía, y solo elegía lugares ocultos por la ropa, como si aquello la avergonzase.

Sin embargo, había una imagen marcada en su cerebro, que había conservado como si de una fotografía se tratase: su vestido rosa pálido, arremolinado en el suelo, la enagua de crinolina extendida.

Él, observándola.

Miller estaba sentada al filo de la cama, con solo su media enagua y el sujetador, la cabeza ligeramente inclinada, el pelo que le caía por el rostro. Comenzó a quitarse las medias. Y, en todos los lugares secretos que habían estado ocultos bajo su vestido, de repente había palabras escritas en toda su piel, como si fuese un libro, o un acertijo hecho mujer. Como si fuese alguien que, una vez que hubo empezado a hacerlo, hubiese sido incapaz de parar. Y, en ese momento, Olly supo que era única en el mundo, y que jamás conocería a nadie como ella.

En una ocasión, ella trató de explicarle su compulsión. No era un castigo autoinfligido, le contó. Era como una especie de flagelación religiosa. Estaba tan llena de palabras, que necesitaba expulsarlas, obligarlas a salir. Y, cuando el bolígrafo al fin le rozaba la piel, sentía una liberación eufórica. Y entonces se vaciaba durante un tiempo, antes de tener que empezar de nuevo el proceso.

Había dejado de hacerlo en la universidad. Ella le dijo que había crecido. Estaba estudiando escritura en una academia muy famosa, y había empezado a escribir una novela que jamás le había enseñado a nadie. Después de L.A., toda la escritura pareció desaparecer por completo, tanto la que plasmaba en la piel como la que volcaba en papel.

Se preguntó si lo echaría de menos, igual que él echaba de menos la música, el panorama, la cualidad física. Nunca había pensado lo que podía haber significado para ella perder aquello, o abandonarlo, lo mucho que podía haberle dolido. Aun así, los dones como aquel, como el suyo, podían ir y venir. ¿Quizás el suyo podría volver en algún momento? Deseaba poder preguntarle a Miller sobre el tema.

En ese momento, allí plantado y observándola, recordó la primera vez que estuvieron juntos, cómo le había alzado el camisón en la oscuridad de su coche, y había visto aquella palabra escrita una y otra vez en el pálido interior de su muslo: *Olly, Olly, Olly.*

Las campanas de la iglesia anunciaron las once en punto. Nate estaba recostado en una de las tumbonas del jardín, tomando el sol. Se había despertado pronto para hacerle algunos recados a Rodrigo, algo sobre un equipo de grabación «para un VIP», le había dicho el director.

Después, ya que tenía la tarde libre, pensó en ir a ver una película en la sesión de la matiné, pero una vez que se tumbó, con el sol tan calentito, no pudo reunir las fuerzas para levantarse.

Suspiró, se puso sus Ray-Ban en lo alto de la cabeza y se giró hasta ponerse boca abajo, con la mejilla contra las bandas de plástico de la tumbona. Con los párpados cerrados, podía ver unos pequeños y oscuros puntitos contra el rojo intenso del sol. Escuchaba a los pájaros en los árboles, las campanas y, a través de las cristaleras, el sonido de su padre mientras se movía por la cocina.

Entonces sintió una cálida mano contra su espalda. Abrió los ojos usando la mano como una visera, y vio a Jess James agachada junto a él. Veía su figura borrosa en los bordes por el brillo del sol.

—Hola, tesoro —le dijo, enseñándole unos dientes deslumbrantemente blancos—. ¿Qué haces aquí solito?

Nate cerró los ojos de nuevo.

—Bailando conmigo mismo.

—Bueno, pues ven a bailar con nosotros.

Nate se incorporó y se puso las gafas de sol.

—¿Quiénes son «nosotros»?

—Cam, Suki y yo. —Se sentó junto a él, y lo empujó un poco para hacerse un hueco. Llevaba puesto un bikini azul con una especie de parte de arriba sin tirantes que se ataba en el centro de la espalda. El rímel se le había corrido bajo los ojos y le daba un aspecto francés—. Estamos celebrando una fiesta en la piscina. Es una fiesta muy exclusiva, de solo tres invitados. Bueno, ahora cuatro.

—No me lo tienes que decir dos veces —le dijo.

Se levantó y se echó la toalla al hombro. Había llegado ya a la puerta corredera cuando se dio cuenta de que Jess aún estaba sentada en la tumbona, y lo observaba.

—¿Vienes?

Jess se levantó, observándolo con los ojos entrecerrados y la comisura de los labios ligeramente elevada.

—Estás como un queso, ¿no? —le dijo.

Nate se rio.

—Joder, Jess, ¿quién dice algo así?

—Pues yo —le respondió, alcanzándolo.

Entraron juntos a la cocina, y Nate hizo una parada en el frigorífico para sacar dos latas de refresco. Le ofreció una a Jess.

—Entonces… —le dijo ella después de aceptar la bebida—. ¿Qué pasa con Suki?

—¿Qué pasa con ella? —Nate abrió el refresco, le dio un sorbo y la observó por encima del borde de la lata.

—¿Te gusta? —Nate se encogió de hombros—. Pues claro que te gusta —Jess afirmó, y se rio—. Bueno, pues deberías hacer algo.

Nate se dirigió hacia la mosquitera, y la sostuvo abierta para ella.

—Y ¿qué sugieres que haga?

—No sé, Nate. ¿Besarla? —Jess le dio un pequeño empujón cuando pasó junto a él.

—Ya lo he hecho. Lo hice. Una vez, hace tiempo, pero ahora... —Guardó silencio—. ¿Crees que quiere...? No lo sé, ¿algo
así?

Fue el turno de Jess de encogerse de hombros.

—La verdad es que Sukes es un misterio, incluso para mí.
Puede. Probablemente.

Recorrieron la entrada cubierta de caracolas de mar, hasta
la acera.

—Sí que me gusta —le confesó Nate—. Me gusta muchísimo. Es solo que... No sé...

Se pararon junto a la verja de Suki.

Jess negó con la cabeza.

—Ay, Nate, Nate, Nate...

—¿Qué? —Nate la observó mientras se paseaba hasta la
puerta principal de Suki.

Se giró y lo miró por encima del hombro.

—¿Sabes lo que quieren las chicas? Las chicas quieren palabras, palabras de las de verdad. Palabras increíblemente buenas,
palabras que nos hagan querer morirnos, que nos derritan y nos
hagan enamorarnos hasta las trancas.

Nate siguió a Jess a través de la casa y hasta el patio de los
Pfeiffer. Suki no estaba por ningún lado, pero Cam estaba haciendo largos en la piscina. Casi parecía brillar cada vez que su
cuerpo salía y se hundía en el agua. Había una alargada mesa al
final de la piscina, y encima había boles cuidadosamente colocados con Ruffles, Fritos y galletitas saladas. Junto a todo eso,
había una nevera llena de refrescos de varias clases.

—Gracias, señora Pfeiffer —dijo Jess antes de agarrar un
pequeño bol y llenarlo de tentempiés.

Se quedó allí parado mientras observaba a Cam nadar, y a
Jess colocarse sobre los cojines de un fuerte color amarillento,
sobre una de las sofisticadas tumbonas de los Pfeiffer. La música
les llegaba desde algún lugar a su espalda. Genesis. La voz de
Phil Collins creció y creció mientras cantaba *Taking It All Too
Hard*. Se dio la vuelta.

Y allí estaba: Suki, con aquellas piernas morenas, un bañador blanco, el pelo rojo que le caía por un hombro, y sosteniendo un estéreo. Caminaba hacia él; un pie delante del otro, con el arco de los pies increíblemente blanco comparado con el resto de su piel; su pecho, los músculos de los muslos, todo se movía y parecía ocurrir en cámara lenta, como si estuviera viéndolo todo bajo el agua. Sintió aquel agujero en su estómago, el anhelo que le recorrió la sangre.

Suki sonrió. No podía moverse.

—Hola, Nate —lo saludó.

—Hola.

—¿Estás bien?

—Sí.

Pasó junto a él para dirigirse a la mesa, y dejó un rastro de olor a Hawaiian Tropic (coco, papaya, guayaba y sexo), lo cual lo dejó algo colocado.

Se sentó lentamente en la tumbona que había junto a Jess, y vio a Suki alejarse.

Jess giró la cabeza para mirarlo con sus gafas de sol de ojos de gato.

—Palabras, Nate.

Cam salió de la piscina, saludó a Nate con un golpe de cabeza, y se instaló al otro lado de Jess.

—¿Genesis, o Phil Collins como solista? —les preguntó Jess.

—Genesis —dijo Nate.

—Phil Collins como solista —respondió Suki, riéndose.

—*In the Air Tonight,* qué buena —Jess asintió.

—Buenísima —dijo Suki.

—¿Sabéis? —dijo Jess—. Phil Collins de hecho la escribió sobre un tipo que dejó que un niño se ahogara en un lago, y no hizo nada para evitarlo.

—Venga ya.

—En serio. Después invitó al tipo a uno de sus conciertos, lo iluminó con los focos, y le cantó la canción.

Nate se rio.

—No te rías, el tipo se suicidó —dijo Jess.

—Yo escuché que estaba en un barco con un amigo, y se volcó —dijo Suki, que se tumbó junto a Nate—. Y había alguien en la orilla, pero no lo ayudó. Así que su amigo se ahogó.

—No, definitivamente era un niño —dijo Jess.

—Vale, entonces, ¿por qué no hizo nada para salvar al niño? —preguntó Nate.

Jess se encogió de hombros.

—Estaba demasiado lejos.

—¿Pero estaba suficientemente cerca como para saber quién era el tipo? —dijo Nate—. Eso no tiene ningún sentido.

—Bueno, Cam —dijo entonces Jess, ignorándolo—. Es el día, oficialmente nuestro último día como estudiantes de instituto. Para el resto de nuestras malditas vidas.

Cam mantuvo los ojos cerrados.

—¿Cómo te sientes? —le preguntó Jess.

—Bien.

—Yo, genial —dijo Jess—. Por fin, la libertad.

Suki se incorporó y comenzó a echarse crema en la piel. Después, encendió un cigarro.

—Lo único que podría mejorar esto sería que mis padres me regalasen un coche —dijo Jess, que movió la mano frente a Suki para que le diese un cigarro—. Parece que la mitad de la clase que se gradúa en Annie Oakley va a tener coche. Mis padres son unos salvajes.

—Bastardos —dijo Cam.

Jess lo observó.

—No me digas que tu padre también te va a regalar un coche.

—Uy, sí —dijo Cam—. Me va a dar su viejo Chevy Caprice. Una fiera de coche.

—Eso es casi peor que no tener ningún coche —dijo Jess.

—Oye —protestó Nate—. No te metas con el Woody Wagon, es un clásico.

—Claro —dijo Jess—. Si te van las decoraciones de vinilo y madera.

—No le hagas caso —le dijo Nate, reclinando la tumbona hasta que estuvo totalmente horizontal—. Adoro ese coche.

Cerró los ojos, y se le vino un recuerdo a la mente. Una noche que habían pasado en la rectoría, cuando Cam y él tenían unos once o doce años. El reverendo Cross debía de haber estado por ahí, y Nate y Cam estaban en el garaje, sentados en el coche, y fingían conducirlo. Nate estaba al volante.

El garaje tenía una habitación sin terminar encima, a la que solo se podía acceder por unas escaleras en el exterior. Pero la puerta siempre estaba cerrada con llave, así que jamás subían allí. Pero esa noche, estaban tonteando con el coche del reverendo Cross, y habían escuchado un ruido sobre ellos. Pasos.

—Hay alguien viviendo ahí arriba —le había dicho Cam en un susurro—. No se lo digas a mi padre.

—¿Quién vive ahí arriba? —le preguntó Nate, que de repente estaba muy asustado al descubrir que no estaban solos en la casa.

Escucharon los pasos, que se movieron por el techo del garaje, y después el sonido de alguien que bajaba las escaleras exteriores.

Luego, todo estuvo en silencio durante un rato.

—Venga, te lo voy a enseñar —le dijo Cam entonces.

Nate no quería ir, pero tampoco quería admitir que tenía miedo. Cuando Cam abrió la puerta, Nate vio latas de comida vacías, un par de mantas, cervezas en lata gastadas y esparcidas por el suelo. Había signos de vida, pero no una como la suya. Aquello le produjo un terror innombrable y oscuro.

—Vámonos de aquí —le dijo Nate, pero Cam quería quedarse.

—Es mi madre —le dijo a Nate—. Mi madre ha vuelto. Y está viviendo aquí arriba.

Nate no podía imaginarse a la madre de Cam viviendo a base de cerveza y alubias en salsa de tomate, pero Cam parecía tan seguro…

—Le he dejado aquí arriba algunas cosas —le dijo Cam—. Creo que me está cuidando. Está esperando el momento adecuado para volver a la casa.

—Y ¿para qué es el arma? —le había preguntado Nate. Había una pequeña escopeta echada contra la pared. Nate jamás había visto un arma hasta ese momento—. ¿Es de tu padre?

Nate se encogió de hombros.

—No sé. ¿A lo mejor lleva escondida aquí todo este tiempo? Quizás hay gente persiguiéndola.

—Quizá.

A lo largo de los años, habían jugado a una especie de juego al imaginar todas las cosas que podían haberle pasado a la madre de Cam: se había convertido en una actriz famosa, quien se había operado la cara para alcanzar el éxito en el cine; era enfermera, y ayudaba a los pobres en la India; era polizona en un barco que se había quedado encallado en una isla desierta. Pero aquello era diferente.

—Prométeme que no se lo dirás a mi padre —le pidió de nuevo Cam.

—Te lo prometo —le dijo Nate.

Así que habían bajado, y habían jugado un rato más en el coche. Después, se fueron a la habitación de Cam y leyeron algunos cómics. No hablaron sobre ello, ni esa noche, ni ninguna otra, y Nate se olvidó por completo de aquello.

—Oye, Cam —le dijo Nate—. ¿Te acuerdas cuando me enseñaste la habitación que hay sobre el garaje de tu casa?

Cam no respondió.

—¿Con las latas, y todas esas cosas? —Nate se incorporó un poco y miró a su amigo—. Acabo de acordarme.

Cam parecía estar dormido.

—¿Cam? Es solo que estaba pensando…

—¿Sabes? A veces piensas jodidamente demasiado —le dijo Cam sin moverse ni abrir los ojos.

Nate siguió mirándolo, esperando que sonriera o le hiciese saber de alguna forma que estaba de broma. Pero Cam siguió totalmente quieto. Nate miró a las chicas, pero ellas también estaban totalmente inmóviles, y no parecía haberles sorprendido aquello. Como si hubiesen escuchado antes aquel tono, como si fuese la forma en que se hablaba allí.

Los cuatro se quedaron tumbados en fila mientras pasaban los minutos y las horas. Las canciones se iban sucediendo, y la música flotaba sobre ellos: The Cars, Tom Petty, Rick Springfield... El olor dulce y cítrico del aligustre bajo el calor se mezclaba con el aroma de los cigarros, el de la piel untada en aceite de bronceado, y el olor resbaladizo, intenso y a plástico del papel de revista.

Nate debió de quedarse dormido, y cuando abrió los ojos, fue recibido por la piscina, del color del mar caribeño. Se levantó y se zambulló, con el cloro resbalándole por la piel. Al salir del agua, escuchó el tintineo y la entonación de Bob Marley. Vio que Suki se levantaba y entraba en la casa. Él nadó un largo y salió de la piscina. Se envolvió una toalla alrededor de la cintura, y la siguió.

La casa de los Pfeiffer estaba en silencio, así que se quedó quieto y aguzó el oído. Escuchó el sonido del agua corriendo en el baño que había escaleras abajo. Recorrió la gigantesca cocina separada en niveles hasta la entrada. La puerta del baño (un pequeño inodoro bajo el hueco de las escaleras, con pájaros exóticos pintados en las paredes) estaba abierta, y Suki estaba dentro, secándose la cara.

Se volvió y lo miró. Él se acercó a ella. No tenía palabras (ni de las buenas, ni putas palabras increíbles), así que, en su lugar, alzó la mano y le recorrió la curva del hombro con suavidad, pasó por el bíceps y llegó hasta el antebrazo. Tenía la piel caliente, y un poco resbaladiza. No podía mirarla a la cara, así que se concentró por completo en las curvas y en los arcos de aquel hombro y aquel brazo.

Sintió que ella se acercaba un poco a él, que le tomaba la mano con la suya. En un rápido movimiento, agarró la toalla que Suki aún sujetaba, y la tiró al lavabo para acto seguido cerrar la puerta del baño a su espalda. De esa manera, se quedaron ambos allí dentro, con los cuerpos apretados y muy cerca en aquella pequeña habitación.

De forma breve, él se preguntó si Cam y Jess se habrían percatado de su ausencia, y mientras pensaba aquello, se escuchó un gran ruido. Después, se oyó un portazo en la entrada, y el sonido de la voz del padre de Suki, que clamaba a través de la casa. Gritaba para llamar a (o le gritaba a) la madre de Suki, no habría sabido decirlo. En un segundo, Suki apartó a Nate, casi haciéndolo tropezar, y salió del baño, dando un portazo tras ella. Lo dejó allí, solo en aquel pequeño espacio, casi sin aliento. Miró fijamente el grifo dorado, las toallas con un monograma cosido a mano.

Nate esperó hasta que pareció que estaba todo despejado, y se dirigió de vuelta a la piscina a través de la cocina.

Cam y Jess estaban recogiendo sus cosas mientras Suki esperaba de pie, con el rostro pálido.

—Lo siento —le dijo, girándose para mirarlo—, pero mi padre está en casa.

—Claro —le dijo Nate.

El padre de Suki rara vez estaba en Wonderland durante la semana; al igual que el padre de Nate, viajaba diariamente desde la ciudad. Y, cuando estaba en casa, los Pfeiffer se quedaban allí. Ni siquiera se permitían las visitas de los amigos. Era un acuerdo tácito, que todos conocían, y que jamás habían puesto realmente en duda.

«Necesita descansar», era la frase que más se decía sobre Dutch Pfeiffer.

Los tres, Cam, Nate y Jess, se marcharon a través de la casa de puntillas, hasta la puerta principal.

—Vaya cabrón que es —dijo Jess una vez que estuvieron en la acera.

Cam y él tan solo la observaron en silencio. Nate quiso preguntarle a qué se refería exactamente, pero algo lo frenó.

—Ya nos veremos, chicos —les dijo Jess, echando a andar.

—¿Quieres venir a mi casa? —le preguntó Nate a Cam.

—Debería volver a casa —le dijo Cam de forma fría.

Nate observó a Cam recorrer la calle de la Iglesia.

—Claro —dijo, sin que estuviera dirigido a nadie—. Los buenos tiempos.

Nate entró a la casa, y dejó que la puerta mosquitera chocara a su espalda. Miró a su alrededor, a nada en particular. Decidió que lo mejor que podía hacer era fumarse un porro, y quizá ver una película.

En su lugar, se quedó allí, junto a la mesa de la cocina, y pensó en el pequeño baño de la casa de los Pfeiffer, y trató de recordar cada pequeño detalle. Cómo la había tocado con la yema de los dedos, el sonido del latido de su corazón. El olor del cloro en la piel de ella, su aliento, dulce por el chicle de uva. Tenía puestos unos pendientes en las orejas, unos pequeños y brillantes, apretados contra los agujeros, los cuales parecían enrojecidos y delicados al tacto.

Pensó en lo que Jess le había dicho, y después pensó que, si no podía usar sus propias palabras, usaría las de otra persona. Para eso estaban las cintas.

Las campanas de la iglesia dieron las tres en punto. Conforme pasó por el comedor, escuchó el murmullo de la voz de su padre a través de la puerta entreabierta.

Ash miró por la ventana del pequeño y cargado comedor, el cual había invadido para convertirlo en su oficina. Era un día cegador, brillante y cálido, con el cielo despejado y azul. Dentro estaba más oscuro y hacía más fresco. Escuchaba el sonido de la música que le llegaba desde la piscina de los Pfeiffer: Nate y sus amigos. Esparció sin ganas algunos papeles por la superficie de caoba.

Llevaba casi una semana sin hablar con Candice, y le debía una llamada. Quizá debería de haber ido a la ciudad, aunque solo fuera para unos días. En la oficina estarían encantados. De hecho, creía que estaban ya bastante hartos por aquella telecomunicación. Las elecciones primarias demócratas serían en menos de un mes, y a pesar de que el candidato, Mondale, había vencido de forma decisiva a Gary Hart tras una ajustada y amarga competición, aún quedaba muchísimo trabajo por hacer. Lo habían hecho bien con el anuncio del «teléfono rojo», pero la campaña de Hart era fresca, y estaba dirigida a los *baby boomers* antisistema. Así que necesitaban ver más allá de las elecciones primarias, y descubrir cómo hacer que algo de aquel brillo joven se le pegara también a su hombre.

Sin embargo, a pesar de todo aquello, Ash permanecía atado allí, a aquella casa.

Últimamente no dormía bien. Se despertaba en mitad de la noche, y era incapaz de calmarse, así que tenía que bajar a la cocina y encender la olla de cocción lenta.

Pensaba muy a menudo en Miller. Parecía estar llena de secretos últimamente. Por ejemplo, aquella tarde había llegado a casa mientras Ash estaba preparando un bocadillo en la cocina y había pasado de largo. Ash había visto la mancha de hierba que le recorría la parte de atrás de la camiseta de tirantes y los pantalones cortos, como si alguien la hubiese pintado con un pincel de arriba abajo. Cuando le preguntó dónde había estado, lo único que le dijo fue: «En el Bosque Pequeño».

Se preguntó qué había estado haciendo allí. Era un sitio para críos. Bueno, para críos, y para darse el lote en secreto.

Por supuesto, no había peligro alguno de que Miller estuviera teniendo otra aventura, y lo sabía. Sabía el aspecto que tenía alguien cuando tenía una aventura, y no era su caso. Miller nunca había vestido muy a la moda, ni se había arreglado demasiado, pero tenía cierto aire de… Indolencia, fue la palabra que le vino a la mente. Y aquello la hacía irresistible: llevaba pulseras en las muñecas, la camisa abierta, y nada de sujetador.

Pero en ese momento parecía estar vestida de forma distraída, aleatoria e inacabada. Y no era precisamente algo bueno. Era como si se hubiese olvidado de para qué servía la ropa.

Pero lo que más le molestaba de todo era lo de las palabras. Las había visto en sus brazos, y se imaginaba que también estarían en los lugares donde no se le permitía ya mirar. Nunca le había gustado: incluso cuando eran jóvenes, le había parecido inquietante.

Había habido ocasiones durante su matrimonio en las que se había preguntado si realmente Miller era alguien inestable; si lo que al principio había aceptado como alguien soñador, con peculiaridades que habían permanecido en ella desde la niñez, sería en realidad una enfermedad. Pero entonces pensaba que no, realmente solo era una chica que había crecido alrededor de todas las rarezas de Wonderland. Y trataba de ponerse en su lugar, trataba de entender el sentimiento, y cómo había sido: la cercanía tan antinatural de los tres, cómo habían vivido en una especie de secreto, en un mundo privado dentro de aquel pequeño pueblo adoctrinado por todo el abracadabra de la casa de reuniones. Pero siempre acababa sin comprenderlo del todo.

Porque, en serio, ¿quién necesitaba las fantasías? Porque eso es lo que eran: los colores en la mente de Olly, el arte corporal de Miller, la convicción de los cuáqueros de que escuchaban la voz de Dios hablándoles. El mundo real era más que suficiente. Al menos, lo era para él.

Pero tal vez no lo fuera para Miller, y ciertamente nunca lo había sido para Olly. El puto Olly.

No cabía ninguna duda de que, incluso después de ganarse a Miller, había seguido teniendo celos, y aun sospechas de Olly. Aquella había sido una de las principales razones por las que se habían mudado de nuevo al este desde L.A.

Después de que Nate naciese, se habían quedado allí durante un par de años. Habían estado demasiado estupefactos ante la agitación de tener de repente un hijo y un matrimonio, y demasiado cansados como para pensar en mudarse, en buscar trabajos nuevos, una vida nueva… Pero Ash jamás se quitó del todo la idea de la cabeza de que Olly se estaba burlando de él, que sabía algo que Ash no, y que puede que visitara a Miller y a Nate en secreto.

Así que, para conservar la cordura, se habían mudado. Primero, a Nueva York, pero con los cortes de luz, el alza de la criminalidad y la quiebra municipal, Ash había convencido a Miller de que era un lugar dañino para Nate, que debían de mudarse lejos del caos, de vuelta al lugar del que provenían. De vuelta a Wonderland. Se quedaron con el piso en Nueva York, y Ash viajaba al trabajo todos los días.

Podía admitir lo gracioso e irónico que era que ahora él fuera el que estaba portándose mal en ese momento. No lo había buscado; Candice simplemente le había ocurrido. Candice sí que vestía a la moda y se arreglaba, pero eso no era lo que le había atraído principalmente de ella. Era excitante, en especial porque le pasaban muchísimas cosas, dramas totalmente separados de él y de sus fracasos. Lo hacía sentirse vivo; era un cliché, y lo sabía. Pero Ash siempre había dicho que los clichés eran clichés por una razón.

En cuanto a Miller, su *raison d'être* había sido crear un hogar, una especie de atmósfera, como si fuese un diseñador de escena preparándose para una importante obra. Sin embargo, con el tiempo había comenzado a sentir que nunca debería de haber conseguido un papel en aquella particular producción. Había estado agradecido y sorprendido de tantísimas formas, y durante tantísimo tiempo, de haberse llevado a Miller, de que ella lo hubiera escogido a él, que ni siquiera se había parado a pensar en cómo encajaba él en la visión de Miller de cómo debía de ser la vida.

Pero ahora lo entendía, todo lo de irse a nadar, lo de escribir, los secretos… Su mujer claramente tenía una idea que estaba descubriendo: una que no iba a compartir con él. Así que tenía dos opciones: seguirle ciegamente la corriente, y dejar que ocurriese lo que tenía que ocurrir, o hacer sus propios planes.

Hacer sus propios planes le parecía una sugerencia increíblemente poco atractiva, pero también se sentía expuesto y vulnerable. Y aquello no era algo que encontrase atractivo tampoco. Porque el punto sobre el que se sentía más vulnerable era también lo único que no podía perder: Nate.

Ash agarró el teléfono de tonos y marcó el número de Candice.

—Hola, soy yo —le dijo cuando contestó—. Siento no haber llamado antes. —Aunque sabía que a ella probablemente no le había molestado aquello, o ni siquiera se había dado cuenta.

Silencio.

—Soy Ash.

—Ajá.

—¿Qué tal estás?

—Estoy bien.

Quizá sí que le importaba.

—Lo siento. He pensado mucho en ti, es solo que ha sido una locura todo por aquí.

—No me digas. —De alguna forma, consiguió sonar aburrida e incrédula al mismo tiempo—. ¿Qué es lo que ha sido una locura?

Movió la mano, como si ella pudiera verlo.

—Ah, cosas de familia, viejas cosas. No quiero aburrirte con el drama doméstico.

—Por favor —le dijo de forma monótona—, abúrreme.

—¿De verdad? Vale… —Ash se levantó y se apoyó contra el marco de la ventana. Desde el exterior escuchaba el agua salpicando, el tintineo de las voces por encima de los setos—. Mi antiguo socio… Bueno, nuestro antiguo socio, más bien, ha vuelto por aquí, y…

—Creía que habías dicho que era un drama doméstico.

—Bueno, lo es. Es más que un antiguo socio, es complicado. Estamos… Bueno, estoy en una especie de situación…

—Joder, Ash, ve al grano o te cuelgo el teléfono.

—Ya… —Ash jugueteó con la cuerda de la persiana, dándole unos toquecitos al cristal con ella. Escuchó las campanas de la iglesia, que anunciaron las tres—. No, es solo que… Nunca le he dicho en voz alta esto a nadie, excepto a…

Silencio.

Dios, a aquella mujer se le daban bien los silencios. Soltó la cuerda y tomó aire.

—Olly… Sabes que Miller y él estuvieron juntos primero, eran novios en el instituto. Y también cuando llegamos a L.A. Más tarde, ella lo dejó y nosotros nos juntamos. La cosa es que hubo una especie de solapamiento, ¿sabes a lo que me refiero…?

—Entiendo —dijo Candice—. Esto aclara bastante las cosas.

—¿Qué quieres decir? ¿Qué es lo que aclara?

—No sé. La forma en que siempre la describías, sonaba como una pobrecita ama de casa perdida.

—¿En serio?

—Sí.

—Ah, vaya. —Ash sabía que aquel era territorio peligroso—. Quiero decir, lo es. Está perdida, y es una ama de casa.

—Vale —dijo Candice, al parecer queriendo dejar aquel tema—. Entonces, tuvo una aventura con ese tal Olly. Después, ¿qué?

—No, fue más como que… Bueno, ella quería dejarlo, y yo la ayudé. O ella quería estar conmigo, pero entonces, no lo dejó enseguida.

—Ya…

—¿Qué?

—Nada, continúa.

—Bueno, pues la cosa es que, durante ese tiempo se quedó embarazada. Y, bueno, él jamás ha dicho nada, y nunca lo hemos hablado con él. Con Olly, quiero decir, ni con Nate, de hecho. Pero es solo que…

—Joder, ¿qué, Ash?

—Olly puede que piense que Nate es suyo. Su hijo.

—¿Lo es? —Candice no parecía sorprendida, sino curiosa.

—No, por supuesto que no —le aseguró Ash, dándole la espalda a la ventana—. Las fechas no concuerdan —mintió—. Pero, ya sabes, a la gente se le meten algunas ideas… Y nunca ha dejado de estar enfadado por el hecho de que Miller me escogiera a mí y no a él. Así que… Bueno, ahora está de vuelta, y no parece que vaya a marcharse, y creo que quizás ha vuelto por ellos. Bueno, por él.

—Ya veo. Sí que es complicado.

—Lo es, ¿verdad?

—Claramente tienes que enfrentarte a él —le dijo Candice—. Dile simplemente que se vaya a tomar por culo, que el crío no es suyo, y que necesita volver al tugurio del que haya salido.

—Bueno —dijo Ash, moviendo la cabeza de un lado al otro con el teléfono pegado a la oreja—. Esa desde luego es una idea.

—Ay, Ash, por Dios.

—Lo sé, lo sé. Debería ser más… hombre. Tú te mereces…

—Ah, qué más da eso —le dijo con impaciencia—. En serio, ¿para qué sirven los hombres? Bueno, entonces, ¿cuál era tu idea?

—Pues no sé. ¿No hacer nada y ver lo que pasa?

—¿En serio quieres que se quede con tu hijo?

—No, claro que no. No. Pero Nate casi es un adulto ya, no es como si pudiera raptarlo. ¿No?

—Bueno, ciertamente puede estropear las cosas. Puede meterle ideas en la cabeza.

Las ideas ciertamente eran algo peligroso, y lo sabía bien.

—Tienes razón. —Ash de repente veía el peligro con más claridad. Aquello no era hipotético, no era un ejercicio para sopesar sus habilidades. Aquello era algo con lo que tenía que lidiar, y rápidamente, antes de que se descontrolara—. No, tienes toda la razón. Tengo que ir a hablar con él.

—Exactamente —le dijo Candice.

Tras haber colgado con Candice, siguió sintiendo aquella urgencia durante unos cinco minutos. Después, se sentó y pensó, y se desanimó poco a poco, hasta convencerse de que quizá no hubieran llegado aún a la fase más crítica. Aún no.

Cuando decidió aquello, se sintió aliviado. Todo estaba bien. Todo iba a salir bien. Y fue entonces cuando se dio cuenta de que ya no escuchaba las risas ni la música que antes le habían llegado de los Pfeiffer. Y que había dejado la puerta del comedor ligeramente entreabierta. Se levantó y la cerró con cuidado.

1980

Hasta que no hubieron pasado unas tres horas de viaje, Ash no había estado del todo seguro de a dónde se dirigía. Entonces, comenzó a ver carteles de Leighton, Addisonville, Clarktown, a ciento cincuenta kilómetros. Fue entonces cuando se percató de que iba a ver a su hijo.

Nate llevaba en Leighton Hall dos meses, pero cada vez que Ash volvía a Wonderland de la ciudad, echaba de menos la presencia de su hijo incluso más. La casa parecía silenciosa y vacía. Miller estaba allí, por supuesto, pero sin Nate todo parecía menos; ella parecía menos, de alguna manera.

Miller había comenzado a escribir cuando Nate se marchó, y cuando Ash había vuelto el día anterior de la ciudad para pasar un fin de semana largo, había querido enseñarle la historia que había escrito. Se la había traído casi tímidamente, creía él, pero no había sido capaz de centrarse para leerla. Era algo sobre un día, y una mujer que hacía una tarta y veía a su marido y a su hijo, y... ¿se sentía feliz? Algo así.

De todas formas, ella se había quedado junto a su hombro mientras él leía, y aquello lo puso nervioso. Después, le preguntó qué le había parecido.

—Creo que no lo entiendo —le había dicho sinceramente—. ¿Para qué es?

—¿A qué te refieres con que para qué es? —le preguntó con el ceño fruncido—. ¿Te ha parecido bueno?

—Pues... no lo sé. Supongo que no sé nada sobre esas cosas, probablemente deberías preguntarle a otra persona.

Ella le había arrebatado el papel, enfadada. Y no le había hablado durante horas. Ash había pasado el tiempo en la habitación de su hijo, tumbado en su cama y oliendo la funda de la almohada.

Cuando se había despertado esa mañana bajo el depresivo cielo de octubre, había querido marcharse de inmediato. Así que se había subido al coche, le había dicho a Miller que iba a darse una vuelta, y allí estaba, a dos horas del internado de Nate.

Desde que Nate se había marchado, les había enviado un par de cartas. Y, a pesar de que Miller no encontraba nada raro en ellas, Ash estaba seguro de que traslucían un aire de tristeza. Cierta desorientación. No era muy propio de Nate dudar de algo, así que sufría por su hijo.

Miller y Nate eran los que habían estado convencidos de que debía de ir a Leighton Hall, pero Ash no lo había comprendido. Con solo trece años, Nate sería más joven que el resto de sus compañeros.

—¿Para qué hemos tenido un hijo, solo para mandarlo fuera? —había discutido con su mujer.

Pero, de nuevo, había estado solo con aquel argumento, así que simplemente se había rendido y había sacado el mayor provecho de la situación.

Excepto que, al parecer, no estaba sacando provecho de ello, después de todo. Los padres no debían de hacerles una visita a los hijos durante el primer trimestre, para que los chicos se acostumbraran a vivir lejos de casa. Así que, cuando Ash llegó a la escuela, fue al dormitorio de la residencia de Nate y le explicó al jefe de la residencia que tenían una emergencia familiar y que necesitaba sacar a Nate de clase esa tarde.

El jefe se marchó para recoger a su hijo de la clase donde estuviera. Cuando Ash vio a Nate caminando por el patio interior hacia él, sintió un alivio inmenso ante la proximidad física.

—¿Qué pasa? —le preguntó Nate con una expresión de preocupación en el rostro.

—Métete en el coche —le dijo Ash—. Te lo explicaré de camino.

Una vez que estuvieron solos, Ash se inclinó hacia él y tiró de Nate para darle un fuerte abrazo. Inhaló su aroma de niño, a sudor, champú y aire frío.

—Papá.

—Perdona —le dijo Ash—. No ha pasado nada, no te preocupes. He venido a salvarte.

Nate se había reído y se había quitado el pelo de la cara.

—¿A qué te refieres?

—Si odias estar aquí, no tienes que quedarte. Se lo explicaré a mamá.

—Papá —le dijo Nate—. Estoy bien, todo va bien.

Ash sintió que se le caía el alma a los pies.

—¿De verdad?

—De verdad —le dijo Nate.

Miró a su hijo; parecía demasiado pequeño, demasiado joven para estar en aquel sitio de ladrillo rojo tan grande.

—¿Quieres volver a clase?

—Ni de broma —dijo Nate.

Ash se rio.

—Bueno, ¿qué me dices si vamos a comer y a ver una película?

Comieron en un Denny's, y después fueron a ver *La recluta Benjamín*, que era la única película que estaban echando que no hubieran visto ya. Sentados en el cine a oscuras, Ash observó a su hijo, que se reía y comía palomitas. Se sintió mejor de lo que se había sentido en los últimos meses.

Después de que la película acabase, el terror de volver a Wonderland comenzó a invadirlo de nuevo. Dieron un paseo corto, pero Nate le dijo que empezaba a tener frío, así que Ash supo que se le había consumido el tiempo.

Llevó a Nate de vuelta a su residencia. Allí sentados, con la calefacción a tope en el Volvo, Nate se inclinó hacia él y lo abrazó. Ash sintió los omóplatos de Nate, que se le clavaron en las manos a través de la camisa y el jersey, e inhaló su aroma una última vez.

De repente recordó cuando había sostenido a Nate en sus manos la última vez en el hospital, cuando nació. Miller había pasado los primeros días bastante enferma, así que habían estado solos su niño y él. Su niño.

—Te quiero —le dijo Ash.

—Lo sé, papá —le dijo Nate. Lo soltó, y salió del coche.

—Bueno… —dijo Ash, que trató de pensar en algo más que decirle.

Nate se asomó y le dijo:

—Te he echado mucho de menos, papá.

Después, se despidió con un gesto y se perdió en el frío y formal edificio.

Ash condujo algo más de un kilómetro antes de tener que parar. Aún con el motor encendido, apoyó la cabeza en el volante y lloró mientras los coches pasaban por la carretera a su lado, barriéndolo con las luces.

MIÉRCOLES

En el Pequeño Bosque hacía al menos diez grados más que en el resto del pueblo. Miller tenía la camiseta de tirantes empapada a la altura de las axilas, entre el pecho, y en la línea de la espalda. Usó el borde del tejido para quitarse las gotas de sudor que se le habían acumulado en el labio superior.

El sitio era un bosque en miniatura en mitad de Wonderland, diseñado y plantado en los años veinte. Lo había pagado uno de los cuáqueros más prominentes del pueblo en ese momento, Jonas Hillier. Era del tamaño de unos siete u ocho jardines, lleno de pinos, robles, sauces y abedules. Cuando eran niños, solían construir trampas para fantasmas allí; durante la primavera, atrapaban renacuajos en el pequeño estanque con sus propias manos, con sus diminutos, suaves y resbaladizos cuerpos. Durante el invierno, se comían los témpanos de hielo de las ramas de los árboles.

Había ido allí cada día durante las últimas dos semanas. Había comprado un cuaderno a rayas de la tienda de la esquina, y lo que había comenzado a escribir en el cuaderno que había encontrado en la guantera del Volvo había adquirido una forma y un propósito propios: como una trampilla en una habitación cerrada.

Escribía rápido, las palabras se deslizaban por las páginas, ya que sabía que era solo cuestión de tiempo que otra persona contase aquella historia y le explotara todo en la cara.

También rescató su antiguo diario, el que había llevado en su viaje por carretera a través de los Estados Unidos. Ahora que lo leía y veía las fotografías desteñidas de Olly, Ash y ella misma, se sorprendió al encontrar a unos extraños devolviéndole la mirada. *Esta es nuestra historia.*

A Miller comenzó a dolerle la mano. Dejó el bolígrafo y el cuaderno, y se tumbó sobre el suelo recubierto de musgo y hojas, y ligeramente fermentado. Sentía las agujas de pino contra los hombros, contra las piernas desnudas, y el suave mordisco de los mosquitos que sobrevolaban su piel.

Se pasó una mano por las clavículas, y bajó por el pecho izquierdo hasta la pendiente de su caja torácica. Se quitó la camiseta de tirantes y después el sujetador. Se desabrochó los pantalones y deslizó la mano hacia abajo, hacia dentro.

Algo en su interior se estaba desatando, como si el mundo estuviese saliéndose de su eje de forma progresiva. No sabía exactamente cuándo había comenzado (cuando Olly había vuelto; cuando había empezado a escribir; cuando leyó su diario; cuando Ash dejó claro que no iba a abandonar a su amante), pero, por decirlo en las palabras de la tía Tassie: «Algo estaba pasando». Cuando se miraba al espejo ahora, en lugar de preguntarse de qué servía toda esa carne, entendía que ocupaba un espacio, uno que era suyo, y con el que podía hacer lo que quisiese. Era como si todo lo que antes había estado en el interior ahora estuviese en la superficie. Era todo reacción, como un producto químico inestable. Y estaba prendida.

De camino a casa, Miller se sorprendió al ver que las calles estaban llenas de chicos con toga y birrete. Era el día de la graduación del instituto Annie Oakley. Se sentía como si acabase de salir de un sueño, como si hubiesen pasado días y las vidas de la gente hubiesen cambiado, todos hubiesen crecido, se hubiesen marchado y hubiesen sido sustituidos por una nueva generación. Se sentía como un animal que acababa de salir de su hibernación, y se había encontrado un cegador día de primavera.

No quería irse a casa. ¿Qué iba a hacer allí? ¿Sentarse en la sala de estar y fingir que Ash no estaba trabajando en la habitación contigua? ¿Rebuscar entre las cosas de Nate para encontrar pistas de qué estaba pasando en su nueva vida secreta? ¿Beberse un refresco y comerse unas almendras?

Siguió el flujo de la gente, con los gorros negros con borla, que rebotaban delante de ella. Eran las cuatro en punto, la ceremonia había acabado hacía ya horas, pero aquellos chicos eran incapaces y reticentes a dejar ir sus ropas ceremoniales, a dejar ir su gran momento, su rito de iniciación. Y, realmente, ¿quién iba a culparlos?

Cuando llegó al ayuntamiento, vio que el póster de *Footloose* ocupaba la marquesina tapada por un cristal que había en el exterior. «Próxima sesión: 17:00». Y pensó: *Sí, podría hacer eso. ¿Por qué no?*

Tenía una hora que perder, así que decidió ir andando hasta la heladería que había al otro lado del pueblo, junto al puente. Aún hacía calor, y al caminar por el hormigón, sus chanclas rebotaban contra el suelo. Pasó por la calle Principal, por las tiendas y la biblioteca, por la gasolinera. La suela de plástico se le quedaba pegada de vez en cuando a algún chicle que había sido abandonado de forma deliberada sobre la acera.

Cuando llegó a la heladería, vio que había bicicletas amontonadas en el exterior, echadas contra el edificio de listones. Dentro, olía a sirope, a vainilla y a cucuruchos. Era la única clienta allí mayor de edad. El menú brillaba encima del mostrador de acero, prometiendo una grandísima variedad de granizados, helados, o incluso la posibilidad de un banana split. Al final, Miller escogió un cono de vainilla bañado en salsa de cereza, el cual acabó siendo duro, sedoso y con un rizo en la parte de arriba.

Se lo comió lentamente, rompió la fina cáscara con los dientes, y después los hincó en el suave e indecentemente dulce interior mientras se dirigía de nuevo al ayuntamiento.

Escaleras arriba, Matt McCauliff estaba apoyado contra el mostrador, charlando con la chica que vendía las entradas tras la ventana.

—Hola, Miller —la saludó Matt.

—Hola, Matt. —Miró a la chica—. Una entrada, por favor. Y un cubo de palomitas.

La chica arrancó una entrada de la rueda.

—Entonces —le dijo la chica a Matt—, ¿se sabe algo nuevo de la ballena?

—No lo sé —le dijo Matt—. Todo el mundo me pregunta lo mismo.

—Cuatro dólares —le dijo la chica a Miller.

—Ah, espera —dijo Miller, que se agachó para ver mejor la selección de chucherías tras el mostrador.

—Anda ya, si estás todo el día con esa gente. Venga ya.

Miller pasó la mano por encima de las barritas y de las cajas. Bolitas de chocolate, lágrimas de chocolate... Y entonces paró sobre una caja de chucherías de colores.

—Te digo lo mismo que le digo a todo el mundo: nadie lo sabe —le dijo Matt—. Ni siquiera estoy seguro de que él lo sepa.

—¿El director ese?

—Sí. A ver, cada vez que alguien le pregunta, se pone muy nervioso.

Continuó observando las pasas recubiertas de chocolate, las tiras de golosinas de fresa, más tipos de chocolates...

—Seguro que es grandísima, ¿verdad? Tiene que ser gigantesca.

—Supongo.

—Apuesto a que sí. Tenemos que ver si llega un camión enorme, así sabremos que está aquí.

Caramelos masticables. Escogió la caja de un color amarillo intenso.

—Me llevo también esto —dijo Miller, que dejó la caja sobre el mostrador.

—A mí también me gustan —le dijo la chica, y le dio unos golpecitos a la caja con la uña—. Pero lo malo es que se te pegan a los dientes.

Miller sonrió.

—Gracias —le dijo, dejando el dinero sobre el mostrador—. Nos vemos, Matt.

Se sentó en el cine medio vacío, en un asiento cerca de la pantalla. En el gran debate sobre las primeras y las últimas filas, Miller prefería la primera fila.

Las luces se apagaron, y las imágenes comenzaron a aparecer ante ella. Aquella tonta distorsión cinemática de la vida de pueblo era un deleite puro. Aquellos chicos aburridos, cuyas limitadas vidas hacían que anhelaran bailar… ¡Y el drama! Pero el principal acontecimiento eran sus cuerpos, que irradiaban juventud y salud, y se retorcían para escapar de la inoportuna ropa.

Miller se levantó cuando se encendieron las luces, y la caja de caramelos masticables cayó al suelo. Se le había olvidado por completo. Los recogió y los metió en el bolso.

Mientras iba hacia fuera, vio a Cam y a Dick Cross, que caminaban por delante de ella. Cam llevaba la toga colgada del brazo y el birrete en la mano. Trató de alcanzarlos para darle la enhorabuena al chico, pero cuando consiguió atravesar la muchedumbre, parecían muy enfrascados en una conversación, así que cambió de idea.

Se dirigió a casa en la semioscuridad, y pasó por la casa de la tía Tassie. Vio a Olly, que desapareció por la verja lateral, tan solo un trozo de camiseta blanca en medio de una maraña de plantas. Miller lo siguió, y observó cómo cruzaba el patio y subía las escaleras de la vieja casa del árbol. Vio una cerilla encendiéndose, y un segundo después, el espacio se iluminó. Lo vio desvestirse hasta estar desnudo, y le pareció que brillaba como si fuese una alhaja dentro de un joyero. Se preguntó cuán distinta habría sido su vida si hubiese acabado con Olly, en lugar de con Ash.

Se quedó allí de pie, comiéndose los caramelos masticables uno a uno.

La chica tenía razón: se le pegaron a los dientes.

JUEVES

El jueves por la mañana temprano, un camión gigantesco de más de diez metros de longitud y sin distintivos atravesó el puente de Wonderland. Avanzaba despacio, tan silenciosamente como era posible, y el conductor lo aparcó tras la caseta para barcos después de unas complicadas maniobras. Separaron la cabeza de la carga, y el mismísimo Rodrigo instaló cuatro candados, para después volver a su cabaña de pescador y tumbarse para dormir unas horas más.

Miller estaba trabajando en el menú de su cena, básicamente rapiñando un libro de recetas. El *hors d'oeuvre* era una mousse de salmón, y pollo Marbella (con ciruelas, alcaparras y aceitunas) con arroz salvaje como plato principal. Necesitaría también una ensalada para acompañarlo, y algo de pan, aunque realmente no se podía comprar pan bueno en ningún lado en Wonderland. Siempre podía tostar algo de pan, quizá.

Era demasiado, sobre todo teniendo en cuenta que tendría que ir al supermercado y comprar absolutamente todo, dado que no había nada de comida para cocinar en la casa. Con su obsesión, Ash no había dejado ni una verdura, ni un solo ingrediente de ninguna clase sin usar, y ahora vivía de las sobras de su olla de cocción lenta.

Aquella mañana se había marchado temprano a la ciudad. «Solo será un día, quizás una tarde apenas». Miller no le creyó. Sabía que probablemente iría a verla, pero también se sintió aliviada de que se marchara. Había ido al Pequeño Bosque temprano para escribir un poco, y después, se centró totalmente en leer los libros de cocina que llenaban todo el estante.

Acababa de empezar a mirar las opciones del postre cuando le sonó el teléfono.

—¿Dígame? —Miller esperó. Silencio—. ¿Hola? —Decidió arriesgarse—. ¿Olly...? —No obtuvo respuesta, así que añadió rápidamente—. ¿Ash?

Estaba a punto de colgar cuando se escuchó la medida voz de una mujer.

—Hola, estoy buscando a Ash.

Miller supo de inmediato quién era, y sintió la adrenalina recorriéndole el sistema.

—No está aquí —le dijo.

—Ya —dijo la voz—. ¿Sabes cuándo volverá?

El jodido descaro de aquella mujer era algo increíble.

—No, por supuesto que no tengo ni puta idea —respondió.

—Eres Miller, ¿no? —Tenía un tono de voz calmado, prolongaba las palabras.

Joder.

—Sí, soy su esposa —«¿Soy su esposa?». Sonaba como una profesora de colegio. Pero, claro, ¿cómo se supone que debía de sonar? ¿Indiferente? ¿Debía de decirle acaso: «Ah, la mujer de la aventura, qué alegría que hayas llamado»?

—Soy Candice Cressman.

Miller se quedó en silencio.

—Supongo que ya sabes quién soy.

—Sí, lo sé —le dijo Miller. ¿Cómo se había descarriado tanto aquella conversación? ¿Cómo había perdido la indignación a la que tenía derecho? Zorra.

—Genial. Se suponía que iba a venir a verme, pero no se ha presentado. Si sabes algo de él, ¿puedes decirle que me devuelva la llamada?

Miller arrojó el teléfono. Pero eso no fue suficiente, así que, con ambas manos, lo arrancó de la pared y lo tiró al suelo, donde se estrelló estrepitosamente.

Miró la cocina a su alrededor, y después se dirigió escaleras arriba al cuarto de Nate, donde empezó a rebuscar en los cajones.

Miró bajo los calcetines y las camisetas hasta que encontró su alijo de maría, de forma predecible, en una caja de madera tallada, al fondo de su armario. ¿Qué pasaba con las cajas de madera talladas y la marihuana?

Se hizo un porro, y se sentó en la cama de su hijo para fumárselo.

La forma en que Miller se había enterado sobre la aventura había sido tanto extraordinaria como completamente banal. Había volado a la ciudad para hacer algunas compras navideñas, y pensó que podría justificar el viaje dándole una sorpresa a Ash, quien estaba pasando la semana allí por trabajo. Cuando había hablado con él por teléfono, sonaba cansado y abatido, así que pensó que podría animarlo, y animarse a sí misma con un viaje a Nueva York para ver las luces navideñas, quizá patinar en el Rockefeller Center, y comprar algunos regalos para Nate.

Más tarde, pensaría que, si la probabilidad hubiese entrado en juego, los habría descubierto en la segunda vivienda o, al menos, saliendo de ella. Pero eso no era lo que había pasado. Hacía un frío gélido, así que, tras pelearse con la muchedumbre que había en el centro comercial de lujo, recorrió la Quinta Avenida, pasó junto a los Santa Claus del Ejército de Salvación y los mendigos, y fue al Oak Bar a tomarse una copa antes de ir a su apartamento en East 71.

Se acomodó en una de las mesas con su exorbitantemente caro *whisky* de cuatro dólares, y estaba admirando los murales de la Nueva York nevada entre los preciosos paneles de madera, cuando entraron allí.

Claramente había empezado a nevar, porque Miller vio a Candice Cressman, que se estaba riendo y quitándose los copos de nieve de su rubísimo pelo de televisión, mientras Ash se los sacudía de los hombros de su abrigo de visón con la mano enguantada.

El abrigo de Miller era de algodón, de color azul oscuro, práctico para los inviernos de Wonderland.

Cuando se inclinó y le dio a la mujer un beso en su pálido cuello, Miller sintió que el pulso se le aceleraba. Su único pensamiento era salir de allí antes de que la vieran. Mientras ellos estaban pidiendo en la barra de espaldas a ella, agarró su bolso y su abrigo, trató de que no se le cayeran las bolsas de la compra, y se marchó a toda prisa.

Aquella misma noche había volado de vuelta a Wonderland.

Después, por supuesto, estaba la Navidad, que la pasaron con Nate, y después, el nefasto encuentro en Nueva York, en el que había desterrado a todos los efectos a Ash de la casa, y se había ido allí a desmoronarse.

Miller apagó el porro contra el borde de una lata de refresco que había en el escritorio de Nate, y bajó las escaleras.

Hizo una lista de la compra, y decidió irse directa al supermercado. Sin embargo, cuando estaba echando marcha atrás para salir de la entrada, casi atropelló a Cricket Pfeiffer, quien apartó la mirada tras sus gafas de sol y se apresuró a cruzar la carretera.

Miller bajó la ventanilla.

—¡Lo siento, Cricket! —le gritó mientras se alejaba, pero Cricket tan solo movió la mano en un gesto que a Miller, que estaba colocada, no le pareció fácil de descifrar.

Nate estaba en el exterior del matadero de la pequeña granja al borde de Cuttersville, esperando. A través de la puerta veía a algunos de los animales, que pendían boca abajo. Eran tan anchos como el tronco de un árbol, la carne era blanca como la luna, y la piel les colgaba como si fuera el velo de una novia. Supuso que eran mayoritariamente vacas, teniendo en cuenta el tamaño, pero también había algunos cadáveres más pequeños. Siempre había imaginado que olería como a algo podrido, pero de hecho olía a humedad, como el interior de un vivero, pero con un toque de hierro y algo dulce. Desde donde estaba, todo lo que alcanzaba a ver estaba limpio; de hecho, muy limpio. No era lo que había imaginado cuando Rodrigo lo había enviado allí para recoger tres barriles de sangre.

Nate siempre había asumido que en las películas usaban sangre falsa, como sirope con colorante o algo así. Pero Rodrigo había insistido que, en este caso, debía de ser real.

No le había entusiasmado demasiado que lo enviara a otro recado: habría preferido quedarse en el set, donde estaba la acción. Pero ese día estaban rodando en el barco de vela cuadrada anclado en la playa, y no tenía permitido subir a bordo. Algo sobre el seguro, había dicho Rodrigo.

Los últimos días habían sido de hecho algo duros para el equipo de *Moby Dick*. Llevaban rodando en el barco desde el martes, pero el agua agitada y las mareas poco cooperativas habían hecho que el trabajo de cámara fuese demasiado tembloroso, y el barco no dejaba de moverse, con lo cual el puente se veía en el plano, y también habían perdido parte del equipo de iluminación al caerse por la borda.

Por las quejas del rodaje que Nate escuchaba, también parecía que había una creciente sensación entre el elenco de que no les estaban informando sobre nada, y sentían que la producción se estaba descontrolando por completo. El paradero de la mismísima Moby Dick era un misterio guardado de forma religiosa, o totalmente desconocido; nada se grababa en orden, nadie parecía tener el guion completo, y cada vez que Nate le preguntaba por ello a alguien, se encogía de hombros o murmuraba algo ininteligible.

Ese día, había una nueva entrada en el horario de producción que había hecho que todos estuviesen incluso más confusos. Se titulaba «ballena», requería a Rodrigo y a su director de fotografía, así como a un par de ingenieros de los que nadie había escuchado hablar, y debían rodar una escena lejos de Wonderland, en alta mar y alejados de la orilla del continente.

El elenco había deliberado, y habían mandado a un emisario para pedirle explicaciones a Rodrigo. Pero lo único que él había dicho fue: «¿Acaso eres una ballena? ¿No? Entonces no se requiere tu presencia».

Si las cosas se seguían complicando en el set de rodaje de *Moby Dick*, en casa eran incluso más raras. Todo parecía estar ocurriendo muy rápido, y se preguntó, si acaso, si debía o podía hacer algo sobre ello.

—Vale —le dijo la dueña de la granja, que estaba de pie junto a la entrada del matadero—. Están listos. Los chicos te los sacarán, pero tendrás que refrigerarlos enseguida, o la sangre empezará a apestar.

—Vamos a usarla enseguida —le dijo Nate.

—Desde luego esta es la petición más extraña que me han hecho nunca —le dijo mientras aceptaba el fajo de billetes que le había dado Nate.

—Sí, para mí también ha sido bastante extraño —le dijo.

Los «chicos» eran de hecho dos hombres grandes y fornidos, que cargaron los barriles en la plataforma de la camioneta. Nate se subió al asiento del conductor y sacó la mano por la ventanilla en una especie de saludo mientras conducía de vuelta a la carretera principal.

Condujo lentamente, con los barriles rebotando en la parte de atrás. Conforme se acercaba al puente, la emisora de radio se cortó, así que ajustó el dial hasta que la lastimera voz de Steve Perry salió por los altavoces.

Había un coche parado en la entrada del paso a desnivel, así que redujo la velocidad para ver si planeaba salir o no. Solo fueron unos segundos hasta que lo adelantó por completo, pero fue todo lo que necesitó: el padre de Cam, que miraba a la madre de Suki, le tocaba el rostro solo con las yemas de los dedos contra los pómulos, justo antes de inclinarse y besarla. Y entonces, el otro coche ya había quedado atrás.

Nate miró el espejo retrovisor hasta que desaparecieron, con el sonido de *Oh, Sherrie* flotando tras él, desapareciendo en el aire caliente como si fuese vapor.

Tras dejar los barriles en el puerto, Nate se dirigió a casa. Ya en su habitación, pensó que aún podía percibir el dulce e intenso olor del matadero, y que quizá se le había pegado en la ropa, en la piel, hasta que se dio cuenta de que, de hecho, lo que olía era marihuana (ya que tenía un olor ligeramente similar), y se preguntó si se habría olvidado de airear su dormitorio aquella mañana, ya que se había fumado uno al despertarse. Abrió las ventanas todo lo que pudo, se quitó la ropa y se metió en la ducha para tratar de librarse del olor a sangre, marihuana y sudor.

Más tarde, se encontró a su madre descargando la compra en la cocina. Tenía puesta una vieja camiseta, unos vaqueros cortos y sus gafas de sol.

—Hola, cariño —le dijo de forma distraída.

—Hola, mamá.

—Me estoy preparando para la cena. —Alzó los ojos para mirarlo. Se vio reflejado en sus gafas de sol de montura azul y dorada—. ¿Te había dicho que voy a invitar a alguna gente mañana?

Nate miró el mostrador, donde, junto al frigorífico, había un montón de helados de gelatina, Oreos, galletitas saladas y otras variedades de galletas.

—¿Vas a hacer una fiesta para un montón de niños de diez años? —le preguntó mientras agarraba un paquete de galletas de obleas de chocolate.

—No seas tonto —le dijo su madre—. ¿Has probado estos helados?

—Sí, mamá, los he probado —le dijo.

—Están increíbles. ¿Quieres uno, cariño? —Su madre le ofreció un paquete, el cual claramente ya estaba abierto.

—No, no me apetece.

—Muy bien —dijo ella de forma animada.

—¿Dónde está papá?

—¿Quién sabe? Tu padre es un misterio envuelto en un enigma, envuelto en… Lo que sea.

—¿Necesitas ayuda?

—Ay, qué amable por tu parte, cielo. Pero no, ve a divertirte, me las apañaré.

—Vale, mamá —le dijo, y le dio un beso antes de salir por la puerta.

Olly estaba en el salón, viendo a unos bailarines callejeros llamados Kangol Kid y Doctor Ice en *Donahue*. Estaban terminando de hacer una impresionante actuación ante el sonido de un ritmo constante, una percusión simple. Al escuchar la minimalista e invariable línea, se preguntó cómo sería caminar por el paisaje de aquella pieza particular de música de no haber perdido el oído. Quizá sería monocromático.

—Así que esto es… ¿*break dance*? —les preguntó Phil Donahue a los chicos.

—Nah, nosotros lo llamamos *popping*. O *electric boogie* —dijo Kangol Kid.

Olly escuchó a alguien llamando en la ventana, así que se giró y vio a Nate en el porche.

—Hola —le dijo Olly, y salió.

Nate estaba apoyado contra la casa, y giró la cabeza para dedicarle a Olly una débil sonrisa.

—¿Qué pasa? —le preguntó Olly.

—No mucho —dijo Nate—. Solo estoy teniendo un día raro. Me preguntaba qué estarías haciendo tú.

Olly sonrió.

—Venga, vamos a dar un paseo, quiero enseñarte una cosa.

Comenzaron a caminar por la calle Foster, hacia la carretera circular. Al principio del día, Olly había ido a buscar a Rodrigo, y al no encontrarlo en el set de rodaje, había ido a buscarlo al cobertizo de los botes. Cuando llegó, había visto a un camionero en la entrada, sentado en una silla plegable de metal y leyendo un periódico.

—No puede entrar —le dijo el camionero sin alzar la mirada.

—Soy amigo de Rodrigo —le había dicho Olly.

—Aquí no lo es —respondió el hombre.

Olly trató de entrecerrar los ojos para atisbar el otro lado de la carretera, y fue entonces cuando lo vio.

—¿En el cobertizo? —le preguntó en ese momento Nate, mientras el gran edificio octagonal aparecía delante de ellos.

Era una estructura muy elaborada, con una forma inusual y unas galerías a su alrededor. Sobre todo, era elaborado para un edificio cuyo propósito era almacenar botes de remo de competición, y los veleros durante el invierno.

Recorrieron la amplia carretera que iba desde la calle hasta la parte trasera del edificio, construido para permitir el paso a los camiones que transportan barcos. Al otro lado de la carretera estaba la pequeña pero densa arboleda llena de maleza, la cual llevaba años sin cuidarse. Y allí, apoyado contra la maleza, había un gigantesco camión blanco. Estaba parcialmente cubierto por unas lonas negras, como si hubiesen intentado taparlo pero no del todo.

—¿Eso es…? —Nate miró a Olly.

Olly se encogió de hombros.

—¿Qué otra cosa podría ser?

Nate atravesó los tres metros de carretera y maleza que los separaban, y lo inspeccionó. Se giró de nuevo.

—Debe de serlo, ¿no? —Olly notó el tono de emoción en su voz—. Definitivamente esto no estaba aquí hace dos días —Nate apartó la lona ligeramente de las puertas mientras Olly caminaba hasta ponerse a su lado. Nate trató de tirar de los candados que la cerraban.

—¡Ay! —dijo Nate, sonriendo ampliamente mientras miraba a Olly—. Me muero por saber qué hay ahí dentro.

Olly sonrió.

—Ya sabía que te gustaría.

—Sí —dijo Nate, y se sentó en la rampa que conducía hasta las puertas del camión. Se llenó las mejillas de aire.

Olly se sentó a su lado.

—¿Estás bien?

—Sí —le dijo Nate mientras sacudía la cabeza—. Es que tengo muchas cosas en la cabeza ahora mismo. —Se echó hacia atrás y descansó las palmas de las manos contra la rampa—. ¿No te da la sensación a veces de que las cosas aquí son un poco raras? Porque está empezando a llegarme un rollo extraño...

Olly se rio.

—Este sitio siempre ha sido raro.

Nate no dijo nada, tan solo hizo una raya en la tierra con sus zapatillas.

—Oye, hace calor —le dijo Olly—, vamos a darnos un chapuzón.

—Vale —dijo Nate, que se animó un poco—. Sí, venga. Un chapuzón.

La playa de los Guijarros estaba vacía, a excepción de una pareja de ancianos que se habían instalado en un par de sillas de plástico cerca de la orilla, desde donde observaban a la distancia con unos prismáticos. El resto de la gente probablemente estaría en la playa de las Dunas o en la de las Caracolas; el suelo rocoso de la playa de los Guijarros la convertía en una opción de última hora tanto para los locales como para los turistas. Olly y Nate se quitaron la ropa hasta quedarse en calzoncillos, y caminaron con cuidado por las suaves piedras antes de lanzarse al agua.

La fría y fuerte agua salada los libró del calor, el sudor, y el día. Olly sintió que la cara le picaba allí donde la piel acababa de empezar a curarse. Había echado de menos vivir junto al océano, donde podías nadar desnudo. El Pacífico era precioso, pero el agua era demasiado fría para nadar sin un traje de neopreno.

Se retaron a una carrera, antes de quedarse sin aliento y tener que mantenerse flotando. El sol hacía que la superficie del agua brillara como si estuviese llena de diamantes duros y afilados.

—¿Es por esa chica? ¿La que te gusta? —le preguntó Olly.

Nate se encogió de hombros, así que Olly dejó el tema.

Nate miró al horizonte, que era una línea inquebrantable.

—¿Sabes? —le dijo—. A veces me gustaría poder capturar con mi cámara lo que veo con los ojos. Todos los detalles, la forma en que lo veo. Pero, por alguna razón, no se transmite igual.

El sol comenzaba a bajar por el horizonte, y la luz se volvía más débil, más difusa. Empezaron a nadar de vuelta. Nate se adelantó a Olly, y Olly paró un segundo para observar sus brazos morenos atravesando el agua en un movimiento continuo y suave, las piernas que apenas dejaban una estela al moverse. Por fin, Olly se sumergió y trató de alcanzarlo.

Ya de vuelta en la orilla, vieron que la pareja mayor había recogido sus cosas y se había marchado. Nate y Olly se secaron con sus propias camisetas, y Nate usó la suya para secarse el pelo también.

—Supongo que todo parece… estar al revés, en este momento. Como si estuviese torcido, o algo así. Y no estoy seguro de qué debería hacer —le dijo Nate—. Ni siquiera sé si debería hacer algo.

Olly consideró aquello durante un momento.

—Supongo que a veces así son las cosas —le dijo—. Solo tienes que recordar…

—Lo sé, lo sé —le dijo Nate mientras se ponía los pantalones—. La fortuna favorece a los valientes.

Olly lo miró y se rio un poco.

—¿Qué se supone que significa eso?

—Es lo que siempre decías cuando empezaste con tu sello discográfico.

—Joder, ¿eso decía?

—Sí, en la *Rolling Stone*. Y en *Variety*. Y en *Vanity Fair*. —Nate se echó el pelo hacia atrás y se dejó caer sobre la arena para estirar las piernas—. Eso era lo que decías. Sobre tu don de... Bueno, de ser tú, supongo.

—Jesús —dijo Olly, que se sentó a su lado.

Nate sonrió.

—Lo he leído todo sobre ti.

—Claramente soy todo un Aristóteles moderno —dijo Olly.

Nate se encogió de hombros.

—Mira —dijo Olly—, eso que dije no es cierto. No del todo. A veces toda la mierda simplemente... ocurre. Y no puedes hacer nada por evitarlo.

Nate lo miró con una expresión extraña y decidida en el rostro.

—¿Mierda como cuál?

—Bueno, pues, por ejemplo... —dijo Olly lentamente—. En mi caso, mi don... O como quieras llamarlo. La música. Resulta que ha desaparecido. No puedo escucharla. Quiero decir, la oigo, pero no sé, ya no puedo distinguir una cosa de la otra. —Olly se encendió un cigarro. No pretendía hablar de aquello en ese momento, tal vez jamás. Le dio una larga calada, y después otra—. Sabes, solía tener un sistema, un modo de categorizar las cosas que escuchaba. Tenía que ver con los colores y los sabores que notaba al escuchar música. Y después las metía en categorías: «canciones para bailar», «canciones para beber», «canciones para conducir», «canciones para fumar» y «canciones para...». Eh... Bueno, ya sabes. Follar. Y si me emociona y puedo meterla en una de esas categorías, sé que tengo un éxito entre manos.

—¿Colores? —le preguntó Nate.

Olly exhaló el humo, de un color azul grisáceo.

—Sí, para mí era como entrar en una especie de dimensión totalmente distinta cuando escuchaba música, como si el cerebro se me encendiese. Tiene un nombre, sinestesia. Es una especie de condición. Fui una vez a ver a un doctor por eso.

—Aplastó el cigarrillo—. Me dijo que no es tan raro, ¿sabes? Que es algo que tiene alguna gente, ya que sus cerebros están hechos de forma diferente. —Negó con la cabeza—. Muchos músicos lo tienen. Es hereditario, al parecer. Y resulta que también puedes perderlo.

Nate guardó silencio.

—Mira, la cuestión es que tuve toda mi vida esta cosa, y de repente se esfumó. Y cada día que ha pasado desde entonces, ha sido un poco peor que el anterior. Y después, las cosas se pusieron muy feas. Y... No sé. Se pusieron tan feas, que quise morirme. Incluso lo intenté de verdad. —Soltó una fuerte risa—. Supongo que lo que quiero decir es que a veces se trata de ser capaz de lidiar con toda la mierda, de vivir con ello, y no hay ni una maldita cosa que puedas hacer para remediarlo. Creo... —Se quedó callado y pensó—. Creo que tienes que tener un tipo concreto de valentía, cierto tipo de apetito para sobrevivir en la vida —Miró a Nate—. Y tú realmente eres suficientemente valiente, Nate. Eres tal y como deberías de ser.

Nate lo miró.

—Y ¿estás mejor ahora? Quiero decir, ¿estás bien?

—Estoy... Sí, ahora estoy mejor. —Ya que, ¿qué otra cosa podía decirle? ¿Qué no tenía ni idea de si la gente alguna vez estaba bien?

Nate no le preguntó nada más. Tan solo metió la mano en su zapatilla y sacó un porro aplastado junto a unas cerillas. Olly lo observó mientras alisaba la solapa del cartón, apoyaba una cerilla entre la solapa y la banda, y la encendía. Le llegó el ácido olor a sulfuro.

Encendió el porro y se lo ofreció a Olly, quien negó con la cabeza.

—No tomo drogas.

—¿De verdad? —le preguntó Nate mientras inhalaba.

Olly lo miró, y después volvió a mirar el porro. Se encogió de hombros.

—Ah, que le den. Pásamelo.

Nate le dio otra calada, exhaló y se lo pasó a Olly.

—Es raro —dijo Nate tras un rato—. Ya sabes, el modo en que las cosas suceden en una reacción en cadena. Un evento desencadena toda una mierda, como un terremoto.

Se quedaron allí sentados, fumando en silencio hasta que cayó la tarde y los mosquitos comenzaron a salir. Nate se dio un manotazo en la pierna, y cuando le dio la vuelta a la mano, allí había un mosquito aplastado con sangre alrededor. Lo observó.

—Deberíamos irnos —dijo Olly, que se levantó y se limpió el pantalón—. Te acompañaré a casa.

Cuando llegaron a la casa, en la calle de la Iglesia, Nate dijo:

—¿Quieres ir a por algo de comer? Solo tengo que darme una ducha rápida.

—Claro —le dijo Olly, pero se quedó en la acera mientras Nate subía los escalones principales.

Nate se giró para mirarlo.

—¿Vienes?

—Te espero aquí —le dijo.

—Venga ya —le dijo Nate riéndose, y abrió la puerta.

Olly se sintió algo estúpido; se sintió ridículo, de hecho. Así que siguió a Nate hasta el interior de la casa de los Everley.

Nate se dirigió escaleras arriba.

—No tardaré —le dijo, y dejó a Olly en el vestíbulo.

La primera vez que Olly había estado allí, el día que volvió a Wonderland, había estado demasiado nervioso como para fijarse en nada. En ese momento, miró a su alrededor. Era muy raro estar en la casa de ellos, la casa que sus dos antiguos mejores amigos habían construido juntos, la manifestación física de sus esperanzas, su complicidad, su ambición, su amor. «Esto es lo que somos, es lo que somos». Se dio cuenta de que había exagerado en su mente lo que sería, y cómo lo haría sentir. Pero ahora, sin embargo, lo que veía era una pequeña escalera curvada y pulida frente a una puerta principal, una alfombra de yute, una mesa con forma de medialuna cubierta de fotografías familiares enmarcadas y otras cosas. Solo era una casa.

En la pared frente a la escalera vio el cuadro «Follar» de Betty Tompkins, un grandísimo dibujo fotorrealista de un pene entrando en una vagina, con los extremos de las pálidas nalgas de la mujer abriéndose ante los muslos algo más oscuros y manchados del hombre. La escala y el detalle hacían que, a primera vista, pareciese una toma aérea en blanco y negro de la Tierra; de un río oscuro, o un cañón por donde el agua había fluido en una ocasión, quizá. Sonrió. Recordaba una fiesta en Nueva York, en el 72, con Miller y Ash. Habían dejado de hablarse en ese momento, y su única comunicación se basaba en las operaciones de Lay Down. Pero, por casualidad, se encontraron en aquella fiesta fuera de la ciudad. El anfitrión, un casero adinerado del SoHo que había acumulado una formidable colección al quedarse con arte como forma de pago del alquiler de sus inquilinos, tenía uno de aquellos cuadros en la pared, y Miller lo había admirado. Olly había mirado a Ash, el cual había puesto los ojos en blanco. Fue un extraño y sorprendente momento de complicidad que compartieron ambos (el último). Miller debía de haber buscado a la artista y haber comprado uno. Al mirarlo ahora, vio que había hecho bien; se equivocaban al reírse del cuadro.

Nate reapareció unos minutos después recién duchado.

—Perdona —le dijo mientras bajaba las escaleras de dos en dos.

Se metió la mano en el pelo para peinárselo hacia atrás, en un gesto tan familiar como llamativo. Durante un momento, Olly tuvo la sensación de estar observando un cuadro prerrafaelita, ya que Nate era tan guapo; algo corriente, pero con una confianza en sí mismo que brillaba tal vez demasiado, como si doliese al mirarlo de frente.

—¿Listo? —le preguntó Olly.

—¿Sabes? Acabo de acordarme de que había quedado con alguien, de hecho. Perdona.

—Vale… —le dijo Olly, algo confuso.

—Pero deberías quedarte —le dijo Nate mientras abría una puerta batiente que en ese momento vio que llevaba a la cocina.

A través de la puerta vio que Miller estaba allí, sentada ante la mesa de la cocina y sin percatarse de nada.

—Nate…

—Tenéis que hablar —le dijo Nate, y los ojos azules se le oscurecieron ligeramente.

Empujó a Olly en dirección a la cocina.

—Lo digo en serio.

Entonces, abrió la puerta principal y salió, cerrándola de un portazo.

Miller estaba sentada ante la mesa de la cocina, con las piernas en alto y bebiéndose una copa de *chardonnay* mientras leía *Heartburn* cuando escuchó la puerta principal cerrándose.

—¿Hola? —llamó a quien fuese.

Se volvió hacia la puerta que llevaba al vestíbulo, y allí estaba. Le vino a la mente la imagen de él en su ventana, de noche, años atrás. Apenas fue un segundo, tan rápido que tan solo dejó una imagen residual de un recuerdo, en lugar del recuerdo en sí mismo.

—Hola —le dijo Miller.

Olly cambió el peso de un pie al otro.

—Hola —le dijo—. Perdona. Nate ha pensado que sería una buena idea… Y simplemente se ha marchado…

—Sé que no tienes mucha experiencia en esto —Miller bajó las piernas de un movimiento—. Pero los adolescentes normalmente son las peores personas a las que hacerles caso. —Le dio un sorbo al vino—. Volátiles.

—Perdona, me voy.

—No —le dijo—. Quédate. —Le dio lentamente unos toquecitos con la uña a su copa de vino—. Entonces, ¿habéis estado pasando tiempo juntos?

—¿Supone eso un problema?

Se miraron el uno al otro un momento, y de repente Miller se puso en pie.

—¿Vino?

Olly se encogió de hombros.

—Bueno, ¿por qué no? De perdidos, al río.

Miller se rio, una pequeña risa. Se levantó y le sirvió una copa. Bajo la luz de la cocina era un vino amarillento y pálido, como la paja, y parecía estar muy frío cuando lo levantó. Tras ofrecérselo, se limpió la mano contra sus pantalones cortos, y sintió que el frío se le pegaba a la piel.

—¿Cómo va la tía Tassie? —le preguntó.

—Bien.

Observó a Olly beber a tragos, como si jamás hubiese tenido tanta sed ni querido algo más en toda su vida. Era extraño de ver: había sido abstemio desde que tenían veintiún años. Se preguntó cuán herido estaría de verdad.

Pareció sentir su mirada, ya que paró. Dejó la copa con cuidado sobre la mesa, y se sentó junto a ella, al final de la mesa. Vio perfectamente que trataba de dar con algo que decir.

—¿Dónde está Ash?

—Se fue a la ciudad esta mañana, aún no ha vuelto.

Olly asintió. Dijo entonces:

—He pasado junto a la casa de reuniones hoy. Parece más pequeña.

Miller simplemente siguió observándolo.

—No solo más pequeña, sino… No sé, más desgastada. —Olly la miró—. ¿Qué?

—¿Lo echas de menos?

—¿El qué, la casa de reuniones?

—Todo. El Camino.

Notó cómo se relajaba un poco.

—No —le dijo.

—Yo tampoco.

—¿En serio? —Parecía sorprendido de verdad—. Siempre me dio la sensación de que tú sentías que te había apartado de todo eso. Pensé que era el motivo por el que habíais vuelto.

Miller sonrió.

—No. Definitivamente ese no es el problema que tengo contigo. —Apuró su vaso—. Pero yo no lo odio. No sé... No me arrepiento de la forma en que crecí. Solo es que siento como si eso fuese parte del pasado, de la forma en que era antes este lugar.

Olly asintió lentamente.

—Sí, sé a lo que te refieres. Es como la leche: te la bebes todos los días de crío, y hace que tengas los huesos fuertes. Pero eso no significa que tengas que bebértela de adulto.

Ella se rio.

—Mmm.

—¿Qué?

—Nada. Qué conciso.

—Pero es extraño... —Le dijo Olly—. Nate, y sus amigos, supongo, no tienen ni idea de lo que es esa Wonderland, la que nosotros conocimos al crecer. El Camino, las reuniones. La luz, escuchar la voz de Dios como si estuviese perdida entre la niebla del tiempo, o algo así. —Se rio—. El Triángulo de las Bermudas de la vida de un cuáquero.

—¿Sabes? Cuando era niña, creía que todas esas palabras que tenía dentro eran la forma que tenía Dios de comunicarse conmigo. La luz interior.

—¿Y ahora?

—Creo que las palabras son mías —le dijo Miller con una sonrisa.

—Nate me ha dicho hoy algo sobre las cosas que ocurren por una reacción en cadena. Y me puse a pensar en lo que nos puso en este camino, en qué fue la cosa que lo empezó todo, la que nos hizo estar aquí, en este lugar de nuestras vidas. Lo que nos hizo cambiar.

Miller alzó una ceja.

—¿Qué? ¿Como en las películas? «Y tras aquello, su mundo se volvió patas arriba, y nunca jamás volvieron a ser los mismos» —recitó.

—Vale, ríete —Olly negó con la cabeza—. ¿Vino?

—Claro —le dijo ella.

Se levantó y fue hasta el frigorífico.

Tenía mejor aspecto, al menos tenía la cara mejor. Los moretones habían pasado de un color morado oscuro a amarillo, se había quitado el vendaje del ojo, y parecía tenerlo mucho menos inflamado.

—¿Cómo estás? —le preguntó mientras él le rellenaba la copa.

Se echó el resto del vino en su propia copa.

—Genial. Mejor de lo que me he sentido en mucho tiempo.

—Muy bien.

—¿Por qué? ¿Cómo estás tú? —le preguntó.

—No tengo absolutamente ningunas ganas de hablar de ello.

Pudo ver que había estado a punto de sonreír.

—De todas formas, es mi nueva moda ahora mismo —le dijo—. No hablar de las cosas.

—Vaya. Mi nueva moda es hablar de las cosas, por lo visto. No puedo parar de hacerlo.

—Eso sí que es nuevo para ti.

Olly se rio.

—¿Tan malo fui de verdad?

Miller lo miró con una ceja arqueada.

—Vale, supongo que sí. —Se quedó en silencio durante un momento, y entonces se inclinó sobre la mesa y le quitó las gafas de sol con cuidado—. Con esto no puedo verte.

Se miraron.

—Bueno, la cosa es que voy a organizar una cena. El viernes. —Le dedicó su mejor sonrisa—. Nos encantaría que vinieras.

Olly se rio de nuevo.

—Ah, ¿sí?

Miller asintió.

—Así es.

—Bueno, ¿cómo voy a negarme a esa oferta?

—No puedes —le dijo ella.

—Entonces aquí estaré —añadió.

Miller brindó su copa contra la suya.

Sintió su mirada sobre su rostro desnudo, sin dejar de mirarla, observándola. Miller sentía el desgastado linóleo bajo sus pies descalzos, el frío y suave cristal en la mano, la parte de atrás de sus muslos, que se le pegaban a la silla de madera, el aire sobre su piel. Todo.

—Debería irme —dijo por fin Olly.

—Sí.

Se puso en pie, y dejó su vaso en el fregadero.

—Gracias por el vino.

—No hay de qué —le dijo—. Y ya sabes, el viernes.

—El viernes. —Asintió con la cabeza.

Después de que la puerta mosquitera se cerrase tras él, Miller se puso en pie y fue hacia la puerta. No sabía por qué, quizá para ver cómo se marchaba, para ver cómo caminaba bajo las farolas de Wonderland, tal y como había hecho tantas otras veces anteriormente.

Pero cuando llegó junto a la puerta, él estaba aún al otro lado.

Alzaron la mano al mismo tiempo para agarrar el pomo, así que ella retrocedió para dejar que Olly la abriera, y de repente estaba dentro de la casa.

No sabría decir quién besó a quién primero, quién hizo el primer movimiento. Y no estaba segura de que él lo supiera tampoco. Ninguno de los dos sabría decirlo jamás.

Pero cuando sus labios se encontraron con los de él, la invadió un miedo sobrecogedor a que él se apartara, que le pusiera fin. Y con cada milisegundo que pasaba, su miedo no hacía más que aumentar, hasta que se dio cuenta de que él no tenía intención alguna de parar. Fue entonces cuando sintió su deseo, real y totalmente abrumador.

Los faros de un coche brillaron tras Olly, iluminándolos como si fuese un beso sobre un escenario. Mientras se apartaban, Ash salió de un taxi. Se quedó allí parado en la entrada, sobre el hombro de Olly, como un actor esperando tras bastidores a que le dieran entrada.

1966

Ash observó a Miller levantándose bajo la luz mañanera de su habitación de Malibú. La luz del sol le daba en los hombros y en la curva de la espalda cuando se puso en pie, de espaldas a él. Llevaba años esperándola, y por fin estaba allí.

La noche anterior, cuando apareció en su casa entre lágrimas y le dijo que se había acabado lo suyo con Olly, que lo había dejado, y que él ni siquiera la miraba ya, Ash había sabido que era su momento. Olly había tenido su oportunidad, y la había fastidiado.

Ash sabía que Miller podía llegar a quererlo, que podía hacer que ella lo amara. Y eso le había dicho la noche anterior, mientras ella estaba sentada en su sofá hundido.

Había dejado de llorar, y lo había mirado, sorprendida ante su declaración.

—Ay, Ash —le había dicho ella.

—No, no digas nada —le había dicho Ash—. Escúchame: te he querido desde siempre, desde que tengo uso de razón. Y jamás habría dicho nada mientras Olly y tú fueseis felices. Pero ya no eres feliz. Y te mereces ser feliz, Miller. Te lo mereces más que cualquier otra persona que conozco. Eres la chica, bueno, la mujer más bella que he conocido. Y te querré hasta que me muera, será mi misión personal hacerte feliz. Deja que te haga feliz.

—Ash...

Así que él la había besado. Ella había estado algo indecisa, pero de repente no lo estaba, y habían acabado en la cama. Ash jamás había sido tan feliz en toda su vida.

Ahora, la estaba observando mientras se vestía, mientras se ponía la ropa interior en silencio, el tejido envolviendo su precioso trasero y la curva de su cadera. Todos aquellos lugares que había podido tocar la noche anterior.

—Hola —le dijo.

Ella se giró, como si la hubiese sorprendido haciendo algo.

—Ah, hola —le dijo con una sonrisa. Trató de peinarse un poco el pelo con la palma de la mano.

—¿Un café?

—Eh… No sé. —Se puso su vestido estampado por la cabeza, y el pecho se le movió bajo la tela. Se le veían ligeramente los pezones. Se acercó y se sentó a su lado en la cama tan baja—. Mira, Ash. Lo de anoche…

Ash se incorporó.

—Miller, sé que esto es raro. Pero tienes que confiar en mí. Va a funcionar.

—Es que es todo un poco… Demasiado íntimo, ¿sabes?

—Soy tu mejor amigo —le dijo—. Te conozco mejor que nadie.

Ninguno de los dos mencionó a Olly.

—Mira, podemos ir despacio, o rápido, o como tú quieras —siguió, y trató de que no se notara que estaba casi sin aliento—. Solo te pido una cosa: que no pienses demasiado. Simplemente deja que ocurra, prueba a ver qué te parece. Por favor. Puedes cambiar de opinión y mandarme bien lejos cuando tú quieras. Pero… simplemente, desconecta la mente, solo durante un tiempo.

Ella se mordió el labio. Lo miró, y asintió.

—De acuerdo —le dijo—. Es solo que no quiero romperte el corazón.

—No vas a romperme el corazón, Miller.

VIERNES

«Mientras no sepáis lo que queréis ser, sed reinas».

Era lo que Blue había dicho en el show de Letterman.

Suki estaba sentada de piernas cruzadas frente a su espejo de pie. En el estéreo sonaba a un volumen alto la cinta mezclada que Nate le había dejado en el buzón («Para Suki»), pero no lo suficientemente alto como para tapar el ruido que hacían sus padres. La canción, algo de Prince que no había escuchado antes, era una grabación en directo que él había marcado como *The Beautiful Ones*, escrito a mano en la lista de las canciones. En ese momento, se terminó.

«¿Te crees que soy imbécil, Cricket? ¿Eh? ¿Crees que no me doy cuenta de que te vas por ahí? ¿A quién te estás follando? ¿A quién te follas? ¿A quién?».

Suki escuchaba los golpes, que más bien eran ruidos sordos seguidos de quejidos, la carne golpeando la carne. «Un cuerpo en movimiento se mantiene en movimiento». Después, los gritos de su madre, agudos pero cortos, como si estuviese tratando de reprimirse. Imaginó el cuerpo de su madre donde estaba recibiendo los golpes. Jamás en la cara.

Había aprendido mucho tiempo atrás que no servía de nada tratar de ayudar; tan solo empeoraba las cosas. Sin embargo, aquella vez parecía estar durando días, de forma intermitente.

«¿A quién te follas? ¿A quién te follas? ¿A quién te follas?».

La siguiente canción, *Good Feeling* de Violent Femmes, comenzó a sonar. Suki se levantó y subió el volumen al máximo antes de volver a sentarse frente al espejo. Siempre la había fascinado Nefertiti, la reina egipcia que adoraba al dios sol, Atón: Digna de Alabanzas, Señora de las Dos Tierras, Señora de Todas las Mujeres. Y, dado que ella no sabía quién era aún, sería la reina Nefertiti.

Les habían explicado en la escuela que, bajo la corona, Nefertiti llevaba el pelo muy corto. Negro, muy oscuro. Suki empuñó las tijeras y comenzó a cortárselo. Al principio fue despacio, con indecisión, y después pasó a cortar grandes mechones. Su pelo rojo cayó a su alrededor y se le pegó en la piel y en la ropa, como una gran cantidad de telarañas sedosas y pegajosas.

Cuando ya había hecho todo lo posible con las tijeras, sacó la maquinilla eléctrica que le había quitado a su padre del armario de las medicinas, y se lo rapó con cuidado todo a la misma longitud. Se limpió la cabeza, el cuello y los hombros, e inspeccionó su obra. Estaba corto, muy corto, pero no llegaba a ser un rapado al cero como el de los chicos en el ejército. Podía ver la forma de su cabeza, y sus pómulos, como si fuese una calavera. Era precioso. Pero no había acabado aún.

En su baño, se cubrió el pelo y el lateral de la cara y el cuello con algo de acondicionador. El intenso y afrutado olor le pareció reconfortante.

Escaleras abajo, escuchó una silla cayéndose al suelo, algo de vajilla haciéndose añicos, ¿quizás un florero, o una taza? Y otro golpe, y después, silencio. «Un cuerpo en descanso se queda en descanso».

Agarró el bote de tinte que Jess le había regalado como broma, el cual había comprado en alguna tienda famosa cuando había hecho el tour por su universidad. Era de color negro azabache, negro como una noche sin luna, una noche sin final, el negro del punk. Lo aplicó sobre su pelo nuevo y lo expandió con un peine. Los dientes del peine se le clavaron en el cuero cabelludo. Después, se cubrió la cabeza con film plástico.

Esperó. Se le daba bien esperar.

A través de la puerta de su habitación escuchó un chasquido de la cinta. Una vibrante y rápida guitarra. *American Girl* de Tom Petty.

Llegó el momento, así que se enjuagó el pelo y se miró en el espejo.

Allí estaba, una reina.

La reina Suki, Señora de Dos Tierras.

A lo mejor terminaba siendo la peor cena de la historia. Miller pensó en ello mientras cortaba las alcaparras y las aceitunas, y el color de todo parecía ser igual a través de sus gafas tintadas. Aun así, supuso que quizás era como jugar a las cartas: era mejor ser el mejor de los mejores, o el peor de todos, que ser algo entre medias.

Rickie Lee Jones sonaba en el tocadiscos de la cocina. La canción terminó, y en el silencio escuchó el agua de la ducha escaleras arriba.

Cuando Ash salió del taxi la noche anterior, se había quedado mirándolos durante un segundo, con su maleta de mano sobre el hombro. Después, se giró y se alejó de ellos por la calle sin decir ni una palabra. Olly y ella se quedaron inmóviles durante un momento, y después Miller había vuelto adentro. Sola.

Para su sorpresa, sin embargo, Ash había vuelto a la casa aquella mañana.

—¿Aún vas a celebrar tu cena? —le había preguntado de pie en el umbral de la puerta, sosteniendo su maleta.

Miller había asentido y se había mordido el labio. No le preguntó dónde había pasado la noche.

—¿A qué hora? —quiso saber de forma educada, como si no se conociesen.

—A las siete.

—De acuerdo, dime si te hace falta ayuda con algo.

—Gracias —le había dicho ella.

Y esa fue la única interacción que tuvieron durante todo el día. ¿Qué más había que decir?

Ahora, Miller ya estaba duchada y arreglada, con un delantal puesto encima del vestido con estampado que tenía desde hacía ya años. Había tenido un problema con su armario: se dio cuenta de que llevaba muchísimo tiempo sin mirar su ropa, con lo cual no había estado segura de qué tenía allí, ni qué le quedaría bien. Así que había escogido el vestido: tenía tonos rosas, rojos y amarillos atravesados con hilo plateado, y flotaba a su alrededor. De todas formas, era una elección segura.

Se había puesto también unas pulseras de oro, perfume, y entonces se miró en el espejo del dormitorio. Después, se había calzado las gafas de sol y había bajado a la cocina para terminar de cocinar.

Ash bajó con el pelo mojado.

—He comprado algo de vino —le dijo mientras metía las botellas en el frigo.

—Ah, genial —respondió Miller, que fingió estar increíblemente interesada en las alcaparras.

Ash se sentó a la mesa de la cocina.

—Bueno, ¿quién viene a la fiestuqui?

—Mmm. Pues Dick Cross y Olly, claro. —Se giró, meneando el cuchillo en un gesto demasiado animado—. Y, eh… Cricket y Dutch Pfeiffer, y… tú y yo.

—¿En serio?

Miller se dio la vuelta hacia el mostrador, midiendo las ciruelas con demasiado cuidado.

—Sí, así es.

Definitivamente iba a ser un desastre, y no uno de los buenos.

Originalmente se suponía que iban a ir los Baxter, y el padre de Roy Baxter, el cual era artista, y su novia. Pero el padre de Roy había sufrido una caída y había acabado en el hospital, así que habían cancelado. Había llamado a los Wood, pero se iban de crucero nocturno con unos amigos, y los Guntherson ni siquiera habían respondido al teléfono. Así que había entrado en pánico (porque ciertamente no podían ser solo ella, Ash y Olly comiendo pollo Marbella a solas), y había llamado a Cricket para invitarla junto con Dutch. Después se había cruzado al reverendo Cross en el supermercado, y de forma impulsiva, lo había invitado también a él.

—Creo que no quiero que Dutch venga a nuestra casa —le dijo Ash.

—Ya, lo sé —dijo Miller—. Pero me he cruzado con Cricket, y parecía algo alicaída. Pensaba que Dutch ni siquiera estaba en casa, pero…

Sabía que aquella era una mentira particularmente débil. Sinceramente, ella tampoco quería a Dutch allí. Se estaba arrepintiendo de todo. Pensó en cancelar la cena, pero ya había ido demasiado lejos y se le había escapado de las manos, así que, como siempre, no había hecho nada para remediarlo.

Ash suspiró.

—¿Me podrías echar un poco de ese vino tan rico? —le pidió a Ash.

—¿Crees que es buena idea empezar tan pronto?

—Joder, Ash. La gente va a llegar en cualquier momento. —Metió el pollo en el horno con demasiada fuerza—. No es exactamente pronto.

—Perdona —le dijo él mientras se levantaba.

—No pasa nada —No quería pelearse con él tampoco. O, al menos, eso pensaba—. Siento lo de la lista de invitados.

Estaba nerviosa; no había hablado con Olly desde el beso, y no estaba segura de si vendría. Tampoco estaba segura de si quería que viniera, o no. Necesitaba que Ash fuese su aliado en todo aquello. Por descabellado que fuese, no quería enfrentarse a aquello sola.

Ash le ofreció el vaso de vino y le pasó la mano por la espalda.

—Me acuerdo de este vestido —le dijo.

Miller se obligó a no alejarse ante el contacto. Le dio un cuenco lleno de almendras de lata.

—¿Puedes llevar esto a la mesa?

Se tomarían algo de beber en el jardín, en los viejos muebles de ratán, y después cenarían en la cocina, con las puertas correderas abiertas, con los faroles encendidos afuera. Siempre había odiado el comedor de su casa; era diminuto, y solo tenía una pequeña ventana. De todas formas, ahora era el despacho de Ash.

Ash volvió adentro y, ya que temía que volviese a tocarla, Miller le dio la mousse de salmón de inmediato.

—Toc, toc. —Cricket estaba de pie junto a la puerta de la cocina, con un vestido de manga larga y de color azul oscuro que le llegaba hasta los tobillos, con un cuello babero y sus zapatos como de enfermera, con la ancha y suave suela. Parecía una mujer amish—. Espero no llegar demasiado pronto.

—No, claro que no —le dijo Miller—. Entra.

—Lo siento muchísimo, pero Dutch no va a poder venir. Os habría avisado, pero me acabo de enterar. Le ha surgido una emergencia en el trabajo.

—Qué pena —le dijo Ash, que miró a Miller de reojo—. Espero que esté todo bien ahí arriba en el cielo.

—Ah, pues claro que sí —dijo Cricket de inmediato—. No me cuenta realmente mucho de su trabajo. —Se toqueteó el collar del vestido—. Habéis sido muy amables al invitarme. Invitarnos, quiero decir.

—Deberíamos hacer esto más a menudo —mintió Miller.

—¿Qué quieres beber, Cricket? —Ash estaba preparado junto al bar, en la esquina de la cocina, junto a las puertas.

—Ah, tomaré solo agua, gracias —le dijo.

—¿Qué te parece un vasito de un jerez dulce? —Ash ya se lo había echado.

Cricket sonrió de forma encantadora y tímida.

—De acuerdo, pero solo uno.

—¿Hola? —Dick Cross empujó de forma dubitativa la puerta mosquitera.

Miller pensó que realmente era un hombre muy guapo, allí plantado en el umbral de la puerta como si fuese un dios griego con una camisa de botones azul. Quizá demasiado atractivo, pensó de forma distraída.

—Ah —dijo en cuanto vio a Cricket.

—Ah —dijo Cricket.

Miller se rio.

—Adelante, Dick. Sé que os conocéis, así que no podéis estar tan sorprendidos. —Se sentía algo culpable por lo sorprendidos que estaban de que los hubiera invitado, como si estuviese usándolos. Lo cual, realmente, era cierto.

Ash le ofreció a Miller otro vaso de vino, y un whisky escocés para Dick.

—¿Vamos afuera? —Miller los guio a través de las puertas.

Cricket se sentó junto a Miller en el sofá de dos plazas de mimbre. La miró a la cara y le preguntó en un susurro:

—¿Estás bien?

—¿Cómo?

Cricket le señaló con la cabeza las gafas de sol.

—Ah, ¿esto? No, es que no sé por qué… Me las quito —dijo Miller.

Se arrepintió de inmediato, aunque tenía que admitir que el suave e intenso color azul del cielo de la tarde sin el tono de las gafas de sol era mucho más bonito de lo que recordaba.

—Estamos esperando a alguien más, así que, por favor, servíos de la mousse de salmón —les dijo.

—¿A Dutch? —preguntó Dick.

—No, Dutch no viene —dijo rápidamente Cricket, y entonces hizo una pausa—. Quiero decir, no sé quién más va a venir, pero no es Dutch. Él no viene.

—Es un viejo amigo nuestro. Olly Lane. —Miller le dio un sorbo al vino, y le echó un vistazo de forma disimulada a Ash por encima del borde de la copa.

Ash se cruzó de piernas y sonrió de forma cordial.

—Teníamos un sello discográfico juntos, antiguamente.

—Ah —dijo Cricket—. Qué emoción. Ahora entiendo de dónde viene la creatividad de Nate.

Miller se rio.

—Creo que ese don es todo suyo, Ash y yo éramos los menos creativos.

—Estoy segura de que eso no es cierto —dijo Cricket.

Se quedaron en silencio. Miller miró a Dick. Para ser cura, no estaba participando mucho en la conversación.

—No sé qué estás cocinando, Miller, pero huele muy bien —dijo Cricket por fin.

—Es pollo Marbella.

—Ah, ¿de ese libro de cocina, *Silver Palate*? —preguntó Cricket emocionada y asintiendo—. Me encanta esa receta.

—A mí también —dijo Miller.

Más silencio.

Por fin, Dick se aclaró la garganta.

—¿Qué es ese libro?

—Ay, Dick —le dijo Cricket, riéndose un poco—. ¿Es que vives bajo una piedra?

Él sonrió ampliamente.

—Debe ser eso —le dijo—. Definitivamente necesito ayuda con mis habilidades domésticas.

—¿Has pensado en contratar a alguien que te ayude? —le preguntó Miller. No sabía por qué había dicho eso.

—No —dijo Dick.

—Ah —respondió Miller.

—¿Os relleno la bebida? —Ash ya estaba en pie.

Antes de que nadie pudiese responder, escucharon una voz fuerte y con acento diciendo:

—Hola, casa.

Miller se giró y miró a través de las puertas correderas, hacia la cocina.

Allí estaba Olly, junto a un hombre corpulento: pelo rizado y oscuro, una gran nuez, unos rasgos muy marcados. Aquello era un interesante giro en los acontecimientos para la Peor Cena del Universo.

Ash se paralizó. Cricket y Dick se quedaron mirándolos. Miller se levantó.

—Hola también a vosotros —les dijo mientras se acercaba a ellos.

—Este es Rodrigo Rodrigo —le dijo Olly—. Es un amigo. Estaba algo perdido sobre qué hacer para la cena, así que...

Miller miró un segundo a Olly. El subtexto estaba claro: no había querido ir desprotegido.

—Bienvenido, Rodrigo. Es un placer que hayas podido venir.

—Están encantados —dijo Olly—. Te lo dije.

Rodrigo aceptó la mano que Miller había estirado, y la estrechó con fuerza.

—Siempre me ha gustado un buen apretón de manos —le dijo—. Es bueno, directo. Todos esos besos... Es demasiado. En una ocasión, estaba en una fiesta en Ciudad de México y, para cuando le di dos besos a todo el mundo, tuve que empezar a darles el beso de despedida —Se rio.

—Bueno —le dijo Dick—. Es la forma americana.

—De hecho, viene de los griegos —dijo Rodrigo—. Era su forma de comprobar que no tenían ningún arma en las manos, —Le dedicó una sonrisa a Miller.

Ella le sonrió también. Sintió una inesperada sensación de amabilidad de verdad por aquel extraño.

—¿Qué os sirvo? —preguntó Ash.

—Vino —dijo Rodrigo—. Vino tinto, fuerte. Por favor.

—Tinto —dijo Ash mientras miraba el bar—. Creo que algo tendremos por aquí.

—Yo también me tomaré un tinto —dijo Olly—. Gracias.

Si Ash lo escuchó, no dio indicios de ello.

Miller se aclaró la garganta.

—Bueno, seguidme. He preparado una mousse de salmón —añadió sin ninguna necesidad.

—Tú eres el director de la película —dijo Dick después de que Miller los hubiese presentado.

—Así es —Rodrigo le dio una palmada a Dick en la espalda, como si estuviera dándole la enhorabuena.

—Ay, Dios mío —exclamó Cricket.

—No me había fijado —dijo Miller, que miró a Olly.

Tenía una expresión inescrutable.

—Sí, nos conocemos de Los Ángeles.

—Olly fue el primero en creer en mi idea para la película. —Rodrigo se instaló en una de las sillas, haciendo que esta pareciese diminuta.

—Nunca he estado en Hollywood, así que quizás esto suene tonto… —dijo Cricket—. Pero ¿toda la gente famosa os conocéis entre vosotros?

—Olly no es famoso —Rodrigo sonrió ampliamente.

Olly sonrió y se sentó.

—Era su productor.

—Ah, pensaba que habían dicho que tenías un sello discográfico.

—Eso fue hace ya tiempo —dijo Olly—. Sí que tenía algo de participaciones…

Ash alzó la mirada repentinamente y miró a Miller, la cual miró a Olly, el cual se encogió de hombros.

—Tuve que venderlas cuando me despidieron.

—Oh —dijo Cricket mientras asentía, como si lo entendiese perfectamente.

Miller le dio un largo trago a su copa de vino, y se puso de nuevo las gafas de sol.

—¿Son de prescripción? —preguntó Rodrigo, señalando las gafas.

—No, no es eso —dijo Miller.

—Simplemente le gusta llevarlas —dijo Ash de forma brusca.

—Los focos de atención siempre fueron demasiado brillantes para Miller —dijo Olly.

—¿Qué focos? —preguntó Rodrigo, que parecía estar divirtiéndose.

—El foco de la vida. —Olly se echó hacia atrás en la silla, y se pasó la mano por el pelo. Miller recordaba aquel gesto: era una de las cosas que Olly hacía para indicar que acababa de marcar un tanto.

—Me siento como si estuviese en una comedia y no me hubieran dado el guion —dijo Rodrigo, que se giró hacia Dick y Cricket—. Bueno. —Se dio un golpe en las rodillas—. ¿Están ustedes casados?

—Noooo —dijo Cricket, bebiéndose el resto del jerez.

Dick se rio.

—No.

—Dick es el pastor de la iglesia presbiteriana —dijo Miller—. ¿La gran iglesia blanca que hay en esta misma calle? Y Cricket es nuestra vecina, su marido no ha podido venir.

—¿Podría tomarme otro jerez? —Cricket le tendió el vaso a Ash.

—¿Qué le está pareciendo Wonderland? —preguntó Dick mientras se cruzaba de piernas.

Rodrigo se encogió de hombros.

—Es un pueblito muy extraño.

—¿Extraño por qué? —preguntó Miller.

—Venga… —dijo Rodrigo.

Miller se rio.

—No, en serio, ¿por qué? Quiero decir, es un pueblo pequeño. Pero no es más raro que otros pueblos pequeños, al menos no lo creo.

—¿Quién llama a un pueblo Wonderland? —Rodrigo negó con la cabeza—. Dios mío.

—Bueno —comenzó a decir Ash—, de hecho, el nombre viene de un malentendido por el nombre que usaba la tribu *wampanoag*…

Rodrigo miró a Ash como si estuviera quedándose con él.

—Es de locos, ¿qué persona o pueblo en su sano juicio mantendría ese nombre…?

—Creo que nos sobreestimas demasiado —le dijo Miller—. No somos tan interesantes.

—Tiene razón —dijo Olly—. Aquí todo el mundo es un desastre.

—No creo que eso sea cierto —dijo Dick—. Simplemente somos personas. Cometemos errores, vivimos nuestra vida, esperamos el perdón del Señor, como el resto del mundo.

Hubo un silencio.

—Voy a ser sincera —dijo al fin Miller—, yo no espero nada del Señor. ¿Sabéis? Honestamente, no. Siento que lo que he aprendido es que nací con la gracia, no necesito que me perdonen. —Y después añadió de forma animada—: ¡Creo que el pollo está listo!

Cuando Nate y Cam llegaron a la playa de los Guijarros, la fiesta ya estaba en pleno auge. Estaba oscuro, y la luna asomaba por encima del océano, arrojando un brillo plateado sobre las pequeñas y redondas piedras que formaban la orilla. La hoguera en sí misma estaba en su momento álgido; Nate sentía el calor incluso desde el principio de la playa. Se abrieron camino hacia el centro de la fiesta, y pasaron junto a parejas que ya estaban borrachas, que se enrollaban de forma sonora y torpe alrededor del camino.

En el estéreo portátil que había encima de las rocas sonaba *Sunglasses at Night* de Corey Hart, y un grupo de chicos se paseaba con sus propias gafas de sol puestas, gesticulando con la canción, y derramando la cerveza de los vasos de plástico que tenían en la mano, la cual se estrellaba contra el suelo.

Nate buscó entre la gente a Suki; trataba de encontrar su pelo rojo, o a alguien que se moviera como ella. Cuando Cam y él habían pasado junto a su casa para ir allí, vieron que todas las luces estaban apagadas, y Nate se preguntó si estaría esperando para escabullirse.

No había sabido nada de ella desde que le había dejado la cinta en el buzón, algo de lo que ya empezaba a arrepentirse. ¿No habría entendido lo que trataba de decirle? ¿O quizá sí que lo había hecho, y pensaba que Nate era un tipo intenso y algo chiflado?

Cuando Cam y él llegaron junto al barril de cerveza, el cual Cam había recogido al otro lado del puente esa mañana, se quedaron allí un momento viendo los movimientos que los chicos hacían con la música, pavoneándose y cantando al unísono.

—La canción no tiene ningún sentido —dijo Nate—. ¿Qué demonios significa «disfrazarse con un chico con gafas de sol»? ¿Cómo puedes disfrazarte *con* alguien? ¿Eso es algo real?

—Creo que se supone que no debes tomártelo como algo tan profundo —le dijo Cam.

—Supongo… —dijo Nate—. Pero, en serio…

—Joder, ¿por qué cojones te importa todo eso? —le soltó Cam—. No puedo creerme que sea yo el que se va a un centro de estudios superiores.

—Vale, vale, relájate —le dijo Nate—. Vamos a por una cerveza.

Pero, en ese momento, pensó en que aquellas eran las típicas cosas que solían hacer que Cam se riera. Cam ya no se reía.

Nate estaba rellenando las cervezas por tercera vez cuando sintió que alguien se estrellaba contra él, y casi hizo que se cayese contra la mesa plegable junto al barril.

—Ten mucho cuidado, Everley. —Chris Stodges estaba a su espalda, y ya estaba borracho. Se le notaba al hablar. El color crema del cuero artificial de su chaqueta relucía bajo el brillo de la luna.

—Vale, Chris —le dijo Nate.

Apuntó a Nate con un dedo, casi metiéndoselo en la cara.

—Te lo digo en serio, colega.

—¿Qué problema tienes? —Chris siempre había sido un imbécil, incluso cuando eran pequeños.

—Tu amigo, colega… Cross… Está jodidamente trastornado. Está loco de remate.

Por el rabillo del ojo vio a Cam, que hablaba con una chica con los brazos cruzados a la altura del pecho, lo cual hacía que su camiseta amarilla y blanca de manga larga se estirase contra sus músculos.

Nate miró de nuevo a Chris.

—¿De qué hablas?

—Pregúntale a quien quieras, Everley. Va a hacerle daño a alguien, te lo digo yo, colega.

—Vale, vale… —dijo Nate, que retrocedió lentamente tratando de liberarse del corpulento cuerpo de Stodges—. Tú relájate, anda. Es una fiesta.

—Joder, sí, es una fiesta. —Chris alzó su vaso, lo cual lo hizo tambalearse ligeramente.

Nate lo dejó allí, y fue hasta donde estaba Cam.

— … al colegio universitario Longfellow desde siempre —le estaba diciendo la chica en ese momento a Cam. Trató de brindar con su vaso, pero tan solo consiguió derramar la cerveza.

—Claro —dijo Cam.

—Va a ser una locura —le dijo—. Que les den a las grandes universidades.

—Ya.

—Stodges ya se está descontrolando —le dijo Nate a Cam mientras le ofrecía uno de los vasos.

—¿Stodges ha venido? —preguntó la chica—. ¡Stodges! ¡Hijo de puta! —Se alejó de ellos mientras gritaba en dirección a Chris.

Nate chocó su vaso contra el de Cam.

—Bueno, esta es oficialmente tu última hoguera, ¿no?

—Por mí bien —dijo Cam.

Nate se rio.

—¿No sientes nada de nostalgia por los viejos tiempos?

Cam se quedó callado mientras observaba a la gente.

—¿Sabes? —le dijo al fin—. Odio a toda esta gente.

Nate observó la fría y dura expresión en el rostro de Cam.

—¿Estás bien? Puedes hablar conmigo, ya lo sabes…

En ese momento Cam sí se rio.

—Ya, claro —asintió—. No tienes ni idea, ¿no? —dijo Cam—. Crees que la tienes, pero no tienes ni la menor idea. Tú...

Pero Cam no terminó de decir aquello, ya que se quedó mirando fijamente algo en la distancia. Nate siguió su mirada hasta la hoguera. Jess estaba a un lado, con su ropa habitual inspirada en Madonna: una camiseta corta con los hombros al descubierto, con un papel de periódico como diseño, una chaqueta y unos pantalones cortos de leopardo. Y junto a ella, había una chica con el pelo rapado y negro azabache, y los ojos pintados de negro en un estilo egipcio. Llevaba puesto un vestido de algodón blanco apretado a la altura de la cintura, y unas Converse altas. Había algo en ella, en la forma de sus hombros, el movimiento de su cabeza...

Ambos se quedaron mirándola fijamente. Nate estaba totalmente cautivado. Jamás había visto a alguien hacer algo así; cambiar y transformarse, como un camaleón o un truco de magia.

Todo su pelo rojo había desaparecido.

Borderline comenzó a sonar en el estéreo, y observaron mientras ella giraba la rapada cabeza, parecida a una nutria, y le sonreía a Jess. Los músculos de su mandíbula estaban totalmente marcados. Era como si tuviera líneas completamente nuevas. Jess le sonrió también, y ambas se rieron de alguna broma.

Nate comenzó a caminar hacia ella. Cam lo siguió. Nate empezó a ponerse más y más nervioso conforme se acercaba, e hizo un esfuerzo consciente para relajar los músculos y el paso.

—Hola —dijo cuando llegó junto a ellas.

—Hola, Nate —lo saludó Jess—. Estás muy.... No sé, algo. —Le tocó la camiseta de Neil Diamond—. Una camiseta guay.

—Sí, superguay —le dijo.

Suki sonrió, y se tocó instintivamente el pelo, y la parte de atrás de la cabeza. Nate se preguntó qué sentiría al tocárselo con las manos. No podía dejar de mirarla. El calor de la hoguera hacía que le ardieran las mejillas, y le daba a Suki un brillo dorado y anaranjado.

—Hola, Cam —dijo Jess.

—Hola.

—He recogido el dinero de la mayoría de estos idiotas —le dijo Jess, que señaló el barril de cerveza—. Te daré tu parte luego.

Cam ignoró a Jess, y miró fijamente a Suki.

—¿Qué te ha pasado en el pelo?

Suki se rio.

—¿No te gusta?

—Bueno... Supongo.

—¿Quieres una cerveza? —le preguntó Nate.

—Joder, Nate —dijo Jess.

—Cervezas —se corrigió Nate—. ¿Queréis unas cervezas?

—Déjalo —le dijo Jess—. Seguro que se te olvida la mía, vamos todos.

Dejaron el calor de la fogata y recorrieron las partes de la fiesta más oscuras y frías. Al andar, los guijarros crujían bajo sus pies. Se acercaron al sonido de las olas, que se movían en la orilla. Pasaron junto a una chica que Nate reconoció, Pam algo.

—Bonito cambio, Suki —la escuchó decir cuando pasaron junto a ella—. ¿Qué es, la moda del campo de concentración? —Después, se giró hacia el grupo que había a su lado—. Joder, ¿la habéis visto?

Suki bajó la mirada.

—Que le den a Pam Carapán —dijo Jess mientras estrechaba a Suki contra ella—. Huele a pachuli, y probablemente morirá en una de esas clases de jazz aerobic. Estás estupenda, Sukes.

Sympathy for the Devil sonaba mientras esperaban su turno junto a la mesa plegable. Algunos chicos, que parecían de Longwell, estaban practicando patadas de kárate al ritmo de la canción mientras un grupo de chicas los miraban y los alentaban. Jess se rio, haciendo algunos movimientos de kárate propios.

—Dar cera, pulir cera —dijo mientras movía las manos alrededor de la cara de Cam. Su camiseta corta se movió arriba y abajo sobre su estómago al aire.

Todos habían visto el tráiler de *Karate Kid*. Nate se rio, pero Cam permaneció impasible.

—Venga ya, Cam —le dijo Jess—. Sabes que quieres verla. Podríamos fumarnos un porro y reírnos de ella.

—Claro —aceptó Cam, pero no la miraba a ella.

—Entonces, ¿es una cita? —le preguntó Jess.

—¿Qué?

—Ay, Cam —dijo Jess, apretando los labios.

Estaban ya cerca del barril cuando Chris Stodges apareció por encima del hombro de Nate.

—James —dijo Chris mientras miraba a Jess—. Estás buenísima esta noche. ¿Qué te parece si nos vamos a algún sitio más íntimo y te dejo que te sientes en mi cara?

Jess le enseñó el dedo corazón.

—James, solo digo que esta cara se marcha a las diez en punto. Será mejor que te hayas montado en ella para esa hora.

Nate soltó un quejido.

—Stodges, colega...

—Oye, Everley, que es algo natural. —Se giró hacia Cam—. ¿Y tú qué miras, bicho raro?

Cam apartó la mirada.

—Cálmate, Stodges —le dijo Nate.

—¿Qué? —dijo Chris—. Solo digo que es un friki. Quiero decir, alguien dice una cosa sobre su madre follándose al cartero y...

Ocurrió de repente. Tanto, que a Nate le llevó un momento darse cuenta de que había pasado. Cam dio un paso con el brazo alzado, y derribó a Chris de un solo golpe. Nate escuchó el crujido cuando los nudillos de Cam se estrellaron contra la cara de Chris. Chris se quedó allí tendido. Y la expresión de sus ojos... Tenía miedo de Cam.

Cam no dijo nada, tan solo se quedó de pie sobre él; Stodges no hizo ademán de levantarse.

—Joder —dijo Nate.

Jamás había visto a nadie recibir un puñetazo antes. Había visto a chicos tratar de pelearse, pero los puñetazos jamás habían conectado con su objetivo, y las peleas terminaban siendo alguien con la cabeza del otro agarrada, o un torneo de lucha libre sobre el suelo, como animales peleándose. Pero algo tan silencioso, tan rápido y brutal... Jamás había visto algo así. Era intencionado, preciso. Quería que Chris recibiera daño.

Cam miró a Suki, que parecía que quería decir algo, pero no podía.

—¿Por qué te has hecho eso en el pelo? —dijo al fin en un tono de voz bajo.

Ella tan solo se quedó mirándolo en silencio.

Entonces Cam se marchó, se abrió paso entre la gente y desapareció más allá de la hoguera, hacia la carretera.

—Voy tras él —dijo Jess, que dejó a Nate y a Suki allí de pie.

Un grupo de amigos de Stodges se había reunido a su alrededor, y también algunas de las chicas.

—Tu amigo es un psicópata —le dijo la chica, Pam.

—Sí, ya. Tu amigo es un imbécil de campeonato, así que... —le dijo Nate. Se volvió hacia Suki—. Creo que deberíamos marcharnos.

Ella asintió.

Cuando llegaron a la carretera circular, Nate se giró hacia ella.

—¿A dónde quieres ir?

—Vamos a mi casa —le dijo.

—¿Y tus padres?

—No están en casa —le dijo—. Creo que están en la tuya.

—Bueno, y, ¿por qué *Moby Dick*?

Estaban sirviéndose pollo con arroz por segunda vez, y vino por millonésima vez, cuando Ash hizo la pregunta que Miller pensaba que la mayoría de ellos llevaban haciéndose desde que la película había llegado al pueblo.

—Ah. —Rodrigo sonrió—. Esa es una pregunta cuya respuesta consta de varias partes —dijo.

—De acuerdo —dijo Ash mientras cortaba otro trozo del muslo.

—La pregunta que a mí me parece más interesante —dijo Rodrigo— es: «¿Qué significa esta historia?».

Miller se rio. Realmente sí que era un director, jamás dejaba pasar la oportunidad de volver a formular la narrativa a su gusto.

Ash movió el tenedor de forma impaciente.

—Es un cuento de locura y venganza.

—No —dijo Rodrigo—. Para mí, no. Para mí, es un cuento de hadas. Ahab está maldito, y cree que la única manera de romper la maldición es destruir a la ballena blanca. Hay muchísimas historias como esa, ¿no es cierto? Como los cuentos de los hermanos alemanes Grimm, ya saben, el del príncipe que se convierte en oso, y la maldición que solo puede romperse cuando mate a la persona pequeña que lo maldijo.

—El enano —dijo Olly.

—Sí, el enano —confirmó Rodrigo mientras asentía.

—Blancanieves y Rojarrosa —aportó Miller.

—Ese mismo —dijo Rodrigo.

—Entonces —siguió Miller—, Moby Dick es como el ente maligno y mágico. Como el enano.

—No —dijo Rodrigo—. Porque no fue Moby Dick quien lo maldijo. La ballena blanca lo es todo, y no es nada. Es un recipiente, un símbolo. No, es la propia mente de Ahab la que lo ha maldecido. Porque Ahab no puede creer en los accidentes, en la mala suerte, cree que tiene que haber una razón. Y, dado que no hay razón, se vuelve loco y crea a su propio demonio.

—Ya —dijo Ash—. Entonces es un cuento de locura y venganza.

—O el de un mundo sin Dios —dijo Dick.

—Sí, sin Dios. Sin el dios cristiano. Es como un mito, ¿no lo ven? Los mitos tratan sobre los seres humanos, ya saben: los celos, la muerte, la ambición. Pero también hay magia, fantasmas y criaturas extrañas, ¿no? Y son tan reales como usted o como yo. Moby Dick es igual —Rodrigo le dio unos golpes a la mesa con el dedo índice—. También es real. Esta enorme y fantástica ballena blanca... Y lo interesante es lo que ocurre no cuando Ahab se encuentra con este todo, esta nada, sino cuando se encuentra con la ballena de verdad.

—Bueno, sabemos lo que pasa —dijo Miller—. Que muere.

—Quizá. —Rodrigo alzó una ceja—. Los mitos están abiertos a todo tipo de interpretaciones disparatadas.

—Bueno —dijo Ash—. Usted es el director, supongo.

—Siempre me han asustado un poco los cuentos de los hermanos Grimm —dijo Cricket—. No se los leía a Suki cuando era niña.

—Yo sí se los leía a Nate —dijo Miller—. Pero algunos eran... No sé, deprimentes.

—Odiaba *El príncipe rana* —dijo Cricket.

—Sí, yo también —coincidió Miller, que asintió vehementemente.

—Lo sé. Creo que es porque se supone que debemos sentir que la princesa es una mala persona, porque no quiere besar a la rana. Pero, en realidad, ¿por qué debería hacerlo? No le atrae, y no es culpa suya. Y él básicamente está reteniendo su propiedad a cambio de favores sexuales. O sea, es extorsión.

—No —dijo Ash—, eso no es lo que ocurre. Ella ha hecho una promesa, y después cree que puede salirse de rositas sin cumplirla.

—No, eso no es lo que pasa —dijo Olly—. Es cierto que hace una promesa y luego cambia de opinión. Muy bien. Pero después accede demasiado fácil cuando él se presenta en su puerta y le dice: «Tienes que estar conmigo». —Olly se encogió de hombros—. Obviamente ella es indecisa.

—Bueno —dijo Cricket—. No sé. ¿No le prometeríais a alguien así lo que os pidiera, con la esperanza de que pudierais alejaros de esa persona? ¿Para que no os hiciera daño, o para que no os siguiera hasta el fin del mundo? Quiero decir, está claro que nunca, jamás, va a dejarla en paz.

Hubo algo en la forma en que lo dijo que hizo que todos se giraran para mirarla.

—Podría pasar —dijo mientras miraba su plato de comida.

—¿Sabes? —Interrumpió Dick rápidamente—. Creo que es interesante lo que has dicho, Miller, sobre no necesitar el perdón del Señor.

—Dick... —dijo Cricket, que seguía mirando su plato.

—No, es cierto —insistió mientras miraba solo a Miller.

—Bueno, pues te lo diré, Dick. —Miller sentía que el vino y la indignación le corrían por las venas—. En mi religión, me enseñaron que Dios está en todos nosotros. Puede que yo esté confundida como persona, pero no soy tan malvada como para no tener su gracia. O esa fue la manera en que me crie, de todas formas. Aunque, sinceramente, no sé si creo ya en Dios. Lo siento, pero creo que soy agnóstica.

—Siempre invirtiendo sobre seguro —dijo Olly.

Miller se encogió de hombros.

—Puedo admitir que no lo sé todo.

—No, tiene razón —dijo Ash—. Jamás te has topado con ningún obstáculo ante el que no quisieras sentarte a descansar.

—Bueno, qué irónico viniendo de ti —dijo Miller.

Cricket se levantó y comenzó a recoger los platos.

—Aprendí de la maestra —dijo Ash, terminándose su vaso.

—¿En serio, Ash? ¿Quieres que sea una competición?

—No querrías competir con ella, Ash —le dijo Olly—. Confía en mí.

—Gracias, Olly, pero puedes irte a la puta mierda. No necesito que tú me des lecciones sobre mi mujer.

—Lo siento —dijo Dick—, no pretendía provocar una discusión.

Lo ignoraron.

—Desde mi punto de vista, parece que sí que necesitas algunas lecciones. —Olly le sonrió a Ash.

—De acuerdo, ya veo —dijo Ash, que asintió y miró a Olly y a Miller—. No pasa nada, ya veo a dónde va a parar esto.

—¿Qué es lo que ves, Ash? —Miller estaba furiosa—. Por cierto, tu novia ha llamado aquí preguntando por ti. Te ha dejado un mensaje.

—Creo que deberíamos irnos —dijo Dick, que se levantó y fue a buscar a Cricket, quien estaba limpiando los platos de forma frenética en el fregadero.

—¿Y cuál era el mensaje? —preguntó Ash.

—El mensaje es que te vayas a tomar por culo.

—¿Qué? —Ash parecía confuso, como si pensara que ese era realmente el mensaje.

En ese momento era Olly el que parecía estar sorprendido.

—¿Tienes una novia?

—Cállate, Olly —dijo Ash, mirando fijamente a Miller—. ¿Qué ha dicho?

—¿En serio?

—Obviamente quieres decírmelo —le dijo él.

Miller se levantó y lanzó su servilleta sobre la mesa.

—No quiero hablar de ello.

—Adiós. —Se volvieron y vieron a Dick llevándose a Cricket por la puerta—. Gracias por esta maravillosa cena —les dijo Cricket.

Miller sintió que la rabia que había sentido desaparecía tan rápido como había llegado…

—Nada. —Negó con la cabeza—. Nada, solo quiere que la llames.

—¿Tienes novia? —volvió a preguntar Olly.

Miller fue hasta el bar, donde se sirvió otra copa.

—Candice Cressman.

—¿La presentadora de televisión de las mañanas? Joder.

—No quiero estar aquí —dijo Ash, que se levantó—. No puedo lidiar con esto.

Miller le dio la espalda, pero sintió cómo se marchaba, y escuchó el chasquido de la mosquitera tras él.

—Qué buena fiesta ha sido esta —dijo Rodrigo a través de las puertas correderas.

Miller casi se había olvidado de él. Debía de haber salido sin que se dieran cuenta. Olió el humo de un cigarrillo: contundente, intenso. Alzó su copa hacia él.

—Gracias, hago lo que puedo.

—Me gustaría quedarme —dijo Rodrigo—. Pero me parece que se requiere mi salida para la escena siguiente. —Apagó su cigarro y entró. Le agarró la mano a Miller, donde le dio un beso—. Sé lo que dije antes, pero dar un beso antes de irse es lo educado. —Miró a Olly—. Buenas noches, amigo mío.

Así que él también se retiró.

—Así que ese es el motivo —dijo Olly, que bajó la mirada hacia sus manos—. Esa es la razón por la que pasó.

—¿Qué? —Miller se apoyó contra la pared que había junto al bar. Estaba totalmente exhausta.

—Miller. —Negó con la cabeza—. Después de todo este tiempo, aún no puedes, ¿no? No puedes simplemente decir la verdad. —Se levantó de la mesa—. Yo tampoco quiero estar aquí.

Ella lo siguió hasta la puerta, como si hubiese un hilo que conectase sus cuerpos, como si él no pudiese moverse sin que ella también se moviera, como si no pudiese respirar sin que ella también inhalara de forma involuntaria. Lo observó salir por la puerta. En esa ocasión, no se giró.

Vio a Nate y a Suki caminando hacia la casa de los Pfeiffer, y se encontraron con Olly en la entrada.

Olly se giró de pronto hacia ellos.

—Ahora creéis que todo va bien —les dijo—, pero no tenéis ni idea de lo que os haréis el uno al otro.

Miller observó cómo ellos lo miraban marcharse, con sus jóvenes e inmaculadas caras llenas de asombro.

Nate se sentó en el borde de la piscina de Suki, y la miró en la semioscuridad. Sus hombros desnudos parecían muy suaves, y los pies parecían de un fantasmal color blanco bajo el agua con cloro.

—¿Qué crees que ha querido decir? —preguntó Suki.

—¿Olly? Quién sabe —dijo Nate. No le importaba Olly en ese momento. Estaba mirándole el pelo, la forma de su cabeza, la cual había cambiado tanto y era tan diferente—. ¿Puedo tocarlo?

Suki lo miró y asintió.

Le pasó la palma de la mano por la cabeza, desde la coronilla hasta la nuca, y después describió el mismo camino al revés. Sintió el pelo corto ondulando bajo la punta de sus dedos, como si fuese un suave peine.

—¿Por qué lo has hecho? —le preguntó.

—Quería ser una persona diferente.

—¿Por qué?

—Porque no soy yo misma. O no lo era.

Nate se remangó los pantalones y metió los pies en el agua. Estaba sedosa, caliente por arriba y más fría por abajo. Suki dibujó círculos con el pie bajo el agua. Sintió en el pie y en el tobillo el tirón de la suave corriente que crecía, como si estuvieran rozándose.

—Me gusta —le dijo por fin, y sintió que se le quebraba la voz.

Ella se rio.

—Puede que seas el único. Cam claramente tenía una opinión bastante fuerte sobre el pelo.

—Ya, bueno —dijo Nate—. Cam. —Negó con la cabeza—. Eso de antes ha sido una locura total.

Suki se encogió de hombros.

—¿Qué? —preguntó Nate.

Ella se mordió el labio.

—No sé. Este último año ha estado algo diferente.

—¿En qué sentido?

—Algo más intenso, supongo. Más siniestro. —Sacó los pies del agua y se abrazó las rodillas—. Y lo que ha pasado con Chris…

Nate la observó.

—No sé qué pasó, exactamente —dijo Suki—, solo que Chris se estaba burlando de él en el vestuario, y dijo algo sobre su madre, así que Cam se puso hecho una furia y empezó a destrozarlo todo. Tuvo una especie de ataque de nervios. Eso es lo que dijeron. Lo expulsaron del colegio un par de semanas.

—¿Cuándo ocurrió eso?

—¿Durante la primavera, creo? Desde ese momento, Chris ha estado diciéndole a todo el mundo que Cam está loco.

—Vaya —dijo Nate—. ¿Crees que está loco?

—No —dijo Suki.

—Yo tampoco.

Y era cierto, pero no quería seguir pensando en Cam en ese momento. Quería que Suki lo mirara a él, en lugar de mirar el agua, o los setos, o la luna. Quería que lo mirara para saber si ella sentía lo mismo que él. Quería besarla de nuevo, como en aquella noche de invierno en la playa, con el hielo crujiendo en las ramas que había sobre su cabeza y el aire tan frío que dolía al respirar.

Pero ella no lo miró. En su lugar, dijo:

—¿Sabes? Solía ser amiga suya. De Pam. Incluso celebramos un cumpleaños juntas cuando teníamos doce años. En la pista de patinaje de hielo. —Se mordió el labio—. No sé cómo pasa eso, cómo puedes querer a alguien un día, y que al día siguiente te odien.

—No lo sé —dijo Nate.

Se quedaron allí en silencio un rato. Después, Suki dijo:

—Gracias por la cinta, por cierto.

—No hay de qué —dijo él—. No sabía si te gustaría.

—Sí que me gustó. Todas las canciones eran muy…

Sintió que lo invadía una especie de vergüenza mientras esperaba a saber qué palabra iba a usar.

—Siento si ha sido demasiado intenso —le dijo.

En ese momento ella lo miró, al fin.

—No, no es eso. Es solo que es raro escuchar canciones así, del tipo de canción que te hace sentir de cierta manera…

Pensó que era ahora o nunca. La forma en que estaba mirándolo, con sus grandes ojos que parecían piscinas oscuras que reflejaban el agua bajo sus pies. La intimidad, la humedad en el aire, la noche…

—Porque… —Suki se echó hacia atrás, sobre las palmas de las manos—. No siento que hablen de mí. Es como escuchar una historia que se supone que es la mía, pero en realidad es la de otra persona. Es la manera en que otra persona me ve.

Y, así, el momento terminó y se esfumó.

El pequeño avión tembló y se estremeció, y Blue se agarró del reposabrazos del asiento para recolocarse.

Blue había recibido aquel nombre porque, según le había dicho su madre: «Me pasé todo el embarazo tan triste, que ese color fue lo que me vino a la cabeza. Pensaba que debía significar algo».

Sus padres eran personas normales que vivían en un pequeño pueblo al norte de California. Vivían en una bonita y acogedora casa, en un bonito y acogedor pueblo. Había una farmacia con un dispensador de refrescos, un instituto, y unos jardines delanteros bien cuidados, aunque pequeños. También una ferretería y un cine. Y Blue probablemente habría crecido y se habría convertido en una agradable mujer, que viviría en una bonita y agradable casa en el mismo pequeño pueblo, si no le hubiesen pasado algunas cosas sorprendentes. Aquellas cosas se habían acumulado con el tiempo, y daban la impresión de ser un plan, un destino.

La primera de esas cosas ocurrió cuando tenía catorce años, cuando la atropelló un coche mientras cruzaba la calle. El hombre estaba borracho y no era de por allí. Le había pasado por encima, y le había aplastado la pierna. Había sufrido una gangrena, y habían tenido que amputarle la pierna izquierda por debajo de la rodilla.

Una noche, después de la operación, se despertó en el hospital con la fuerte impresión de que le había crecido la pierna de nuevo. O, más que crecido, era como si hubiese llegado flotando hasta ella, de alguna forma, desde el lugar donde estaba. Era tan real que podía sentirla, podía sentir su densidad molecular. Desde aquella noche en adelante, el miembro fantasma se mofaba de ella y la torturaba con su presencia intermitente.

Cuando se marchó a casa, mientras se recuperaba en cama, se pasó todo aquel tiempo leyendo los cómics de *Archie* y escuchando la radio para tratar de no pensar en su pierna. Cantaba todas las canciones más populares, y modulaba su voz como la de los cantantes. Era particularmente buena con las baladas, y también las que tenían un aire a Burt Bacharach. Dionne Warwick era su favorita: *Do You Know the Way to San Jose, (There's) Always Something There to Remind Me, I'll Never Fall in Love Again.*

Un día, en la parte de atrás de uno de sus cómics, encontró un anuncio escondido entre avisos para pedir por correo colgantes de la buena suerte, linternas de Davy Crockett y promesas de convertir a un debilucho de cuarenta y cuatro kilos en el hombre perfecto. Le había llamado la atención por los diamantes de imitación: ofrecían una muñeca a tamaño real, hecha de plástico y a medida. La foto mostraba una muñeca del tamaño de una niña de unos seis años, con diamantes falsos en los brazos y piernas, y el pelo largo como el suyo. Garantizaba «movimiento radial completo».

Había mandado una carta, incluyendo su nombre y dirección: «No tengo pierna, porque un hombre me la arrolló. Pero quiere volver, y me gustaría que volviese con diamantes falsos, como el de su muñeca. Por favor, ¿podrían decirme cuánto costaría? Solo tengo catorce años, pero he guardado todas mis pagas semanales».

Y fue entonces cuando ocurrió la siguiente cosa sorprendente que iba a sucederle: conoció a Trucky Lansome.

Trucky era bajito y ordenado, un ingeniero que estudiaba prótesis. Fabricaba las muñecas a tamaño real como trabajo complementario, según les explicó a sus padres cuando llamó a la casa. Para ganarse un dinero extra.

—Su hija me escribió una carta —les dijo—, y estoy interesado en hacerle una pierna protésica especial.

Trucky continuó diciéndoles que tendrían que medirla, y que quizá le llevaría un tiempo que le quedara bien, pero que, si la traían a su clínica de Los Ángeles, podría ponerse a ello enseguida. Les dijo que parecía cosa del destino que su hija le hubiese escrito a él para pedirle ayuda. Y no podía ignorar el destino o, al menos, eso era lo que su mujer le había dicho.

—Me dijo: «Trucky, es tu deber ayudar a esta pobre chica y a su pobre pierna. Dios la ha conducido hasta ti, y ahora es tu turno de hacer algo por Dios». La señora Trucky es una mujer muy decidida —les había contado.

Sus padres parecían desconcertados, pero Blue había estado emocionada, así que, por supuesto, habían accedido a ello. Unos meses después, y tras varias pruebas, reajustes y experimentos, Blue tenía una pierna con diamantes falsos de arriba abajo. Era el comienzo de una nueva vida.

Por puesto, no había estado exenta de dolor: los ensayos y pruebas de ajuste podían ser una agonía antes de que una prótesis quedase perfecta, y siempre existía riesgo de infección.

Pero cuando se puso la primera prótesis de Trucky, fue como una revelación. Mientras que la nueva pierna le daba a su miembro fantasma una forma corpórea y le ofrecía paz, también se dio cuenta de que la Blue de verdad era la chica que había perdido su pierna por debajo de la rodilla. La otra Blue, la que había tenido una pierna completa de carne y hueso, había sido una aberración temporal, una versión incompleta. En resumen, el destino la había transformado en un ser superior.

Con el tiempo, Trucky y ella empezaron a experimentar con diseños menos ortodoxos. Algunas prótesis estaban inspiradas por la estética: estaban pintadas de forma muy detallada, o deconstruidas, o embellecidas con diferentes materiales, como trozos de herramientas, cerámica o flores artificiales. Algunas tenían un aspecto de ensueño, como la pierna con diamantes falsos en espiral; su pierna Ahab, como ella la llamaba, dado que tenía un color blanco hueso, y por la forma en que se estrechaba hasta transformarse en una estaca. Esa pierna podía usarla solo de forma estática: cuando estaba bajo los focos, por ejemplo. Y había otras que estaban desarrolladas con un propósito específico en mente, como bailar, subir y bajar colinas, o nadar (había habido una desafortunada incursión en el mundo de las aletas para nadar, lo cual había sido básicamente un desastre durante una fiesta en la piscina de Slade).

El primer marido de Blue llamaba a Trucky «Svengali». Slade lo odiaba, y odiaba esa relación en la que no se podía inmiscuir. Pero Trucky no era así. De hecho, rara vez hablaban de cosas personales; a veces ni siquiera hablaban, excepto de la visión que tenían para la pierna de Blue, o la visión que tenían para las diferentes transformaciones que requería.

Parte de lo que había molestado tanto a Slade era la forma en que Trucky y ella hablaban, su «mierda de lenguaje secreto», como él lo llamaba. Era cierto, ya que tenían un dialecto privado. Pero eso era porque no existía un lenguaje para aquello, no uno que ella conociese, uno que incluyese palabras como «rotadero» o «flexidorso», pero ese lenguaje también incluía el silencio. Trucky observaba el lenguaje corporal de Blue, sus andares, sus expresiones faciales cuando algo le dolía o no estaba del todo correcto.

Las cosas sorprendentes que habían ocurrido en su vida habían hecho que Blue creyese en las señales: el anuncio en el cómic que la había llevado a Trucky; la inesperada aparición de Olly entre bastidores después de actuar en Eidolon Lounge; la gira con Felix... Todo eso habían sido señales. Y, ciertamente, muchas de esas señales la habían llevado a un hombre. Pero, en realidad, las únicas personas autónomas en este mundo eran los hombres, y de todas formas estaban en todas partes, eran imposibles de ignorar, así que era mejor verlos como una fuerza de cambio, de sorpresa, de destino, que verlos como algo peor.

Sin embargo, las señales no siempre eran buenas ni tan poderosas como la habilidad para interpretarlas. Simplemente debías saber dónde mirar. Como una médium que interpreta el mundo de los espíritus. Blue creía en cosas como esas; después de todo, era una chica californiana. Si un desierto podía transformarse en un oasis, todo lo demás era posible.

En su caso, a través de la experiencia había aprendido que, cuando se presentaba una señal ante ella, irradiaba con una especie de brillo, como un letrero, como un timbre que sonaba. Nunca sabías qué había tras la puerta, nunca sabías dónde podía llevarte, o cuál era su propósito mayor: podía significar la fortuna, la fama, o el desamor. Pero siempre era un cambio, y siempre tenía que responder ante él.

Sí, Blue creía en las señales. Y creía que la llamada de Rodrigo Rodrigo había sido una de ellas.

El pequeño avión tocó tierra, rebotando un poco sobre la pista, y por fin se detuvieron del todo. Blue descendió lentamente del fresco interior de la cabina al calor de la noche veraniega, ajustando sus andares cuando pisó el asfalto. El mismísimo piloto cargó con su maleta, con una sonrisa tímida.

Se abrieron paso a través del pequeño aeropuerto hasta el aparcamiento, y hasta el coche de Patty Tithe, que la esperaba allí.

—Así que… —dijo Blue una vez que estuvo sentada en el asiento delantero—. Esto es Wonderland.

Olly estaba tumbado sobre la hierba, bajo la casa del árbol, mientras fumaba y miraba la luna.

Escuchó sus pasos, suaves sobre la hierba mojada.

De repente estaba allí de pie sobre él, descalza y con la hierba pegada al suave arco de sus pies.

Alzó la mirada hacia ella; no llevaba las gafas de sol en ese momento.

Apagó el cigarrillo y se levantó.

—Tengo miedo —declaró ella.

—No voy a seguir haciendo esto —le dijo él—. No voy a seguir siendo un sustituto provisional de tu vida real.

—No digas eso —le pidió ella—. Jamás digas que no vas a seguir haciendo esto. No podría soportar pensar eso.

Olly sabía que era cierto. Sentía el corazón agotado y dolorido, pero tenía razón. En ese momento, tal como siempre lo había estado, su corazón estaba abierto a ella. Siempre había tenido un corazón estúpido.

—De acuerdo, no lo diré —dijo él.

Ella le tocó la cara.

—Recuerdo este vestido —dijo él—. Recuerdo cuando te lo quité.

Ella alzó los brazos. Él se agachó y agarró el dobladillo con ambas manos para quitárselo por la cabeza. Bajo el vestido estaba desnuda, y allí estaba el cuerpo que tan bien conocía, el que se iluminaba bajo sus manos, el que se había movido bajo él y por encima de él tantas veces ya. Sabía que era todo músculo, lugares delicados, longitud y ancho. Sabía dónde tenía que tocarla para provocarle un orgasmo, o para evitarlo. Toda la dulzura, la puta dolorosa dulzura de todo aquel conocimiento.

—Tengo miedo —repitió ella.

—No quiero hablar más.

—De acuerdo —dijo ella—. Basta de hablar.

PARTE IV

DEBE SER ASÍ, O NO HABRÍAS VENIDO AQUÍ

PRINCIPIOS DE JULIO, 1984.

PRIMERA SEMANA

Solo eran las seis de la mañana, pero la sala de edición *ad hoc* que habían montado en la caseta para lanchas ya estaba recargada, y Rodrigo estaba sudando mientras veía de nuevo las tomas en crudo del día anterior en la máquina de montaje.

Se había despertado temprano de nuevo, con una sensación en su interior como si alguien le hubiese sacado las entrañas. Aquello se estaba convirtiendo en una sensación familiar para él. Sabía que tan solo empeoraría cuando las cosas se volvieran más y más complicadas, ya que sería necesario engañar a más y más gente a su alrededor.

Era un hábito suyo revisar esas tomas con su director de fotografía y su editor al final de cada día de rodaje, pero había algo en ellas, algo que no dejaba de aparecer, que hacía que viese las escenas de nuevo por las mañanas, como si quisiera asegurarse.

Tenía la extraña sensación de que, mientras que la película se grababa en el pueblo, el pueblo también actuaba en la película; la emoción de los lugareños, su obsesión por la ballena, sus preguntas constantes (¿dónde está?, ¿cuándo podremos verla?, ¿cuán grande será?) como si fuesen una manada de lobos famélicos… Lo veía frente a él: escenas de la Posada del Surtidero, la cual tenía un aire escalofriante; la tensión que se veía en los rostros de los actores, como si estuviesen poseídos. Ver el material inédito era como ver a alguien volverse loco. Pero claro, quizás era él el que se estaba volviendo loco.

Le había gustado aquella idea de traer la ballena allí, y había supuesto que, si la gente de Wonderland sabía que había llegado, todo se calmaría. Pero al parecer había tenido el efecto contrario. Ahora era un misterio aún mayor, e incluso habían sacado en el periódico semanal del pueblo un titular bajo una foto granulada del camión: «¿Será esta nuestra ballena?». Así que se había visto forzado a contratar a un camionero para que hiciera guardia, por si a alguien se le ocurría tomar cartas en el asunto y forzar la entrada.

Incluso sus actores habían empezado a cuestionarlo, en especial después de ver la escena de la «ballena» en el horario de grabación. Incluso había tenido que contratar a gente externa para los planos en aguas profundas; no podía permitir llevarse a nadie a bordo que no pudiera mantener después la boca cerrada.

Cuando Rodrigo había visto Wonderland por primera vez, había sabido que aquella extraña isla sujeta a las mareas era la localización perfecta para la que sería su obra maestra. No, su rebelión maestra hasta la fecha: *Moby Dick*. Fueron las historias que Olly le contó sobre su pueblo natal las que lo habían intrigado al principio, y las que lo habían llevado en octubre a ir allí para explorarlo.

Y ahora, allí estaban; el reparto y el equipo habían acampado en unas antiguas cabañas para pescadores que el estudio había alquilado para ellos. Se habían hecho con el control del gran cobertizo para lanchas para guardar allí el equipo, las piezas del set, el vestuario, y para que sirviera como sala de edición improvisada. Habían contratado camioneros, reparto extra, el barco de vela cuadrada que estaba atracado en la bahía... La grabación estaba ya bien avanzada.

Pero Rodrigo, que había estado tan seguro de su visión y de sus habilidades, había comenzado a dudar de sí mismo. O, más bien, dudaba de Faramundo. Faramundo era el que había puesto todo aquello en marcha; las palabras de Faramundo, susurradas una y otra vez en su oído, lo habían llevado por aquel camino que significaría potencialmente el triunfo, o el desastre.

A Rodrigo le costaba describir exactamente cómo había «escuchado» a Faramundo. No había sido exactamente una voz en su cabeza de verdad, como si estuviese loco o poseído; era más como si lo sintiera. Un fantasma muy leve, quizá, como ver tu propia sombra. De todas formas, no hablaba de ello muy a menudo, así que no era que nadie le preguntara a qué se refería exactamente con aquello.

Si acaso, era la historia sobre la muerte de Faramundo lo que siempre contaba, en lugar del hecho de que el gemelo de Rodrigo había seguido viviendo después de haber salido del vientre de su madre en forma de momia diminuta y aplastada. Rodrigo, por otro lado, había estado perfecto. De hecho, había sido un bebé sano, rollizo y ruidoso.

Pero, pese a eso, o quizá por esa causa, su madre había sufrido una gran pena, ya que era incapaz de entender lo que había ocurrido, qué había hecho mal. Para otorgarle algo de consuelo, y encontrar algunos hechos firmes que la ayudaran a sobrellevar el dolor, su padre, un tocólogo de Ciudad de México que había asistido en el parto de sus propios hijos, les había escrito a sus colegas sobre el tema, y se enteró de que Faramundo había sido lo que recientemente se había acuñado como un «gemelo desaparecido». La teoría era que un gemelo se comía al otro en el vientre. A veces, el gemelo dominante absorbía completamente al otro, mientras que, en otros casos como en el de Rodrigo y Faramundo, el gemelo dominante absorbía solo parcialmente sus fluidos y nutrientes, reduciendo y drenando a su rival en el proceso, hasta que el otro prácticamente se convertía en algo momificado y aplastado, como un trozo de papiro.

Al vivir con un doctor en casa, aquellos hechos médicos se le explicaron a Rodrigo a una temprana edad, ya que su padre creía que al dispersar cualquier misterio o secreto ayudaría a Rodrigo a no pensar demasiado en ello, ni a desarrollar supersticiones sobre el tema. Pero con lo que su padre no había contado era con que, una vez que Faramundo había sido absorbido, había seguido viviendo dentro de Rodrigo.

Rodrigo jamás había cuestionado aquello; cómo Faramundo guiaba e influenciaba su trabajo. Pero ahora, comenzaba a preguntarse si tal vez, después de todo, no sería que simplemente estaba mal de la jodida cabeza.

E incluso si no era así, ¿qué haría el estudio? ¿Qué haría Seymor Geist cuando viera lo que había creado? ¿Vería la luz alguna vez la película de Rodrigo? ¿Importaba eso acaso?

Olly había sido su campeón en Obscura Pictures, Olly había sido quien había convencido a Geist de que Rodrigo podía darle al estudio aquello que querían de forma desesperada, su propio *Tiburón*. O, para ser más exacto, su propia copia de *Tiburón*.

Geist, que era un hombre práctico, había accedido a hacer *Moby Dick* como medio para lograr aquello, ya que no tenía que pagar los derechos, y la fama que tenía la historia actuaba ya como publicidad. Aquella era su especialidad: hacerse con historias literarias que no tuvieran derechos de autor, destrozarlas por completo hasta sacarles las entrañas y convertirlas en un juguete sexual. Le había dado a Rodrigo un presupuesto de cinco millones de dólares, y había accedido a que se rodara una gran parte en escenario real. «Pero no la hagas jodidamente deprimente», le había dicho Geist. «Es una película de una criatura, no una mierda de esas literarias. Y quiero que se vean tetas». Rodrigo había señalado que la gran mayoría de la historia ocurría en un barco donde no había mujeres a bordo. «Bueno, se pasan las putas cien primeras páginas en tierra firme, ¿no? Pues las tetas mientras están en tierra firme. Y podrías meter escenas en retrospectiva de más tetas».

Además, Geist quería una ballena. Una ballena gigantesca, mecánica y aterradora. Rodrigo había estado encantado de seguirle el juego con aquella fantasía.

Pero entonces ya habían despedido a Olly (por un desacuerdo sobre algo de *Doctor Zhivago II*), y Rodrigo se había quedado solo. Había sido por casualidad, por una llamada que le hizo a Blue tres semanas antes, cuando se había enterado de lo que le había pasado a Olly en L.A., y de que había vuelto a Wonderland.

Y cuando Olly por fin había aparecido en la Posada del Surtidero, Rodrigo había sentido al momento que algo había cambiado en su amigo. Parecía, de alguna forma, más tenue, más callado. No podía negar que el hecho de que Olly hubiese acabado en el set de grabación de *Moby Dick* era una señal. De qué era esa señal, no habría sabido decirlo aún.

Pensó en las palabras que Faramundo le había dicho: «El truco de un hechicero». «Sí, sí, hermano. El truco de un hechicero».

—¿Ahora hablas solo? Eso no puede ser buena señal.

Rodrigo se giró y vio a Blue bajo el umbral de la puerta del polvoriento cobertizo de lanchas, con una ropa vaporosa y con un diseño de cebra, y el pelo oscuro con la raya en el medio.

Rodrigo sonrió.

—¿Me has llamado? —le dijo ella.

Rodrigo se levantó, se acercó a ella y le agarró las manos.

—¿Por qué hay alguien haciendo guardia en la entrada? —le preguntó a la vez que señalaba hacia atrás con el pulgar—. ¿Acaso alguien le ha puesto precio a tu cabeza?

—Es para mantener a los lugareños entrometidos lejos de mi ballena.

—Tiene gracia, porque no he visto a nadie ahí fuera con horcas y antorchas.

Él se encogió de hombros.

—Entonces, a ver si lo he entendido bien —comenzó a decir ella—. Me pides que venga aquí para grabar algo supersecreto y de ultimísima hora, y te encuentro en este antiguo... ¿qué es esto? ¿Un almacén? ¿Una tienda de barcas? Y además vigilado, y hablando solo. —Blue alzó una ceja—. ¿Qué demonios está pasando aquí de verdad, Rodrigo?

Rodrigo la apartó un poco de él.

—Tan guapa como siempre —le dijo.

Ella resopló por la nariz.

—Ya. —Se soltó de su agarre y caminó hasta el centro del cobertizo. Alzó la mirada hacia el techo del edificio octagonal para contemplar la galería que lo rodeaba—. Si lo único que necesitara fueran alabanzas, no habría tenido que volar hasta aquí para obtenerlas.

Ella volvió a mirarlo.

—De acuerdo, de acuerdo… —dijo él—. Es cierto, todo es un poco… más complicado que eso.

—Soy toda oídos —le dijo Blue.

Fue hasta la máquina de edición, y comenzó a reproducir la película. Cambió su peso de lado, y apoyó la palma de las manos sobre la mesa. El sonido de la *Sinfonía n.º 9* de Beethoven comenzó a sonar. Ella lo miró con una ceja perfectamente depilada alzada.

—Lo sé. Todos tienen aspecto de estar locos, ¿verdad?

Blue la paró.

—¿La «Oda a la alegría»?

—Bueno, es el trabajo de un loco, de un genio. ¿No es cierto? Una canción de amor y de libertad. Es la maldita «Marsellesa de la humanidad». —Le sonrió—. También era la canción de cumpleaños de Hitler, y los obligaban a cantarla en los campos de concentración. Y, durante la Primera Guerra Mundial, los prisioneros de guerra alemanes se la cantaron a los japoneses. Y se la ponían a los kamikazes en la Segunda Guerra. —Se encogió de hombros—. Es, como se suele decir, un recipiente vacío, no significa nada, y lo significa todo.

—Ay, madre —dijo Blue.

—Ay, madre —repitió Rodrigo mientras asentía.

—Bueno, es tu estilo. —Ella se sentó en la silla giratoria que Rodrigo había mandado desde California, y la hizo rotar unas cuantas veces—. Oye… ¿sabe él que yo estoy aquí? —le preguntó.

—¿Importa acaso?

—Bueno, puede que a él le importe.

Rodrigo se dio la vuelta.

—Anda, aquí somos todos adultos —mintió—. De todas maneras —le dijo de forma más animada—, ¿has visto tu estudio de grabación? —Señaló una caja de madera que había en una esquina del cobertizo—. La he mandado construir para ti.

Blue se acercó, abrió la puerta y miró dentro.

—Qué lujo.

—Mira, algún pobre chico ha tenido que pasarse un día entero para encontrar esta mierda, y algún pobre camionero ha tenido que construirla.

—Es todo lo que una chica podría desear.

Rodrigo sonrió.

—Bien. Entonces, ¿te quedas?

—Me quedo con Patty. En una de esas preciosas cabañas tuyas.

—Ah, bueno, Patty —dijo Rodrigo con un gesto de la mano—. No se quedó satisfecha hasta que echó a un pobre pescador de su casa solo para que ella pudiera estar en el meollo.

—De hecho, creo que ese sitio se usa como almacén. Está pagándole una fortuna a algún tipo para tener el privilegio de dormir en un cobertizo con pretensiones de algo grande.

—Mi historia es mejor —dijo Rodrigo—. De todas formas, no ha seguido siendo un cobertizo mucho tiempo. Creo que ha pedido todo el catálogo de una tienda de decoración para que se lo trajeran aquí.

—Es un cobertizo la mar de glamuroso —dijo Blue—. Pero bueno, ya basta de hablar sobre dónde me quedaré. ¿Dónde está esa ballena tuya?

Rodrigo la miró y sonrió.

—Aquí mismo.

Blue miró el cobertizo a su alrededor, confusa.

—¿Dónde?

—Ven —le dijo, y atravesó la habitación para salir por la puerta.

Guio a Blue hasta el enorme camión aparcado bajo los árboles en la parte de atrás, y le ofreció la mano para ayudarla a subir la rampa. Ella negó con la cabeza.

Rodrigo apartó la lona que cubría los candados a un lado. Se metió la mano en el bolsillo y sacó un llavero con cuatro llaves, que siempre llevaba encima. Abrió los candados y los quitó. Después subió el cerrojo.

—¿Preparada?

—Pues... claro —dijo Blue, que retrocedió un poco.

Agarró una puerta con cada mano, y tiró con fuerza de ellas hasta que se abrieron. Blue se acercó y entrecerró los ojos para ver en la oscuridad. Él esperó mientras ella miraba.

—Ah —dijo al fin—. Vale, ya lo entiendo.

Tras la cena, y después de aquella primera vez en el exterior, bajo la fría noche, agarrándose contra un árbol y a toda velocidad, habían accedido a encontrarse en un hotel al otro lado del puente. No en Longwell, sino más lejos, uno que había en la autovía de dos carriles.

Olly la llevó en el viejo Oldsmobile de la tía Tassie. Al parecer conducía con cuidado, solo ligeramente por encima del límite de velocidad. No se miraron al pasar por el puente, con el agua que brillaba bajo ellos. No se miraron mientras pasaban por las arboledas de pinos y robles, y de enredaderas que trepaban por entre las ramas, o por un puesto de fresas, por un cartel pintado a mano que anunciaba lana, por un depósito de madera, y uno de barcos. El sol dibujaba triángulos en el salpicadero mientras ellos guardaban silencio. Una brisa caliente atravesó el coche, y los invadió el ocasional olor empalagoso e intenso a mofeta muerta a través de las ventanas.

Cuando llegaron a la pensión Moonrise (un semicírculo de bungalós junto a una gasolinera), Olly aparcó y entraron a la recepción por la puerta de cristal. Paredes con paneles de poliestireno, moqueta desgastada de color verde y rojo. Lo odiaba. Pero uno de ellos lo había sugerido, y el otro había accedido, y ni siquiera recordaba quién había hecho cuál de las dos cosas, así que ambos eran cómplices. El joven aburrido que había tras el mostrador les entregó la llave para la habitación 238. Miller trató de encontrarle algún significado a aquel número, pero no se le ocurrió nada.

Siguió con las gafas de sol puestas cuando entraron a la habitación y Olly cerró la puerta, envolviéndolos en la semioscuridad. La colcha estaba limpia (era de felpilla y amarilla), así que se sentó al borde de la cama. Olly estaba ocupado sacándose todo lo que llevaba en el bolsillo trasero de sus pantalones madrás (llaves, cartera…).

Se fijó entonces en lo limpia y nueva que era la camisa de botones blanca que Olly llevaba puesta.

—Voy a darme una ducha rápida —dijo ella, que se levantó y se dirigió hacia la puerta que daba al baño.

—Ah —dijo Olly, y alzó la mirada, confuso—. Vale.

Miller encendió la luz y cerró la puerta a su espalda. El tubo de luz fluorescente hacía que el pequeño y blanco baño pareciese casi azul. Era el lugar más deprimente que había visto jamás. La hacía sentir vacía e inhumana, como si el tiempo no fuese real, de alguna forma. No podía soportar la idea de ducharse allí, aunque ahora sería incluso más raro si no lo hacía. Así que se quitó los pantalones y la camiseta de tirantes y abrió el agua. Se mojó las manos bajo el chorro, y se mojó todo el cuerpo con ellas. Después se envolvió con la pequeña toalla blanca que apestaba a lejía, y apagó la ducha de nuevo.

Abrió la puerta, y de repente se sintió aliviada al ver la agobiante y triste habitación.

—Ahora siento que debería de darme yo también una ducha —dijo Olly.

Así que ella se sentó en la cama, envuelta en la toalla, y se miró los pies, que parecían muy alargados y pálidos contra la oscura moqueta.

Olly salió tras unos minutos, y se quedó en el umbral de la puerta iluminado, con la toalla alrededor de la cintura, el pelo oscuro mojado y retirado de la frente.

Ella lo miró.

—No quiero hacer esto otra vez.

Olly la observó con sus líquidos y oscuros ojos.

—Quiero decir, en un sitio así —aclaró ella.

Él se pasó la mano por el pelo, y se miraron uno a cada lado de la habitación. Miller se ajustó la esquina de la toalla alrededor del pecho.

—Yo tampoco —dijo él por fin—. Venga, vámonos.

Tras vestirse a toda prisa, pelearse con las cremalleras y ponerse la ropa sobre la piel húmeda, salieron por la puerta bajo el brillo del sol. Olly le agarró la mano y corrió hacia la recepción, donde dejó la llave y unos billetes, y se marcharon en el coche a toda velocidad de vuelta a Wonderland.

Miller se rio en voz alta mientras el aire le azotaba el pelo rubio contra la cara, dándole un latigazo contra el labio superior y pegándosele en la boca. Olly la miró y sonrió. Ella apoyó los pies contra el salpicadero y fue a cambiar la radio. Él le agarró la mano, se la sostuvo, y condujo de vuelta a casa.

Aparcó el coche en la entrada del Pequeño Bosque y sacó una manta del maletero. Ninguno habló ni miró a su alrededor mientras recorrían el sendero que llevaba al corazón del bosque. Por un camino secundario y pasando junto al estanque de las ranas, se metieron entre un círculo de arbustos donde solían jugar al escondite cuando eran niños. Allí, Olly extendió la manta.

Miller se desvistió, en esta ocasión bajo el caluroso sol de julio, y de forma instintiva repasó en su mente todos los cambios que su cuerpo había experimentado desde la última vez que él la había visto. Ella se encogió al pensarlo.

Pero entonces él la miró fijamente y le dijo:

—Dios, eres preciosa.

Y, tras aquello, a Miller no le importó nada excepto la forma en que él la veía, allí plantada, brillante y perfectamente formada.

Se arrodilló sobre la manta y tiró de él para que se sentara junto a ella. Se quedaron allí, uno frente al otro, con las piernas entrelazadas. Ella pasó la mano por su cuerpo: por su pecho, sus antebrazos, su muslo... Se le había olvidado cómo era su piel, tan tersa sobre él, sobre sus huesos, sus músculos y tendones, todo lo que lo sostenía, flexible y suave. Él metió la mano entre sus piernas y ella entre las de él, lo tocó, lo besó en la boca, y sintió su sabor salado, a humo de cigarrillo. Él la observaba sin apartar la mirada: su boca, su frente. Ella cerró los ojos, pero aún sentía su mirada como si estuviese haciéndole un agujero. Cuando abrió de nuevo los ojos, vio su expresión: tenía la mirada bajada, concentrada, insistente y casi despiadada. Miller sentía sus ganas de que ella se corriera, lo deseaba, y no solo eso, sino que también deseaba ser consumido por su deseo.

Después, se tumbaron sobre la manta medio vestidos, y Olly se fumó un cigarro. Le pasó la mano de forma distraída por la garganta, por la clavícula, y describió un camino por la curva y el montículo de su pecho por encima de la camiseta de tirantes.

Ella se echó hacia atrás.

—No quiero que esto sea un secreto. —Apartó la mirada de él para poder pensar con claridad—. O sea… No me refiero a eso, exactamente —dijo ella—. No quiero que Nate lo sepa.

—No —coincidió él.

—Pero tampoco quiero fingir —dijo ella.

—No estoy seguro de cómo vamos a hacer eso —admitió Olly.

—Yo tampoco —dijo Miller.

Se quedaron durante un rato en silencio.

—¿Quieres salir a cenar? ¿Mañana por la noche? En algún sitio del pueblo. ¿Quizá podría funcionar así?

—Quizá —le dijo ella—. Quizá funcione así, no lo sé. Ya veremos.

—Estoy preocupada por él —dijo Jess—. Algo no va bien.

—¿Algo como qué? —dijo Nate, que alzó la mirada—. Quiero decir, aparte de todo lo de Stodges…

Jess había ido a visitarlo al rodaje por sorpresa, y estaba escuchándola mientras sacaba los vasos desechables para el descanso del equipo.

—No lo sé —dijo Jess, que se apoyó contra la mesa plegable, lo cual hizo que los vasos temblaran—. Es solo que se comporta de forma rara. Más rara de lo habitual.

—Vas a tener que darme más datos, Jess. —Nate colocó de nuevo algunos de los vasos que se habían volcado.

—Bueno, pues por ejemplo no deja de hablar de su madre.

—¿Qué dice?

Jess se apartó para dejar pasar a la mujer del catering, la cual transportaba la olla con café. Nate se la quitó de las manos y la apoyó en la mesa.

—No sé, pero no tiene mucho sentido. ¿Algo de que su madre volvió?

—¿Cuándo? —Nate se giró para mirar a Jess, y se puso la mano sobre los ojos para taparse el sol—. ¿Hace poco?

—No, no. —Jess le hizo un gesto con la mano—. Creo que hace ya mucho tiempo. Cuando era niño.

—Ah, eso —dijo Nate.

—¿Cómo que «ah, eso»?

—No es nada, no te preocupes. ¿Eso es todo?

—No sé, no deja de hablar de que volvió a por él, y que va a ir a buscarla para poder estar juntos. Está obsesionado con eso, como si fuese un plan de verdad, como si fuese a salvarlo o algo. Y también está muy raro con lo de Suki y tú.

—¿Qué pasa con Suki y yo?

—No lo sé, no es que sea muy coherente que digamos. De todas formas, ya conoces a Cam… No es que se le dé de maravilla expresar sus emociones. Pero me preocupa que esté viniéndose abajo después de lo que pasó en primavera. Tal vez de forma permanente.

Nate recordó el documental de naturaleza que Cam y él habían visto en una ocasión sobre cómo los animales desfigurados salían adelante en las manadas. Hablaba de perros salvajes que habían perdido las colas, y a aquellos perros solía pasarles una de dos cosas: aprendían nuevas maneras de compensar esa falta, como mover el cuerpo entero para comunicar placer, miedo u hostilidad, o acababan muertos, ya fuera por medio del exilio y el hambre, o por una agresión de la manada. Recordaba que Cam había estado totalmente embelesado, y después le había dicho en voz baja: «Son como yo».

—¿Hola? ¿Tierra llamando a Nate? —dijo Jess.

Nate se encogió de hombros.

—No sé.

—Pues es raro, Nate —le dijo, colocándose la camiseta con el diseño de periódico para que le colgara de un hombro—. Y tú eres su amigo, así que deberías hablar con él.

—Vale, vale —le dijo él—. Hablaré con él. —El equipo comenzó a dirigirse hacia la mesa como un enjambre, así que Nate y Jess se encaminaron a la pasarela para dejarles espacio—. ¿Has visto a Suki?

—Sí. —Jess le sonrió—. La he visto.

—¿Cómo está? —Llevaba sin verla desde que la había dejado en la piscina.

—¿Sabes qué? Se lo puedes preguntar tú mismo.

Nate se quedó en silencio. Jess lo miró, y él se sintió incómodo. Ella se cruzó de brazos a la altura del pecho.

—Te cuesta muchísimo, ¿no?

—¿El qué?

—Tener que currarte algo.

—Joder, Jess. Qué dura. —Recogió un trozo de cable suelto que al parecer alguien se había olvidado allí y comenzó a enrollarlo.

—Lo único que digo es que... eres un chico. —Lo señaló con un dedo—. Un tipo de chico muy específico, y con mucha suerte. —Ella sonrió—. Pero me caes bien, Nate, estoy segura de que sabrás salir de esta.

Nate se rio.

Jess también se rio mientras se sentaba al filo de la pasarela, con las piernas colgando en el muelle. Nate se sentó a su lado.

Jess le dio un golpecito en el hombro.

—Bueno, ¿dónde está tu novio? Creía que erais inseparables.

—¿Olly? No lo sé —dijo Nate—. Llevo un par de días sin
verlo.

La última vez había sido la noche de la hoguera, cuando
había salido de casa de sus padres y le había gritado algo sin
sentido a Suki y a él. Al día siguiente, el padre de Nate se había
marchado a la ciudad. Se preguntó entonces si se habría pasado
al intentar ayudar a sus padres. Pero entonces pensó que no,
que a veces había que revolucionar un poco las cosas.

—Qué ganas de irme de este pueblo de chalados —dijo Jess.

—No sé, creo que no me había dado cuenta de lo interesante que es este sitio, ¿sabes? Siempre pensé que era bastante aburrido.

Jess negó con la cabeza y se puso en pie. Comenzó a alejarse, pero entonces se giró de nuevo.

—¿Sabes, Nate? Solo porque tú creas que es tan interesante,
no significa que la gente no vaya a salir mal parada de verdad.

—Ni siquiera sé a qué te refieres —le dijo mientras se alejaba.

—Eso es porque no sabes nada —le respondió ella.

Olly se estaba preparando para recoger a Miller. Por teléfono,
decidieron ir a Acapella, el único restaurante de todo el pueblo.
El dueño y administrador era Lundgrens, el cual definitivamente parecía sueco. No había demasiado donde elegir en Wonderland en el apartado de restaurantes, así que, aunque Acapella no
era increíble, sí que tenía una terraza con buenas vistas hacia el
muelle.

Olly sabía que lo que hacía era peligroso. No solo porque
podía poner en peligro su relación con Nate, sino también porque no podía dejar de pensar en ella, de desearla. Y desear a
Miller siempre había sido un pasatiempo muy peligroso.

Dejar que aquello continuase era acercarse de forma temeraria al pasado. Y sabía, por su dolorosa experiencia propia, que el pasado era un agujero negro cuya fuerza de gravedad era tan fuerte que podía aplastarlo si se acercaba demasiado.

Y, aun así, allí estaba, duchado, peinado y poniéndose su camisa de Izod y unos pantalones, con sus viejas alpargatas, listo para ir a verla. Porque, a pesar de saber todo eso, aun así, no podía remediarlo.

Habían acordado encontrarse en el restaurante, como si fuesen dos amigos. Olly había llamado y había reservado con antelación, así que para cuando llegó, ella ya estaba sentada afuera, cerca del borde de la terraza con vistas al sector sur del muelle. Él la vio antes de que ella lo viera, y pensó en lo guapa que estaba con su vestido que parecía una túnica blanca, pendientes de aros dorados, y las gafas de sol sobre el pelo húmedo. Estaba jugueteando con la servilleta: la alisaba, y después tiraba de una de las esquinas. La mesa estaba adornada con un mantel de cuadros rojos y blancos, con una de esas ridículas botellas de vino cubiertas de cera y con una vela gastada. El sonido de Domenico Modugno (las versiones instrumentales) llegaba allí desde el comedor principal, aunque, por suerte, cuando Olly llegó a la mesa casi era inaudible.

Cuando lo vio, Miller comenzó a levantarse, pero de repente se sentó de nuevo.

—Hola —la saludó con una sonrisa mientras se sentaba en la silla de enfrente.

—Hola —le dijo ella de forma nerviosa y casi sin aliento, como si estuviese tratando de hablar lo más rápido posible.

Olly miró el muelle y las mesas de alrededor, que casi estaban vacías.

—Supongo que al final no hacía falta que reserváramos.

—Creo que empieza a llenarse a las ocho —sugirió ella.

—Ah, claro. —Y añadió—: ¿Qué hora es?

—Las siete.

—Ah, claro. Ya lo sabía.

Miller sonrió.

La camarera llegó para dejarles un par de cartas. Miller pidió un vaso de *chianti*, y Olly se unió a ella.

—Bueno —dijo Olly una vez que la camarera se retiró—, se está bien aquí.

—Sí. —Miller jugueteó con uno de sus pendientes.

Se quedaron allí sentados en silencio hasta que la camarera volvió con las bebidas. Miller agarró la copa, le dio un largo trago, y después dejó con cuidado la copa sobre la mesa. Miller lo miró, sonrió, y respiró hondo.

—Perdona —le dijo ella—. Es que esto es un poco…

—¿Raro?

—Sí. Muy raro. Increíblemente raro.

Olly se rio y se relajó un poco.

—Sí, a lo mejor así no es como funciona la cosa, después de todo.

—Vamos a intentar actuar de forma normal —dijo ella; se puso recta y se recolocó en la silla—. ¿De qué habla la gente normal?

—De su trabajo, sus familias, sus hijos…

—Ya. —Miller asintió con una mueca—. ¿De qué más?

Olly se encogió de hombros. Miller realmente estaba guapísima.

—¿Cómo está la tía Tassie?

—Pues… Es Billy Budd. —Olly encendió un cigarro—. La he llevado a ver al Dr. Cleves. Ha dicho que probablemente sea un signo de demencia, lo cual supongo que no es extraño a su edad. Y que debería de vigilarla de cerca, por si hay algún indicio de que esté empeorando.

—Parece que os lleváis bien.

—¿A qué te refieres? —dijo él con los ojos entrecerrados—. ¿Por qué no íbamos a llevarnos bien?

Miller se rio.

—Venga ya, Olly.

—¿Qué?

—Te fuiste de Wonderland hace veinticinco años y jamás miraste atrás, y todo porque estabas enfadado con ella. ¿Cómo que a qué me refiero?

Él se encogió de hombros.

—¿Se te hace raro estar otra vez en la casa?

—Mira, vamos a dejar eso —dijo él.

Ella asintió.

—Bueno... —dijo ella. El pelo se le estaba secando con la brisa, y se le rizó un poco alrededor de la cara.

Ambos miraron hacia el muelle, y después se miraron el uno al otro. Miller sonrió, y se quitó una migaja imaginaria del vestido.

—¿Más vino? —sugirió Olly.

—Dios mío, sí —dijo ella—. Muchísimo más vino.

Olly le hizo un gesto a la camarera, la cual estaba guiando a otra pareja hacia su mesa.

—Entonces... —dijo él después de que les hubieran llevado la segunda ronda de bebidas—. ¿Sabes algo de Ash?

—Vaya, vamos directos al grano —dijo ella—. No sabía que estuviéramos jugando a ese juego.

—Creo que fuiste tú quien empezó el juego.

Fue el turno de Miller de encogerse de hombros.

—Ash. Pues no, no sé nada de él, de hecho. Llamó... Ya sabes, la mañana después de la fiesta, y me dijo que iba a quedarse un tiempo en la ciudad. Y que ya me llamaría. Y que le dijera a Nate que lo quiere. Y... eso es todo.

—¿Crees que Nate sabe lo que pasa? Con vosotros dos, quiero decir.

—No —dijo ella—. No sé, quizá. —Miller suspiró—. El matrimonio es duro. —Hizo una pausa—. El nuestro por lo menos ha sido duro últimamente. Así que supongo que no es nada nuevo en nuestra casa.

—Lo siento.

—Ah, venga ya.

—No, siento que esté siendo duro, no siento que... Joder. No lo sé, Miller.

—Bueno, parece que Nate habla más contigo que conmigo ahora mismo.

—¿De verdad?

—Podrías no alegrarte tanto —le dijo ella.

—Bueno, sobre eso no me habla, si eso te hace sentir mejor.

—Sí que me hace sentir mejor —le dijo ella de forma brusca. Se quitó las gafas de la cabeza, las dobló y las metió en su bolso.

Se instaló entre ellos un silencio cortante; aquello no estaba yendo para nada como él había planeado.

—Estás guapísima —le dijo él por fin—. Llevo desde que he llegado queriendo decírtelo. No sé por qué no lo he hecho antes. Soy imbécil, perdona.

Ella mantuvo la mirada fija en el bolso, pero vio que alzaba ligeramente la comisura de los labios.

—Gracias.

—Deberíamos pedir ya —dijo él—. Después quiero llevarte a algún sitio donde pueda quitarte ese precioso vestido blanco que te has puesto.

Ella se rio de forma gutural, y supo entonces que ella también lo deseaba a él; todo iba a salir bien.

La camarera volvió con una botella de vino, y un poco más tarde, les llevó la comida que habían pedido.

—¿*Penne alla vodka*? —preguntó Olly mientras observaba su plato—. ¿Qué tiene de italiano eso?

—¿Qué más da? —dijo Miller—. Está riquísimo.

—Tienes que salir de Wonderland más a menudo.

—Es cierto —coincidió ella, que se llenó la boca de pasta.

Olly se sentía muy bien: la comida, el alcohol, el olor de su perfume... Pero entonces, Miller dijo:

—No mires.

Y solo porque se lo dijo, y porque era ella, no lo hizo. Mantuvo la mirada fija en su *picatta* de pollo gelatinosa.

—Es Blue.

Pero entonces, por supuesto, alzó la mirada. Conducían a Blue hacia una mesa al otro lado de la terraza, seguida de Patty Tithe.

La última vez que Olly había visto a Patty había sido el día que lo habían despedido de Obscura Pictures. El día antes de tragarse un puñado de pastillas junto a la piscina, vestido con un bañador de color salmón de Ralph Lauren.

Patty había estado en el plató, aparentemente volviendo a grabar escenas para *Camino a Babilonia*, la segunda película de Billy Ken, una antigua estrella de las películas del oeste de los años sesenta y setenta, cuyo reciente debut como director, *Slick Bodies*, había sido un sorprendente éxito entre los críticos para el estudio, y lo habían transformado en una clase de monstruo del cine especial: un «autor». Olly recordaba que Patty, con sus dientes blancos, líneas de expresión, pecas y piel dorada, había hablado con él sobre Blue, sobre la gira de Blue con Felix Farrow, de la cual volvía aquella tarde. Y la razón por la que lo recordaba tan bien era porque aquel día fue también el último en que había visto a Blue.

—¿Estás bien? —Miller alargó la mano y le agarró a Olly la suya—. Pareces…

—Sí —dijo Olly—. Es solo que…

—¿Sabías que estaba aquí?

—No.

—Ay, por Dios. ¿Nos vamos?

—Sí —dijo él—. Sí.

—Vale —dijo Miller—. Tú vete, yo pagaré. Nos vemos fuera.

Olly le echó otro vistazo a Blue. Tenía el pelo largo y oscuro con la raya en medio, y recogido en una coleta. Llevaba puesto una especie de mono de seda. Tenía un aspecto de maravilla. Olly miró de nuevo a Miller.

—No —le dijo—, no pasa nada. Vámonos juntos.

Olly no se molestó en pedir la cuenta, sino que dejó en la mesa unos cuantos billetes para cubrir el costo; últimamente hacía mucho eso. Después, se levantó y le ofreció a Miller el brazo. Ella lo aceptó, y atravesaron la terraza hacia el comedor principal. Tuvo que apelar a una gran cantidad de fuerza de voluntad para no girarse para comprobar si Blue lo había visto, pero consiguió hacerlo.

Atravesaron todo el restaurante, y casi estaban fuera cuando una mujer paró a Miller.

—Miller, qué alegría verte por aquí —le dijo, y le dio un beso en la mejilla.

—Hola, Mary —le dijo Miller, que pareció incómoda durante un momento. Cuando la mujer no se movió ni hizo señal alguna de que pensara apartarse, Miller dijo—: ¿Conoces a Olly Lane? Olly, esta es Mary Guntherson.

—Creo que no he tenido el placer —dijo Mary, y les dedicó a ambos una sonrisa—. Bueno —dijo por fin—, disfrutad de la noche. —Antes de poder escaparse, sin embargo, Mary se inclinó hacia Miller, y con los labios casi rozándole la oreja, le susurró en un tono de voz demasiado alto—: Me alegro por ti.

Olly observó el perfil de Miller, y vio que sus facciones se endurecían y su expresión se transformaba en una de infelicidad.

Por fin se marcharon rápidamente, y salieron al aire fresco, donde estaban a salvo. Por el momento, al menos.

—Bueno, ha ido de maravilla —dijo Olly, y sonrió.

Miller lo miró y comenzó a reírse, y siguió hasta que se puso a temblar. Olly también empezó a reírse, y al final acabaron ambos doblados y con lágrimas en las mejillas. Se apoyaron contra el edificio de listón para tratar de recuperarse.

—Dios santo —dijo Miller—. Ha sido la peor cita de la historia de las citas.

—Joder, y tanto —dijo Olly mientras se limpiaba los ojos.

Echaron a andar. El sol se había puesto, pero aún quedaba algo de su brillo. El cielo de un color azul morado les daba a las casas de brillantes colores cierto resplandor, el cual hacía que los colores se percibieran ligeramente más apagados mientras caminaban por las estrechas calles. Pasaron junto a los preciosos rosales, los sauces y los cerezos que trataban de abrirse paso a la fuerza fuera de las aceras. A Miller se le quedó atascado un zapato entre unos ladrillos desnivelados, así que Olly se acercó para estabilizarla, y ella lo agarró de la mano. Un par de niños pasaron por allí en sus bicicletas, con las manos en la nuca como si nada, mientras pedaleaban hábilmente. A través de las ventanas abiertas se escuchaba el entrechocar de platos en las cocinas. Todas aquellas pequeñas cosas que emanaban vida, que estaban alrededor de ellos.

Su camino los llevó hasta la calle Foster. Entraron por la verja lateral, cruzaron el jardín y subieron hasta la casa del árbol de Olly, donde cumplió con su promesa, y le quitó a Miller su precioso vestido blanco.

Después, se quedaron tumbados sobre una pila de mantas de algodón sobre el suelo. Olly fumaba, y Miller miraba fijamente el techo.

—Es guapísima —dijo Miller—. Es incluso más preciosa en persona.

—Lo es.

—¿Ha sido difícil verla?

—Directa al grano, ¿eh?

—No exactamente directa al grano. —Miller le dedicó una sonrisa de medio lado.

Olly, que tenía un cigarro entre los labios, cambió de postura para ponerse boca arriba con las manos tras la cabeza.

—Me ha sorprendido…

—Ya.

—Pero no ha sido difícil verla, no de la forma que estás insinuando. —Olly aplastó el cigarrillo y la miró. Le quitó un pequeño rizo de la piel con la yema del dedo.

Ella lo miró como si estuviese esperando algo. Quizás algo malo.

—Miller, jamás he querido a nadie de la forma en que te quise a ti. Ni a ella, ni a nadie. ¿Cómo iba a poder hacerlo? Nosotros estamos entrelazados.

Ella mantuvo la mirada puesta en él. Aquellos ojos de un color azul oscuro, casi violeta bajo la luz de la noche.

—Yo tampoco.

—Ver a Blue... me recordó... algo que preferiría olvidar.

—Olvidar es difícil —dijo ella mientras miraba de nuevo al techo.

—Sí que lo es.

Después de que Olly viese a Patty en el set aquel día, las cosas se habían salido de madre muy deprisa. Lo habían hecho ir a la oficina de Seymour Geist, y en un instante, su trabajo (y toda su carrera, en realidad) se había acabado. Lo que hacía particularmente devastador que lo hubiesen despedido de Obscura era el hecho de que había sabido que no había forma de volver a lo que había tenido antes; no era solo que Geist fuese a quedarse con el control de Lay Down, sino que la música en sí misma lo había abandonado.

Para cuando Olly llegó al Bower, su vida se estaba desmoronando de forma peligrosa.

El interior de la casa había estado en silencio, y recordaba haber ido a la terraza, y bajado a la piscina. Recordaba que pensó que era del color del cielo, y que, si se tiraba a la piscina y aguantaba la respiración y moría, quizá no tendría que preocuparse por todas las horas que pasarían entre aquel momento y el momento en el que todo iría mejor.

Pero, en lugar de aquello, había vuelto al interior, había encontrado a Blue en el dormitorio yendo del armario hasta la cama neocolonial española, sobre la que había una maleta medio vacía. Acababa de volver aquella tarde de la gira con Felix Farrow y The Forgotten, y recordaba que Blue se había girado con varios vestidos sobre el brazo, y cómo había parado de hacer lo que estaba haciendo y había respirado hondo.

Había visto su pelo, que se derramaba por su hombro izquierdo, su larga pierna marrón y la prótesis pintada con un estampado de guepardo, que se extendía hasta sus pantalones cortos. Recordaba el olor de su perfume, Shalimar, que había invadido la habitación.

—Blue. —Tenía la sensación de que iba a llorar a pesar de que no quería hacerlo, como si fuese un niño pequeño al que le hubiese pasado algo, y se hubiese aguantado hasta llegar a casa y ver a su madre, momento en el que lloraría de forma apasionada y casi descontrolada hasta mojarle la blusa entera.

—Olly, lo siento —le había dicho Blue, que estaba totalmente inmóvil, afligida.

Olly pensó en ese momento que alguien debía de haberla llamado para contarle que había sido despedido. ¿Tal vez Gloria?

—Es todo un maldito desastre. No sé lo que voy a hacer. —Y entonces, se echó a llorar.

—No es culpa tuya. Joder, Olly, es todo culpa mía. Lo siento muchísimo. He… He sido una cobarde, no pretendía que esto ocurriese. Simplemente ha ocurrido…

Y fue entonces cuando Olly empezó a comprender que estaban hablando de cosas completamente opuestas.

—¿Qué es lo que es culpa tuya?

Y fue entonces cuando miró la maleta y se percató de que no la estaba deshaciendo. Estaba llevándose sus cosas. Blue estaba dejándolo.

Dejó de llorar entonces.

—¿Blue?

—¿Olly?

La preocupación por Olly desapareció por completo del rostro de Blue, y fue reemplazada por un tipo de preocupación diferente. Como si ella también hubiese entendido que no habían estado hablando de lo mismo.

—Joder, ¿me estás dejando?

—Ay, Olly. —Blue dejó los vestidos en la maleta y se sentó al filo de la cama—. Sí, te estoy dejando. Me he enamorado de Felix.

—Perdona, ¿cómo? ¿Felix Farrow? ¿El yonqui ese?

—Sí —le dijo ella—. El yonqui de Felix Farrow.

—¿Has perdido el juicio?

—Puede ser —dijo Blue mientras negaba con la cabeza, como si ella ya se hubiese hecho esa misma pregunta en algún momento, pero no hubiese dado con una respuesta satisfactoria—. No lo sé.

—¿Ya no me quieres? —Sabía que era una pregunta patética, humillante y cobarde. Y se sintió asqueado consigo mismo por hacerla.

—No lo sé. —Lo miró fijamente, con aquellos oscurísimos ojos—. Si sigo queriéndote, no lo siento ya. Y eso ya pasó antes de Felix. Olly... —Ella alzó la mano, pero él retrocedió—. Ya. Vale, pues te diré la verdad, entonces. Olly, tú me salvaste, y nos enamoramos. Pero, joder, tienes que controlarlo todo. No eres como Slade, no eres malo ni un abusón. Pero no vives de verdad, Olly. Es todo perfecto, nuestra vida es perfecta. Pero es como vivir dentro de un cuadro o una fotografía. No hay espacio para nada más aparte de lo que tú has decidido de antemano que puede haber. No hay sentimiento alguno.

Olly retrocedió como si le hubiese pegado.

—Esa... es la mayor patraña que he oído en mi vida, Blue —le dijo—. Quiero decir, ¿qué cojones significa eso siquiera? Te quiero, te he querido desde que te vi por primera vez. Eso no es una puta fotografía, eso es un sentimiento. Son mis putos sentimientos.

—¿De verdad? ¿Me quieres? Es decir, ¿me quieres de la forma en que deberías quererme? —Ella negó con la cabeza—. Lo siento, Olly. ¿Qué quieres que te diga? Obviamente no soy tan buena persona como tú. De hecho, probablemente sea una muy mala persona. Soy imperfecta, y tengo emociones imperfectas, y no puedo seguir las reglas, así que a veces hago cosas desagradables. Cosas horribles, como dejar de amar a alguien y hacerle daño a la gente.

Se levantó, y comenzó a cerrar la maleta.

Fue entonces cuando se percató de que Blue llevaba puesta una de sus antiguas camisetas de Lay Down Records, y la ira se antepuso al miedo.

—No puedes llevarte todo esto. No puedes simplemente dejarme, y no puedes llevarte la puta camiseta. Ni la maleta. Ni nada de esta casa. —Tiró de la maleta para bajarla de la cama, y la ropa de Blue se esparció por todas partes—. Esto me pertenece, yo soy el que te sacó de tu puto matrimonio, el que consiguió que te devolvieran el dinero y el que lo puso todo en orden. Que te follen.

Blue dejó que el vestido que sostenía cayese al suelo y retrocedió. Se encogió de hombros.

—De acuerdo. No necesito estas cosas, Olly. He empezado de nuevo antes, puedo hacerlo otra vez. —Ella negó con la cabeza con una mirada de pena en los ojos—. Me da igual. Esas cosas no me importan. Pero sea lo que fuere lo que te he hecho, y lo horrible que sea, sí que me importas. —Se acercó a Olly y le puso la mano contra la mejilla. Olly quería que parase, y que no parase jamás—. No sé qué te está pasando, pero a lo mejor no es algo tan malo. —Ella lo miró—. Olly, cariño mío, a veces tienes que poner tu vida patas arriba para poder vivirla.

Entonces, le dio un beso en la boca, y salió por la puerta. Recorrió el pasillo, cruzó la puerta principal, abandonó la propiedad y se subió al coche de Felix. Y, con ella, se marchó la última pizca de cualquier cosa que lo aferraba a la vida.

Miller estaba vistiéndose. Se puso el vestido por la cabeza, y miró a su alrededor.

—Se está bien aquí —dijo.

Olly la observó; su forma alargada y elegante, sus largos dedos cubiertos de anillos, las pulseras en sus delgadas muñecas. Podía ver a Nate en ella. O, bueno, supuso que era al revés.

—Puedes mudarte aquí si quieres —le dijo Olly.

—Tentador. —Se puso las sandalias—. Huir de la vida e irme a vivir a una casa en un árbol.

—Yo no huyo de la vida —le dijo él—. Se trata de mantener las cosas claras y simples.

—Ya veo —dijo ella—. Dios no quiera que las cosas se pongan complicadas.

—Exacto. Aquí hay dragones. —Sonrió, aunque sabía que ya habían llegado a tierras peligrosas. Simplemente esperaba que Blue tuviera razón, y que terminara viviendo su vida, y no solo poniéndola patas arriba. Porque, mientras que, de muchas formas, se sentía muy alejado del hombre que había hecho aquella elección tan estúpida, desesperada y peligrosa, siempre existía la innegable posibilidad de que se permitiese a sí mismo volver a hacer lo que ya había hecho en una ocasión.

—Entonces estás aquí solo para vivir una vida simple, ¿no? —Miller se rio.

—Me gustaría que las cosas fuesen simples. —Se incorporó un poco, apoyándose contra el codo—. Pero no es por eso que he vuelto.

—¿Ah? —dijo ella, y a él le pareció que fingía estar poco interesada—. Y ¿por qué has vuelto?

Olly no apartó la mirada de ella.

—Creo que ya lo sabes.

Miller comprobó que llevaba los pendientes y se arregló el pelo, el cual se había despeinado después de hacer el amor. Por fin, lo miró.

—¿Lo sé?

Entonces se acercó a él, se agachó y lo besó en la boca. Antes de poder contestarle, desapareció escalera abajo.

—¿Ese sitio de verdad se llama Wonderland? —Gordon, el productor ejecutivo de *Morning? Morning!*, estaba sentado frente a

Candice en su oficina de la planta 32 en el centro de Manhattan, con una expresión escéptica.

—Así es, Gordon. Y es perfecto. Ese pueblucho diminuto, sentimentaloide e insignificante que prácticamente está retirado por completo de la civilización, tiene un plató de cine entero allí. Es el segmento perfecto para nosotros, y quiero hacerlo.

—¿De verdad nuestra audiencia quiere ver a unas estrellas de cine dando vueltas y bebiendo champán a las ocho de la mañana? —le preguntó Gordon mientras golpeaba la goma del extremo del lápiz contra su escritorio.

—No se trata de las estrellas de cine. —Candice se inclinó hacia delante para transmitir una especie de intimidad profesional. O, al menos, ese era el efecto que su entrenador le había dicho que tendría—. Se trata de la gente real, de cómo sus vidas se han visto transformadas por la magia del cine. Ya sabes: un plano de Marge y Ben en la cafetería, Penny la Bella en la playa, el alcalde de Barrolandia con aspecto de estar orgulloso. ¿Las estrellas son iguales que nosotros? ¿Les asusta que se los coma la ballena? Lo que sea. —Se echó hacia atrás—. Es adorable, es divertido. Es perfecto para el verano.

Y, además, no añadió que aquello la llevaría bien lejos de Clark Dennis.

—De acuerdo —dijo Gordon, que también se echó hacia atrás—. Pero vamos a mandar a un reportero de campo, te necesitamos aquí.

—No, Gordon, escúchame. Esta es la oportunidad de que América me conozca, ahí fuera, relajada. Hablando con la gente de a pie. Será genial para el programa.

Gordon inclinó la cabeza. Pero antes de poder responder, la puerta de la oficina se abrió y allí estaba nada menos que el cabrón pervertido de Dennis. Joder.

—Un pajarito me ha dicho que estás presentando una historia sobre «pueblerinos junto a Hollywood». Qué mala. —Clark meneó el dedo en su dirección—. Pero, en serio, Candice, estoy herido.

—Ay, Clark —le dijo ella con una mueca de decepción ante su acusación—. Yo sí que estoy herida. No, más que eso, no me puedo creer que pienses que no te mantendría informado. Es solo que este es un segmento tan diminuto e insignificante, que no pensé que fuera a interesarte. —Abrió mucho los ojos—. Quiero decir, después de todo, tú eres la referencia absoluta de las noticias serias de por la mañana.

—Bueno, eso es cierto —dijo él mientras se sentaba muy cerca de Candice, en el pequeño y abultado sofá del productor—. Pero ser siempre el adulto de la sala puede hacerse algo pesado, cielo.

—Por supuesto —dijo Candice con compasión—. Pero puede que sea bastante desagradable para ti hacer esto con tan poca antelación... Y durante el fin de semana.

—No, me parece que suena divertido. Me gustaría soltarme un poco el pelo. ¿Qué me dices, Gordon?

—Chicos —comenzó a decir Gordon—, claramente no os necesitamos a ambos para hacer esto. De hecho, no os necesitamos a ninguno de los dos.

Candice sintió el dedo del cabrón pervertido subiéndole por el lateral de la falda. No se movió ni un ápice. A través de las enormes ventanas de la oficina de Gordon, Candice veía el rascacielos que había al otro lado de la calle. Dentro estaban los oficinistas, que parecían hormigas al moverse de habitación en habitación mientras que el sol de junio decoloraba la acera. Imaginó de repente a una de esas hormigas abriendo las ventanas, y disparándole a Dennis Clark en la cabeza.

—Gordon —dijo Clark, en aquel tono de embaucador que tanto le gustaba—, venga ya. ¿Te pido favores alguna vez?

—Bueno, de hecho, Clark...

Sintió de forma distraída cómo Clark movía la mano sobre su muslo, hacia el principio de sus medias L'eggs, y Candice se percató entonces de que aquello era una cosa más con la que tendría que lidiar.

Se le había ocurrido la idea de hacer aquel segmento unos días después de que Ash le hubiese explicado cómo estaban las cosas con su mujer y su antiguo mejor amigo. Pero no le servía que el cabrón pervertido de Dennis fuera también a Wonderland, ya que tenía que ayudar a Ash a lidiar con la situación. No podía estar quitándose de encima a aquel pervertido cada diez minutos y además dar el cien por cien de sí misma.

Y, de hecho, pasaba lo mismo con Ash. Le gustaba el maldito Ash, y le gustaba pasar tiempo con él. Pero Ash necesitaba de una guía. Por lo que sabía, se lo comerían vivo entre la insípida y etérea pero despiadada Miller, y el victimizado aunque espabilado Olly. Ash simplemente no podía tomar una decisión ni aunque le fuera la vida en ello. Pero eso no importaba, porque a Candice se le daba bien enfrentar las dificultades, y le gustaba hacerlo. Ella sabía que aquello era el motivo por el que eran perfectos el uno para el otro.

Y en ese momento pensó que quizás era hora de que empezara a lidiar también con el cabrón pervertido.

—Tiene razón, Gordon —dijo ella—. Ayudará a consolidar nuestra química con los espectadores. Quiero decir, alguna gente estaba muy afectada después de que Susan se marchara. —El dedo en su muslo se quedó inmóvil. Candice le dedicó a Clark una mirada de falsa lástima—. Eran buenísimos juntos, lo digo incluso yo, aunque me duela.

Bajó la mirada de forma apenada, pero no demasiado.

—De acuerdo —dijo Gordon, y dejó el lápiz sobre la mesa—. No quiero escuchar más. Hacedlo en un fin de semana, os quedaréis en algún sitio económico, y conduciréis hasta allí.

—Gordon —dijo Clark.

—De acuerdo, podéis volar. Pero nada de gastos extra.

—Trato hecho —dijo Clark con una sonrisa, y sacó la mano de la falda de Candice.

—Trato hecho —dijo Candice, dedicándoles su mejor sonrisa del directo.

Era por la tarde, y Miller llevaba escribiendo todo el día. Estaba sentada en la silla de chintz con las puertas dobles abiertas, por donde entraba el intenso y dulce aroma a aligustre y hierba recalentada. El bolígrafo que tenía en la mano se movía sobre la página a rayas a toda velocidad. Sentía entonces un nuevo apremio. Sentía el peligro que traía la presencia de Olly, y la ausencia de Ash, como si fuese un augurio. Y sabía que tendría que darse prisa para huir de la inminente colisión.

—¿Qué escribes?

No había escuchado entrar a Nate. Se agachó y apoyó la cabeza sobre el hombro de Miller. Ella tuvo que obligarse a no cerrar la libreta de un golpe.

—Solo unos cuantos pensamientos —le dijo mientras la cerraba lentamente y con cuidado. Se levantó—. ¿Acabas de volver del trabajo?

—Sip. —Nate se arrastró hasta el frigorífico, donde enterró la cabeza.

—¿Tienes hambre?

—Me comería una vaca.

—Creo que en el congelador queda algo del estofado que hizo tu padre. —Desplazó un poco a Nate hacia un lado, y sacó un recipiente: dentro estaba el estofado congelado, gris y granuloso.

—Cielo, ¿me puedes echar una copa de vino?

Nate fue hacia la barra mientras ella volcaba el estofado en una olla, y la ponía sobre el fuego. Volvió con una copa de vino para ella, y otra para sí.

—¿Qué planes tienes para esta noche? —le preguntó—. ¿Vas a quedar con Cam?

—Nah —dijo Nate.

La forma en que lo dijo, casi demasiado casual, hizo que le echara un vistazo.

—¿Va todo bien?

Nate se encogió de hombros.

—No lo sé.

Miller removió el estofado y separó los trozos de zanahoria congelada de la carne.

—Bueno —dijo ella—. Puede ser difícil para la gente de tu edad, ya sabes, lo de qué hacer después. ¿Dick mencionó que Cam va a ir al colegio universitario de Longwell? Tal vez esté nervioso por eso, por todos los cambios.

—Puede ser —dijo Nate—. Aunque creo que no va a ir.

—¿En serio? ¿Y qué va a hacer? —Puso el fuego al mínimo.

—No lo sé, mamá. Siento como que ya no lo conozco.

—Yo no me preocuparía —dijo Miller—. Las amistades son un ciclo.

—¿Como Olly y tú?

Miller apagó el fuego.

—¿Puedes sacar un cuenco del armario?

Nate buscó el cuenco mientras ella le servía parte del estofado, y después ambos se sentaron a la mesa: él con su comida, ella con su vino.

Miller observó la forma tan salvaje en que comía, los músculos de los antebrazos bronceados entrando en acción mientras usaba la cuchara, el pelo que le caía ante los ojos... Recordaba cuando aún era pequeño, con su pelo rubio y esponjoso, como un patito o la cabeza de un pollito, siempre aplastado en la coronilla. Y la forma en que se comía la fruta con avaricia: arándanos, frambuesas, trozos de pera... Se los iba metiendo en la boca uno a uno y los masticaba de manera ruidosa. Era extraño e inquietante ver al chico joven que había en su lugar, pero con los mismos gestos que aquel niño.

—¿Quieres ver una película? —preguntó Nate cuando hubo terminado.

Le pareció adorable que ni siquiera se le ocurriera que quizás ella sí que tenía planes. Para él, Miller era la misma persona que siempre había sido: inmutable, aburrida y un sitio seguro.

Una parte de ella quería quedarse así para él para siempre, aunque sabía que aquello era imposible.

—Claro —le dijo—. ¿Qué te apetece ver?

Nate se levantó y fue hacia la sala de estar. Cuando regresó, tenía en la mano una cinta de vídeo: *Une femme est une femme*.

Ella sonrió.

—Llevo veinte años sin ver eso —le dijo—. Todas queríamos ser como Anna Karina.

—Godard es un genio —dijo Nate.

—Ve y prepárala, voy a hacer unas palomitas —dijo Miller.

Miller metió las palomitas, añadió mantequilla derretida y sal en un cuenco marrón que tenían de toda la vida, y se lo llevó a la sala de estar. Nate ya había metido la cinta y estaba sentado en el sofá de color verde oscuro. Ella se sentó a su lado, y cuando Nate se echó hacia atrás contra ella, Miller le puso la mano en el cuello, como había hecho tantísimas otras veces antes. Nate le dio a reproducir.

La película era una comedia alegre y estrafalaria sobre una mujer, interpretada por Anna Karina, que quería un bebé. Cuando su marido se negaba, ella dormía con su mejor amigo, interpretado por Jean-Paul Belmondo. Por supuesto, acababa acostándose también con su marido. Así que, de alguna forma, en el mundo de la *nouvelle vague*, todo salía bien al final.

De vez en cuando Nate se incorporaba y le decía de forma animada: «Esta es la mejor parte». Cuando el marido y la mujer se limpiaban la planta de los pies antes de meterse en la cama, teóricamente para quitarse el polvo y la suciedad del suelo; o cuando tenían una discusión en silencio, que llevaban a cabo señalando títulos de libros: *Monstruo*, *Verdugo*, *Momia peruana*...

Cuando terminó la película, Miller dijo:

—Se me había olvidado de qué iba.

—¿Quedan palomitas?

Miller miró el cuenco.

—No.

Nate se levantó del sofá y se tumbó en la alfombra para estirarse.

—¿Crees que todas las mujeres quieren hijos? —le preguntó.

—No, claro que no —le dijo ella.

—¿Tú siempre supiste que querías hijos?

Ella se encogió de hombros.

—Era muy joven cuando te tuve. Solo tenía veinticuatro años, ¿sabes?

—¿Eso es muy joven? Siento que es una edad normal.

Miller se rio.

—A mí me pareció que era joven. Espera a tener veinticuatro años y ya me dirás —le dijo.

Nate rodó para darse la vuelta y la miró.

—Bueno, ¿qué pasa entre papá y tú?

—¿A qué te refieres?

Nate se rio por la nariz.

—No soy tonto, mamá.

Miller sonrió.

—No, ya lo sé. Aunque a veces me gustaría que lo fueras un poquito.

Miller limpió las palomitas que habían caído al sofá y las echó en el cuenco.

—¿Entonces no me vas a contestar?

Miller suspiró y se deslizó para sentarse junto a él en el suelo. Miró a Nate, a su hijo, su preciosísimo hijo. Le puso la mano de nuevo en el cuello y enroscó un mechón de pelo rubio con los dedos.

—Tu padre y yo llevamos juntos mucho tiempo, y eso no siempre es fácil. Las cosas se complican. Pero ambos te queremos muchísimo.

—Mamá, puedes saltarte el discursito de *Barrio Sésamo*.

—No te hagas el listillo, Nate —le dijo.

—¿Lo sigues queriendo?

Aquella, por supuesto, era la pregunta más difícil de todas. La que prefería no tener que responder.

—Mamá. —Nate la miró con sus ojos azules, una mirada estable e intensa—. Sé sincera.

—Cariño, tu padre es mi familia. Siempre lo ha sido, eso no va a cambiar. Hay cosas que... —Guardó silencio—. Hay cosas que querría explicarte, pero ahora no es el momento adecuado. Aún no.

Nate la miró fijamente durante un segundo, y se preguntó si estaría esperando a que siguiera hablando. Pero entonces simplemente asintió, como si hubiese aceptado que aquello era suficiente. Miller se sintió aliviada. No quería mentirle a su hijo, pero tampoco quería tener una conversación y arriesgarse a confundirlo más y causarle más dolor. La historia, su historia, tenía que contarla con cuidado, de forma honesta y total. Nate se lo merecía. Y no quería que nadie más lo hiciera por ella.

—Creo que deberíamos ver otra película —dijo ella.

—¿Sesión doble? Qué valiente, mamá.

Ella se rio. Mientras estaban allí sentados, de noche, con las lámparas de la sala de estar encendidas, con sus cuadros de caza ya familiares y el sonido del exterior que se colaba por las ventanas de mosquitera, con las imágenes sucediéndose una tras otra en el cristal convexo de la televisión, se preguntó cuánto de su amor por Olly y por Ash se habría enroscado alrededor del jovencito que había sentado a su lado. Y se preguntó cómo se sentiría ella si Olly estuviese allí con ellos, o si Ash estuviese allí.

SEGUNDA SEMANA

Billy Budd estaba dando su paseo diario. Había desayunado (gachas de avena y leche), había planchado su traje, se había puesto un vistoso pañuelo de seda en el cuello, y se sentía alegre y ligera mientras caminaba y movía los brazos bajo el agradable aire de verano. El cuerpo de Billy Budd, con su fuerza y belleza, sus líneas fluidas y ágiles, como mercurio, era algo extraordinario que usar para caminar, y no se cansaba de ello. Billy se aseguraba de cambiar la hora de sus salidas de un día para otro, para así no ver siempre lo mismo. Como se solía decir, en la variedad estaba el gusto.

Ese día se dirigía al puerto; era uno de sus sitios favoritos, ya que le encantaba ver a los marineros, la maravillosa diversidad de hombres que venían en todas las formas y tamaños... Llegaban de puertos que iban desde Islandia hasta los mares del sur. Algunos llevaban pieles de foca y gorros de castor, y otros, aros de oro que les temblaban en las orejas, o turbantes sobre la cabeza. Otros iban desnudos de cintura para arriba, con pieles de diferentes tonos, y otros tatuados de la cabeza a los pies: la gloria del sol, la gloria de la luna, la gloria de las estrellas. Y en especial le gustaba hablar con el hombre que estaba al cargo de todos ellos: Rodrigo. Y también le gustaba ver el antiguo barco. Envidiaba a todos los que estaban a bordo de ese barco: le gustaría estar a bordo del *Pequod*, oler el aire desde la cubierta, ponerse sobre el guardamancebo con el fuerte viento de cara, flotar sobre el precioso clima de las encantadoras aguas calmadas de los mares tropicales. Zarpar, para seguir siendo Billy Budd para siempre.

Había adoptado la costumbre de llevarse algún recuerdo de los lugares en los que se reunían los marineros: la Posada del Surtidero, el puerto... Eran cosas pequeñas: trozos de marfil, y cosas así. Billy sentía con todo su ser que aquello le pertenecía a ella, eran partes de ella, y ni siquiera era robar. Dios lo entendería.

La última vez que había ido al puerto había hablado con Rodrigo. ¿Cuándo había sido? ¿Unos días atrás? ¿Unas semanas? El tiempo había comenzado a perder su significado para Billy. Él estaba ya acostumbrado a ver a Billy, y siempre que podía se paraba a charlar con ella. Se le habían quedado grabadas sus últimas conversaciones.

Habían hablado al principio de cosas intrascendentes, como la belleza del plumaje de los gorros, o preguntas sobre la forma de hablar simple de los cuáqueros. Y entonces, Billy le había preguntado:

—¿Qué va a cazar en su barco?

—Ah, ¿usted también siente curiosidad por la ballena?

Billy se rio.

—¿Va a cazar ballenas? No creo que encuentre muchas en estas aguas tan poco profundas.

Rodrigo hizo una pausa y miró a su alrededor.

—Le contaré un secreto —le había dicho casi en un susurro—. No busco ballenas. Busco el amor, y la hermandad. —Le guiñó un ojo—. Pero no estoy seguro de si el mundo está preparado para ello.

—Un gran poeta escribió una vez que nada es más grande que la naturaleza del amor robusto. Lo demás llega solo.

—Uhmm. —Rodrigo asintió—. Bueno, no estoy seguro de si mi productor estará de acuerdo con ese poeta.

—No se preocupe. Dios sigue hablándonos, a través de la poesía y del arte. —Esbozó una sonrisa.

Rodrigo se puso recto y le echó una mirada a su grupo de marineros.

—La voz de Dios, ¿no es así?

—Bueno —le había dicho Billy—. Creo que todo se resolverá. Variedad. Eso es lo que hace falta. —Le dio unos golpecitos en el hombro—. Rezaré por usted.

Supo que aquellas palabras procedían de Tassie, ya que Billy era analfabeto y no era muy dado a pronunciar discursos. Seguía siendo todo un misterio para ella el hecho de que pudiera ser una persona y también la otra. Como un trozo de tela que había sido remendado con un hilo nuevo y brillante. O quizás era que ambos se estaban fundiendo más y más rápido, como el agua que desaparecía por un desagüe.

Ese día, cuando Billy llegó al puerto, Rodrigo estaba dirigiendo a la gente hacia los barcos. Iban a ir al *Pequod*. Lo estudió desde la distancia. *Obedece a la luz.*

Vio al chico, Nate, que recogía las cosas tras ellos. No había duda de que aquel era el hijo de Miller; era su hijo de los pies a la cabeza. Lo observó un rato desde la distancia, y después continuó su camino.

Caminó hasta volver a la carretera circular, y giró hacia la derecha hacia la calle principal. Pasó frente al cine (en la época de Tassie simplemente había sido un aburrido ayuntamiento, donde los habitantes mayores de Wonderland se reunían para resolver pequeñas disputas que surgían de vez en cuando: quién había construido una valla sobre la línea de la propiedad de otro; cómo deberían distribuirse los fondos para educación donados por Annie Oakley (francotiradora, cuáquera, filántropa) entre el colegio y el instituto; cuántos impuestos deberían imponer para asfaltar las calles... Pasó frente a la tienda de segunda mano, y vio a la vecina de Miller y Ash, la mujer con un casco oscuro por pelo y la expresión triste en el rostro, que estaba colocando los pares de zapatos usados en una mesa bajo el sol. Ese día tenía cierto resplandor en ella. *Señales*, pensó Billy. Había señales en todas partes.

El día era precioso, con pequeñas nubes que parecían el humo de una pipa adornando el cielo azul mientras Billy caminaba moviendo los brazos. Al llegar a un cruce, Billy vio la carretera circular al final de la calle, y al otro lado, la casa de reuniones, que estaba rodeada por una parcela de tierra donde crecían el pasto y las flores salvajes. Más lejos aún estaba el instituto, y tras eso, al filo de la playa de las Dunas, estaba el viejo cementerio.

Billy cruzó la carretera circular y entró al pequeño campo, donde tocó el extremo de las varillas de pasto con los dedos. Las varillas aún no estaban ennegrecidas por el sol, y la parte superior parecía un cúmulo de pelaje. Solo había dado unos cuantos pasos cuando lo vio, tumbado algo más adelante, a las puertas del cementerio. Estaba totalmente recostado, oculto casi por completo por la hierba alta, y tenía la mirada puesta en el cielo. Era el niño que no podía llorar. Durante un momento pensó que estaba muerto, pero entonces vio que movía una pierna.

Se escuchaba algo de música. Bach, *Canon en re mayor*. A la madre de Tassie le encantaba Bach. De hecho, amaba toda la música. Y, tras insistirle y rogarle mucho, su madre había convencido a su padre para que le comprara un gramófono. Su padre era algo escéptico acerca de ese tipo de entretenimientos, pero quería mucho a su madre. Y, desde ese momento, la música había llenado aquella casa en la calle Foster.

Billy observó al chico desde la distancia. O, mejor dicho, al jovencito. Lo había visto en sus paseos, más recientemente en sus incursiones nocturnas. Al igual que Billy, parecía gustarle deambular, y no parecía tener mayor propósito que el de poner un pie delante del otro. Al principio se preguntó si caminaba sonámbulo, pero de vez en cuando se sentaba y se agarraba la cabeza como si le doliese, y se quejaba en voz baja. En aquellos momentos parecía estar muy despierto. Billy suspiró. Había tantas cosas que estaban conectadas, que en ocasiones a Billy le costaba entenderlo todo.

Echó a andar hacia la casa de reuniones. Una chica pasó con su bicicleta, y giró frente a ella para recortar por el pequeño campo. Billy se paró para observarla, y se tapó el sol con la mano. La chica tenía el pelo muy corto y negro, y pasó con la bicicleta tan cerca del chico tumbado sobre la hierba que Billy pensó que quizás iba a pasarle por encima. Pero la chica pareció no darse ni cuenta, y simplemente mantuvo la mirada fija hacia delante mientras pedaleaba hacia la playa.

Después de que hubiese pasado junto a él, el chico se levantó y la observó alejarse en su bicicleta. Eran como una especie de cuadro: Billy observaba al chico, que observaba a la chica, como un cuadro a medio recordar. Una vez que la chica hubo desaparecido, Billy se giró y continuó su camino hacia la casa de reuniones.

La casa de reuniones llevaba sin usarse años, y tenía las persianas blancas cerradas ante el mundo exterior. Aunque el pueblo tenía cuidado de no dejar que cayera en el abandono total. Si cerraba los ojos, aún podía ver y sentir la forma en que había sido antiguamente: las motas de polvo que llenaban el luminoso aire, el silencio que era como una clara campana por sus atributos intensos y fuertes.

Tassie había creído toda su vida en la Sociedad de los Amigos, en la luz interior, en la experiencia directa y sin mediador de Dios. Tal y como su hermana y sus padres, y los padres de estos a su vez. Practicaban la veneración paciente, se juntaban en silencio, escuchaban la pequeña y baja voz que les hablaba. De joven, jamás habría podido creer que Wonderland dejaría de ser algún día un fuerte cuáquero, y que cerraría su lugar de veneración a falta de una congregación.

Había ocurrido poco a poco, conforme el tiempo pasaba a su lado. La hermana de Tassie, Eleanor, había muerto y le había encargado a Tassie que cuidase de Gweny, que tenía quince años. La Primera Guerra Mundial ya se había llevado al padre de Gweny antes de que su hija naciese siquiera.

Y para cuando Gweny creció, la población de los Amigos se había reducido a menos de la mitad de la isla. Incluso la mismísima Gweny había dejado de ir a las reuniones en ese momento. Aquello había decepcionado mucho a Tassie en ese entonces, pero entonces cuando se preguntó a sí misma ciertas cosas, se dio cuenta de que había sido una tonta al pensar que podría haber ocurrido de otra manera. Su sobrina siempre había sido una jovencita insustancial de una forma tangible. Así que, dos años más tarde, Gweny se enamoró de un inútil vendedor ambulante que fue a morirse menos de dieciocho meses después. Tassie había aceptado en ese momento que aquello eran gajes del oficio, era la geografía volátil de la vida de Gwendolyn Lane, Curtis de apellido de soltera. Para cuando Gweny se quitó la vida, parecía ser algo inevitable. Aquello no significaba que Tassie no la hubiese querido con todo su corazón, pero Gweny siempre había sido como humo: siempre en proceso de desaparecer.

Olly había sido diferente: más intenso, más nervioso, más comprometido con el mundo que su madre. Así que Tassie se aseguró de llevarlo con ella a rezar a la casa de reuniones, de hablar con él sobre la práctica de la fe, y creía de forma férrea que aquello no solo haría que tuviese los pies en la tierra, sino que le otorgaría la paz interior. «Obedece a la luz», le decía cuando le daban ataques de ira o desesperanza. Y, tal y como había deseado, Dios le había hablado en esos momentos. Sabía que él no lo describiría de esa manera ahora, pero, para Tassie, la música que había en la mente de Olly era la forma particular de revelarse la verdad de Dios para él.

Billy miró la casa de reuniones, inhóspita y solitaria entre la hierba y bajo el implacable sol. Como un barco en un mar demasiado brillante. Había otra al otro lado del puente, y los cuáqueros que aún quedaban en Wonderland se reunían allí. Tal y como había hecho Tassie antes de marcharse a Entre Estrellas.

Aún lo recordaba, a Claggart observándola. La había observado a todas horas desde que había llegado a la residencia de mayores. Hablaba con los demás en susurros sobre ella, le enseñaba los dientes cuando sonreía de forma hipócrita. No se había dado cuenta al principio de lo que era, pero cuando comenzó a acusarla de cosas que no había hecho (pequeñas quejas al principio, y después, infracciones más serias), entendió que estaba preparando el terreno para que nadie la creyese. El personal de Entre Estrellas inspeccionaba la habitación de Tassie de forma regular, ya que habían sido convencidos de que robaba cosas: medicación, tonterías, cosas que Claggart probablemente había robado él mismo.

Comenzó entonces a tener pesadillas, a temer cada vez que giraba una esquina o daba un paseo por uno de los caminos vacíos del terreno. Pero entonces recordó lo que su padre siempre decía: «No sirve de nada estar asustado, pero sí que recompensa estar preparado». Así que entonces sí que robó algo: un cuchillo de pelar de la cocina. El puño suave y negro la calmaba. Cuando Claggart al fin fue a por ella, de noche mientras dormía, como sabía que haría, le cubrió la boca con una mano mientras con la otra le arrancaba la parte inferior de su camisón. Sus intenciones estaban claras, pero ella estaba preparada. Solo habían bastado unas rápidas puñaladas con el cuchillo para hacer que rodase fuera de la cama, gritando de sorpresa y dolor.

Por supuesto, le había contado al personal que ella había ido a por él a su habitación, y que había sido ella la que lo había atacado a él sin ninguna provocación. Y le habían creído. Ya pensaban que ella no traía más que problemas. Además, nadie quiere creer que el abuelito tan amable que ves cada día podría ser tu vecino el violador.

Y cuando Ash la había rescatado y estuvo por fin a salvo, Billy Budd acudió a ella.

Billy se sentó sobre la hierba y apoyó la espalda contra el suave y gris listón del edificio. Se sacó del bolsillo una pera y un trozo de queso. Le dio un mordisco a la pera, que estaba dulce, casi demasiado, y después le dio un bocado al queso salado. Alternó entre los dos hasta que se los acabó ambos. Después se tumbó, y vio las nubes pasando por el cielo. Sentía que casi podía quedarse dormida, y sonrió para sí misma. La última vez que Billy había ido allí, se había quedado dormida, aunque se había adentrado más en el campo. Había sido al final de la tarde, y cuando se despertó los había visto contra el lateral de la casa de reuniones: Olly y Miller, enroscados. Miller tenía el vestido arrugado alrededor de las caderas, y Olly tenía los pantalones por los tobillos. No había sido capaz de escuchar lo que se decían, aunque quizá las palabras no tuvieran demasiada importancia. El acto en sí mismo era lo importante, y parecía tanto sagrado como profano.

La había conmovido verlos, y después de que se marcharan cada uno en una dirección, Billy se quedó allí tendida y pensó en el amor. Billy no sabía nada sobre amor, pero Tassie sí había estado enamorada en una ocasión cuando era joven. Barbara Vere había sido su mejor amiga. Era preciosa, aún recordaba las medias de color verde y con lazos que llevaba por todo el pueblo, y que su abuelo, un pez gordo de Wonderland, le había traído desde París. Aquellas medias causaron un gran revuelo entre los otros Amigos, pero Tassie pensaba que eran espléndidas. Y Barbara y ella juraron no separarse jamás, construir una casa juntas, y vivir entre prendas de seda y satén, entre música y flores hasta ser ancianas. Aún recordaba el tacto de los labios de Barbara contra los suyos, su olor a agua de rosas y aceite de lavanda con el que planchaban su ropa. A Barbara la volvía loca la astrología, y recortaba a escondidas el horóscopo de los periódicos de su padre; luego llevaba los recortes al Pequeño Bosque, donde se los leía a Tassie mientras ella tenía la cabeza echada sobre el regazo de Barbara.

A los diecinueve años, Barbara accedió a casarse con un primo tercero suyo, que vivía en el estado de Washington. Lo anunció con una sonrisa espléndida en sus cremosos y preciosos labios, pero las palabras atravesaron el corazón de Tassie como un cuchillo sobre mantequilla fundida.

Barbara resultó ser una mujer bastante tonta; la astrología tan solo había sido la punta del iceberg. Tassie descubrió aquello a través de las cartas que Barbara le escribiría durante toda su vida. Llegó a un punto en el que Tassie comenzó simplemente a echarlas en la basura nada más recibirlas, en lugar de leer carta tras carta sobre su masajista, o sobre el chamán con el que había consultado acerca del movimiento de los planetas, y sobre lo que aquello significaría para la siguiente compra electrónica de Barbara.

Aun así, nadie se había comparado con Barbara ni con sus medias con lazos, ni con sus labios con arco de Cupido, ni con su olor a rosas y a lino calentito. Lo sagrado, y lo profano.

Estaba claro que Miller y Olly se sentían igual: nada jamás había llegado a ser como lo que habían experimentado cuando estaban juntos. Era una maldición en cierta manera, que tu primer amor sea el mayor, y el más profundo. Arruinaba a una persona, la atrapaba y la ataba. Ellos dos parecían destinados a dar vueltas el uno alrededor del otro de forma continua durante toda su vida, sin ser capaces de encontrar la forma de deshacer el nudo.

En cuanto a Ash, Billy lo había visto a veces en el exterior de su casa, respirando hondo o caminando descalzo por el jardín. Pero Ash era pragmático, y había una gran fuerza en ello, en ser capaz de alejarte y ver claramente cuando algo realmente se había acabado. La forma en que Tassie había sido capaz de ver a Barbara con claridad al final. De todas formas, no le preocupaban Miller ni Ash, sino Olly.

Olly, el pequeño niño huérfano, tan destrozado tras la muerte de Gweny. Ella, que le sostuvo la mano hasta que Olly no quiso ya que lo agarraran, quien creció y se enamoró, y se enfadó, y se marchó. Cómo lo había echado de menos mientras había estado alejado, cómo se alegraba de que hubiese vuelto. Había tantos de estos niños perdidos y huérfanos en Wonderland, como en un cuento de hadas: Gweny, Olly, el chico del campo. Y, a su manera, Nate.

Pero Olly era su niño. Y Olly fue el lugar hacia donde Billy Budd caminó. Olly era el destino de Billy.

TERCERA SEMANA

Bajo la tenue luz de la habitación de Jess, con las cortinas cerradas, Cam se levantó y se puso los vaqueros y se metió la ropa interior en el bolsillo trasero. Jess se quedó tumbada en la cama mientras se fumaba un porro y se bebía un refresco. Ella lo observó, pero no dijo nada.

Aquello lo alivió, y se preguntó si conseguiría salir de allí sin tener que decir nada de nada. Cada vez que hacían aquello, se sentía peor. No dejaba de pensar que quizá le haría algo, que lo vaciaría por dentro y eliminaría todos aquellos sentimientos tan oscuros, que le refrescaría el cerebro… Pero después, aquel vacío que sentía era de los malos, de los que parecen no tener un fondo.

Cada vez, se juraba a sí mismo que no volvería a hacerlo.

Se puso la camiseta y metió los pies en las sandalias. Ahora llegaba el momento en que tendría que girarse y mirarla, y pensar alguna manera de salir de allí.

—Ha estado bien —le dijo ella.

Cam trató de sonreír.

—Sí —le dijo. Cuando ella no dijo nada siguió—: Ya, bueno. Gracias, por… —Inclinó la cabeza.

—Joder, Cam —dijo ella—. Se te da de maravilla hacer que me sienta como una mierda.

—Lo siento —dijo él—. Perdona. ¿Qué quieres que diga?

Ella suspiró y soltó la ceniza del porro.

—Nada, olvídalo. Todo bien, solo… —Lo miró y negó con la cabeza—. Nos vemos luego.

—Sí —dijo él—. Hasta luego.

Así que se apresuró a salir de la habitación, a bajar las escaleras y a abandonar la casa antes de que pudiese pasar nada más.

Cuando llegó al coche, se dio cuenta de que no tenía las llaves; debía de habérselas dejado en el cuarto de Jess. No iba a volver ahí dentro, así que se metió las manos en los bolsillos y echó a andar a casa. Además, no es que estuviese demasiado lejos. La única razón por la que había aparcado allí era porque Jess había querido ir a una cadena de restaurantes de Longwell; decía que tenía un antojo de comerse un sándwich de jamón, queso y huevo. Cam la había observado zamparse el empalagoso sándwich de huevo con el queso que se le quedaba pegado a los labios. Después, la había llevado a casa.

Cuando Cam volvió a la rectoría, su padre estaba esperándolo allí.

—Ah, ya has vuelto —le dijo—. Necesito que me prestes el coche.

—No está aquí —le dijo Cam.

—¿Dónde está?

—¿Qué pasa?

—Le he prestado el mío a la señora Cuthbert, y… La policía de Longwell me ha llamado, creen que tienen algunas cosas que pertenecen a la rectoría, quieren que vaya a verlas. —Su padre dejó de hablar y se pasó la mano por el pelo—. Bueno, ¿dónde está tu coche?

—Voy a por él —dijo Cam—. Lo acabo de dejar en casa de Jess.

Su padre alzó las cejas.

—Iré a por él —repitió. Salió por la puerta y comenzó a andar por la entrada.

Desde el otro extremo de la calle de la Iglesia, vio a Jess caminar en su dirección con las llaves de su coche colgadas de la mano.

Se reunió con él al final de la entrada.

—¿Se te ha olvidado algo?

—Gracias —le dijo, alzando la mano para agarrar las llaves—. Estaba a punto de ir a por ellas.

Jess las apartó en el último momento.

—¿En serio? Porque parecía que no podías esperar a irte a toda pastilla. Ni siquiera te ha dado tiempo a ponerte los calzoncillos.

Cam sintió que le ardían las mejillas.

—Solo necesito las llaves.

—Hola, Jess.

Cam se giró y vio que su padre lo había seguido desde la casa. Bajó la mirada hacia sus pies.

—Hola, reverendo Cross —lo saludó Jess—. Cam se había dejado las llaves en mi casa.

—Ah, ¿sí? —Pasó la mirada de uno al otro—. Bueno, pues gracias por traerlas. Estoy en un pequeño lío automovilístico, por así llamarlo.

Jess se rio un poco, probablemente por pena.

—Me alegra poder seros de ayuda —le dijo ella, aún con las llaves en la mano—. ¿Qué ocurre?

—Ah —dijo el señor Cross—, pues que una pobre alma, al parecer un vagabundo, ha muerto, y la policía ha encontrado cosas en su poder que yo había denunciado como robadas hace ya tiempo. ¿Hace como unos diez años, quizá? Pero estaría bien recuperarlas, si son lo que creen que son. Solo necesito ir un momento a la estación de policía de Longwell para confirmarlo. Y, no te lo vas a creer, le he dejado mi coche a un parroquiano.

Jess rodeó a Cam y le dio las llaves a su padre. Cam trató de controlar su mal genio.

—Bueno, pues nos vemos luego, Cam —le dijo Jess, tocándole con cuidado el bíceps.

Sentía que su padre estaba mirándolo fijamente.

—¿Sabéis? —dijo Cross—. Me vendría bien algo de compañía, ¿por qué no os venís los dos conmigo? Así podéis contarme qué hacéis últimamente. Hace mucho que no charlamos.

—No creo que… —comenzó a decir Cam.

—Sí, me encantaría —dijo Jess, y meneó las cejas mientras miraba a Cam.

Cam encendió la radio de Wonderland mientras atravesaban el pueblo en coche, y esperó que aquello disuadiera a su padre de hacer demasiadas preguntas. O de que Jess dijese... Bueno, cualquier cosa. Después de un anuncio del supermercado del barrio, comenzó a sonar un sintetizador, y una percusión que se asemejaba a un reloj, seguida de la triste y taciturna voz de Cyndi Lauper. De repente, Cam ya no estaba en el coche.

Lyin' in my bed, I hear the clock tick and think of you...

Estaba con Suki, estaba en su cama con ella, de noche; en un campo, y sus piernas desnudas pedaleaban al pasar junto a él. Su falda amarilla revoloteaba y se veía su ropa interior blanca, mojada sobre el borde de la banda elástica; la observaba en la pista de tenis, con su largo pelo recogido en una coleta que se balanceaba de un hombro a otro mientras golpeaba la pared de práctica. *Tictac, tictac.* Estaba con ella cuando iba a ver una película (*Sixteen Candles*), y la observaba desde un par de filas más atrás mientras comía chocolate con menta y se bebía un refresco; con ella en los pasillos del instituto Annie Oakley, mientras los chicos apoyaban los brazos sin cuidado alguno contra las taquillas por encima de sus cabezas cuando ella pasaba por su lado. Estaba colmado con todo el anhelo que había soportado en silencio, durante años.

Su padre bajó el volumen de la radio mientras cruzaban el puente.

—Parece algo lúgubre —dijo con una sonrisa.

—Ah, Cyndi Lauper es superguay, reverendo Cross —le dijo Jess—. Escribe ella misma muchas de sus canciones, trabajó en una cadena de restaurantes y se marchó de casa a los diecisiete para estudiar arte. Vivió en el bosque con su perro en Canadá. Es básicamente mi heroína.

El reverendo se rio.

—Vaya, no sabía todo eso, Jess. Suena... vivaz.

—Está que arde.

—Que arde, ¿eh?

Cam quería fundirse contra el asiento, pero en su lugar, miró por la ventana. Pasaron por el restaurante en el que habían comido Jess y él hacía unas horas, un restaurante chino, y una lavandería antes de que su padre girase para meterse en el gris aparcamiento de la estación de policía de Longwell.

—Podéis esperar en el coche —les dijo.

—¿Puedo ir con usted? —preguntó Jess—. Nunca he estado dentro de una estación de policía.

—Bueno, demos gracias a Dios por eso. Pero sí, claro, supongo que no hay problema.

Cam no quería dejar a Jess a solas con su padre, así que salió con ellos y caminaron por el abrasador asfalto hasta el bajo y gris edificio de piedra.

Un joven policía los llevó a una habitación, donde había numerosos objetos esparcidos en una gran mesa.

—Encontramos esta taza de plata que tiene el nombre de su iglesia inscrito en ella, y supusimos que era mejor llamarlo.

El padre de Cam la levantó y la hizo girar en la mano.

—Sí —dijo—, esto pertenece a nuestra iglesia. Fue un regalo de nuestra congregación hermana en Escocia, cuando se fundó la primera iglesia presbiteriana en Wonderland. Es importante para mí, gracias por devolverla.

—Sí, por supuesto —dijo el policía—. Échele un vistazo y mire a ver si ve algo más. Parece que este tipo llevaba años robando en las iglesias de por aquí.

El padre de Cam alzó una ceja.

—Pero no vendió nada de esto —dijo—. Tal vez solo era un alma perdida que buscaba el consuelo en Dios.

—No lo sé, reverendo. Cuando yo busco el consuelo de Dios voy a la iglesia, no la robo.

—«El Señor redime el alma de sus siervos; y no será condenado ninguno de los que en Él se refugian». —El señor Cross observó las cosas que había sobre la mesa. —Esta biblia —dijo mientras tocaba una biblia de cuero—. Me la regaló mi esposa. Es una biblia real de pastor. Me preguntaba qué habría pasado con ella. —La alzó y abrió una página. Se cayó de su interior una foto: una pequeña fotografía de escuela laminada, de Cam en sexto de primaria. Su padre la alzó y la miró—. Qué extraño —dijo mientras giraba la foto.

Cam iba a vomitar. De hecho, se percató de que iba realmente a vomitar en ese momento, así que salió de la habitación a toda prisa, recorrió el pasillo y fue hasta el aparcamiento, donde vomitó sobre el asfalto. Después se sentó repentinamente y se agarró la cabeza con las manos para evitar que le diese vueltas.

Jess salió y se sentó junto a él.

—¿Estás bien? —Le acarició el hombro, y el contacto lo hizo gritar internamente.

—Sí —le dijo—. Debe de haber sido por la comida. —Pero no podía ni mirarla.

—Pero tú no has comido nada.

Unos minutos después salió su padre.

—Creo que es algo que habré comido —dijo Cam mientras se levantaba.

—Vale. Bueno, pues vamos a llevarte a casa. Solo tengo que firmar unos papeles y podremos irnos.

Durante el viaje de vuelta, Cam sacó la cabeza por la ventana del coche, como si fuese un perro.

—Ese pobre hombre —decía su padre—. Morir solo, de esa manera… Espero que encontrase a Dios. Espero que conociese a Dios. ¿Sabéis? Es muy posible que sintiese que era demasiado miserable para vivir en la sociedad, y se llevase esas cosas para sentirlo cerca a Él. —Suspiró—. Rezaré por él.

Cam cerró los ojos. Su padre siguió y siguió hablando sin decir absolutamente nada. Y, joder, ¿se callaba alguna vez?

Jess estaba en el asiento de atrás, en silencio.

Cuando volvieron a la rectoría, Cam salió a toda prisa del coche y se apresuró a subir las escaleras y entrar al silencio de su habitación. Se tumbó en la cama y, por primera vez en muchos, muchos años, puso su cara de llorar, aquella que tan bien había aprendido a esconder. La expresión fea, la que estaba llena de rabia, dolor y odio. Pero no le importaba, ya que no había nadie allí que pudiera verlo. No había nadie.

Todos aquellos años, había pensado que ella volvería para comprobar si estaba bien, para cuidarlo. Se había convencido a sí mismo de que la única razón por la que se había marchado de nuevo era porque necesitaba esperar al momento adecuado, o porque tenía miedo.

Un día, hacía ya años, se había llevado aquella biblia negra de piel de ternero y la había dejado en la puerta de la habitación que había encima del garaje, porque había pensado que quizá necesitara consuelo. En el interior, había metido una foto suya con una nota que decía: «Para ti. Con amor, Cam».

Sin embargo, unas semanas después, la comida que dejaba allí dejó de desaparecer. Cuando comprobó el interior de la habitación, la biblia y la foto se habían esfumado. Así que pensó: *Ya volverá. Me quiere, volverá a por mí algún día.*

Cam estaba fuera de la iglesia. Miraba fijamente sus columnas neogriegas blancas, que resplandecían bajo la ardiente luz. Se rascó el hombro a través de la camiseta, ya que le dolía por la exposición al sol. Después de trabajar como socorrista, la piel se le despellejaba con facilidad en la ducha en pequeñas bolitas grises, y le dejaba trozos de piel en carne viva que le escocían.

Subió lentamente las escaleras hacia la fría quietud de la iglesia presbiteriana. Las vidrieras, las cuales habían comprado y pagado gracias a un congregante años atrás, proyectaban sobre el suelo de madera una luz azul, y el olor tan familiar a polvo y a algo ligeramente dulce (a un producto para limpiar los muebles, otro para la madera, y a biblias de cuero) lo envolvían por completo.

Su padre estaba sentado en un banco en el centro, rezando. Cam se acercó a él, pero el hombre se mantuvo en silencio.

—¿Dónde está, papá?

Su padre alzó la mirada, sorprendido.

—¿Quién?

—Mi madre.

El reverendo suspiró y apoyó las manos en el regazo.

—¿De verdad quieres hablar sobre esto, Cam?

Cam lo miró, y después dirigió la mirada hacia el atril y el antealtar.

—Sí.

Todo era un desastre, todo era terrible y oscuro, pero sabía en lo más profundo de su corazón que, si encontraba a su madre, hallaría un camino para salir de aquello.

—La verdad es que… —dijo su padre, pero entonces paró—. ¿Sabes? Cuando conocí a tu madre, me dijo que no tenía familia alguna, que habían fallecido todos. Así que no hubo a nadie a quien llamar… después.

—¿Sus padres habían muerto?

—Eso fue lo que me dijo.

—¿Crees que mentía?

—Tu madre era una persona muy afligida, Cam, y no quería hacer que estuviese más triste entrometiéndome o… Haciéndole sentir que debía desconfiar de mí, supongo.

Cam había escuchado aquello antes, o una variación de ello. Pero ese día odió a su padre por hablar de ella de esa manera, como si fuese imperfecta, o tuviese de alguna forma la culpa. Ahora sabía, por su propia infelicidad, que era su padre el que tenía la culpa. Él era el punto en común.

—Voy a encontrarla, con tu ayuda o sin ella.

—Mira, hijo… —Sintió que su padre le ponía la mano en el hombro, y sabía que lo estaría mirando, pero Cam no podía girar la cabeza; no podía apartar la mirada de la ventana rosa tras la mesa de la comunión. Azul y verde, una y otra vez—. Cuando se marchó, lo hizo para no… Para no hacer algo malo, para no hacerte daño. Te quería, e hizo lo que tenía que hacer por nuestra familia. Y respeté su decisión. No habría servido de nada arrastrarla a una situación que habría resultado peligrosa y desdichada para todos.

—Así que no lo sabes. No sabes lo que le pasó.

Tendría que empezar entonces por otro lado.

Su padre hizo una pausa.

—Hubo una carta.

En ese momento, Cam sí que lo miró.

—¿Te envió una carta?

Solo con pensar en leer las palabras de su madre, en ver su letra, sentirla…

—No, no exactamente.

—¿Qué quieres decir con eso? —Quería agarrarle la boca a su padre y hacer que la moviese para que le dijese las palabras que necesitaba escuchar.

—No me envió la carta. Un primo de ella me la envió, después de…

—¿Después de qué, papá?

Su padre lo miró, con una mirada paciente y buena, la mirada que usaba con sus feligreses más ancianos.

—Está muerta, Cam. Se quitó la vida hace años. Y me escribió una carta, una especie de carta de despedida.

Cam sintió que se le encogía la cara, entrecerró los ojos y sintió aquella fealdad y aquella soledad en su interior. No quería creer a su padre, pero sabía que era cierto. Era la cosa más cierta que había escuchado jamás; siempre había sentido que había sido abandonado.

—Fue hace años, no mucho después de que se marchara. No vi razón alguna para decírtelo y hacer que pensaras en ella de esa forma.

—¿Que no viste razón alguna? —Sentía que su propio aliento le quemaba.

—A veces tomamos decisiones por nuestros hijos que…

—¿Qué decía la carta?

—Era… Trataba de explicar por qué iba a marcharse, supongo… Hablaba sobre su amor por mí. Por ti también, por supuesto.

—¿Dónde está? Quiero leerla.

—La… destruí. No quería que la leyeras. Era una carta dirigida a mí, Cam. Era privada.

—Y ¿qué hay de mí? —dijo Cam—. ¿Papá?

Su padre guardó silencio.

—Papá, ¿qué hay de mí? ¿Qué pasa con lo que…?

Ni siquiera sabía cómo expresar lo que quería decir. ¿Qué pasaba con lo que él necesitaba o quería? ¿Qué pasaba con su madre y con él, y con su relación?

Pero su padre siguió en silencio. Tan solo miró a Cam con una expresión de tristeza y paciencia.

Podría haberle destrozado la cara en un millón de pequeños trozos. En su lugar, Cam se levantó y dejó allí a su padre sentado a solas, en su iglesia polvorienta y de olor dulce, con su superioridad moral, su privacidad y su poder.

Nate estaba solo en la casa cuando sonó el teléfono. Eran ya pasadas las ocho de la noche, y había estado viendo su corto en la sala de estar. Necesitaba más… más de algo, o más de alguien. Pero no conseguía descifrar lo que era. Se echó contra el lateral del sofá y descolgó el teléfono.

—Hola, Nate.

—Hola, papá —dijo—, espera un momento. —Se levantó y puso la cámara de vídeo que había sobre el trípode y junto a la tele en pausa. Después, volvió junto al teléfono—. ¿Qué pasa? Mamá no está.

—No importa, llamaba para hablar contigo —le dijo su padre—. ¿Cómo estás?

—Estoy bien —respondió Nate mientras se sentaba en el sofá—. Estaba viendo mi corto.

—Genial —dijo su padre. Sonaba algo distraído, o un poco abstraído—. ¿Todo bien?

—Sip. —Nate se rio—. Todo bien. ¿Estás en la ciudad?

—Sí, aquí estoy —dijo su padre.

Se escuchó el silencio al otro lado de la línea. Su padre jamás había sido un gran conversador por teléfono.

—Bueno, ¿qué te cuentas? —preguntó Ash.

—No mucho. O, bueno, ya sabes. Sí que hay mucho, pero probablemente las mismas cosas que pasaban cuando te fuiste.

Su padre se aclaró la garganta.

—¿Cuándo vuelves?

—Ah, sí, sobre eso… Creo que volveré pronto.

—Guay —dijo Nate.

—Entonces… —le dijo su padre—. ¿Con quién has estado quedando? ¿Con Cam?

—En realidad, no —dijo Nate, que no quería hablar de todo ese tema con su padre—. He estado trabajando mucho.

—¿Y con Suki Pfeiffer? Me dio la impresión por algo que dijo su madre de que estabais muy unidos.

—No sé —dijo Nate—. No la entiendo mucho, supongo. No sé lo que quiere.

Su padre se rio.

—¿Has probado a preguntarle?

—No creo que puedas preguntarle a alguien eso.

—¿Por qué no?

Cuando Nate no encontró respuesta, su padre le dijo:

—Mira, jamás se me ha dado muy bien lo de agarrar el toro por los cuernos, por así decirlo. Nunca ha sido mi especialidad. Pero creo que, cuando se trata de amor, se necesita esa valentía.

Nate se rio.

—La fortuna favorece a los valientes.

—Algo así —dijo su padre, y después guardó silencio durante un minuto antes de continuar—. Nate…

—¿Sí, papá?

—Solo quería decirte que todo saldrá bien.

—Lo sé.

—Y que estoy muy orgulloso de ser tu padre. Eres una de las mayores alegrías de mi vida.

Nate se rio.

—¿Es que te vas a algún lado?

—No, para nada —dijo su padre de una forma casi defensiva, le pareció a Nate—. Solo quería decirte... Bueno, que te quiero.

—Yo también te quiero, papá.

—Vale. Entonces... ¿necesitas algo? ¿Dinero?

—Estoy bien.

—Vale, entonces te dejo. No trabajes muy duro.

—No lo haré.

—Te avisaré en cuanto sepa cuándo vuelvo.

—De acuerdo...

—Vale.

—Adiós, papá. —Nate colgó y negó con la cabeza mientras sonreía para sí mismo.

Quería a su padre. Y quería a su madre. Y le caía muy bien Olly. Pero estaban haciendo que las cosas fuesen mucho más complicadas de lo que tenían que ser, o eso opinaba él. Aunque lo cierto es que ¿quién era él para decir nada?

Sabía que sus padres estarían decepcionados cuando supiesen que había accedido a irse con Olly a California. Pero había parecido lo correcto: un viaje por carretera. Conocería mejor a Olly, vería algo del país... Se lo diría cuando volviese su padre.

Nate reanudó la reproducción del corto en la cámara y se separó, pero estaba muy desconcentrado, así que volvió a pausarlo. Por las ventanas entró una brisa fresca, hubo un cambio en el tiempo.

Salió de la sala de estar y subió a buscar algunas mantas en la habitación de invitados, que tenía las paredes con el papel pintado de mariposas. Desde allí se veía el dormitorio de Suki. Tenía la luz encendida, y pasó delante de una de las ventanas. Lo miró en ese momento.

Llevaba sin hablar con ella desde la noche de la hoguera. La saludó.

Ella alzó la mano, y lentamente cerró las cortinas.

Aquel fin de semana, una tormenta proveniente de la costa este llegó al pueblo. Se suponía que Miller iba a quedar con Olly, pero dado que la producción había parado la grabación de la película, tuvo que esperar toda la mañana a ver si Nate se cansaba de estar allí con cara de pena, y se marchaba a las recreativas, o al cine, o a ver a sus amigos o a hacer algo para que ella pudiese salir sin tener que darle ninguna explicación. Pero por la tarde, le quedó claro que Nate no tenía intención alguna de irse a ningún lado, así que dejó de fingir.

Le dijo a Nate que iba a comprar leche. Se puso su chubasquero amarillo por encima de sus pantalones cortos y de su viejo jersey de punto gris, y se apresuró bajo la oscura y lluviosa tormenta. La tormenta había transformado el pueblo en un lugar privado y silencioso. Las calles estaban mojadas y relucían, los árboles se doblaban por el viento y parecían ser de un verde incluso más intenso y frondoso contra el cielo de color pizarra.

La lluvia caía en ángulo, así que le mojó la cara y tuvo que caminar con la mirada puesta en el suelo mientras se apresuraba (casi echó a correr) a recorrer la calle de la Iglesia, cruzaba por la calle Vere, y entraba a Foster. De vez en cuando se tropezaba con los ladrillos desnivelados de la acera. Se sentía ligera.

Cuando llegó a la verja lateral de la casa de la tía Tassie, sonó un trueno conforme abría el cerrojo. Rozó las hortensias mojadas y colgantes que habían crecido tanto allí.

Él estaba allí, esperándola. Sin decir una palabra, la agarró de la mano y la guio por la hierba mojada, tirando de ella mientras Miller lo seguía de puntillas a través de la puerta trasera y hacia la cocina. No se giró ni una sola vez, tan solo la guio por el pasillo y escaleras arriba hacia el dormitorio de su infancia.

Una vez que estuvieron dentro, Olly cerró la puerta a su espalda, y solo entonces se giró y la miró. Aun así, no dijo nada.

Pero su mirada… Aquella mirada era una especie de súplica, como si quisiera que interpretara sus deseos, que articulara lo que necesitaba, lo que no podía decir con palabras.

Miller miró a su alrededor. La habitación estaba igual que siempre, aunque algo desgastada por el tiempo. El papel pintado de William Morris con el diseño de hojas verdes, los pósteres clavados a la pared con chinchetas: The Byrds tocando en Ciro's; Ike y Tina Turner; Miles Davis; The Beach Boys. Observó la familiar colcha de cuadros que cubría la cama, y las cortinas a juego; el tocadiscos y la ordenada pila de discos a su lado; el globo pintado a mano que Olly solía girar con los ojos cerrados, para ver a dónde apuntaba con el dedo.

Sentía la mirada de Olly puesta en ella con cada pequeño movimiento, como si fuese un animal impredecible con el que se había encontrado cara a cara sin querer. Miller fue hacia el armario y lo abrió. Allí plantada, dándole la espalda, comenzó a desvestirse. Primero se quitó el chubasquero, después el jersey y la camiseta. Se desabrochó los pantalones y dejó que cayesen al suelo, y entonces dejó atrás la ropa interior.

Pasó la mano por la ropa, y la colgó en el armario. Después sacó la vieja chaqueta deportiva de Annie Oakley de Olly. Aun así, no se giró, y se la puso sobre el cuerpo desnudo. Olía a bolas de alcanfor, a lana y cuero. Cuando se giró, vio claramente a Olly tragar saliva. Miller cruzó la habitación y escogió un disco. Con cuidado, lo colocó sobre el tocadiscos, puso la aguja sobre el vinilo y se escuchó un diminuto rasguño.

La melosa y dulce voz de João Gilberto, que cantaba *Garota de Ipanema* en portugués llenó toda la habitación. Miller comenzó a bailar lentamente, describiendo pequeños círculos con los pies por la habitación, con el pecho moviéndosele bajo la chaqueta.

—Apaga eso —dijo Olly.

Miller siguió bailando. Sentía su mirada atravesándola. Cuando llegó al lugar donde estaba, bailó durante un momento delante de él.

Entonces, le quitó la camiseta con cuidado por la cabeza. Metió los dedos en la cintura de sus vaqueros, y con un pequeño tirón abrió el botón y le bajó la bragueta. Se agachó, y le quitó primero los pantalones, y después los calzoncillos.

—He dicho que lo apagases. —Pero aquella vez lo dijo más suavemente.

Miller lo miró y apoyó completamente las palmas de las manos contra su pecho. Entonces, lo empujó hacia la cama. Se sentó a horcajadas, rodeándolo con sus fuertes piernas. Él le tocó el pecho y los pezones. Ella se inclinó hacia delante, le puso la lengua en el pequeño hueco sobre la clavícula y le lamió las gotas de sudor.

Alzó la cabeza y sus miradas se encontraron durante un momento antes de que Olly la hiciese girar y se pusiese encima de ella, con las piernas de Miller alrededor de los muslos de él. Ella apretó las manos contra el papel pintado que había detrás mientras él la penetraba. Él se disolvió contra sus huesos, y ella clavó los dedos y arrancó el papel de la pared, llevándose bajo las uñas trozos de hojas verdes y yeso.

Se quedaron tumbados en la cama mientras escuchaban la tormenta y los truenos, que parecían el restallido de un bate de béisbol, y marcaban el ritmo del aguacero. Ella se permitió vaciar la mente y miró a Olly. Estaba con la mirada puesta en el techo.

—Siempre siento que es la última vez que vuelves —le dijo de repente él.

Ella se incorporó y rebuscó en su bolso, el cual había tirado de forma descuidada sobre la cama antes. Siguió buscando hasta que encontró un bolígrafo. Después, se giró y le pasó el dedo por el hueso pélvico, donde apoyó la punta del bolígrafo contra su piel.

—¿Qué haces?

—Te estoy marcando —le dijo ella.

—¿Para qué?

—Para después.

—Me estás poniendo un marcador como si fuese un libro.

Ella sonrió.

—Sí, te estoy poniendo un marcador.

A veces, lo veía por la calle o en una tienda sin querer, y se sonreían el uno al otro durante más tiempo del que debían. Y sabía que ambos estaban pensando en cómo se sentían, y en cómo sería la próxima vez, y en cómo había sido la última vez. Su cara, su pelo echado hacia atrás, su sonrisa jodidamente lobuna.

Se veían en la casa del árbol, o en la playa de las Dunas si era de noche; en una ocasión incluso habían ido a la casa de reuniones. En algunos encuentros bebían vino, comían, o leían apoyados el uno contra el otro. Otras veces era solo sexo. Y Miller pensaba en ello (pensaba en él) todo el tiempo: en sus manos sobre ella, en su boca sobre la suya. Las palabras que le decía, cómo se movían juntos...

—A veces no me puedo creer que esto esté pasando de verdad —dijo ella.

—Está pasando —le dijo Olly.

—Sí, pero aun así... parece una especie de sueño. Como si fuéramos a despertarnos dentro de poco para volver a nuestra vida de verdad.

Olly la miró con el ceño fruncido.

—Esta es mi vida real —le dijo—. A diferencia de ti, no tengo otra.

—No, perdona —dijo ella—. No sé por qué he dicho eso. Lo siento, ven aquí.

Se hizo de noche, y la tormenta por fin se calmó hasta transformarse en una fina llovizna. Miller anunció que tenía hambre, así que bajaron a la cocina. La tía Tassie estaba dando uno de sus paseos. Pero, incluso si hubiese estado allí, a Olly no le habría importado: no le parecía que tuviera que ocultarle nada.

Miller, que llevaba puesto uno de los viejos albornoces de Olly, se sentó sobre el mostrador mientras él preparaba unos sándwiches de mantequilla de cacahuete y mermelada.

Le ofreció uno en un plato.

—Siento lo limitado del menú.

—Al menos no está hecho en una olla de cocción lenta —le dijo ella con una risa.

Le gustaba que se riera de Ash, pero también lo hizo sentir algo incómodo, como si él estuviese siendo desleal. Se preguntó qué era aquello. Así que, en lugar de seguir pensando en ello, le pasó la mano por el muslo, que había quedado expuesto donde el albornoz a cuadros se había abierto ligeramente.

Miller le dio un bocado al sándwich, y él observó cómo empujaba con la lengua hacia atrás, probablemente porque la mantequilla de cacahuete se le había pegado al paladar.

—Bueno… —dijo ella—. ¿Qué pasó de verdad en L.A.? En tu anterior vida real, quiero decir. Con tu trabajo, y… ¿qué le pasó a tu casa?

Olly se subió al mostrador junto a ella.

—Bueno, la casa… Estoy esperando al seguro. El trabajo está bien muerto, mi jefe se hartó de mí. Todo llegó al punto crítico con una película en la que me negué a trabajar. Se llamaba, y escucha esto, puto *Doctor Zhivago II: Doctores Zhivago*.

Miller casi se atragantó con el sándwich.

—¿Qué cojones es *Doctores Zhivago*?

—¿Ves lo que tenía que aguantar? —Olly se rio—. Sí, estaban estos tipos, los hermanos Frick de Brooklyn. Eran exactamente iguales: bajitos, achaparrados, y con unos tupés horribles. Y siempre le presentaban las peores ideas de mierda. Y, bueno, me presentaron esta idea de película: «Olly, es la Rusia moderna, ya sabes, el KGB, el ballet y toda esa mierda. Y estamos con

Lara y la hija del doctor ahora, quien también es doctora, ¿vale? Como su padre. Y un día, un piloto de combate americano en una misión secreta...».

Miller se reía tan fuerte que comenzó a toser.

—Espera, ¿qué pasa después? ¿Por qué hay dos doctores?

—Ah, así que te interesa, ¿eh? A lo mejor me equivoqué al rechazar la idea. —Olly negó con la cabeza—. No sé. La hija de Lara y el doctor Zhivago, la cual también es doctora, por eso son dos, por si no te habías enterado... Pues resulta que se enamora del piloto y lo ayuda a esconderse, y tienen sexo en el granero, como muy bien me informaron. Así que acaba desertando, supongo. De todas formas, es todo muy ultranacionalista, lo cual es exactamente lo que le encanta a mi jefe.

—Así que ¿te despidió?

—Se podría decir que fue un choque de personalidades.

—Claro, claro —dijo Miller mientras se terminaba su sándwich. Se limpió las manos en un papel de cocina y lo miró—. ¿Y Lay Down?

—Bueno, perdí el control de Lay Down. Sigo teniendo mis intereses, pero no el trabajo, así que...

—Pero podrías empezar de nuevo —dijo Miller—. Tú siempre decías eso.

Y, por alguna razón, no pudo decírselo. No podía decirle lo que le había pasado a su don, lo que le había pasado aquella noche junto a la piscina; no podía contarle lo débil que era. Así que, en su lugar, le dijo:

—Lo siento.

—No me importa ya eso. En serio, no me importa. Todo eso quedó en el pasado.

—Bueno, me echaste un mal de ojo.

—¿Qué dices? —Miller se largó a reír—. Yo no te eché un mal de ojo, Olly. No soy una bruja.

—No, pero dijiste... ciertas cosas, y entonces fue cuando todo... —Guardó silencio. ¿De verdad había creído eso durante todo ese tiempo? ¿Había creído que lo que le había dicho aquella noche en el Eidolon Lounge era lo que había hecho que la música dejase de sonar y comenzase a desintegrarse?

—Bueno, es que estaba cabreada. Pero ya no lo estoy. De todas formas, si vamos a ser sinceros, fuiste tú con tu talento el que fundaste Lay Down.

—Eso no es del todo cierto. —Olly se levantó y sirvió dos vasos de leche de la vieja nevera. Le dio uno a Miller, y se fijó en que le temblaba la mano.

—No, no del todo. Pero básicamente sí que es cierto —le dijo tras darle un sorbo a la leche.

—Tengo que contarte algo —le dijo Olly—. Nate y yo hemos estado hablando sobre hacer un viaje a California. Los dos solos.

—¿Perdona?

Miller se quedó con el vaso a medio camino de sus labios, suspendido en el aire.

—Voy a llevarlo a la universidad. En una especie de viaje por carretera —dijo, tratando de quitarle importancia, pero sabiendo que no lo estaba consiguiendo.

Ella se quedó en silencio un momento, y Olly se preguntó cómo pensaba lidiar con lo que iba a ocurrir. Cómo pensaba lidiar con él.

—Vaya, eso es... muy generoso por tu parte. Pero necesitaré hablarlo con Ash primero —le dijo ella—. Es solo que no quiero que hagas... planes que no puedan cancelarse, supongo.

—Bueno, le pregunté y me dijo que sí. Creo que quiere hacerlo.

Miller se mordió el labio.

—Ya, pero es nuestro hijo.

Se miraron fijamente, y el silencio que llenó la cocina estaba cargado como un arma de fuego.

—Mira —dijo Miller—. No sé qué es lo que esperas, o lo que buscas...

—No busco nada —le dijo en un tono duro de voz.

—Vale. —Ella lo miró, y se bajó del mostrador de un salto—. Entonces déjame que lo diga claramente. No sé exactamente qué has estado haciendo, ni qué te ha pasado durante todos estos años…

—Me conoces.

—Ah, ¿sí?

Olly estaba empezando a enfadarse, pero realmente no quería hacerlo.

—¿Qué es lo que me quieres decir? ¿Que soy suficiente para que folles conmigo, pero no para llegar a conocer a Nate?

—No seas hipócrita, Olly, y no te hagas la víctima. ¿Cómo sé que no vas a desaparecer y a dejarlo tirado? ¿Cómo sé que…? —Movió la mano a su alrededor—. ¿Que no te vas a aburrir un día de estos? ¿Que no te llamará y estarás demasiado ocupado para hablar con él?

—¿De qué me estás hablando?

—Hablo de lo que significa ser padre, Olly. De ser una persona estable.

—Solo quiero conocerlo. —Alargó la mano para agarrar la de Miller, y ella lo dejó.

—Sí, pero ¿para qué? ¿Has pensado en lo que pasará después? Quieres llegar a conocerlo, pero esa es la cosa, Olly. No se trata de ti. Suena muy simple, pero es una lección muy dura que hay que aprender, y hacen falta años de convertirte en un experto en borrarte a ti mismo para poder aprenderla.

—No se trata de eso —dijo él—. Sé que no tengo tu experiencia, o la experiencia de Ash, pero… Miller, simplemente quiero ser parte de ello. Parte de su vida.

Vio que Miller se suavizaba un poco.

—Si me prometes… —comenzó a decir.

—Te lo prometo.

—Si me prometes —volvió a decirle, esta vez mirándolo con dureza— que no hay nada en tu vida de lo que yo no sea consciente, nada que pueda afectar a Nate. Ninguna razón egoísta…

—Te lo prometo.

—Y una cosa más. No le dirás nada a Nate sobre… nada más. Aún no.

La miró fijamente. Tendría que confiar en ella. Asintió.

—Entonces, de acuerdo —dijo ella.

—¿De acuerdo?

—De acuerdo. —Asintió.

—¿Y lo de California?

Miller se apartó un poco de él.

—Eso déjame hablarlo con Ash, ¿vale?

—Vale. —Sabía que probablemente estaría mintiéndole, pero ¿qué más iba a decirle? No haría que Nate lo quisiese más si apartaba a los únicos padres que había conocido.

—Olly —le dijo ella—, no te preocupes. Lo solucionaremos.

Conforme Miller caminaba de vuelta a casa bajo la tormenta, el cielo grisáceo la hizo estremecerse, y el pueblo tenía un aspecto descolorido. Se apretó aún más el chubasquero, y notó las zapatillas mojadas contra los pies. Pensó entonces en lo que Olly le había dicho. Quería confiar en él, y lo hacía. Pero necesitaba ser la que le contara la historia a Nate, a su manera, y con sus propias palabras. Y lo que Olly no sabía era que, aunque su nombre estuviese escrito en el muslo de Miller, el nombre de Nate ocupaba todo su corazón. Aceleró el paso. Necesitaba volver y acabar la historia. Casi había llegado.

CUARTA SEMANA

Ash no podía dormir. Ahora sí que la había cagado. Había hecho promesas, había dicho que sí a ciertas cosas; cosas que serían muy difíciles de retirar. ¿Era esto lo que él quería? ¿El apartamento con portero en el que estaba entrando en ese momento, en mitad de una noche de lunes? ¿Las mesas de cristal con cuencos de cristal llenos de caramelos de menta y de chocolatinas con menta? ¿Los sillones demasiado atiborrados de cosas y las cortinas recogidas?

Fue hasta la cocina y abrió el frigorífico: había requesón, piña, pomelo, refrescos y *chardonnay*. El congelador entero lleno de platos precocinados.

Durante toda su vida adulta le habían hecho creer (su esposa, más bien) que los muebles de palos diminutos y respaldos rectos, el arte provocador y las comidas caseras elaboradas eran el paradigma del buen gusto, y que básicamente cualquier cosa que fuera difícil de mantener era lo único que merecía la pena tener. Que todo tenía que ser difícil, pero parecer fácil.

Pero realmente resultaba que le gustaban los platos precocinados. Y los sofás recargados, ya que eran cómodos. Y las chocolatinas de menta eran algo que quería tener a mano.

Al volver a Nueva York se había quedado con Candice, ya que no era necesario seguir fingiendo que dormía en el piso que tenían en la ciudad. Además, vivir en el mismo lugar había sido la única manera de asegurarse de que pasaran tiempo juntos, por sus horarios actuales: Candice se despertaba en mitad de la noche para ir al estudio a prepararse para *Morning? Morning!*, mientras que Ash se quedaba en la oficina hasta tarde, ya que la semana anterior había sido el periodo previo a la convención demócrata. Por suerte, su candidato había ganado, así que ahora tendrían que ponerse las pilas de verdad para tratar de llevar a Mondale a la Casa Blanca.

Tras aquella victoria, Ash había pedido unos días libres (les había contado que habían sufrido una muerte en la familia, lo cual, realmente, no le parecía una mentira total), y en solo unos cuantos días se marcharía de nuevo de la ciudad. Apenas podía imaginarse lo que le esperaba más adelante. De hecho, solo el hecho de contemplarlo le parecía de mal gusto. Pero Candice había presentado bien sus argumentos, e incluso si no lo hubiese hecho, era muy difícil negarle nada.

Cuando Ash se marchó de Wonderland, estaba furioso. Se había sentido como alguien que se hubiese enterado de que la pesadilla que no dejaba de tener una y otra vez era, de hecho, real: estabas desnudo de verdad frente al comité de examinación de la universidad; el psicópata que te perseguía realmente te había seguido hasta una casa abandonada; tu hijo había desaparecido en el centro comercial. Se había sentido como si volviese a tener diecisiete años y hubiese perdido otra vez a su mejor amigo, y a la chica a la que deseaba. Había estado tan enfadado... Peor aún, se había sentido invisible, aniquilado.

Había hablado sobre todo aquello con Candice, y le había sorprendido lo comprensiva que había sido. Nunca había compartido su vida emocional con ella hasta ese momento, pero había sido incapaz de contenerse. Ella lo había escuchado y lo había consolado. Y le había recordado que ahora era el momento de pronunciarse. Olly y Miller estaban confabulados, y si no hacía nada por sí mismo, perdería a Nate. Ash había estado tan agradecido que había accedido a todo lo que había dicho.

Había parecido tan obvio, tan sensato cuando lo expresaba de aquella forma... Ella había argumentado que los niños especialmente necesitaban que les dijeran la verdad, o jamás volverían a confiar en ti. Y que, como padre, él necesitaba ser el que tomara aquella posición (la posición era decirle a Nate que Olly era un psicópata manipulador, que creía de forma errónea que Nate era su hijo, y que Miller había caído víctima de las maquinaciones de Olly. Y que Ash, a pesar de que había tratado de evitarlo, se había enamorado de otra persona). Lo más preocupante de todo aquello es que le dijo que ella debía estar con él cuando se lo dijera. Pero ahora... bueno, tras haber interpuesto algo de distancia, se preguntó si estaría tomando la decisión correcta. Los métodos de Candice, después de todo, y su versión de la verdad, parecían un pelín extremos.

Ash había estado dudando sobre aquello durante la última semana o así. Incluso había llamado a Nate pensando que debía de avisar a su hijo y prepararlo de alguna forma. Pero no había sido capaz de hacerlo al final; tan solo había sido capaz de decirle que lo quería, lo cual era totalmente cierto.

Y, por supuesto, no podía hablar con Candice sobre sus dudas. Así que allí estaba, de camino a su futuro, uno que no estaba seguro de querer de verdad, ni de cómo sería cuando llegase allí.

Ash sacó una de las comidas precocinadas del congelador (filete de pescado con queso, doscientas setenta calorías), y encendió el horno. Puso un salvamanteles sobre el elegante mostrador negro de Candice, un cuchillo y un tenedor, y se sirvió una copa de vino. Después, se sentó a esperar.

Mientras sacaba el pescado del horno, Candice llegó vestida con una camiseta de rayas y una minifalda roja. Se acercó por detrás, se echó sobre su hombro y le besó el cuello.

—Buenos días —dijo ella.

—¿Qué hora es?

—Las tres y media.

—Estás muy guapa —le dijo Ash mientras llevaba el pescado al mostrador y se sentaba.

Candice se sentó a su lado y le dio un sorbo a su vino.

—Gracias. Tengo la reunión hoy con mi productor, para repasar los detalles del viaje.

—Ah, sí —dijo Ash mientras trataba de no mirarla.

Ella lo observó con atención.

—Pareces cansado.

—Estoy bien —dijo él.

Candice suspiró.

—Ash, si te estás arrepintiendo, no tienes que hacer estos intentos tan pobres por ocultarlo. Uff. —Le dio otro sorbo a su vino.

—¿No pasa nada con que bebas? —le preguntó él.

Ella le quitó importancia con un gesto de la mano.

—Todos los que presentan las noticias de la mañana están borrachos o puestos con algo. —Entonces, le tocó con cuidado el hombro—. Mira, no tienes que hacer esto si no quieres. Y ciertamente no deberías de hacerlo por mí. Tener a un hombre deprimido y que me haga sentir que ha jugado una mala carta no entra dentro de mis fantasías.

—No es eso…

—Pero, si no haces nada, Ash, lo que sea, por Dios bendito… entonces serás tú el que sufra.

Ash guardó silencio.

—En fin. —Se puso en pie—. De vuelta al matadero. Hay que seguir avanzando en la vida.

Cuando Ash volvió del trabajo el miércoles por la tarde, le sorprendió ver que Candice aún estaba despierta. Estaba en la cocina, inclinada sobre una caja blanca; en la tapa, decía en letras negras: PATISSERIE BONTE. La rodeó y la observó mientras hacía un agujero con una uña de color beis por debajo del delicado y perfecto profiterol, y metía algo dentro.

—¿Qué haces? —le preguntó.

—Parece que Clark Dennis no podrá venirse con nosotros a Wonderland este fin de semana —le dijo sin alzar la mirada. Apretó el agujero que había hecho con dos dedos, y después le dio unos golpecitos para alisarlo.

—¿Qué has metido ahí?

Candice le sonrió de forma dulce y le dio un beso en la mejilla.

—Solo es un laxante.

—¿Estás de broma?

—Ay, Ash —le dijo—. Es para niños, no le va a pasar nada.

—Pero ¿y si... los comparte, o algo?

—Pichacorta no comparte nada —dijo Candice, sacando con cuidado otra pequeña pastilla rosa del bote marrón.

—Bueno, es que... va a saber que has sido tú la que lo ha hecho enfermar.

—No se los voy a dar yo misma. —Comenzó a realizar la misma operación con otro profiterol—. Voy a mandarlos de parte de una mujer imaginaria con la que se ha acostado.

—¿Quién? ¿Qué mujer?

—«Gracias por una noche increíble. ¿Nos volvemos a ver pronto?». Esa mujer. —Alzó la mirada.

Ash negó con la cabeza.

—Madre mía, eres un tiquismiquis.

—No —le dijo—. No...

—¿Qué?

Se sentía abrumado por ella; por su belleza, su poder, su determinación. Si ella lo agarrara de la mano, no tendría que tomar una decisión de verdad nunca jamás. Se le ocurrió entonces que aquello era lo que llevaba buscando toda su vida. Aquello era su fetiche.

—Es que eres... —le dijo mientras negaba con la cabeza—. Eres la mujer más fascinante que he conocido jamás.

Blue había terminado una sesión de grabación de un par de horas en el improvisado estudio de Rodrigo (que no era ni por asomo parecido a lo que ella acostumbraba a usar), y estaba en la cola de la caja del supermercado cuando se fijó en que estaba en la portada de la revista *People*. Era una foto de Blue y Felix abrazados, con un titular nauseabundo: «Armonizan juntos: ella lo mantiene limpio, y él continúa sacando éxitos». Lo había organizado el sello discográfico como publicidad para su álbum.

Aquellas señales eran bastante curiosas. Casi hacía cuatro semanas exactas desde que Rodrigo la había llamado con su petición, esa que, en su momento, había rechazado. Hacía tres semanas exactas que el fotógrafo de *People* había ido a retratarlos en su casa de Macon.

Felix había comprado la casa al este de Macon, en Georgia, como regalo sorpresa de boda. A la espalda del rancho de secuoyas había un barranco tan empinado que lo único que veían por las ventanas eran las ramas superiores de las hayas que crecían al fondo. Era como vivir en un bosque encantado.

—Es nuestra casita del árbol —le había dicho él—. Nuestro lugar está bien arriba.

A Blue le había encantado. Le encantaba estar fuera de L.A., y le encantaba Macon. Era una ciudad de música, hogar de la música soul y el country, el rock sureño, Little Richard y Otis Redding. Podías ir cualquier día de la semana a Grant's Lounge, Adam's Lounge, The Cottage o Nashville South y ver a alguien que conocías (o que te sonaba) mientras tocaba allí. Tenían un festival del cerezo en flor y una feria estatal.

Y si Felix no se hubiese criado a solo unos kilómetros de allí habría sido perfecto. Por supuesto, tenía su lado agradable. El cementerio adonde él y sus amigos solían ir, donde se había llevado a las chicas en el instituto y había tratado de quitarles el sujetador mientras juntaban los labios de forma torpe. O Mama Louise, en el H&H, quien le había dado a The Forgotten chuletas de cerdo fritas, pollo marinado y frijoles cuando estaban sin blanca y trataban de hacer su música. Pero también significaba que ni por asomo estaban solos en su bosque encantado, siempre había otra gente; gente que pasaba por allí y se quedaba un rato con las piernas encima del sofá; gente que se servía lo que le daba la gana de la cocina, y se sentaban con las piernas cruzadas en la cocina mientras fumaba maría, con toda la parafernalia esparcida a su alrededor. Y también había muchísimas chicas: chicas jóvenes y perdidas. Algunas solo querían que las llevaran a algún lado, o tener una aventura. Pero también estaban las más trágicas, las que deambulaban sin casa, sin raíces, las que veneraban a aquellos tipos que apenas sabían cuidar de sí mismos, y mucho menos de otra persona.

Todo comenzó la mañana en la que les hicieron las fotos para *People*, cuando Randy, el batería de The Forgotten, se presentó en su casa con dos chicas vestidas con blusas halter y vaqueros cortos, y una caja de cerveza bajo el brazo. Blue se había subido a su MG y se había marchado al Hilton.

Se suponía que ese día debían de ir al estudio, pero aquello no iba a ocurrir. De hecho, solo lo habían conseguido hacer unas cuantas veces, así que el álbum no estaba para nada listo; solo era un conjunto de ideas, pero el sello discográfico ya se lo estaba vendiendo a la prensa.

El álbum debía de ser un símbolo de ellos dos, de su particular mezcla y esencia. Lo habían empezado mientras estaban de gira juntos. Bueno, todo se había iniciado en esa gira.

Irónicamente, la gira había sido idea de Olly: Felix Farrow y The Forgotten también eran parte de Lay Down. De hecho, Olly los había descubierto. Su música no era ni siquiera del mismo planeta, ni del mismo universo, y sus fans se habrían peleado los unos con los otros en la calle. Pero Olly había dicho que solo había dos tipos de música: música buena y música mala.

Para ese entonces, las cosas con Olly llevaban ya un tiempo mal. Cuando se juntaron por primera vez, había sido casi un acto sagrado: ambos habían estado al borde de la infelicidad, así que él la había salvado a ella, y ella a él. Se habían abrazado como si fuesen bebés, y habían cuidado el uno del otro. Pero, con el tiempo, ella había comenzado a sentir que algo no iba bien. Como si hubiese estado flotando por encima del agua, pero a la vuelta de la esquina la esperase un propósito diferente.

Así que la gira había llegado exactamente en el momento oportuno, y había creído que le vendría bien alejarse y pensar. No había contado con encontrar a Felix.

Para sorpresa de nadie, Olly había tenido razón sobre la gira. A los fans les había encantado, y la gira se convirtió en un carnaval ambulante de rock 'n' roll guay, hippies bluegrass (con los brazos bronceados, sombreros de cowboy, vaqueros ajustados y abalorios), y la gente de los arcoíris, el Mardi Gras y las lentejuelas, que eran su público.

Los fans los seguían de concierto en concierto, animándose los unos a los otros como si fuesen viejos amigos reunidos en cada parada. Tocaban bajo el sol brillante y bajo las estrellas, con el cuerpo del público meciéndose en la semioscuridad, iluminados por los mecheros que sostenían en el aire. Actuaban en salas pequeñas e íntimas, y en gigantescos terrenos de campo abierto.

Y, entre todo esto, había kilómetros y kilómetros de carretera, de terreno plano, pueblos industriales y ciudades de neón. Y ella miraba por la ventana y pensaba: *No quiero volver a casa.*

Felix acababa de salir de un programa y estaba desintoxicado y decidido a mantenerse así. De modo que el bus tenía una política de nada de alcohol ni de drogas, lo cual le daba un ambiente muy diferente a cualquier gira en la que hubiese estado. Lo único que hacían era dormir, escribir, leer, tocar algo de música y hablar para pasar el tiempo. Y eso resultó suficiente para cambiarles la vida.

Una noche Blue lo observó desde uno de los extremos. Era una noche de verano sureña preciosa y tranquila, y Felix estaba en el centro del escenario. Soplaba algo de brisa, y tenían un ventilador que le echaba el pelo hacia atrás y le exponía la garganta. Cantaba con los ojos cerrados, con el micro entre las manos, y se dejaba el corazón en ello, y Blue recordó que había pensado: *Joder.* Tuvo que recuperar el aliento antes de seguir.

Sugirió un dueto.

—Quizás algo country, algo triste.

—De acuerdo —dijo él—. Vamos a probar.

—*Help Me Make it Through the Night.*

—¿De Kris Kristofferson?

—Lo haremos más grande, meteremos algo de pop en la jodida canción —dijo ella.

Felix se rio. Su risa era como caminar entre aguas tranquilas.

—De acuerdo, señora, lo que usted mande.

En el escenario, juntos, muy muy cerca, con los rostros a solo unos centímetros, se observaron.

Él empezó suave y muy bajo.

—*Take that ribbon from your hair. Shake it loose and let it fall...*

Estaba tan cerca que ella sintió su aliento en la mejilla, en los labios.

Sentía que su momento se acercaba, y así que lo hizo, y su entrenamiento de cantante de baladas tomó el control.

—*I don't care who's right or wrong, I don't try to understand...*

Entonces volvieron a juntarse, y sus voces se mezclaron, bajando y subiendo.

—*And it's sad to be alone, help me make it through the night.*

Durante todo aquello, él no le quitó ojo de encima. Él la necesitaba; ella lo necesitaba.

Se casaron antes de que terminase la gira. Por supuesto, en secreto.

Habían estado decididos a intentar tener una vida lo más normal posible. Aquello era lo que habían decidido ambos: hacer su música, criar una familia. Felix había comprado la casa sin ir a verla siquiera, mientras aún estaban de gira, y después se habían mudado a Macon.

Y allí estaba, a las diez de la mañana, escribiendo a solas en el bar del Hilton. No había sido fácil cubrir a Felix, especialmente dado que los ejecutivos de los sellos discográficos estaban pendientes de él por su pasado; se había visto obligada a enviar al sello algunos cortes en bruto de las cosas que habían decidido.

El tema era que, al parecer, Felix puede que no fuese capaz de mantenerse desintoxicado. Estaba consumiendo de nuevo, y ella veía el descenso. «Solo es una cerveza, prácticamente es agua», y un guiño de ojo. Después, más en serio y en voz baja: «No, en serio, cariño, no pasa nada. Estoy bien».

Así que, mientras esperaba en el Hilton, se dio cuenta de que, una vez más, estaba aguardando una señal. No tenía duda de que sería imposible perdérsela. Y aquello le diría lo que debía hacer después.

No había tenido que esperar demasiado: aquella noche, Blue volvió del estudio y se encontró a todo el mundo yendo de un sitio a otro de la casa, nerviosos e incapaces de hacer nada. Dejó su bolso en el suelo y cerró la puerta.

—¿Qué pasa?

Randy no dejaba de mover las manos de forma nerviosa, y señaló la puerta del dormitorio con un movimiento de la cabeza.

Blue sintió que pesaba una tonelada y apenas podía moverse mientras atravesaba el salón hacia la habitación que compartía con Felix, y giraba el pomo de la puerta. Las cortinas estaban a medio cerrar, y la luz moteada por las ramas de los árboles se filtraba al interior. Felix estaba tumbado en la cama con su cajita junto a él. Tenía los ojos entrecerrados, y el pelo esparcido por la almohada como si fuese un tritón.

Se tumbó junto a él y se enroscó a su lado. Aquel cuerpo que tanto le gustaba, alto y ágil. Comenzó a cantarle una canción que él había escrito para ella.

Él abrió los ojos.

—Qué bonito, es muy bonito —dijo él. Alzó la mano y le tocó la cara—. ¿Quién eres, ángel?

Blue se levantó y salió de la habitación. Aún lo escuchaba diciéndole: «Vuelve, mujer ángel...».

Una hora después, sonó el teléfono que había sobre la cómoda del salón.

Blue respondió.

—¿Blue? —Era Kurt, del sello discográfico—. Hemos estado escuchando las cintas.

—Ajá.

—Cielo... El álbum es malo. Quiero decir, ya es malo, y ni siquiera está empezado. Ya sabes que te queremos.

—Lo sé, Kurt.

—Entonces sabrás lo mucho que odio decirte esto.

—Ya. —Blue se sentó en la silla que había junto al teléfono.

—Vuestras voces... Es que no... No casan bien juntas, cielo.

Aquella misma noche llamó a Rodrigo. Después llamó a Patty y se compró un billete a Wonderland. Era hora de seguir adelante.

Agarró una copia de la revista (que ahora era una cápsula del tiempo), y la puso en la cesta con el resto de su compra. Fue entonces cuando vio a Miller, al final de la cola, mirándola fijamente. Había algo disperso en ella, algo apagado. Y también algo que le resultaba familiar: un animal atrapado, que tan solo necesitaba reunir el valor de cortarse a bocados su propia pata para liberarse. Y fue entonces cuando lo sintió, algo como un timbre que sonaba.

Era ya el final de la tarde cuando llegó a la casa de Patty con la bolsa de papel de la compra, llena de vino barato, una lata de cacahuetes y un paquete de mortadela, que había añadido por si acaso. Tuvo que dejar la bolsa en el suelo para abrir la puerta.

Patty estaba sentada sobre la cama con el pelo envuelto en una toalla mientras se pintaba las uñas de los pies. Ni siquiera hizo ademán de ayudar a Blue. Aquella era una de las razones por las que Blue la quería tanto. Nunca había ni una pizca de lástima en su amiga, ni siquiera escondida.

Blue dejó la bolsa sobre la pequeña mesa plegable.

—¿Qué tal en el súper? —le preguntó Patty mientras metía el pincel en el bote del pintaúñas y lo cerraba—. ¿Tan glamuroso como siempre?

—Bueno, pues ha salido esto —dijo Blue, y tiró la revista *People* sobre la mesa.

—Ay, madre. ¿Has hablado con él?

—He hablado con Randy. Están intentando meterlo en otro programa, pero por ahora se niega a ir. —Blue se encogió de hombros—. Quizás ese era todo el tiempo que debíamos estar juntos.

—Lo que fácil viene, fácil se va.

—No sé yo si esto fue fácil —dijo Blue.

Patty miró la portada y suspiró.

—Pero, madre mía, sí que es guapo.

Blue sonrió.

—Sí, sí que lo es. —Se sentó en uno de los sillones a rayas que Patty había pedido—. Ah, me he encontrado también con Miller —dijo Blue.

—¿Quién? —Patty la miró con los ojos entrecerrados—. Ah, ¿el antiguo amor de instituto de Olly?

—Exacto —dijo Blue.

—¿Se ha abalanzado sobre ti y te ha intentado sacar los ojos?

—No, pero me ha mirado.

—¡Cielos, no! —dijo Patty, llevándose una mano al pecho.

Blue se rio.

—No, me refiero a que me ha echado una mirada.

—Ah. —Patty se sopló en los dedos de los pies—. ¿Y qué expresaba esa mirada suya?

—No sé, pero me ha dado cierta sensación. Parecía una señal.

—Ay, tú y tus señales. —Patty puso los ojos en blanco—. Mira, ¿vas a abrir una de las botellas de vino, o tengo que arriesgarme a estropearme el pintaúñas?

—Creo... —dijo Blue mientras sacaba el sacacorchos de una caja llena de utensilios de cocina—. Creo que voy a ir a hablar con ella. Con Miller, quiero decir.

—Ay, madre —dijo Patty.

Nate estaba tumbado en la cama, intranquilo y aburrido. Estaba mirando fijamente los trenes antiguos que recorrían la estantería superior que casi llegaba al techo de su habitación.

Después de la tormenta había salido el sol, pero los fuertes vientos se habían mantenido, y soplaban contra el alero de la casa, lo cual hacía que su dormitorio chirriara. Recordaba que, cuando era pequeño, los ruidos como aquel lo asustaban, ya que su habitación era la más alta de la casa y estaba bajo el alero del tejado, así que tenía muchísimos sitios secretos construidos alrededor.

Cam y él solían hacerse con algunas provisiones (tentempiés, cómics de *Archie*, una linterna, una cantimplora y un par de tazas extensibles de aluminio), y se metían en el espacio que había en la parte de atrás de su armario. Después, cerraban la puerta y esperaban al apocalipsis. Nate no había sabido lo que era, pero dado que el padre de Cam era pastor, le había contado a Nate cosas sobre la destrucción de la ramera de Babilonia, la cena del cordero, algo sobre cuatro caballeros trastornados, batallas, dragones y ángeles. Historias extrañas e incomprensibles que lo hacían tener pesadillas.

Podría ir al centro y ver *Los cazafantasmas*, o ir a la heladería, o a la playa a fumar maría. Pero no quería hacer ninguna de esas cosas.

Miró el reloj-radio digital junto a su cama: parpadeaba con las 12:00 una y otra vez. La tormenta había causado un apagón, y no se había molestado en ponerlo en hora, pero supuso que serían sobre las ocho. Encendió la radio.

El DJ de la estación de radio universitaria de Mistic estaba leyendo un anuncio del pase de medianoche de *The Rocky Horror Picture Show* en el cine local. Después comenzó a sonar *Avalon*, y Nate trató de prestarle atención a la suave y reconfortante canción de Roxy Music, pero lo único que hizo fue hacerlo sentir aún más inquieto.

De repente se le hizo insoportable seguir allí tumbado. Se levantó y salió de la habitación. La puerta que daba al dormitorio de sus padres estaba cerrada; su madre probablemente estaría aún allí escribiendo en su diario secreto, o lo que fuera que anduviera escribiendo últimamente.

Bajó las escaleras y salió al patio. Escuchaba unos golpes rítmicos que provenían de la casa de Suki. Se acercó al seto y apartó algunas de las ramas. En el otro lado del patio de su casa, más allá de la piscina, había una pared para practicar. Suki estaba allí, descalza y con un vestido verde de cuello alto y estriado. Estaba golpeando una pelota contra la pared con tanta fuerza, que le sorprendió que el fieltro no se hubiese destrozado.

Era un panorama muy diferente al que estaba acostumbrado a ver: a la chica con las impolutas zapatillas blancas, y la coleta larga y rojiza meneándose de un lado a otro. Era difícil pensar que aquella chica de pelo corto negro y vestido resistente fuese la misma. Pero el brazo musculado que sujetaba la raqueta era el mismo brazo. Y la expresión intensa y contrariada se repetía.

—Hola —la saludó.

Suki no le respondió.

—Oye —le dijo de nuevo, pero esta vez más fuerte.

Ella continuó golpeando la pelota.

—Te he escuchado —le dijo ella.

—¿Podemos hablar?

Suki paró la pelota con la raqueta y se giró.

—¿Qué pasa, Nate?

—¿Qué haces esta noche?

Suki se rio, y se encogió de hombros.

—Pues…

—Me preguntaba… Echan *The Rocky Horror* en Mistic esta noche, he pensado que podríamos ir.

Ella lo miró con los ojos entrecerrados, como si fuese una trampa o algo así.

—¿Quieres ir a ver *The Rocky Horror Picture Show*? ¿A Mistic?

—Sí —dijo Nate.

—Eso está como a tres horas. —Comenzó a golpear la pelota de nuevo. *Pum, pum, pum.*

Nate la observó.

—Yo conduzco. Si nos vamos ahora, podemos comprar algo para comer y llegar para la medianoche.

Ella no respondió; ni siquiera lo miró.

—Creo que te gustará —dijo él—. Va sobre el cambio, y sobre ser uno mismo. Nada de moscas atrapadas en ámbar.

Pum, pum.

—Mira, quiero salir contigo —dijo él.

Esta vez, dejó que la bola cayese. Lo miró de nuevo, durante un buen rato, una mirada clara y firme.

—Sí —dijo por fin—. Vale, vamos.

El viento comenzó a amainar conforme la noche se tornaba húmeda, y condujeron tierra adentro. Pasaron Longwell, y después Cuttersville. En el camino entre High Hill y Vernontown, la carretera se volvió más angosta, y la oscuridad se cernió sobre ellos como si fuese una cúpula. Lo único que se veía eran las luces intermitentes de los coches que venían por el carril contrario.

La radio estaba encendida, y Suki tenía las piernas bronceadas, las cuales se veían un poco en la oscuridad, apoyadas en el salpicadero. Habían bajado las ventanillas, pero aun así Nate notaba el calor que desprendía su cuerpo, y podía sentir su piel desnuda muy cerca de él. Nate apretó con fuerza el volante.

El estribillo de *In the Air Tonight* de Phil Collins llenaba el coche. Pensó en el día que habían pasado todos juntos en la piscina de Suki. Parecía que hacía tanto tiempo…

—¿Has visto últimamente a Cam? —La voz de Suki lo sobresaltó.

Él negó con la cabeza.

—No. Creo que… pasa algo entre nosotros. No sé exactamente por qué.

Ella guardó silencio, y Nate la miró.

—De hecho, empiezo a pensar que es por ti. Porque le gustas.

Ella le devolvió la mirada y se rio.

—No, no le gusto. Está con Jess ahora.

—No creo que eso sea algo serio —dijo Nate.

—Ah. —Ella se quedó en silencio de nuevo.

Nate se centró en la carretera, y después volvió a mirarla.

—Suki —le dijo—. Mira, es que… me gustas. Muchísimo.

Ella miraba por la ventana con una expresión imperturbable, excepto por la ligera curva que describía su labio. Era casi una sonrisa.

—Lo sé.

Blue había obtenido la dirección de Miller a través del directorio telefónico. A pesar de que no estaba muy lejos de la casucha de pescadores de Patty, ella la había llevado en coche: el calor y la humedad de aquella isla le habían producido un sarpullido en el lugar donde la prótesis se juntaba con la piel, y andar demasiado hacía que se le hinchara.

Blue estaba de pie en el exterior, y miró la extraña casita pintada del color de un melón, con persianas blancas, unos arbustos enormes de hortensias, y flores azules en la parte delantera. Parecía que hubiese salido de un set de rodaje de los años cincuenta, aunque muchas de las casas de aquel pueblo daban la misma sensación.

Desde la calle, Blue vio que la puerta principal estaba cerrada a cal y canto. Pero notó que en el lateral había otra puerta más prometedora. Así que se acercó lentamente por el camino desnivelado de caracolas marinas y subió los escalones que daban a la puerta mosquitera, donde tocó contra el revestimiento de aluminio.

No sabía exactamente qué iba a decirle, o cuál acabaría siendo el propósito final de aquella visita, pero había sentido que debía ir. Empezaba a sospechar que la llamada telefónica de Rodrigo semanas atrás había sido la señal que la había traído hasta este momento específico.

Miller apareció en la puerta con una botella de vino en la mano. Estaba vestida con un vestido hippie con hilo dorado, unos aros de oro y pulseras. Parecía una gitana paliducha. Blue pensó que era muy guapa, ahora que la veía más de cerca. De una forma descuidada en la que algunas mujeres lo eran. Miller parecía estupefacta de verla allí, lo cual hizo que Blue sonriera.

—Ah, hola —dijo Miller.

—Hola —dijo Blue—. Te he visto en el supermercado.

Miller se quedó allí parada.

—¿Puedo entrar? —preguntó Blue señalando la puerta mosquitera.

—Perdona, sí. Por supuesto.

Era una de aquellas malditas puertas que se abrían para fuera, así que Miller la empujó ligeramente, y Blue tuvo que retroceder para maniobrar y que no le diese la puerta.

—Ah, perdona —dijo Miller de nuevo.

—No te disculpes —dijo Blue, que agarró la puerta y entró a la cocina.

Miller continuó mirándola fijamente mientras Blue inspeccionaba la cocina, observando el extraño y horrible frigorífico amarillo, y el teléfono verde que colgaba de la pared.

—¿Te apetece algo de beber? —preguntó al fin Miller—. Hay algo de vino… —Miró la botella que tenía en la mano, como si no estuviese muy segura de para qué era aquello.

—¿Ibas a salir? —le preguntó Blue.

—Iba a reunirme con alguien, pero no pasa nada. Tengo tiempo.

—Bien, me alegro —dijo Blue, que le dedicó su mejor sonrisa de estrella de la música—. ¿Tienes algo de vodka?

—Eh… Creo que sí. —Miller fue hasta una barra de bar que había en la esquina, y llenó un vaso de uno de los decantadores. Se giró—. ¿Con hielo? ¿Soda, tónica?

—Con hielo.

Blue se acercó a mirar unas fotografías que había en la pared. Se quedó contemplando una grande en blanco y negro de Joni Mitchell junto a una mujer que se parecía a Miller, pero mucho más joven.

—¿Esta eres tú? —Blue aceptó la bebida que Miller le ofreció—. Gracias.

—Sí, pero hace ya media vida de eso.

—Los días de Lay Down. —Olly solía hablar de ello en ciertas ocasiones: lo felices que habían sido antes de que Ash y Miller lo traicionasen. Aunque siempre se había preguntado cuál era la otra versión de la historia. Todas las historias tenían dos versiones, a veces incluso más de dos. Siempre.

—Uhmm. Los días de Lay Down. —Miller se acercó a las sillas de chintz que había junto a las puertas dobles—. ¿Quieres sentarte? Quiero decir, ¿si estas sillas son adecuadas…?

—Gracias —dijo Blue, y se agarró para sentarse en la silla que desafortunadamente era muy baja. Se colocó el vestido de estampado de guepardo alrededor de la prótesis a juego. Miller se sentó junto a ella.

Blue le sonrió de nuevo.

—Bueno —le dijo—, seguramente te estarás preguntando qué hago aquí.

Miller se puso en pie.

—Me acabo de dar cuenta de que yo no tengo bebida.

Blue suspiró. Comenzaba a entender que Miller tenía ese tipo de formalidad de la costa este que impedía que cualquier conversación de verdad ocurriese, al menos mientras las personas estuviesen sobrias. Claramente iba a tener que ir al grano si quería llegar a algún lado con aquello.

Miller abrió la botella de vino que había dejado en el mostrador, y se echó un buen vaso. Después volvió a la silla.

—Perdona, me estabas contando por qué habías venido.

Blue asintió.

—¿Sabes? He escuchado hablar de ti durante mucho tiempo, ¿supongo que tú también habrás escuchado hablar de mí?

Miller se rio, como si aquella fuese una pregunta ridícula.

Blue inclinó la cabeza, dando a entender que aquello probablemente se daba por hecho.

—Bueno, la cosa es que te he visto hoy y he sentido que era el momento de conocernos. Creo que es el destino.

Miller tan solo la miró.

—A veces algunas cosas me dan... un presentimiento —dijo Blue—. ¿Eso te pasa alguna vez?

—Creo que no —dijo Miller, de forma algo cortante—. Pero me alegra que hayas venido.

—¿Sabes? Eres muy educada —dijo Blue.

—Ah, ¿sí?

—No es algo malo. Solo es que te imaginaba más... De hecho, no sé cómo te imaginaba.

—Ah —dijo Miller—. Bueno, Olly probablemente te habló de la persona que era hace años.

—Uhm —dijo Blue. Lo cierto es que no recordaba si Olly había descrito a Miller mucho, más allá de sus sentimientos por ella.

—Bueno, tú eres exactamente como te imaginaba —le dijo Miller.

—¿Cómo?

—Totalmente segura de ti misma. —Miller se sonrió—. Eso tampoco es algo malo, por cierto.

Blue soltó una carcajada.

—*Touché*.

Miller le dio un sorbito al vino.

—Si no es mucha indiscreción, ¿qué estás haciendo en Wonderland?

—La película. Rodrigo y yo somos viejos amigos, y necesitaba un favor. —Le dio un sorbo a su bebida—. Y me dije a mí misma: Blue, es una señal —sonrió de nuevo—. Pero entonces, cuando te vi en el supermercado, me pregunté si de hecho estaría destinada a venir aquí para conocerte a ti.

—No puedes hablar en serio —dijo Miller.

—Muy en serio. —Blue la miró directamente a los ojos.

Observó a Miller, que la miraba a ella, y le dio otro sorbo a su copa. Blue se preguntó cómo sería cuando se soltara la melena. Tenía una buena energía, ahí dentro, en algún lado, y una dureza con la que Blue podía identificarse. Solo necesitaba cortarse su propia pata a bocados.

—¿Eres muy infeliz?

—¿Perdona?

Blue se rio: Miller sonaba tan ofendida.

—Es una pregunta razonable —dijo ella—. Mucha gente es infeliz. —La observó un poco más—. Mira, lo único que intento decirte es que creo que el destino me ha traído aquí por alguna razón, y creo que descubriremos cuál es esa razón más deprisa si me dices qué te hace infeliz, o qué te retiene. Porque siento que ocurre algo.

Miller no dijo nada.

—¿Sabes? —dijo Blue—. Durante toda mi vida, la gente asumía que yo asumía que era menos de lo que debería de haber sido, algo que no estaba completo. Por mi pierna. —Se metió un cubito de hielo en la boca y lo rompió con los dientes—. Pero, de hecho, yo sabía que estaba más completa porque me había liberado de la trampa que son las expectativas de los demás. Mi diferencia me hacía más poderosa. Creo que todo el mundo tiene algo en ellos que los hace diferentes, y la gente asume que es una debilidad. El truco está en no esconderlo como si fuese algo horrible, sino en dejarlo salir. Dejarlo brillar. —Blue se terminó la bebida.

Se miraron un poco más la una a la otra. Al final, Miller se encogió de hombros.

—Qué cojones —dijo ella—. Voy a enseñarte algo.

Blue esperó mientras Miller se marchaba de la cocina, y volvía unos minutos después con una libreta, de las blancas y negras que los niños usaban en la escuela. Se la dio a Blue, y ella la abrió y comenzó a leer.

Una hora más tarde, Blue alzó la mirada. El viento había amainado, y en la cocina notó una humedad que antes no estaba ahí. La temperatura subía tras la tormenta. Miller estaba ojeando un viejo número de una revista: «Cuando él vuelve a casa, pero no está realmente presente: cómo excitar a un hombre aburrido».

—Bueno —dijo Blue mientras cerraba el cuaderno—. Esto es extraordinario, es precioso. Y tan, pero tan triste.

Lo era, y Blue sabía que su intuición no había fallado: aquella era la razón por la que estaba allí.

Miller sonrió.

—Gracias.

—¿Qué planeas hacer con esto?

—Bueno, es realmente una carta dirigida a mi hijo.

—Sí, eso lo he entendido. Pero es mucho más que eso… Es arte.

Miller frunció el ceño.

—Mira, conozco a un tipo en *Rolling Stone*, le encantaría este tipo de escrito. Ya sabes, todas las cosas sobre la escena musical de ese momento, y toda la gente involucrada. Y la forma en que lo describes, es un mundo en sí mismo. Quiero decir, podrías hacerlo mucho mejor, pero es un comienzo.

—Eh… no.

—¿No?

—Eso no es por lo que lo he escrito —dijo Miller—. Lo escribí para que fuera privado.

Blue la observó, y entonces sirvió en ambos vasos una cantidad generosa de vino.

—¿Es esa la razón por la que me lo has enseñado? ¿Para que fuera privado?

—Bueno, me he dejado llevar —le dijo Miller con una ceja alzada.

—Pues verás, yo creo que tú sabes lo bueno que es —dijo Blue—, o lo sospechas. Y quieres que te libere. O, más específicamente, quieres que te dé permiso para liberarte a ti misma.

Miller la miró con los ojos entrecerrados.

—No sé. No, no veo bien sacar provecho de esto, de todas esas relaciones privadas, en realidad.

Blue se rio.

—Todo el mundo saca provecho de su experiencia. Ash y Olly se sirvieron de ella, ¿por qué tú no? Tú habla con el tipo de *Rolling Stone*. Lo único que necesitas es que la persona adecuada lo lea. —Le sonrió—. Este podría ser el principio del resto de tu vida, Miller Everley.

Miller se mordió el labio mientras se apoderaba de ella una sonrisa. Comenzó a iluminársele la piel.

—Bueno —dijo ella—, pues justamente estoy buscando una vida nueva.

Entonces se rio, y aquello hizo reír también a Blue.

Miller alzó su copa.

—Por las señales.

—Benditas sean las señales —dijo Blue.

Cuando llegaron a Mistic, Nate y Suki pararon en una hamburguesería y, tras pedir la comida, volvieron al coche de Nate. Él sacó un pack de seis cervezas del asiento de atrás.

—¿Podemos guardar esto en tu bolso? —le preguntó, y señaló el bolso teñido africano, el que todas las chicas parecían tener, y que llevaba colgado del hombro con dos correas de cuero.

Ella se lo dio, y él metió dentro las cervezas, y después metió también una bolsa de arroz crudo y un periódico.

Suki lo miró. Ella estaba tan cerca de él que podría haber alargado la mano y haberle rozado el pecho con los nudillos para apartar su apretado vestido. Nate la miró fijamente, y sintió la electricidad entre ellos. Sonrió, y ella también sonrió. Nate suspiró.

Caminaron lentamente hacia el cine (el Paraíso), e hicieron cola para comprar las entradas. Mistic era una pequeña ciudad universitaria, pero el público iba vestido como si fuesen a una audición para entrar a una discoteca de Nueva York: imitando drag queens, punks, gente con pelucas oscuras de glam rock y medias de rejilla, joyas con colgantes frutales, y un gran despliegue de pulseras de plástico de colores de neón que recorrían el brazo entero de algunas chicas.

Una de las chicas que había delante de ellos, que tenía un disfraz de sirvienta francesa y una peluca de bronce rizada, se la quedó mirando. Entonces, se inclinó hacia delante y le agarró la muñeca a Suki.

—Me encanta tu estilo —le dijo—. El pelo es increíble.

Nate miró a Suki. Los ojos parecían enormes por el delineador negro egipcio, y el pelo le brillaba bajo las luces de la marquesina.

Suki sonrió.

—Gracias, a mí también me encanta tu estilo.

—Sí, esta noche soy Magenta —dijo la chica, tras lo cual guiñó un ojo. Cuando Suki no dijo nada más, la chica siguió hablando—. Nunca has visto *The Rocky Horror*, ¿no?

Suki negó con la cabeza.

—Una virgen —dijo ella—. Guay.

Suki se inclinó hacia Nate.

—Ya me encanta esto —le dijo, y Nate sintió su aliento contra su oreja. Tragó saliva.

Dentro del cine, el aire olía intensamente a marihuana, palomitas rancias y calor humano.

—Esta creo que es una experiencia en la que, cuanto más cerca estemos, mejor —dijo Nate, y la guio por el pasillo hasta encontrar un par de asientos en la tercera fila.

Las luces del cine se atenuaron, pero el proyector aún no se había encendido. Un hombre vestido de Frank-N-Furter (medias de rejilla, tacones, corsé negro que le llegaba casi hasta los pezones) se subió al escenario que había frente a la gran pantalla.

—Buenas tardes. Antes de empezar las festividades de hoy, solo tengo una pregunta... ¿cuántos vírgenes hay hoy aquí?

Suki miró a Nate, y estaba a punto de decir algo cuando la sirvienta francesa de la cola de las entradas apareció junto a ellos. Metió la mano en el pequeño bolso que tenía atado a la muñeca y sacó un pintalabios, que retorció para abrirlo. Después le agarró a Suki la cara y le pintó una gran «V» en rojo en la frente.

—Eres demasiado guay para quedarte aquí abajo —le dijo—. Ven conmigo.

Suki le dirigió a Nate una sonrisa y siguió a Magenta por las escaleras hasta subirse al escenario, donde se unió al resto de la gente que se había sumado.

El maestro de ceremonias los colocó en fila, con las chicas y los chicos mezclados.

—Ahora quiero que alcéis el dedo corazón y que repitáis conmigo:

Juro fidelidad a los labios

De *The Rocky Horror Picture Show*.

Y a la decadencia que representa

La película de Richard O'Brien,

Con los sueños sensuales, las pesadillas eróticas,

Y los pecados carnales para todos.

Nate miró a Suki. Tenía un aspecto grácil y estaba preciosa con el brillante pintalabios rojo que le marcaba la piel. Parecía estar en casa. Era jodidamente guay.

El maestro de ceremonias miró a su alrededor.

—Muy bien. Bueno, normalmente las cosas en este momento se pondrían bastante guarras para vosotros los vírgenes, pero a alguien —se giró y miró a Magenta fingiendo estar enfadado— se le han olvidado las magdalenas de anfitriona hoy.

—Buuuuh…

—Así que ya podéis iros, vírgenes. Esta será una noche que jamás olvidaréis.

Para cuando Suki volvió a su asiento, las luces se habían apagado del todo en el cine, y Nate no alcanzaba a verle la cara. Pero entonces la película comenzó (unos labios rojos, brillantes e incorpóreos que cantaban en un vibrante falsete), y vio que estaba totalmente centrada en ella.

Nate extrajo el saco de arroz del bolso de Suki y lo abrió.

—Agarra un puñado —le susurró.

Sin apartar la mirada de la pantalla, tanteó hasta dar con el saco y agarró algo de arroz.

El autoproclamado casting en vivo de la película se colocó contra las grandes imágenes en movimiento, sacudiendo sus pelucas de espumillón resplandecientes mientras actuaban su propia versión demente de la película. La película tomó vida propia, más allá del celuloide. Como si la historia hubiese cerrado un círculo: de una obra exagerada a la gran pantalla, y vuelta a una obra exagerada.

Cuando llegó la escena de la boda, a su alrededor llovió arroz por todas partes. Ante su sorpresa y emoción, Suki tiró el suyo hacia arriba, y se rio cuando le llovió encima del pelo, de la ropa, y entre las piernas. Bajo la luz de la pantalla, los delicados granos de arroz brillaban blanquísimos contra el bronceado del interior de sus muslos.

Mientras el público le seguía la corriente a la película con sus propios atrezos (movían el periódico por encima de sus cabezas, disparaban pistolas de agua contra el público para imitar la lluvia, encendían sus mecheros de forma peligrosamente cercana), Suki no paraba de retorcerse en su asiento para ver qué hacía la gente. Y, para cuando llegaron a *The Time Warp*, Suki estaba en pie, bailando con el resto del público.

Agarró a Nate y tiró de él para levantarlo.

—¡Venga!

Y entonces se rodearon el uno al otro, se chocaron en el pequeño espacio entre los asientos y trataron de realizar los pasos de baile. Nate deslizó la mano por su suave espalda, por las caderas, la cintura, justo por debajo del dobladillo de su vestido. Podía ver perfectamente el sudor en sus clavículas cuando la luz de las imágenes se reflejaba en ellos, y quiso poder probarlo con la lengua.

En el acto final, cuando el doctor Frank-N-Furter comenzó a cantar su balada *I'm Going Home*, Suki le agarró la mano a Nate. La imagen del rostro de Tim Curry se cernió sobre ellos, con su iridiscente maquillaje de ojos azul que se deslizaba por su piel mientras cantaba:

—*Everywhere it's been the same, like I'm outside in the rain.* —Y escuchó a Suki tomar aire de forma repentina.

La miró a la cara, y le agarró con fuerza la mano mientras los trozos de perritos calientes y tostadas volaban por el aire.

Miller y Blue estaban en la cocina de la casa de Miller probándose los viejos vestidos que guardaba en el armario de cedro del sótano. Estaban además muy borrachas.

—No recuerdo la última vez que me puse estos vestidos —comentó Miller.

—¿Ves? Necesitas salir más —dijo Blue.

—No eres la primera persona que me lo dice —le respondió Miller de forma fría. Miró a Blue, que llevaba un vestido de faya negro que Miller se había puesto para una recaudación de fondos política hacía ya diez años—. Ese te queda bien. —Blue era, de hecho, la criatura más increíble que había visto en su vida, incluso más de cerca y en persona. Miller pensó que era cautivadora.

Blue giró sobre sí misma y le dio un trago a una botella recién abierta de vodka, y después se la pasó a Miller.

—Ese me gusta —le dijo, y señaló a Miller—. Me gustaría para el escenario.

Miller aceptó la botella y bebió antes de mirar el vestido blanco y con un hombro descubierto que llevaba puesto. Aún le quedaba como un guante, aunque ciertamente la persona que lo lucía no era la misma.

—Me lo hicieron para los Grammy. En los sesenta, cuando aún estaba con Olly. Dios.

—Bueno, Olly y tú. ¿Qué pasa con eso? Os vi en el restaurante. No es por entrometerme, pero... —Se rio, y le dedicó a Miller una sonrisa radiante—. Bueno, sí, supongo que es lo que estoy haciendo.

—Bueno, eso... —dijo Miller—. Es complicado. Como que ocurrió por accidente. —Se encogió de hombros.

—Dudo que fuera un accidente —dijo Blue—. Estoy segura de que una parte de él siempre ha estado aquí, con los dos. O por lo menos eso fue lo que yo sentí, cuando estuvimos juntos. —Blue guardó silencio—. Quiero decir, Olly y yo nos queríamos. Pero era la clase de amor que termina pasándose.

Miller asintió.

—A Olly siempre se le ha dado bien hacerte sentir como si quisieras estar en cualquier otro lugar.

—No seas tan dura con Olly. Lo ha pasado bastante mal.

Miller resopló y dio otro trago.

—Olly siempre ha sabido cuidar de sí mismo. —Le cedió la botella de vodka a Blue—. No lo estoy criticando, es una gran habilidad.

—Si tú lo dices. —Pero lo dijo de una manera muy obvia, ese tipo de tono en el que sabes que hay algo más.

—¿Qué? ¿Qué ocurre?

Blue suspiró.

—Bueno, probablemente te acabarás enterando en algún momento. Olly se tomó unas cuantas pastillas... a propósito. Terminó en el hospital.

—Creía que había estado en el hospital por su casa, por el terremoto.

—Uhmm, al parecer se tomó una buena cantidad de barbitúricos. La suerte quiso que fuese al mismo tiempo que ocurrió aquel maldito terremoto. Solo a Olly podría pasarle eso. —Se rio—. Bueno, supongo que no tiene gracia. De todas formas, me enteré porque yo era su contacto de emergencia, y no se presentó a su sesión de terapia externa.

Miller quería vomitar. Sintió el vodka removiéndose dentro de su estómago, y la cabeza le iba muy lenta, como si estuviese intentando mirar una fotografía dividida en un millón de trozos diferentes, y no tuviese ni idea de por dónde empezar a mirarla.

—Te ha sorprendido de verdad. —Blue también parecía sorprendida ante aquello—. Olly no es tan fuerte como finge ser.

—No —dijo Miller de forma taciturna. Pensó en Nate, y de pronto se sintió furiosa. Pero de ninguna manera podía pensar en ello en ese momento—. Bueno, basta de hablar de Olly —dijo.

—Tienes razón —dijo Blue—. Esto no va de él, sino de ti.

—Y de ti. —Miller señaló a Blue.

Blue asintió de forma enérgica.

—Creo que este es un encuentro histórico que necesita ser documentado.

—Creo que tengo una cámara en algún sitio —dijo Miller—. Voy a por ella.

—Genial —dijo Blue, y dio una palmada con la mano sobre la mesa de la cocina. Se balanceó un poco por el esfuerzo—. Creo que necesito sentarme un rato.

—Vale, tú descansa —le gritó Miller mientras ya se alejaba—. Vuelvo enseguida.

Tras encontrar la cámara en la parte trasera del armario de su dormitorio, Miller volvió abajo.

—Creo que aún le queda carrete —dijo mientras entraba a la cocina.

Cuando Blue no contestó, alzó la mirada de la cámara, y allí, junto a Blue, estaba Olly.

Tenía una expresión estupefacta y dolorida. Y Miller tardó un momento en darse cuenta de que estaba mirando el vestido. Ella se quedó allí parada, en silencio.

—Teníamos una cita. Solo he venido para ver si te había pasado algo —le dijo de forma fría—. Supongo que no debería de haberme preocupado.

—Estoy perfectamente —dijo Miller, mirándolo con los ojos entrecerrados—. Parece que yo soy la que debería de preocuparme por ti.

Olly le echó un vistazo a Blue, y volvió a mirar a Miller.

—¿A qué te refieres?

Blue alzó las cejas y le dio un trago nada discreto a la botella de vodka.

Miller recorrió el espacio entre la puerta y la mesa, y le sorprendió lo estable que había conseguido caminar.

—Ah, pues no lo sé. ¿Por qué has vuelto aquí realmente, Olly?

—Estás borracha —dijo él.

—Chorradas —dijo Miller con un gesto de la mano—. No cambies de tema. ¿Has venido a mitigar la culpa que sientes? A… ¿qué? ¿A reivindicar tu derecho sobre Nate como forma de rellenar el agujero que tienes en tu vida? ¿Quieres a mi hijo para que evite que intentes suicidarte de nuevo? Eres un mentiroso.

Olly parecía que acababa de recibir una fuerte bofetada; se le pusieron rojas ambas mejillas.

—¿Quién te ha contado eso?

—He sido yo —dijo Blue—. Tu contacto de emergencia. El médico me llamó cuando no te presentaste a la cita con el loquero.

Olly miró a Blue entonces.

—¿Qué cojones?

Blue se levantó.

—Crece de una vez, Olly. Esto se llama que te importen algo las cosas.

—¿En serio? ¿Eso es lo que es? —Miró a Blue—. ¿Sabes? Iba a ir a verte para darte las gracias por haberme dejado. Porque tenías razón: a veces necesitas poner tu vida patas arriba para empezar a vivirla. Pero ahora ya veo que simplemente te gusta poner las cosas patas arriba por diversión. —Miró de nuevo a Miller—. Y ¿qué pasa si no te lo dije? ¿De repente tienes derecho a saber absolutamente todo lo que pasa en mi vida?

—¿Estás de broma? —dijo Miller—. Quiero decir, en serio. Tenemos una especie de… aventura, o lo que sea. Estás intentando tener una relación con mi hijo, ¿y no es asunto mío saber qué pasa en tu vida? No uses a Nate para intentar arreglarte a ti mismo, Olly.

—Vale, estaba jodidamente triste. Pero no es como si tú fueses el ejemplo perfecto de una vida feliz.

—Voy a ir a llamar a un taxi o algo —dijo Blue—. ¿Aquí hay taxis?

—Ah, sí, perfecto —le dijo Olly—. Tú jódelo todo y después huye, como siempre.

—Voy a llamar a Patty —dijo Blue, sin dirigirse a nadie en particular.

—El teléfono está ahí —dijo Miller, señalando con la cabeza el teléfono del color de un guisante que colgaba de forma precaria de la pared—. Aún funciona —dijo ella, y después se sentó a la mesa. Empezaba a palpitarle la cabeza.

Olly se cruzó de brazos.

—¿Por qué estamos discutiendo, exactamente?

—Discutimos sobre la confianza. Y los secretos. Y toda la mierda sobre la que llevamos peleándonos veinte años, Olly.

—Patty viene hacia aquí —dijo Blue mientras colgaba el teléfono—. Miller, te pondré en contacto con el tipo de *Rolling Stone*, y te diré algo —le dijo.

Miller se levantó y le dio un fuerte abrazo a Blue.

—Gracias —le dijo—. Por todo.

—Me alegra muchísimo haberte conocido por fin —dijo Blue. Después se acercó a Olly, le tocó la mejilla y le guiñó un ojo—. Y de nada, por cierto.

Y, tras dedicarles por última vez su mejor sonrisa, salió por la puerta.

—¿Qué tipo de *Rolling Stone*?

—Pues… —Miller negó con la cabeza—. Uno que Blue conoce.

—Sí, eso lo he supuesto, pero ¿para qué?

—Puede que esté escribiendo algo sobre Lay Down. Sobre esa época de nuestras vidas.

—¿Sobre qué? ¿Sobre nosotros?

—Sí, sobre nosotros: Ash, tú y yo. Quizá.

Olly se rio.

—¿Y Nate?

—Ya he escrito algo para él. Para explicárselo… todo.

—Vale, ya lo entiendo. Tú eres la que decide cómo controlar la historia.

—Creo que lo mejor es que se lo cuente yo —dijo Miller.

—No, claro. Por supuesto. —Olly negó con la cabeza—. Y me acusas a mí de tener secretos, cuando tú eres la que ha estado guardando el mayor secreto de todos. ¿De quién es el chico, Miller?

—Es mío.

Ambos se volvieron para mirar a Ash, que estaba en el umbral de la puerta. Dejó la maleta en el suelo y fue directo al bar. Se miraron en silencio mientras levantaba uno de los decantadores, el cual resultó estar vacío. Al ver el vodka en la mesa, se acercó y se echó una generosa cantidad en un vaso ancho.

—Veo que ya has decidido pasar de los vasos, ¿no, Miller? —le preguntó.

Ella se encogió de hombros.

—Ya veo que no ha cambiado la cosa mucho desde que me fui —dijo Ash.

—Por Dios, Ash, deja de actuar como si fueses mejor que nadie.

Ash observó el vestido que llevaba puesto.

—Bonito vestido.

—Gracias.

—¿Estás borracha?

—Sí, está borracha.

—¿Qué haces aquí, Ash? —le preguntó Miller, a la vez que ignoraba a Olly.

—Bueno, no he venido aquí esta noche para discutir, solo quería decirte que he vuelto. Candice ha venido conmigo, está en el hotel. —Miller vio que comenzaba a ponerse nervioso; hizo que quisiera echarse a reír—. Y queremos, eh... Quiero tener una charla con Nate, sobre todo lo que está pasando.

—Y ¿qué es lo que está pasando? —preguntó Miller.

—Mira, tú y yo deberíamos hablar primero, por supuesto. Pero es hora de que toda la mierda salga a la luz.

—Ah, ¿sí?

—Sí, eso creo. Creo que es lo correcto.

Miller se rio, y apoyó la cabeza en la mesa.

—Ay, madre mía.

Ash se sentó y le agarró la mano a Miller.

—Oye, lo siento. ¿Sabes? Candice dice...

—Cállate de una vez —dijo Miller.

—Bueno... —dijo Ash.

—Jamás entenderé cómo me dejaste por este de aquí —dijo Olly.

—¡Dejaste... de... mirarme! —le gritó Miller.

—Eras un imbécil de remate —le dijo Ash—. Lo único que tenías que hacer era no ser un imbécil de remate.

—Ay, por Dios —dijo Olly, sin apartar la mirada de Miller—. Te dejé de mirar durante diez putos segundos, ¿acaso iba a desmoronarse todo tu mundo? Cómo me atrevo...

Miller negó con la cabeza.

—¡No me jodas! Más bien fue un año...

—Me voy al hotel, esto es un sinsentido —dijo Ash, que se giró para marcharse.

—Bien —dijo Olly.

—De hecho —dijo Ash, que volvió a girarse—. Esta es mi puta casa, y esta es mi jodida esposa, puedo quedarme o marcharme si me apetece.

—Yo le daría una vuelta a esas tres cosas que acabas de decir —dijo Olly.

—Sois como dos gallos peleándoos —dijo Miller, que se sentía asqueada, borracha y cansada—. Miraos un poco. Ninguno de los dos sabe una mierda. Al menos yo sé que es mi hijo.

—Ha escrito algo sobre ello, ¿sabes? —le dijo Olly a Ash, girándose para mirarlo—. Sobre nosotros, y sobre Nate. Ha escrito la historia, o al menos, su versión, y va a dársela a Nate.

—¿A qué te refieres? —preguntó Ash, que miró a Olly y a Miller.

—Lo tiene todo planeado. Va a decírselo.

—¿Decirle el qué? —dijo Ash.

—Eso, Miller, ¿decirle el qué? —preguntó Olly con una expresión férrea.

Miller se levantó y se alisó su precioso vestido.

—¿Sabéis qué? Podéis iros los dos a la mierda. Yo me voy a dormir.

Nate y Suki salieron del cine en silencio. Y luego de que estuvieran dentro del coche durante un rato, Suki comenzó a hablar.

—Quiero hacer algo como eso.

Nate la miró.

—Quiero hacer algo con gente así, con esos maravillosos e increíbles bichos raros. Porque creo que... Creo que la cosa es que... yo también soy un bicho raro.

Nate se rio.

Suki también se rio. Bajó la ventanilla del todo, y sacó la cabeza fuera. La intensa noche tierra adentro era húmeda, y los retazos de la tormenta, unidos al calor que se avecinaba, hacían que la carretera estuviese neblinosa.

—Es que ha sido tan... Me... Me ha encantado.

—Pareces feliz —le dijo Nate.

—Estoy feliz. —Suki encendió la radio.

Sonaba *If You Leave Me Now*, con sus maracas, las campanas de viento y la conga. Chicago moviéndose al ritmo de la trompa. El triste sonido de la letra de Pete Cetera.

—No, no —dijo Suki cuando Nate se inclinó para cambiar de emisora—. Me encanta esta canción.

—Sí que eres un bicho raro.

Suki se rio.

—No seas pedante —le dijo—. Escucha la trompa.

—No soy pedante —dijo Nate.

—Uy, sí que lo eres.

—Jess me dijo que era un tipo de hombre particularmente suertudo.

—Uhmm. Se refería a que eres un pedante.

—Ja. —Nate guardó silencio durante un rato mientras escuchaba la canción—. Es que la letra... dice lo mismo una y otra vez.

Pero Suki no lo escuchaba; tenía los ojos cerrados.

—«Eso era Chicago, con *If You Leave Me Now*. Una canción preciosa. Si escuchas esto mientras estás ahí fuera y te sientes triste, recuerda que hay una diferencia entre estar solo, y sentirse solo. Esto es *Bedtime Magic*, con David Allen Boucher. Gracias por escuchar, y gracias por ser vosotros mismos».

—Amén —dijo Suki.

Nate siguió conduciendo en la noche.

Eran las cuatro y media de la madrugada cuando llegaron a Longwell.

—No quiero irme a casa —le dijo Suki.

—Yo tampoco —dijo Nate.

—Aún tenemos las cervezas —dijo ella—. Vamos a la playa.

—¿La de las Dunas?

—No, la de aquí.

Nate aparcó bajo el puente, cerca del fondeadero, de cara al agua, y más allá, estaba Wonderland. El océano aún estaba revuelto por los días de tormenta, y había unas olas entrecortadas y bajitas que se lanzaban contra el rompeolas y rociaban espuma por todas partes.

El parabrisas se empañó muy rápido, volviéndose casi opaco. La radio estaba encendida, y sonaba *King of Pain*. Nate y Suki bajaron los asientos al máximo, y se tumbaron allí mientras admiraban la vista empañada frente a ellos y bebían cerveza caliente de la lata.

—¿Crees que esta canción habla del suicidio?

—¿Siempre haces eso? —le preguntó Suki—. Diseccionar las canciones.

Nate se rio.

—Creo que sí. Cam siempre se mete conmigo por eso.

Suki guardó silencio durante un momento, y entonces dijo:

—¿Sabías que la sincronicidad es de hecho una teoría que dice que ciertas cosas que ocurren en la vida están todas interconectadas? Ya sabes, que las coincidencias no son coincidencias, las señales, los sueños... Todas esas cosas que la gente intenta decirte que no son reales, pero que tú sabes que sí lo son. Cam me lo enseñó.

El agua se agitó frente a ellos.

—En fin —dijo Suki a la vez que subía los pies al salpicadero. Los delicados y rubios pelos de sus piernas se le pusieron de punta—. No creo que hable del suicidio, estoy segura de que es una canción sobre una ruptura.

Nate miró el curvado techo del VW.

—Creo que mis padres van a divorciarse.

—Mi madre tiene una aventura con el reverendo Cross. Pero no es su culpa; mi padre la maltrata.

Se quedaron en silencio.

—No quiero acabar siendo como ellos —dijo él.

—Yo tampoco.

Nate se incorporó.

—Vamos —le dijo, y abrió la puerta del coche para salir.

Suki lo siguió mientras él recorría el rompeolas, y la música del coche abierto se perdía entre el ruido de las olas.

Se quedó allí parado mientras se le mojaban la cara, el pelo y los vaqueros, los cuales comenzaron a adquirir un tono más oscuro.

—¡A la mierda! —gritó Nate en dirección al océano—. ¡A la mierda!

Suki se rio.

—¡A la mierda! —gritó también.

—¡A la mierda! —gritaron al unísono, contra el viento.

Entonces Suki se giró para mirarlo. Se puso de puntillas, y lo besó en la boca. Nate se abrió paso entre sus labios con la lengua, y después se coló más adentro. Le acarició las piernas y el culo con una mano, mientras pasaba la otra por su pelo corto y oscuro.

De vuelta en el asiento delantero, ella se puso arriba, con su cuerpo resbaladizo, la boca abierta, las manos sobre los hombros de Nate mientras se movía contra él y lo apretaba con las piernas. Nate la observó encima de él, alzándose más y más y más. Observó el afilado contorno de su barbilla, su mejilla redonda, la curva de sus pechos moviéndose hacia delante. Y él, debajo de ella, tratando de sostenerla, sostenerla de verdad, sostenerla contra él.

PARTE V

OH, EL AMOR, EL AMOR. EL AMOR HACE GIRAR EL MUNDO

AGOSTO, 1984.

Olly se despertó tarde. Tras marcharse de la casa de Miller y Ash la noche anterior, se había emborrachado por completo, así que ahora tenía una terrible resaca. Se puso una bata, y fue hacia la casa grande en busca de una aspirina. Encontró en el salón a la tía Tassie, sentada en el sofá Sheraton, con la mirada fija delante de ella e inmóvil.

—¿Tía Tassie? —Cuando no respondió, probó otra cosa—. ¿Billy?

Giró la cabeza lentamente y lo miró.

—¿Quién eres?

—Soy Olly —le dijo, tras lo cual se acercó y se sentó junto a ella—. ¿Estás bien?

Al mirarla, se fijó en que pesaba tan poco que su cuerpo apenas dejaba marca sobre el asiento de plumas del sofá.

—Ah, Olly. —Asintió lentamente—. Claro.

—¿Te encuentras bien? ¿Quieres que llame al Dr. Cleves?

Ella negó con la cabeza.

—Creo que estaba soñando —le dijo.

—Espero que haya sido un sueño agradable —dijo él, agarrándole con cuidado la mano. Le palpitaba la cabeza, así que Olly se apretó la sien con los dedos. La luz del sol entraba por las ventanas de la parte delantera, y en la habitación hacía un calor sofocante.

—Un barco en el agua. Una ejecución al amanecer. —La tía Tassie le sonrió.

—Creo que estás algo cansada —dijo Olly.

—Sí que estoy cansada.

Olly la envolvió con el brazo.

—Vamos a llevarte arriba.

En el rellano, frente a su habitación, la tía Tassie se volvió hacia él.

—Hay algunas cosas sobre las que deberíamos hablar mientras aún me acuerde.

—De acuerdo... —Olly notaba su propio olor a sudor y a alcohol saliendo por los poros de su piel. La llevó a la cama, y la ayudó a meterse bajo las sábanas.

—El chico —dijo ella mientras se echaba contra la almohada—. Lo importante ahora es el chico.

Olly la miró fijamente durante un momento. Lo sabía. Lo había sabido todo este tiempo.

—Todo está conectado. Todo el amor está conectado, a través de todos vosotros; a través de todo. —La tía Tassie alzó las manos, y sus dedos trazaron líneas que solo ella veía—. Todos debéis obedecer a la luz.

Lo miró con aquellos ojos de color azul claro. Él le apretó la mano.

—Sí, por supuesto. —Cerró las cortinas de la habitación y regresó a su lado—. ¿Quieres algo más?

Ella le tocó la cara.

—Olly, querido mío, ¿sabes una cosa? Le dije a tu madre que te protegería con mi vida, y eso es lo que he hecho. Eras un niño tan pequeño cuando la perdiste... Pero ahora tienes que hacerte responsable del hombre en el que te has convertido.

—Lo sé.

—No debes caer de nuevo en la desesperanza.

Él asintió.

—Prométemelo.

—Te lo prometo.

La tía Tassie cerró los ojos y, tras uno o dos minutos, su respiración se volvió profunda y regular, con las manos sobre el estómago.

Olly observó la habitación a su alrededor. En todos los años que habían vivido allí, aquella habitación jamás había cambiado: la cama con dosel, las pesadas cortinas de seda verdes, el tocador con el set de plata... Era difícil imaginarse a la tía Tassie sin ser anciana, pero cuando Olly nació, debía de haber tenido más o menos la edad que tenía ahora él. Seguramente se habría sentado ante el tocador, se habría cepillado el pelo y se habría puesto sus cremas y el maquillaje. Seguramente habría abierto aquellas pesadas cortinas por la mañana; ¿en qué pensaría mientras lo hacía? ¿En el amor? ¿El deseo? ¿Se había permitido alguna vez pensar en aquellas cosas, o siempre había tenido que pensar en los demás, en su madre, en Olly...?

En su mesita de noche, junto a la lámpara con una pantalla de seda de color crema, vio una colección de lo que parecían esculturas de marfil. Agarró una, y se dio cuenta entonces de que eran de plástico.

En la figura había tallado un gran barco, así como las palabras *El Pequod*. Seleccionó otra, y la giró en la mano. En la parte de atrás, la tía Tassie claramente había tallado ella misma de forma tosca el nombre del barco de Billy Budd. En el estante inferior, vio que había más: una colección de cabezas secas, probablemente del set de rodaje de la Posada del Surtidero, y un par de tazas plateadas para el grog. La tía Tassie debía de haber robado aquellos tesoros del set de rodaje.

Debajo de aquello había una libreta de cuero. Olly la sacó y la abrió. En su interior había páginas llenas de la curvada y enmarañada letra de la tía, así que se sentó en el suelo con la espalda contra la cama, y comenzó a leer: había frases inconexas, párrafos, y muchas referencias a Billy Budd y a su turbia relación con él. «Billy es el chivo expiatorio, y debe morir para restaurar el orden. Claggart debe morir porque es malvado. Pero Billy también debe morir».

Olly sintió que el pecho se le oprimía. Por supuesto. Se le había olvidado, o no había prestado suficiente atención: Claggart es el villano en Billy Budd, el símbolo de la maldad inexplicable. Él atormenta y trata de atrapar a Billy Budd, quien lo envidia y desea, quien miente sobre él para verlo ahorcado, solo para que el joven marinero mate a Claggart en un impensable acto de defensa propia. Claggart era también el nombre del hombre al que la tía Tassie había apuñalado en Entre Estrellas.

Joder, pensó Olly. *¿Qué cojones le habría pasado en ese sitio?*

Siguió leyendo, queriendo al mismo tiempo saber y no saber lo que se encontraría después: «"Pálida cólera, envidia y desesperanza…". Esos son los males entrelazados que conducirán a la tragedia. Como el libro bien dice, en una naturaleza como esa, "qué recurso queda excepto el de retroceder en uno mismo como hace el escorpión… actuar hasta que la parte asignada termine"».

Lo último que había escrito era: «La luz brilla en la oscuridad, y la oscuridad la comprende, y sufre».

Olly cerró el cuaderno. Dios, qué tonto había sido. Había malgastado tantísimo tiempo, tanta felicidad y luz… Miller tenía razón: ¿qué cojones sabía él de eliminarse a sí mismo y cuidar de otra persona? ¿Qué sabía sobre ser un hombre? ¿Qué sabía del amor, al fin y al cabo?

No sabía nada. Pero aún no era demasiado tarde para aprender.

Olly encontró a Rodrigo en el cobertizo de las lanchas, operando la máquina de edición. Alzó los brazos cuando vio a Olly, como si acabara de marcar un gol, y dejó lo que estaba haciendo.

—Siempre apareces cuando te necesito.

Olly lo miró de forma impasible.

—¿Qué tienes ahí? —preguntó Rodrigo tras señalar con la cabeza la caja de zapatos que tenía en las manos.

—Al parecer —le dijo mientras se acercaba al escritorio—, Billy Budd ha huido con algunos de tus atrezos.

Olly había metido las figuras y los demás objetos en la caja. Le había dejado una de las cosas a la tía Tassie: la que había tallado con «H. M. S. Belliport», y, por supuesto, también su cuaderno.

Rodrigo le quitó la tapa a la caja con un dedo, y le echó un vistazo al interior. Sonrió, y volvió a cerrarla.

—No son muy importantes, pero puede que las necesitemos para la continuidad.

—Lo suponía —le dijo Olly—. Bueno, has estado evitándome.

—Sabía que estarías enfadado. Ya sabes, por lo de Blue. —Rodrigo sonrió, como si aquello fuese la idea más ridícula del mundo.

Olly se encogió de hombros.

—Bueno, no es que me hayas hecho la vida más fácil, exactamente.

—Fácil. Y ¿quién dijo que lo fácil era bueno? En fin, escucha, me alegro de que estés aquí.

Olly le hizo un gesto para desestimarlo.

—No estoy seguro de poder lidiar con mucho drama ahora mismo. Tengo mis propias cosas.

—Venga ya, estoy seguro de que sientes al menos un poco de curiosidad. —Le dio unos golpecitos a la silla vacía que había junto a él.

Olly suspiró.

—De acuerdo. —Se sentó y se cruzó de brazos—. ¿Qué?

—Bueno, pues resulta que una de las cosas a las que accedí, ya sabes, con el pueblo, para conseguir los permisos, fue dejarles ver un pase del primer corte. En el ayuntamiento. Ya sabes, para la gente, antes de marcharnos de Wonderland.

—¿Accediste a hacer eso?

Rodrigo asintió, pensativo.

—¿Y a Geist le pareció bien?

—Bueno… Geist no necesita saberlo todo.

—Joder, Rodrigo. —Olly se frotó los ojos—. Espero por tu bien que esto no llegue a sus oídos.

—Puede que no sea algo tan malo.

—No sé —dijo Olly—. Es un primer corte. ¿Y para el público? Es un riesgo muy grande.

—¿Qué dice la canción esa? Acentúa lo positivo, ¿no? Deshazte de lo negativo. —Hizo un gesto cortante con la mano—. Y no te metas con el de en medio.

—¿Johnny Mercer?

—Johnny Mercer.

Se miraron.

—De acuerdo —aceptó Olly—. ¿Qué necesitas que haga?

—Que le eches un vistazo y me digas cuán grande es el desastre en el que voy a meterme.

Así que empezaron desde el principio.

Tras su tarde con Blue, Miller se pasó el día siguiente entero en la cama, dormitando a ratos y con resaca. Pero el segundo día, se despertó totalmente revitalizada y con la mente despejada. Se sentía mucho mejor de lo que se había sentido en mucho tiempo; se sentía de maravilla.

Llamó al contacto de Blue en *Rolling Stone*, y tuvieron una larga charla (a costa de ella, por supuesto) sobre ella, sobre lo que quería escribir, sobre cómo quería él que escribiese, y al final, llegaron a un entendimiento inicial.

Después, se montó en el coche y condujo al otro lado del puente, a la única tienda decente en un radio de treinta kilómetros, donde se compró un vestido blanco de seda con un corte bajo en forma de «V» en el pecho, y unas gafas Ray-Ban. Dejó las gafas de sol de Ted Lapidus sobre el mostrador.

—Ya no las necesito —les dijo, dándoles un toquecito—. Aunque son buenas, de Ted Lapidus.

Desde allí, hizo una parada en una gasolinera, donde compró un paquete de tabaco. Se encendió uno, arrancó el coche, y condujo descalza a toda velocidad hasta la playa de Longwell, donde caminó hasta el agua y, en aquella ocasión, nadó hasta llegar a la boya.

De camino a casa, subió la radio al máximo de volumen, mientras se le secaban el pelo y el vestido contra el aire caliente. Al girar en la carretera circular hasta la calle de la Iglesia, comenzó a sonar *Rock 'n' Roll Suicide*. Aquello la distrajo tanto (la alegría pura de escuchar la canción adecuada en el momento adecuado, el rasguido de la guitarra y la voz trémula de David Bowie), que casi se pasó la entrada de su casa, así que al final entró tan rápido al acceso, que las ruedas levantaron una nube de caracolas rotas, las cuales le rebotaron contra el parabrisas.

Tras pisar el freno hasta el fondo y poner el coche en aparcamiento, echó el asiento hacia atrás y puso los pies contra el volante. Movió el cigarro y cantó a pleno pulmón la canción sobre cigarrillos, rock 'n' roll, y la soledad. Los asientos de cuero comenzaron a calentarse bajo el sol, y el punzante y estéril olor de los cigarros la envolvió en el aire estancado.

—Vaya, hola.

Miller giró lentamente la cabeza, y se encontró con Mary Guntherson.

—Llevo un tiempo intentando contactar contigo. Has estado notablemente ausente del circuito de comidas en las últimas semanas. Aunque creo que puedo adivinar el porqué. —Mary le guiñó un ojo. Cuando Miller no respondió, Mary continuó hablando—. ¿Es un mal momento?

—No —dijo Miller—. Para nada, es solo que me encanta esta canción.

—Ah —le dijo Mary—. De acuerdo. —Se enderezó un poco—. Bueno, escucha, vamos a organizar el último cóctel del verano, y nos encantaría que vinieras. Como he dicho, he estado tratando de dar contigo, pero… Bueno, es esta noche.

—Me encantaría ir —dijo Miller, que se giró—. De hecho, tengo el vestido perfecto para la ocasión.

Cuando Miller llegó a la casa de los Guntherson (una gigantesca casa victoriana rosa con vistas a la playa de los Guijarros), escuchó el nuevo disco de Carly Simon saliendo de un estéreo: una mezcla de pop suave y reggae. Aún hacía calor, pero había una ligera brisa, así que Miller sentía el vestido pegado a ella, deslizándose por su piel.

Le pidió al camarero un *whisky* con soda, y se tragó una salada y escurridiza ostra antes de unirse al resto de la gente en el patio. Cuando Mary la vio, se acercó a Miller a toda prisa con una expresión ligeramente asustada.

—Ay, madre mía, me alegro haberte encontrado. —Se quedó parada—. Ah, tienes un aspecto... diferente.

—Gracias.

—Bueno, es que el maldito Kip... No sé qué le pasa en la cabeza, lo siento...

—¿Qué ocurre, Mary?

—Kip se encontró con Ash en el centro, y lo ha invitado, y... ay. —Movió a su alrededor las manos—. Ha venido, y la ha traído.

Miller miró a su alrededor.

—Están allí. —Mary señaló un grupo al otro lado del jardín, justo enfrente—. Lo siento muchísimo, Miller. Mira, entendería perfectamente que no te pudieras quedar.

—No pasa nada —le dijo Miller, y le dio un trago a su *whisky*—. De hecho, creo que voy a ir a saludarlos.

Mary alzó las cejas.

—No te preocupes, todo irá bien. —Le apretó el brazo a su amiga, y se dirigió hacia ellos. Mary se quedó allí, congelada.

Se abrió paso entre los pequeños grupos de invitados, a través de nubes de perfume Bay Rum, L'Air du Temps y Opium, otras nubes de aliento a *whisky* y a Almaden Mountain Chablis (lo que aún le quedaba de resaca volvió a asomar la cabeza).

La música flotaba en el aire a trozos, desplazada de vez en cuando por la brisa.

Cuando llegó junto a ellos, Ash estaba hablando de forma animada con Roy Baxter.

—Y ha sido acusado, por uso de información privilegiada —decía Roy—. Lo van a joder vivo.

—Dutch siempre ha sido un cabrón de primera —dijo Ash.

—Pues ya puede ir despidiéndose de la casa, y… —Roy vislumbró a Miller en el exterior del círculo de personas, así que dejó de hablar—. Ah, Miller, hola —dijo en un tono de voz algo tenso.

—Hola, Roy —lo saludó Miller—. Ash. —Asintió en dirección a su marido antes de mirar directamente a su acompañante—. ¿Supongo que tú eres Candice?

—Voy a por otra bebida —dijo Roy—. ¿Alguien quiere algo?

—Pues sí —le dijo Miller—. Un *whisky*.

Pero Roy ya se estaba alejando de ellos.

Ash la miró, observó el vestido, el pelo peinado hacia atrás, el pintalabios rojo y las Ray-Ban. Alzó una ceja.

—¿Estilo nuevo?

Miller se rio.

—Podría decirse.

Candice estiró la mano. Miller se la agarró: la tenía caliente y suave, lo cual la sorprendió por alguna razón. De cerca, Candice era pequeñita, con un casco de pelo rubio enlacado. Llevaba puesto un vestido que parecía sacado de un material parecido a un acordeón, con grandes hombreras. También llevaba unas enormes pulseras de oro, que resplandecían en ambas muñecas mientras le estrechaba la mano a Miller.

—Vaya, qué giro de los acontecimientos más interesante —dijo Miller.

—No empieces, aquí no —le dijo Ash.

—Ah —Miller lo desestimó con un ademán—, eso ya es agua pasada, Ash.

—Tiene razón —dijo Candice.

Ash miró bruscamente a Candice, y después bajó la mirada hacia su bebida.

—Supongo que tú y yo deberíamos tener una charla —le dijo Miller a Candice—, porque me parece que él no va a hablar.

—Me parece bien —dijo Candice. Tenía una forma de hablar concisa e inteligente. Económica—. Ash quiere el divorcio.

—Pues mira, Ash va a conseguir su divorcio —dijo Miller—. Pero habrá unas cuantas condiciones. Y no me refiero a condiciones económicas, aunque obviamente eso se da por sentado.

Candice asintió.

—Claro, eso no hace falta decirlo.

—Nate —dijo Miller, mirando a uno y luego al otro.

Candice se encogió de hombros.

—No tengo mucho instinto maternal, así que no tendrás ninguna competición por mi parte, si es eso lo que te preocupa.

Miller la miró.

—No, no es eso. Espero por tu bien que seas agradable con mi hijo. Nate va primero, en todas las cosas. —Miró a Ash—. Ahora es el momento en el que tienes que hablar.

—Nate va primero —estuvo de acuerdo Ash—. Siempre.

—Bien —dijo Miller, que se terminó su *whisky*—. Y quiero decidir cuándo contárselo.

—Y ¿cuándo será eso? —preguntó Candice.

—Esa es parte de mi otra condición, pero es algo que necesito contarles a Ash y a Olly juntos.

Candice la miró fijamente, y después se giró hacia Ash.

—Me parece bien todo. ¿A ti?

Ash negó con la cabeza.

—Joder —dijo—. Ambas actuáis como si no fuese capaz de tomar mis propias decisiones.

—Buenas noches, Ash —dijo Miller—, y buena suerte —le dijo a Candice.

—No te preocupes por mí —dijo Candice—. Yo me fabrico mi propia suerte.

Suki y Nate acababan de ir a la sesión de las 3 de la tarde para *Cazafantasmas*, y se dirigieron escaleras abajo en la sofocante tarde de agosto. Suki se paró ante el tablón de anuncios que había al final de las escaleras.

—¿Has visto esto? —le preguntó.

Nate le echó un vistazo al panfleto fijado en el tablón de corcho. Nate asintió.

—La proyección, sí.

—Pone que es este viernes. ¿Eso significa que ya está hecha? La película, ¿está terminada?

—Es un primer corte, pero sí, han terminado de rodar aquí por ahora.

—Bueno, entonces... ¿qué pasa con la ballena? —preguntó Suki. Entonces lo agarró por los hombros y lo sacudió, fingiendo entrar en pánico—. ¿Dónde está nuestra maldita ballena?

Nate se rio y se encogió de hombros.

—Rodrigo no dice nada sobre ello, pero tuvieron una especie de rodaje secreto para la ballena, o algo así. No dejaron que el reparto ni el equipo fueran con ellos. Creo que quiere sorprender a la gente. Le va mucho lo de la «autenticidad».

—Pues vaya aburrimiento.

Recorrieron la calle Principal, y tuvieron que cruzar a la otra acera para evitar a un equipo de grabación, que estaba entrevistando al alcalde de Wonderland.

—Bueno —decía la entrevistadora—, debe de ser muy emocionante tener una película de verdad de Hollywood que inmortalice su encantador pueblo. Quiero decir, miro a mi alrededor y puedo ver la emoción en las caras de la gente. Así que, dígame, alcalde Ridgewood, ¿qué hay de la ballena?

—Bueno, Candice, eso es algo secreto. Incluso para mí, y eso que soy el alcalde.

Nate se rio por lo bajo.

Giraron hacia la calle de la Iglesia. Ninguno de los dos le había preguntado al otro qué querían hacer, porque ambos sabían a dónde iban, y lo que querían.

Al pasar por la rectoría, Nate vio a Cam allí plantado en la entrada. Nate alzó la mano, pero Cam se dio la vuelta.

Cuando llegaron a la casa de Nate, Suki lo siguió. Nate saludó en voz alta, pero nadie le respondió, así que fueron escaleras arriba, a su dormitorio.

En cuanto atravesaron el umbral de la puerta, Nate tiró de ella y comenzó a besarla con las manos bajo su camiseta, sobre sus pechos. Llevaba medio empalmado desde el cine.

La llevó hasta la cama, donde se tumbaron y se quitaron la ropa una a una. El silencio de la habitación, el olor del cuerpo de Suki, la sensación de secretismo, el sentimiento de que no debería estarle permitido hacer algo así con alguien como ella... Todo aquello hacía que fuese tan increíble.

Después, se quedaron tumbados mirándose en la pequeña cama, con las sábanas arrugadas a los pies. Nate la observó.

—¿Puedo grabarte? Para mi corto.

—¿Ahora mismo? —Se giró hasta estar boca arriba—. Hace mucho calor.

—No lo usaré si no te gusta.

Ella lo miró de nuevo.

—¿Puedo taparme con la sábana? No sé si soportaría ponerme algo de ropa ahora mismo.

—Sí —le dijo mientras le pasaba la mano por el cuerpo desnudo—. Sí, claro.

Nate se puso la ropa interior y comenzó a instalar la cámara, el trípode y el radiocasete portátil. Puso una silla delante de un espacio vacío de pared, y miró por el objetivo.

—Vale, siéntate aquí.

Suki se incorporó y rodó para levantarse de la cama. Se acercó lentamente a la silla, y se sentó. Se recolocó la sábana alrededor del cuerpo como si fuese una toalla.

Nate miró de nuevo a través del objetivo.

—Estás guapísima —le dijo.

Ella sonrió.

—Vale —dijo Nate—, voy a ponerte un trozo de canción, y quiero captar tu reacción. Tú déjate llevar por lo que sea. Te grabaré la cara.

—Parece un examen.

—No lo es —le dijo, y preparó la cinta—. ¿Preparada?

—Preparada.

Le dio a reproducir.

'Cause I've seen, oh, blue skies through the tears in my eyes. And I realize, I'm going home...

La observó a través del objetivo. Suki sonrió, una sonrisa que escondía un secreto. Acercó el plano a su rostro, a su preciosa estructura ósea, la forma en que giró ligeramente la cara hacia la izquierda mientras pensaba y recordaba.

—¿Qué ves cuando escuchas esto?

Ella cerró los ojos.

—Uhm... purpurina, quizá. Y... no sé. No sé cómo responder eso, no veo nada.

—Vale. ¿Cómo te hace sentir?

Abrió de nuevo los ojos. Miró directamente al objetivo, y a través de él, a Nate.

—Me hace sentir... como si cualquier cosa fuese posible.

Suki salió de la casa de Nate alrededor de las ocho, ya que había prometido estar en casa para cenar. Pero, cuando abrió la puerta principal, enseguida notó que había un ambiente extraño en la casa. Como si estuviese vacía. Llamó a su madre y no obtuvo respuesta, así que se dirigió escaleras arriba, y recorrió el rellano hacia la habitación de sus padres.

El interior era un caos. Las puertas que daban al vestidor estaban abiertas de par en par, la mitad de los estantes estaban vacíos, y había ropa y zapatos esparcidos por el suelo. Llamó de nuevo a su madre, y cuando no le respondió, comenzó a bajar las escaleras mientras sentía una oscura sensación de terror apoderarse de ella.

Pasó por el recibidor, por la sala de estar y por la cocina, en dirección a la piscina. Cuando se acercó a la cristalera corrediza que daba al exterior, vio a su madre y al reverendo Cross sentados ante la mesa de hierro forjado que había al otro lado del jardín.

Abrió la puerta y salió a toda prisa.

—Mamá.

La madre de Suki alzó la mirada.

—Ay, cielo —le dijo.

—¿Estás bien?

Su madre se levantó y abrazó a Suki.

—Estoy bien, sí.

Por encima del hombro de su madre, vio al reverendo Cross, que las observaba en silencio.

—¿Qué ha pasado? —preguntó Suki—. He visto vuestro dormitorio…

—No, no, está todo bien. Tu padre… está metido en problemas. Se ha marchado.

—¿Va a volver?

—No lo creo —le dijo su madre.

Se miraron la una a la otra.

—Me alegro —dijo por fin Suki.

Más tarde, Suki se encontraba en su habitación, tumbada en la cama. Se quedó mirando fijamente el teléfono que tenía en la mesita de noche. Era de plástico, de color marfil y dorado, para que pareciese un teléfono lujoso de los antiguos. Recordó entonces lo mucho que le había rogado a su padre que se lo comprara. Suki se giró para mirar el techo.

Apagó la luz. De vez en cuando, los faros de los coches que pasaban por la calle de la Iglesia iluminaban la habitación. Cerró los ojos y pensó en la canción que Nate le había puesto, la de *Rocky Horror*. Escuchó unos golpeteos. Se levantó y se acercó a la ventana. A través del cristal vio a Cam, que estaba abajo, de pie en el jardín.

—¿Cam? —susurró, tratando de que no se la escuchara mucho. No quería despertar a su madre.

—Baja —le pidió.

—Es tarde —respondió Suki.

—Por favor.

Suki suspiró. Tiró de la camiseta que llevaba puesta para asegurarse de que le cubriera la ropa interior, y bajó las escaleras. Salió por la puerta principal, y la cerró cuidadosamente a su espalda. Cam se acercó a los escalones.

—¿Qué quieres?

Cam la miró fijamente. Era un tipo grande, algo de lo que no se había percatado del todo hasta que estuvo a solas con él, en la oscuridad.

—¿Qué pasa, Cam?

—Huye conmigo.

—¿Estás borracho? —Lo miró con los ojos entrecerrados, pero incluso en la semioscuridad, su expresión parecía normal.

—No. Vamos a escaparnos. Podríamos ir a California, podrías alejarte de tu padre. Podría conseguir un trabajo y cuidar de ambos.

—Cam —dijo Suki, y se cruzó de brazos—. No me voy a escapar a California. Además, mi padre se ha marchado.

—Odias este sitio tanto como yo —le dijo Cam.

—No estoy segura de odiarlo. Ni siquiera sé lo que pienso sobre nada.

—Te quiero.

—Ay, Cam. No me quieres, ni siquiera me conoces. —Se encogió de hombros—. Ni siquiera me conozco yo a mí misma.

—Sí que te conozco.

—Cam, sabes que salgo con Nate, ¿no?

—Nate solo se preocupa de él mismo.

—Venga ya —le dijo en voz baja—. Mira, es tarde…

Cam la agarró del brazo.

—Huye conmigo. Te prometo que no te decepcionaré.

Suki no sabía qué hacer para que aquella conversación terminase. Pero, más que nada, quería que acabase.

—Bueno, ¿y qué pasa con nuestros padres? —dijo por fin, tratando de encontrar algo que hiciese que dejases de hablar sobre huir.

—¿Qué pasa con ellos?

—Pues… sabes que están juntos, ¿no? Y ahora que mi padre se ha marchado…

Cam la miró, con el rostro muy cerca del suyo.

—¿A qué te refieres?

—¿No lo sabías?

—¿El qué?

—Salen juntos, o lo que sea. Ya sabes, son pareja.

Cam se enderezó y comenzó a retroceder.

—Cam…

—No… —dijo, con los brazos estirados, como si estuviera rechazándola—. Deja de hablar.

—Cam… venga ya.

—No digas ni una puta palabra más. Sois todos unos falsos, es todo mentira. Todo, y todos vosotros.

Dijo aquello con tal violencia, una que Suki conocía muy bien, que retrocedió lentamente hasta sentir el pomo de la puerta contra la mano. Entonces, abrió y se metió dentro a toda velocidad. Se echó sobre la puerta con el corazón a mil por hora, hasta que estuvo segura de que se había ido.

Suki fue a buscar a Nate por la mañana. Cuando llegó estaba pálida y temblaba mientras le contaba lo de Cam, cómo había ido a su casa, y lo que le había dicho. Pero, sin embargo, no podía explicarle exactamente por qué había sido tan aterrador. Pero Nate supo que tenía que hablar con Cam; no había prestado atención cuando Jess le había advertido de que algo no andaba bien, pero ahora estaba claro que tenía razón.

Cuando se presentó en la rectoría, el reverendo Cross le dijo que Cam estaba acabando su turno de socorrista, así que Nate se dirigió allí a toda velocidad para llegar antes de que se marchara.

Al llegar a la playa de las Dunas, el panorama le pareció sacado de una película: el intenso cielo azul, redondeado y despejado, las olas que ondulaban de forma uniforme. Las dunas se alzaban detrás, y frente a ellas, la irregular arena dorada que subía y bajaba, acercándose al océano. Nate vio a los bañistas que jugaban en el agua: niños cerca de la orilla con palas y cubos, que eran como puntos de colores primarios sobre la arena; adolescentes que se alejaban más con sus tablas de surf y se gritaban los unos a los otros, aunque Nate no distinguía ninguna de las palabras.

En el último mes o así, se había producido un cambio notable en la gente que iba a la playa. Ya no estaban solo los locales, las madres con sus hijos, los trabajadores en su día libre, o los adolescentes que querían ponerse morenos. También había un nuevo y diferente grupo. Parecía que la película los había atraído hasta allí; aspirantes a actores o cantantes. Era como si el pueblo emitiese una señal ultrasónica. Los bikinis eran diminutos; los cuerpos, preciosos; el pelo, brillante, y sus toallas, más lujosas. Parecían cubrirse con minúsculos trozos de tela y joyas de oro que resplandecían bajo la luz del sol. Los chicos estaban extremadamente morenos, sin ningún corte en los brazos; tenían el vientre plano y musculado, y el pelo perfectamente peinado.

Delante de él, Nate vio la alta silla de socorrista de madera. Cam, que claramente acababa de terminar su turno, estaba bajando de ella, y comenzó a caminar hacia la carretera, en dirección contraria. Nate aceleró el paso y lo llamó, pero Cam no se giró ni respondió. Nate echó a correr.

Alcanzó a Cam cuando ya estaba junto a su coche. Estaba claro que Cam lo había escuchado, pero lo había ignorado, ya que lo miró con una expresión en la cara que parecía decir: «¿Y ahora qué quieres?».

—¿No trabajas hoy? —le preguntó Cam de forma acusatoria mientras buscaba las llaves de su coche.

—Tengo el día libre —le dijo Nate—. Escucha…

Pero Cam no lo escuchaba. Abrió la puerta del coche y tiró sus cosas al interior del Woody Wagon.

—Cam, espera —le pidió Nate.

—¿Qué quieres? —le preguntó Cam, girándose para mirarlo.

Nate jamás había visto aquella expresión en el rostro de su amigo: era una expresión pétrea, que casi parecía una máscara.

—¿Que qué quiero?

—No podías dejarme tenerla para mí, ¿no?

Nate comenzó a enfadarse entonces.

—¿Qué se suponía que tenía que hacer, Cam? ¿Retirarme para que pudieras desearla en paz desde lejos?

Se miraron, y en ese momento, algo terrible, algo tal vez irreparable surgió entre ellos.

—Debería de haber sido yo. —Cam se cruzó de brazos.

—No estoy seguro de que Suki esté de acuerdo con eso —le dijo Nate de forma impasible.

—No tienes absolutamente ni idea de cómo es vivir en este sitio para la gente como nosotros —escupió Cam—. No tienes ni idea de lo que es ser un bicho raro.

—Joder, Cam.

—Simplemente vienes aquí y ya eres mi amiguito, ¿no? Eres tan bueno, ¿no? Un tipo tan leal, Nate. Quieres este trabajo, y lo consigues. Quieres a la chica, lloriqueas un poco, y la consigues. Pero no tienes ni idea de quién es en realidad. Y ciertamente no tienes ni idea de quién soy yo.

—¿Qué quieres que te diga, Cam? Creía que éramos amigos, pero claramente estaba equivocado.

—Eres un falso. —Cam se rio—. ¿Sabes qué, Nate? Puede que mis ojos no funcionen bien, pero eres tú el que está ciego.

Entonces se subió al coche, cerró con un portazo, y se alejó del arcén.

Habían decidido reunirse todos en la casa de la tía Tassie. O, por lo menos, Miller lo había decidido cuando convocó la reunión entre ellos tres. Era más seguro así, ya que no habría posibilidad de que Nate los sorprendiera.

Era el final de la tarde, y el sol estaba desapareciendo del cielo. Olly abrió la puerta cuando tocó, con el pelo mojado y apartado de la frente, y una mirada seria. Miller tragó saliva y apartó rápidamente la mirada. Lo siguió hasta la cocina.

—¿Algo de beber?

—No, gracias —le dijo mientras miraba a su alrededor, y recordaba la última vez que había estado allí. Se había comido un sándwich de mantequilla de cacahuete y mermelada subida al mostrador, mientras llevaba la bata de Olly—. ¿Dónde está la tía Tassie?

—Dormida —le contestó Olly—. Últimamente se acuesta temprano.

Se quedaron allí de pie, en silencio. Unos minutos después, escucharon la voz de Ash desde el pasillo.

—Estamos aquí —le dijo Miller, que se apoyó contra el mostrador para mentalizarse.

Olly observó a Miller allí echada, con sus largas piernas cruzadas, como si no tuviera ningún problema en absoluto. Jamás había sabido cómo conseguía hacer aquello: aplanar la superficie de su ser, como si fuese cemento recién echado. Se sellaba a sí misma, inmune por completo a los elementos que había a su alrededor. La había visto hacerlo una y otra vez a lo largo de los años: la última vez, había sido cuando se reunieron todos en el Eidolon Lounge, cuando les había revelado su traición y venganza. Aquello no había acabado bien para él en ese entonces. Olly tragó saliva y se giró para ver a Ash entrar a la cocina.

A Ash le habría encantado poder beber algo, pero cuando vio que ni Olly ni Miller tenían un vaso en la mano, supo que no podía pedir una bebida. Miró a Olly, y pensó: *Parece tan nervioso como yo*. Ash había estado algo irritado con Candice tras la conversación en la fiesta de los Guntherson. Sabía que a veces era algo indeciso, pero, aun así, le había dicho que aquello había sido ridículo. Sin embargo, ahora que estaba allí, le sorprendió lo mucho que deseaba que Candice pudiese haber tomado el mando en el asunto, también.

—Bueno —dijo Ash, que trató de encontrar cualquier cosa que decir—. Este sitio está exactamente igual que siempre.

—Sip. —Olly asintió.

Miller los observó. Los dos hombres que habían consumido una parte tan grande de su vida. Suspiró.

—Bueno —dijo ella—, sobre Nate. —Ambos la miraron—. Las cosas no pueden seguir así. Primero de todo: no sabemos, ninguno de nosotros, quién de los dos es el padre en realidad.

—Existen pruebas para eso —dijo Olly.

—Sí —dijo Miller—, pero eso no es lo que vamos a hacer. Por lo menos, aún no.

Ash negó con la cabeza, con aquella expresión exasperada en su rostro que llevaba dirigiéndole desde hacía años.

—No —le dijo ella de forma cortante—. Ya vale de eso. Todos debemos estar de acuerdo. Así que Olly... Ash quiere el divorcio para poder estar con su novia, y yo he accedido. Eso será lo primero con lo que lidiaremos.

Olly miró a Ash con las cejas alzadas.

Ash se encogió de hombros.

—Es increíble. Es muy tenaz. Candice, quiero decir.

—Ya. Bueno, la cosa es que Nate empieza la universidad en un mes —siguió Miller—, y no quiero arruinarle algo que debería ser fascinante y maravilloso. Dicho todo eso, tampoco podemos esconderlo. Así que tendremos que decírselo antes de que se marche.

Ash miró de nuevo a Miller con una expresión que decía: «Ah, ¿sí?».

—Después de todo eso, podremos resolver este desastre. —Movió la mano para señalarlos a los dos—. Obviamente tenemos que decirle todo lo que sabemos, lo cual no es mucho, pero para él será una bomba.

Ash y Olly asintieron; Ash, de forma enérgica, y Olly, con cautela.

—Pero ¿qué significa eso? —dijo Olly—. ¿Cuándo le contamos lo mío? ¿En seis meses? ¿En otros diecisiete años? ¿Cuando decidas publicar tu libro sobre el tema?

—Mira —dijo Miller—, no hace falta que vayas con ese aire de superioridad, Olly. Tú fingiste durante diecisiete años que no existía. Después, decides que tu vida ya no tiene sentido, y te cuelas aquí para intentar reclamarlo en secreto.

—Exactamente —dijo Ash.

—Y —dijo Miller— necesitamos saber que eres emocionalmente estable si vamos a continuar por ese camino. No voy a dejar que mi hijo crea que alguien puede ser su padre, y que entonces te vayas e intentes suicidarte de nuevo. O, que Dios no lo quiera, que lo consigas.

—Espera, ¿qué? —dijo Ash.

—Han sido unos años muy duros para todos nosotros —dijo Miller de forma suave, y le puso la mano en el brazo a Olly. Después, extendió la otra hacia Ash—. Para mí también. Pero ahora debemos ser mejores, ¿estamos de acuerdo?

Se miraron el uno al otro, como si fuesen un puñado de jugadores de póker de alto riesgo que trataban de decidir quién iba de farol.

Por fin, Ash dijo:

—De acuerdo.

—De acuerdo —dijo Olly.

—Bien —dijo Miller—. Pues esta es mi propuesta. Ash: tú y yo nos sentaremos con Nate la semana que viene y le contaremos lo que va a pasar. Tendrás que contarle también lo de Candice. Nada de secretos. Después, los tres atravesaremos el país en coche hasta L.A. Esto le dará a entender que Ash y yo somos una unidad, que podemos llevarnos bien, y que estamos ahí para lo que necesite. Y también te dará a ti, Olly, una oportunidad para estar ahí para Nate si necesita alguien con quien hablar.

—Eh… —dijo Ash—. No sé yo.

—Estoy de acuerdo con Ash, no sé si es una buena idea.

—Es una buena idea —dijo Miller de forma categórica—. Y ambos tenéis que estar de acuerdo, o le contaré todo yo misma. Esto es un ejercicio de confianza.

—Entonces, ¿qué? ¿Yo simplemente seré el amigo de confianza de la familia? —preguntó Olly.

—Por ahora, sí. Yo me quedaré en L.A. durante un tiempo, para asegurarme de que Nate se asiente y esté bien. También tengo cosas que hacer allí. Y, a no ser que el momento perfecto se presente antes, todos debemos de acordar una fecha límite de un año para decírselo. Y, si él quiere que las cosas sigan como están, debemos respetar esa decisión. Y si quiere una prueba, debemos respetarlo también. Puede que nos odie, pero tendremos que lidiar con eso. Nosotros creamos este desastre, ahora ha llegado la hora de arreglarlo.

—Joder —dijo Olly—. Necesito una copa.

—Ah, gracias al cielo que lo has dicho. ¿Dónde está el alcohol? —Ash comenzó a buscar por la cocina.

Olly encontró una botella de *whisky* y sirvió una copa para él y otra para sí mismo. Después, alzó la botella sobre un tercer vaso.

—¿Miller?

Ella lo miró y asintió.

—Entonces… —les dijo—. ¿Estáis de acuerdo?

—Estoy de acuerdo —dijo Olly—. Creo que es un plan raro de cojones, pero adelante.

—¿A quién queremos engañar? —preguntó Ash—. A mí no se me va a ocurrir nada más. Estoy de acuerdo.

Brindaron, y después, se bebieron el *whisky* en silencio. Olly les sirvió una segunda ronda.

Tras un rato, Ash dijo:

—Esto sonará raro, aunque después de todo lo que ha dicho Miller, quizá no tanto… Pero creo que deberíamos de hacer algo. Ya sabéis, para sellar el pacto.

Miller se rio.

—No creo que haga falta.

—Hace calor. —Olly se limpió con la palma de la mano el sudor de la frente hasta el nacimiento del pelo—. Vamos a la cala.

Ash se encogió de hombros.

—¿Por qué no?

—No sé yo…

—Ay, venga ya, Miller. No seas aguafiestas —dijo Olly.

—Sí, Miller —le dijo Ash.

Inclinó la cabeza mientras los miraba a ambos.

—Vale. Pero necesito ir a por mi bañador.

—Nada de bañadores —dijo Olly—. Ahí fuera está oscuro.

—Creo que podemos decir con toda honestidad que no vamos a ver nada que no hayamos visto antes —dijo Ash con una sonrisilla.

—Bueno. —Miller se encogió de hombros—. Si creéis que podréis soportarlo…

—Y me llevo también esto —dijo Ash, agarrando la botella de *whisky*.

Recorrieron la calle Foster, y giraron en el camino de la casa de reuniones. La noche, dulce y caliente, con las luciérnagas manchando la reciente oscuridad, el olor de la hierba quemada, agitada por el viento… Todo aquello conspiraba para crear un reflejo de cómo se sentían los tres en ese momento. No hablaron, pero todos sentían la corriente que los atravesaba: una idoneidad, algo ligero y alegre, por fin.

Cuando llegaron a la pequeña cala, la encontraron vacía, pero se escuchaba el sonido de la música y las risas que les llegaba desde el instituto, que no estaba muy lejos de allí. Una de las últimas fiestas de verano de los adolescentes de Wonderland, quizá.

Todos le dieron un trago a la botella antes de empezar a desvestirse. Aquel sentimiento de emoción ilícita, de sexo, de posibilidad, los atravesó de nuevo, y cada uno se maravilló ante el hecho de que aquello jamás parecía perder su habilidad de emocionarlos.

Después corrieron hacia el agua y, por supuesto, se les olvidó que ya eran mucho mayores de lo que habían sido, y el agua era mucho menos profunda de lo que recordaban; eran demasiado grandes como para lanzarse de ese modo. Así que, en su lugar, disminuyeron la marcha y caminaron por el agua hasta que les llegó por el muslo, momento en el que se dejaron caer para flotar justo por encima de la arena.

Al principio de forma muy lenta, con los movimientos de remo de los brazos y las suaves patadatas de los pies, poco a poco comenzaron a verse unos destellos de luz en el agua. Se sonrieron los unos a los otros, y Miller rodó para ponerse boca abajo, y empezó a mover de forma frenética las piernas, hasta que la cadena de estrellas verdeazuladas que tan bien recordaba se encendió alrededor de ellos. Eran diminutos universos de luz resplandeciente que explotaban por todas partes. Se sentaron con el agua que les llegaba al cuello, tiraron de las manos a través del salado océano, y dejaron que se les escurriera por los dedos mientras negaban con la cabeza y se reían.

Desde el instituto les llegó el sonido de *Once in a Lifetime*, de Talking Heads. Miller recordó la última vez que la había escuchado, meses atrás en su coche, lo que parecía en una vida diferente, cuando todo (el tiempo, el espacio) estaba detenido y coloreado de verde. Ash escuchó la letra y pensó: *Sí, así es como ha sido durante muchísimo tiempo*. Y Olly vio algo por el rabillo del ojo, tonos de dorado, de un verde musgo y rojo, y se preguntó si estaría imaginando el sabor del agua del lago en su boca.

El viernes por la noche, todo el que estuviese en Wonderland se estaba dirigiendo al ayuntamiento, para ver el pase de la película, de su película. Ya que, realmente, les pertenecía a todos ellos. En la mente colectiva de aquella isla, *Moby Dick* se había convertido en un significativo mayúsculo, se había convertido en ellos. Y todos iban a verse reflejados a sí mismos en aquella pantalla plateada.

Miller bajó las escaleras tras su ducha, y se encontró a Ash en la sala de estar, de pie y de cara a la televisión, dándole la espalda. La camisa de color gris claro que llevaba parecía estar mojada de lo lisa que era.

—Nate bajará en un momento —le dijo.

Ash se había mudado de vuelta a la casa, pero, en aquella ocasión, lo hizo a la habitación de invitados; Candice se quedó en el hotel. Habían decidido esperar a darle la noticia a Nate hasta después de que todo aquello de la película acabase.

Ash se giró al escucharla, con el estuche de *Une femme est une femme* en la mano.

—¿Recuerdas cuando los tres vimos esta película? —le preguntó con una media sonrisa en los labios—. ¿En Venice Beach?

—¿Estabas allí ese día? —Le salió aquella pregunta antes de poder evitarlo.

Ash se rio, un sonido ronco que le salió del fondo de la garganta, y dejó el estuche junto a la televisión.

—Probablemente habréis pensado que estabais solo Olly y tú —le dijo—. Pero, claro, supongo que para ti siempre fue así.

—No —le dijo Miller, aunque no estaba segura de qué parte trataba de negar.

—No importa —le dijo Ash mientras miraba a su alrededor—. Da la sensación de que aquí ya no vive nadie. O quizás es solo sensación mía. —Le dio la espalda a Miller—. A lo mejor ya tenía esa sensación desde que Nate se fue a la escuela.

—Es posible —dijo Miller. Le goteaba agua del pelo, ya que aún lo tenía mojado de la ducha, que le humedecía los tirantes de la camiseta blanca. Se estrujó el pelo con la mano para escurrir el agua, que cayó en la alfombra roja y verde, y solo después recordó que Ash odiaba cuando hacía eso.

Pero no dijo nada, así que supuso que ya no importaba tampoco.

—¿Crees que querrás quedártela? La casa.

—No lo sé —dijo ella.

Miró a su alrededor, los cuadros con escenas de caza, los sofás verdes, los cojines de plumas con la forma de sus cuerpos, sellados allí a lo largo de los años. Sintió que el corazón se le llenaba de una oscura y pesada tristeza.

—Oye —le dijo Ash—, lo hemos hecho bien, ¿no? Quiero decir, ¿somos...? ¿Soy... un fracaso?

—No —le dijo ella, que cruzó la habitación en su dirección—. No, simplemente no fuimos capaces de ver el camino que teníamos delante, creo.

—Lo siento —le dijo él—. Sé que las cosas se pusieron mal de verdad, pero todo saldrá bien.

—Todo saldrá bien. —Se encogió de hombros—. Bueno, eso, o acabará siendo un desastre.

—Sí —dijo Ash, que asintió—. Una de dos.

Los tres salieron de la casa, y Nate anunció que iba a recoger a Suki. Cuando salió de la casa de los Pfeiffer, lo hizo seguido de Suki, Cricket y Dick Cross. Miller vio a Nate inclinarse hacia Suki, con los labios muy cerca de su oreja, el tipo de gesto que solo se hacía cuando una barrera física se había roto entre dos personas, cuando se había alcanzado cierto nivel de intimidad. Y pensó: *Dios, qué buenos son los buenos momentos. Incluso los malos no pueden hacer que los buenos parezcan menos buenos.*

Los seis caminaron juntos de forma agradable bajo el sol de la tarde. Todos los jardines que decoraban las casas de colores vivos, que antes habían sido de un verde resplandeciente, estaban ahora marrones, y casi parecían papel de lija. Las hostas tenían los filos quemados; los rosales colgaban con sus caderas rojas como si fueran pezones maltratados. Y mientras que aún olía a pino, dulce y salado, el aire también llevaba consigo algo de otoño, de un final inminente.

Ash observó a Dick y a Cricket caminando uno junto al otro, y pensó: *bueno, bueno, bueno...* Por supuesto, había escuchado hablar de que Dutch había huido de la justicia a toda prisa, ya que todo el pueblo lo sabía. Algunos decían que se había ido a Brasil o a México, que había hecho una parada por las Islas Caimán para recoger algo de dinero en su huida. Otros decían que Europa (Andorra o Francia). Fuera como fuere, Dutch había huido. Y, en su ausencia, el amor al parecer había florecido. Ash sonrió; había cierta simetría en todo aquello.

—¿Viene Cam esta noche? —preguntó Ash.

—Lo cierto es que no lo sé —dijo Dick—. Nate, ¿te ha dicho a ti algo?

Ash vio cómo su hijo y Suki intercambiaban una mirada.

—Hoy no lo he visto —dijo Nate, y Ash pensó que lo había dicho de forma cautelosa.

—Estoy seguro de que vendrá —dijo Dick—. No querría perdérselo.

—¿Quién iba a perdérselo? —Cricket sonrió mientras miraba a Dick—. Es tan emocionante.

Cuando llegaron al ayuntamiento, Candice y su equipo estaban instalados en el exterior, entrevistando a la gente a pie de calle. Ash observó a Miller, que pasó a su lado a toda prisa y subió los escalones. Ash miró a Candice y le guiñó un ojo, y después siguió a los demás escaleras arriba.

La sala estaba totalmente abarrotada, y algunos de los ciudadanos de Wonderland habían traído sus propias sillas de acampada para instalarlas en los pasillos. Ash pensó que, claramente, el departamento de incendios había decidido mirar hacia otro lado con aquella violación del aforo; vio al jefe de bomberos charlando con el alcalde en una esquina junto al escenario, en el cual habían colocado un micrófono. Consiguieron encontrar unos sitios en las primeras filas, las cuales no estaban ocupadas solo porque tendrían que estirar el cuello para poder ver la pantalla. En un cierto momento, parecía que se había llenado demasiado, así que las puertas se cerraron. El jefe de bomberos gritó una orden a la gente que aún había de pie para que se marchara al exterior.

El alcalde Ridgewood subió al escenario para realizar las introducciones, y para elogiar el papel del pueblo en aquella producción. Ash miró a su alrededor y vislumbró a Olly unas cuantas filas más atrás junto a la tía Tassie, quien se había vestido con un traje naval para la ocasión.

—Después de la proyección —anunció el alcalde Ridgewood—, el director (al cual estoy seguro de que todos le conocerán ya), Rodrigo Rodrigo, dirá unas palabras y responderá algunas preguntas. No sean tímidos.

Las luces se apagaron, y la audiencia comenzó a aplaudir.

Los créditos iniciales comenzaron a salir junto al sonido del final del segundo movimiento de la novena sinfonía de Beethoven, una música de vals alegre que quizá pegara más en un drama de época que en una película sobre un monstruo. Conforme la música aumentó, se enfatizó con el golpeteo de unos tambores, como si fuese alguien llamando a la puerta.

Golpeteo de tambor, y apareció «Moby Dick» en grandes letras en negrita sobre la pantalla blanca. Golpe de tambor, y aparecieron otras letras en las que se leía «Llámame Ishmael». Entonces la música paró de forma brusca, como el frenazo de un coche.

La sala se llenó de una voz en off: «Adoro navegar por los mares prohibidos, y desembarcar en costas bárbaras». El plano abrió con Ishmael con su bolsa de viaje, de pie frente al letrero que se balanceaba de la Posada del Surtidero, y el público aplaudió de forma sonora al ver El Bar de Matt, el de su pueblo, transformado y haciendo una aparición ante sus mismísimos ojos.

Después apareció una obscena y extraña escena en la Posada del Surtidero, la cual incluyó un encuentro sexual entre Ishmael y su compañero de tripulación Queequeg, todo piel blanca contra marrón, extremidades entrelazadas, bocas, y partes sin definir de sus cuerpos.

El final de la escena se enfatizó con un plano rápido de la tabernera de la Posada del Surtidero bajándose la camiseta para enseñar los pechos mientras miraba directamente a cámara. En pantalla aparecieron de nuevo unas grandes letras que decían: «Tetas en tierra firme».

La habitación se llenó del sonido de la gente que se retorcía en sus asientos, y la ansiedad saturó el aire.

Y, aun así, continuó, con trozos de la novena sinfonía de Beethoven, que era la única banda sonora: escenas de la tripulación durmiendo en sus hamacas de noche mientras se balanceaban intensamente ante el sonido de Ahab, que caminaba por la cubierta (con su pierna de hueso de ballena golpeando como un tambor incesante), lo cual los volvía lentamente locos; extraños y violentos discursos del capitán, enfatizados por la música, más que por las palabras que salían de su boca; escenas semioperísticas de los marineros a medianoche; rituales paganos.

Cuando cortaron en pedazos un cachalote sobre la cubierta (el cual no se vio en pantalla, pero se hizo referencia al acto) con herramientas fuera de lo común y malvadas, la única indicación de su existencia fue la sangre que salía a borbotones del *Pequod*, que les chorreaba por el rostro a los actores, los brazos y las piernas, y los trozos de carne que los cubrían mientras los cortaban sobre la cubierta.

El humor de la sala se agrió por completo.

La gente comenzó a murmurar, a hablar los unos con los otros. «Qué asco. ¿Qué cojones...? Joder». Y, aun así, la mayor parte de los ciudadanos de Wonderland insistieron en quedarse. Querían ver a su ballena.

Entonces el momento llegó: la tripulación del *Pequod* anunció que habían avistado a la ballena blanca. El público contuvo el aliento, no se escuchaba ni una mosca.

La perspectiva cambió, y el público se sumergió bajo la superficie del océano al seguir la perspectiva de la cámara, que se movía por el agua. Pero no apareció ninguna ballena. Comenzó suavemente, y fue aumentando: el sonido de la voz de Blue, que cantaba una balada marinera susurrante e inquietante en un tono alto. Los planos bajo el agua se volvieron largos y lánguidos, sumergiéndose más y más en aguas profundas antes de girar y nadar hacia arriba a toda velocidad. Aquella era la perspectiva de la ballena, pero, aun así, no apareció ballena alguna en pantalla.

Y, poco a poco, entendieron que no aparecería.

El capitán Ahab, que estaba en la proa del barco, bajó la mirada hacia donde Moby Dick se suponía que estaría, abrió la boca, y lo único que se escuchó fue una grabación de la «Oda a la alegría» en sonido estéreo.

—¡Amigos míos, basta de esos sonidos! ¡Cantemos canciones más alegres, más canciones llenas de dicha!

La cámara volvió a la perspectiva de Moby Dick, y la canción de Blue respondió: «Uh-oooo. Guuu, guuu. Oooo, oooo, oooo».

Sobre el agua:

—¡Alegría, hermoso destello de los dioses, hija del Elíseo! ¡Ebrios de entusiasmo entramos, diosa celestial, en tu santuario! —Ahab siguió entonando la «Oda a la alegría»—. Tu hechizo une de nuevo lo que la acerba costumbre había separado; todos los hombres vuelven a ser hermanos allí donde tu suave ala se pose.

Siguieron entonando y respondiendo, Ahab con la ballena invisible e inexistente, que se cantaban una extrañísima y perversa canción el uno al otro. Entonces toda la tripulación del *Pequod* comenzó a cantar en un coro al completo de la sinfonía, con la música tronando como una ópera maldita.

Aquello fue la gota que colmó el vaso. La audiencia se volvió loca. Ahora tenían claro lo que Rodrigo, Blue y Olly ya sabían: todo había sido una trampa, toda la conversación sobre la ballena, todo el secretismo, el gigantesco y vacío tráiler que habían traído en mitad de la noche, y que había estado escoltado por falsos policías... La gente de Wonderland había esperado todo el verano para ver su propio *Tiburón*, su ballena, su momento cinematográfico de gloria, y habían sigo engañados y usados, y no lo consentirían más.

La gente se puso en pie y empezó a lanzar las palomitas y los refrescos en dirección a la pantalla. Otros intentaban de forma desesperada huir de los proyectiles, empujándose los unos a los otros para llegar hasta los pasillos, hacia la libertad. Los empujones se transformaron en peleas entre los miembros del público: hombres que trataban de asestarle un puñetazo a otro por haber empujado a sus esposas, niños que se peleaban por lo que pensaban que eran insultos, mujeres que atizaban con el bolso a los demás en un intento por salir de los pasillos... Y, cuando comenzaron a tirar las sillas de acampada, estalló el caos total mientras el último movimiento de la novena sinfonía de Beethoven tronaba por encima de todo. Al final, alguien tuvo el buen juicio de apagar el proyector.

—Tenemos que salir de aquí —dijo Ash, agarrando a Miller y a Nate del brazo.

Miller miró a su espalda, y vio que Olly trataba de levantar a la tía Tassie de su asiento, pero ella no parecía dispuesta a marcharse.

—Ash —le dijo—, ve a ayudar a Olly, nosotros nos apañaremos.

Pero parecía imposible moverse, hasta que Ash por fin saltó los dos asientos hasta la fila.

Mientras tanto, Rodrigo subió al escenario y gritó en el micrófono:

—¿No lo ven? La ballena blanca es el truco de un hechicero, la invención de un demagogo. La ballena blanca no existe. La ballena blanca no existe. ¡Solo existe el amor, hermanos!

Un par de hombres trataron de invadir el escenario, pero el jefe de bomberos hizo sonar una corneta, lo cual pareció devolverles el buen juicio. La gente salía a raudales por las puertas, y Miller y Nate consiguieron llegar a la fila donde Ash trataba de ayudar a Olly a lidiar con la tía Tassie, quien parecía muy agitada.

Rodrigo aún estaba en el escenario, y decía:

—Señoras y señores, os presento *Moby Dick: una historia de amor.*

—¿Estáis bien? —preguntó Miller, que los miró a todos.

Apenas escuchó a la tía Tassie, que dijo:

—Es la hora.

—Joder —dijo Nate—. Eso ha sido increíble, es un genio.

Olly, que sostenía a la tía Tassie cerca de él, se rio.

—Sí que eres director de cine, sí. Estáis todos como una puta cabra.

—Dios mío —dijo Ash, que empezó también a reírse—. Esto no lo va a olvidar el pueblo en mucho tiempo.

Se quedaron todos juntos hasta que el público hubo salido casi en su mayoría, quedando tan solo unas cuantas personas allí. Cricket y Dick Cross se acercaron a ellos, a unos metros, con Suki a su espalda.

—Vaya —dijo Dick—. No era lo que esperaba.

Y, en cuanto hubo pronunciado las palabras, se escuchó el primer tiro.

Todos se volvieron para ver a Cam, que estaba en la entrada de la sala, como un dios griego solitario con una escopeta recortada en mano. A su alrededor caía el yeso del techo como si fuese nieve. Comenzó a caminar hacia ellos por el pasillo, sin prisa, pero sin pausa. De forma metódica, con un propósito en mente. Parecía como si estuviesen inmóviles, como si sus cerebros no hubiesen entendido aún lo que veían sus ojos, y no pudiesen decirles a sus cuerpos que se movieran, que hiciesen algo, lo que fuera. Cuando estuvo a solo unos metros de distancia, se paró y miró a su padre. Su rostro parecía una pantomima de un llanto desesperado y roto. Se colocó la escopeta bajo el brazo, apuntó, y dijo:

—Tú primero.

Y le disparó.

Dick se desplomó, y el caos estalló: todos miraron hacia donde estaba allí tumbado y sangrando. Se movieron en su dirección por instinto, como si supieran que aún estaba en peligro.

Pero, con la escopeta aún alzada, Cam dio un paso hacia Nate.

—Ahora tú.

Miller, que estaba demasiado atrás, se giró demasiado tarde y vio a su hijo alzando ambas manos en una súplica mientras decía: «No, no lo hagas».

Cam lo miró durante un momento, con el rostro arrugado que de pronto se le alisó. Fue solo un segundo de duda, y antes de que Miller o Ash pudiesen mover un brazo, una pierna, un dedo o una pestaña, Olly ya se había colocado delante de Nate. Y, en el instante en que le llevó a Cam negar con la cabeza y volver a apuntar, la tía Tassie se colocó frente a Olly.

Desde donde Miller y Ash estaban, parecía una especie de cuadro: los tres, su hijo, su amigo, y la tía Tassie, suspendidos en el tiempo, el tipo de tiempo que tarda una gota de agua en formarse y caer, antes de que la bala saliese del cañón y volara directo hacia el corazón de Billy Budd.

Cam había reservado el siguiente y último tiro solo para sí mismo.

PARTE VI

ESTE CUENTO SE HA ACABADO

SEPTIEMBRE, 1984.

Nate, Miller, Ash y Olly estaban guardando sus cosas en el Volvo, el cual estaba aparcado en la entrada de la casa en la calle de la Iglesia. Había algunas cajas apiladas y etiquetadas cerca de la puerta de la cocina, con las que lidiarían más adelante una vez que Nate estuviese asentado.

Cuando se habían despertado aquella mañana, el aire había traído una corriente fría, que ahora hacía que se disipara lentamente el temprano sol de septiembre.

El funeral de la tía Tassie había tenido lugar a principios de semana, y todo el pueblo había acudido para desearles a ella y a Billy Budd un agradable viaje. No habría despedida pública para Cam, aunque Dick, quien aún se estaba recuperando del tiro en el hombro, había organizado un entierro privado en un cementerio a un par de pueblos de distancia, para evitar que profanaran la tumba de su hijo.

Nate había ido a despedirse de Dick aquella mañana. Se estrecharon la mano, sonrieron, y Nate prometió escribirle. También había querido darle a Dick el metraje que tenía de Cam de tiempos mejores. Aunque, al verlo ahora, Nate se preguntó si realmente habían sido mejores.

—No lo vi —le había dicho Dick.

—Yo tampoco —había respondido Nate—. Supongo que mirábamos en la dirección incorrecta.

—No sé por qué... —Dick se había interrumpido y había respirado hondo con el rostro pálido y lleno de arrugas—. No sé por qué —dijo—. Dios ha hecho de ciertos dolores algo tan invisible, que no podemos ayudar con nuestras propias manos. No sé por qué hay vacío donde debería de haber señales.

—No lo sé —le dijo Nate, aunque pensó en ello durante el viaje de vuelta. Pensó en Cam, y en la ballena invisible de Rodrigo.

El equipo de rodaje se había marchado hacía ya tiempo, y había dejado que Wonderland se lamiese las heridas en paz. Olly había tenido noticias de Rodrigo, quien le había dicho que, aunque Seymour Geist estaba enfurecido y amenazaba con demandar al director por incumplimiento de contrato, habían tenido algunas valoraciones excelentes en proyecciones tempranas del primer corte en Francia, así que Seymour estaba tratando de venderle *Moby Dick* a una distribuidora extranjera.

—Tienes que hacerte la siguiente pregunta: ¿qué cojones le pasa a la gente cuando el amor universal no es tan jodidamente emocionante como un monstruo mecánico? —le había preguntado Rodrigo a Olly por teléfono, en un tono despectivo—. En fin, los franceses siempre han sido los primeros en ver la genialidad.

Tras la proyección, Rodrigo y Blue habían escapado a toda prisa, y habían volado de vuelta a Los Ángeles para que no los quemaran en la hoguera. Aunque Blue se había pasado por la casa la noche en que se marchó, para darle a Miller su dirección de L.A., donde iba a quedarse mientras trabajaba en su artículo para *Rolling Stone.*

—Tú ven directa cuando llegues allí —le dijo Blue—. Siempre hay alguien en casa.

Ash metió la última maleta en el maletero, y se levantó.

—Creo que ya está —dijo mientras se limpiaba las manos en los vaqueros—. ¿Quién va a conducir primero?

—Yo —dijo Olly.

—Me pido el asiento delantero —dijo Nate.

Miller y Ash intercambiaron una mirada.

—¿Tendré que poner una almohada entre vosotros dos? —les preguntó Nate.

—No te hagas el listillo —dijo Miller.

—Por supuesto, habían considerado la opción de retrasar el decirle lo del divorcio después de todo lo que había pasado, pero habían decidido que no podían seguir mintiéndole. Aunque, al final, sí que decidieron dejar el nombre de Candice a un lado por el momento.

Cuando *por fin* se sentaron con él y se lo dijeron, Nate simplemente se encogió de hombros.

—Ya lo suponía. —Entonces les dedicó una mirada seria a ambos—. Pero no os portéis como capullos el uno con el otro.

De hecho, parecía más preocupado con eso que con lo que ocurriría con la casa. Más tarde, Ash había estado aliviado, pero Miller se preguntaba si no sería algo que se estaba quedando en el interior, bajo la superficie, y si no explotaría en algún momento mientras estaban de viaje. Se alegraba de quedarse en L.A. para echarle un vistazo.

—Voy a echarle una última ojeada a la casa —dijo Miller. Pero, al girarse para entrar, vio que Suki salía de la casa de los Pfeiffer—. Creo que ha venido alguien a verte —le dijo a su hijo con una sonrisa.

Nate sacó algo de su mochila y trotó hacia Suki. Observaron cómo Nate hablaba con Suki, aunque estaban lo suficientemente lejos como para poder escucharlos, y entonces él le dio una cinta de vídeo. Nate se inclinó hacia ella, tomó el rostro de Suki entre las manos, y la besó. Un tipo de beso apasionado, joven, resplandeciente y deseoso que todos recordaban haber sentido.

Miller, Olly y Ash se miraron, con un lazo de experiencia, dolor y alegría que los unía a todos ellos, un recuerdo de las luces brillantes de la feria hacía ya tantos años, de cadenas de estrellas en el agua, de música, calor, juventud, envidia y Dios, los recuerdos de pueblos pequeños y ciudades grandes, de corazones rotos y del chico que los unía a todos.

Olly se metió en el coche y lo arrancó. La radio se encendió. Junto a la verja, Nate le agarró las manos a Suki una última vez.

—Tengo que irme —le dijo.

Ella asintió.

—Nos vemos en un mes —le dijo él—. Te va a encantar L.A. Haré que lo adores, y así podrás mudarte para siempre.

—Ya veremos —le dijo ella.

Nate siguió mirándola, y ella le devolvió la mirada.

—Vale, vale —dijo él—. Me voy.

—Vete.

Caminó de espaldas, sosteniéndole la mano hasta que no pudo hacerlo más, hasta que solo se tocaban con la punta de los dedos, y el contacto se cortó. Entonces, se giró y caminó hacia el coche con el sonido de *Dance Hall Days* de Wang Chung retumbando en la radio.

En la cabeza de Nate se produjo una explosión de color: dorado, verde brillante, morado y rojo. Los colores del final del verano, de la sangre y la carne de su amigo esparcidas por el ayuntamiento. Pero también los colores de una canción que indicaba que ya era hora de comenzar el viaje, de viajar a lo que te esperaba a la vuelta de la esquina. Los colores que estaban (y que siempre habían estado) en su cabeza cuando escuchaba música.

Se metió en el coche, cerró la puerta, y miró a Olly.

—Estoy listo —le dijo—. Vámonos.